CHRIS KARLDEN
DER TOTENSUCHER

atb aufbau taschenbuch

Der ehemalige Drogenfahnder Adrian Speer steht vor dem Nichts: Er musste am Telefon miterleben, wie seine Tochter aus der Wohnung entführt wurde. Seitdem bestimmt die Suche nach ihr sein Leben. In einer Abteilung der Berliner Polizei zur Aufklärung besonders grausamer Gewaltverbrechen erhält er die Chance für einen Neuanfang. Mit seinem Partner ermittelt er in einer Mordserie, bei der der Mörder nach immer gleichem Muster vorgeht. Auf dem Handy eines Opfers finden sie ein aktuelles Foto von Speers Tochter. Schon bald steht er vor der Frage: Recht oder Gerechtigkeit?

CHRIS KARLDEN

DER
TOTEN

THRILLER

SUCHER

atb aufbau taschenbuch

ISBN 978-3-7466-3342-8

Aufbau Taschenbuch ist eine Marke der
Aufbau Verlage GmbH & Co. KG

3. Auflage 2022
© Aufbau Verlage GmbH & Co. KG, Berlin 2017
Copyright © 2017 by Chris Karlden
Dieses Werk wurde vermittelt durch die AVA international GmbH
Autoren- und Verlagsagentur, München. www.ava-international.de
Umschlaggestaltung www.buerosued.de
unter Verwendung eines Motivs von © Azemdega / Getty Images
Satz Greiner & Reichel, Köln
Druck und Binden CPI books GmbH, Leck, Germany
Printed in Germany

www.aufbau-verlage.de

Für meine Eltern

PROLOG

Lucy lag mit offenen Augen und angehaltenem Atem im Bett ihres Kinderzimmers. Ängstlich lauschte sie in die Dunkelheit. Ein dumpf polterndes Geräusch hatte sie aus dem Schlaf gerissen. Zumindest glaubte sie, dass es so war. Denn seit sie aufgewacht war, hatte sie nichts dergleichen mehr gehört. Vielleicht hatte sie das Geräusch also auch nur geträumt. Dennoch wollte ihre Angst nicht verschwinden, und sie rief leise nach ihrer Mutter. Sekunden vergingen, ohne dass eine Antwort kam, und in denen ihr das dunkle Zimmer und die Stille immer bedrohlicher schienen. Schließlich überwand sich Lucy, streckte zaghaft den Arm unter der Bettdecke hervor und tastete nach dem Schalter ihrer Nachttischlampe. Ihre Kuscheltiere warfen gespenstische Schatten an die Wand.

»Mama!«, rief sie noch einmal ganz laut. Doch es blieb gespenstisch still in der Wohnung. Schlagartig verwandelte sich Lucys Angst in Panik. Sie wachte nicht oft nachts auf. Aber wenn es geschah, dann war innerhalb kürzester Zeit die beruhigende Stimme ihrer Mutter oder ihres Vaters zu hören, und gleich darauf tauchte einer von beiden in ihrem Zimmer auf und kümmerte sich um sie. Mit pochendem Herzen setzte Lucy sich im Bett auf. Ihre Zimmertür stand wie immer, wenn sie schlief, einen Spalt weit offen, und im Flur brannte das schwache Licht der Stehlampe. Aber etwas stimmte nicht. Ihr fiel ein, dass ihre Mutter nicht zu Hause war und deshalb ihre Rufe gar nicht hatte hören können. Mama übernachtete heute in einem

Hotel, wo sie an einer Konferenz teilnahm. Lucy wusste, dass ihre Mutter der Polizei half, böse Menschen zu finden.

Und ihr großer Bruder Jonathan schlief heute bei einem Klassenkameraden. Aber was war mit Papa? Warum antwortete er nicht? Warum kam er nicht zu ihr ins Zimmer? Er musste sie doch gehört haben. Ein Schauder überlief Lucy.

»Papa!«, schrie sie jetzt. Doch wieder kam keine Reaktion. Nur Stille. Lucys Herz schlug nun noch schneller in ihrer Brust, und ihr Atem ging kurz und flach. Schnell griff sie auf dem Nachttisch nach ihrem Asthmaspray, umschloss das Mundstück mit ihren Lippen und atmete einen kräftigen Schub davon ein. Jetzt bekam sie zwar besser Luft, aber die Panik wollte nicht weggehen.

Laut der Leuchtziffernanzeige ihres Radioweckers war es kurz vor dreiundzwanzig Uhr. Papa konnte doch nicht so tief schlafen, dass er selbst von ihrem Rufen nicht wach wurde? Lucy nahm allen Mut zusammen und schwang die Beine aus dem Bett, um zu ihrem Vater ins Schlafzimmer zu gehen. Als ihr Fuß dabei gegen einen Gegenstand neben ihrem Nachttisch stieß, stutzte sie. Auf dem Teppich lag das Mobilteil des Telefons und darunter befand sich ein Zettel. Das musste Papa dorthin gelegt haben, nachdem sie eingeschlafen war. Sie hob das Telefon und das Stück Papier auf und las: *Falls du aufwachst, nicht erschrecken. Ich musste noch mal dringend weg und bin gleich wieder da. Ruf mich einfach auf dem Handy an. Papa.*

Oh nein! So schnell sie mit ihren zittrigen Fingern konnte, drückte sie die Kurzwahltaste von Papas Handynummer. Während sie sich das Telefon ans Ohr presste und wartete, dass ihr Vater abhob, horchte sie ängstlich nach weiteren Geräuschen in die Wohnung. Doch alles blieb ruhig. Nur ihr eigenes Blut hörte sie in ihren Ohren rauschen. Doch auch die Stille war jetzt irgendwie unheimlich. Tagsüber hatte sie überhaupt keine Angst, wenn sie allein hier war. Doch jetzt war Nacht, und nachts war alles anders. Nervös kaute sie auf ihrer Unterlippe. Jede Faser ihres Körpers stand unter Spannung. Wut auf ihren Vater stieg in ihr auf und mischte sich unter das Gefühl der abgrundtiefen Angst. Sie hatte zwar bald ihren elften Geburtstag, aber trotzdem war sie noch ein Kind. Warum ließ Papa sie also mitten in der Nacht alleine zu Hause?

Nach einer gefühlten Ewigkeit hörte sie die erlösende Stimme ihres Vaters durchs Telefon.

»Lucy, ich dachte nicht, dass du aufwachst. Ich bin schon auf dem Heimweg.«

Lucy atmete die vor Anspannung angehaltene Luft aus.

»Bitte komm schnell. Hier sind seltsame Geräusche. Ich glaube, da ist jemand«, flüsterte sie und konnte nicht verhindern, dass ihr nun, da sie ihre Befürchtung laut ausgesprochen hatte, die Tränen in die Augen stiegen. »Ich hab schreckliche Angst, bitte, bitte, komm ganz schnell!«

»Bestimmt hast du nur schlecht geträumt. Ich bin gleich bei dir.« Ihr Vater sprach mit gewohnt ruhiger Stimme, und doch war etwas anders. Sie glaubte unterschwellig herauszuhören, dass er beunruhigt war, dass auch er Angst hatte.

»Warum lässt du mich überhaupt hier ganz allein?«, presste sie schluchzend hervor.

»Lucy, es tut mir leid. Es ging nicht anders. Aber ich mache es wieder gut. Versprochen!«

Lucy lauschte noch einmal angestrengt in die Stille, konnte jedoch nichts Ungewöhnliches mehr vernehmen. Als sie an all die dunklen Ecken in der Wohnung dachte, erschauderte sie jedoch erneut und begann am ganzen Körper zu zittern. Wenn doch wenigstens Jonathan bei ihr wäre.

»Stell das Telefon auf laut. Ich bleibe in der Leitung und rede mit dir. Dann brauchst du keine Angst mehr zu haben«, sagte Papa. Und das beruhigte sie tatsächlich ein wenig.

»Gut«, sagte sie und drückte die Taste am Telefon. Ein dumpfes Motorendröhnen drang durch den Hörer.

»Nur noch ein paar Minuten, dann bin ich da.«

Noch einmal lauschte Lucy angestrengt. Wenn sie den Kopf in den Flur stecken würde, könnte sie auf die Wohnungstür sehen und sich selbst davon überzeugen, dass alles in Ordnung war. Doch sie traute sich noch nicht einmal, aufzustehen und die paar Schritte zu ihrer Zimmertür zu gehen. Es war, als ob dort draußen etwas lauerte, das sie greifen würde, sobald sie es auf sich aufmerksam machte.

Und gerade, als sie sich ein wenig entspannt hatte, ließ ein erneutes Geräusch sie erstarren, ein leises Klicken. Gleich darauf hörte sie, wie die Wohnungstür leise ins Schloss fiel.

Lucy schlug sich vor Schreck die freie Hand vor den Mund und konnte gerade noch einen Schrei unterdrücken.

»Es ist jemand hier drin«, flüsterte sie hektisch ins Telefon, stellte den Lautsprechermodus aus und presste das Gerät wieder ans Ohr. Sie hörte ihren Vater geräuschvoll ausatmen und den Motor seines Wagens aufheulen.

»Versteck dich, schnell!« Er klang jetzt todernst. Fast hätte sie jetzt doch aufgeschrien. Wo sollte sie sich in ihrem kleinen Zimmer verstecken? Sie fühlte sich vor Angst wie gelähmt und merkte plötzlich, dass sie kaum noch Luft bekam. Sie griff sich ihr Asthmaspray, und eine weitere Dosis daraus rüttelte sie ein wenig aus ihrer Schockstarre. Das einzige Versteck, das ihr einfiel, war der Kleiderschrank.

Ohne das Telefon aus der Hand zu legen, huschte sie an die gegenüberliegende Wand, zog die Schranktür vorsichtig auf, damit diese nicht knarrte, setzte sich auf den Schrankboden und schloss die Tür wieder.

»Ich bin jetzt im Kleiderschrank«, flüsterte sie ins Telefon.

»Gut so«, sagte ihr Vater. »Ich bin gleich da.«

Lucy schluchzte leise und schloss trotz der Dunkelheit im Schrank die Augen. Noch nie zuvor in ihrem Leben hatte sie so viel Angst gehabt. Sie zitterte am ganzen Leib und schlang die Arme um ihre Knie. Dann hörte sie leise Schritte im Flur.

»Ich hab solche Angst«, flüsterte sie mit bebenden Lippen ins Telefon und hielt danach sofort den Atem an. In diesem Moment betrat jemand ihr Zimmer und schaltete das helle Deckenlicht an, das durch den haarfeinen Spalt zwischen den Schranktüren zu ihr hereinfiel.

Als ob ihr Vater wüsste, dass er nichts mehr sagen durfte, um ihr Versteck nicht zu verraten, blieb es still am anderen Ende der Leitung. Lucy hörte lediglich das Motorengeräusch und drückte das Telefon noch immer an ihr Ohr. Sie presste die Augenlider zusammen, versuchte an etwas Schönes zu denken, aber es gelang ihr nicht. Dann hörte sie die Schritte einer weiteren Person, die ebenfalls ihr Zimmer betrat.

Plötzlich verschwand das Licht, das durch den Spalt zwischen den Schranktüren gefallen war. Jemand musste genau davor stehen. Lucy erstarrte und konnte nicht anders, als mit zitternder Stimme ein qualvolles »Papa« ins Telefon zu wispern.

»Lucy, ich …«

Im gleichen Moment wurden die Schranktüren aufgerissen. Lucy ließ das Telefon fallen und schrie so laut sie konnte. Vor ihr stand eine große Frau mit kalten, graublauen Augen. In ihren Gesichtszügen lag eiserne Härte. Als sie sich zu Lucy hinunterbeugte und dann ruckartig den Finger vor die Lippen legte, verstummte Lucy augenblicklich. Sie hörte die Stimme ihres Vaters, der unverständliche Sätze durch das Telefon schrie, das auf dem Schrankboden neben dem Asthmaspray lag.

Hinter der Frau erschien ein dicker Mann. Sein seltsamer

Anblick ließ Lucy noch stärker wimmern, und Tränen kullerten aus ihren smaragdgrünen Augen. Sein Haar war kurzgeschoren, er hatte einen fein gestutzten Oberlippenbart und war Asiate. Alles an ihm wirkte brutal und schrie nach Gefahr.

»Wir müssen dich mitnehmen, kleine Lucy«, sagte die Frau. Ihr Akzent klang ausländisch. Lucy rutschte in die andere Ecke, möglichst weg von dieser Frau. Aber die schüttelte nur den Kopf, griff an eine Stelle in Lucys Nacken und drückte fest zu. Ein kurzer entsetzlicher Schmerz schoss wie ein Stromstoß durch Lucys Körper. Dann trübte sich ihr Blick, und sie fühlte nichts mehr.

1

Die Standstrahler der Spurensicherung tauchten die nähere Umgebung des Tatortes in gleißend helles Licht. Weitere vereinzelt aufgestellte Scheinwerfer beleuchteten den Rest der stillgelegten Fabrikhalle und projizierten hier und da die Schatten von Polizeibeamten und schweren Maschinen in monströser Größe an die verschmutzten Backsteinwände. Speer und Bogner blieben in der Zugluft des offenen Hallentors stehen. Vor ihnen, in etwa fünfzig Metern Entfernung, hing die Leiche eines Mannes kopfüber in der Luft.

»Du meine Güte. Das ist definitiv mal was anderes als einfach nur erschlagen, erstochen oder erschossen«, sagte Robert Bogner und kaute auf seinem Kaugummi herum. »Das Schwein, das dafür verantwortlich ist, hat sich richtig ins Zeug gelegt.«

Kriminalhauptkommissar Adrian Speer ließ seinen Blick durch die Halle schweifen. Der Boden war von einem Gemisch aus Sand und Kohlestaub bedeckt und die Fensterscheiben von Ruß überzogen. Im unteren Bereich war das Mauerwerk mit bunten Schmierereien besprüht. Davor lagen leere Wein- und Schnapsflaschen, zwei aufgerissene und verdreckte Matratzen sowie jede Menge Müll. Das für Ende November typische nasskalte Wetter passte zu der bedrückenden Stimmung in der Halle. Alle Farben schienen durch Grautöne unterschiedlicher Schattierungen ersetzt worden zu sein, und obwohl es erst halb fünf am Nachmittag war, verdunkelte sich der Himmel bereits zusehends. Nachdem er vor einer Woche nach über einem halben Jahr in den Dienst hatte zurückkehren dürfen, war Speer froh, wieder zu etwas nutze zu sein. Auch wenn das bedeutete, in einer heruntergekommenen Fabrikhalle ein grausam zugerichtetes Mordopfer in Augenschein zu nehmen. Die tiefen Schuldgefühle, seine alles überschattende Trauer und das zerreißende Gefühl der Ungewissheit über Lucys Schicksal wurden dadurch, dass seine Suspendierung aufgehoben worden war, nicht besser, das würde vermutlich niemals geschehen, und das wollte er auch gar nicht. Aber seine Tätigkeit in der neu gegründeten Mordkommission war eine Ablenkung, die er dringend brauchte, um nicht wahnsinnig zu werden bei den ständigen Überlegungen darüber, was geschehen war und was hätte sein können.

Als Speer und Bogner zu dem Toten gingen, kam ihnen auf halber Strecke einer der Kollegen vom Kriminaldauerdienst entgegen, die den Tatort als Erste betreten und gesichert hatten. Als der Mann keuchend bei ihnen ankam, nickte er Bogner, mit dem er schon bekannt zu sein schien, zu und gab Adrian Speer die Hand. Er stellte sich ihm als Oberkommissar Lauer vor. Lauer war schon etwas mehr als nur korpulent, trippelte in seinem braunen zerknitterten Anzug von einem Fuß auf den anderen und schlang die Arme um sich.

»Mir ist scheißkalt. Hab meinen Mantel zu Hause vergessen. Ich muss jetzt gleich schnellstmöglich irgendwohin, wo es warm ist, sonst hab ich morgen 'ne fette Erkältung.«

»Was wissen wir bis jetzt?«, fragte Bogner.

Lauer hielt die Hände vor den Mund und blies hinein, als ob er sich so etwas wärmen könnte.

»Zwei Jungen im Alter von zwölf und dreizehn Jahren haben den Toten gefunden«, sagte er und machte eine kurze Pause, um zu verschnaufen. »Der Mann heißt Horst Rokov und ist sechsundsechzig Jahre alt. Die Geldbörse mit jeder Menge

Barem, Kreditkarten und Personalausweis steckte noch in seinem Jackett. Sieht also nicht nach einem Raubmord aus. Das Opfer wohnte in Dahlem und war verheiratet, so viel haben wir schon ermittelt.«

Bei dem Namen Rokov wurde Adrian Speer hellhörig. Er wusste, wer das war, seine Kollegen aber offensichtlich noch nicht.

»Sieht mir hier nicht gerade nach einem Kinderspielplatz aus«, sagte Bogner.

»Nein, eher nach einem Rückzugsort für Junkies, Rumtreiber und Obdachlose.« Lauer zeigte in die linke hintere Ecke der Halle. »Dahinten gibt es ein Loch in der Außenwand. Die beiden Jungs sind da für eine Mutprobe reingeklettert.«

»Scheiße«, sagte Bogner und kniff die Augen zusammen.

»Das kann man laut sagen. Die Kinder sind völlig aufgelöst nach Hause gelaufen, und die Eltern haben dann die Polizei verständigt.«

Der Rest war bekannt. Zwei Streifenpolizisten hatten sich vor Ort ein Bild gemacht und dann den Kriminaldauerdienst informiert. Der wiederum hatte Staatsanwaltschaft, Spurensicherung und Gerichtsmedizin eingeschaltet und die erste Sicherung und Befunderhebung am Tatort übernommen. Nachdem die ersten Informationen beim LKA Berlin eingegangen waren, hatte die Leiterin des Dezernats für Tötungsdelikte, Kriminalrätin Fernanda Gomez, den Fall der neu gegründeten achten Mordkommission übertragen, mit Bogner als erstem Kriminalhauptkommissar an der Spitze und Speer als dessen Stellvertreter. Neben den beiden gehörte zurzeit nur noch die im Innendienst tätige junge Oberkommissarin Tina Jeschke zum Team. Die neue Mordkommission Acht war für ungelöste Fälle und besonders grausame Verbrechen zuständig, und in letztgenannte Kategorie fiel eindeutig dieser Mord.

»Beide Jungen stehen unter Schock und werden psychologisch betreut«, beendete Lauer seine Ausführungen.

Vermutlich würden die Kinder das Bild des toten Mannes nie wieder ganz aus ihren Köpfen bekommen, dachte Speer. Genauso wenig wie er das Wimmern und Flehen seiner Tochter am Telefon, kurz bevor sie entführt worden war, nicht abschalten konnte, und es erklang mehrmals täglich unvermittelt in seinen Ohren, als wenn es erst soeben geschehen wäre. Dabei waren seitdem zwei Jahre vergangen, und es hatte in all der Zeit kein Lebenszeichen von Lucy gegeben. Die Hoffnung, dass seine Tochter am Leben war, hatte er nie aufgegeben, jedoch war sie kaum noch mehr als ein glühender Funke in einem Ascheberg. Jedes Mal, wenn er hörte, dass einem anderen Kind etwas Schreckliches zugestoßen war, katapultierten ihn seine Erinnerungen zurück in jene Nacht, in der Lucy verschwunden war. Er hätte sie niemals allein lassen dürfen, und unter normalen Umständen hätte er das auch nicht getan. Wie allein musste sie sich gefühlt haben, als die Entführer in die Wohnung einbrachen und in ihr Zimmer kamen, in ihr Reich, das sie bis dahin für den sichersten Ort der Erde gehalten hatte. Sein Atem ging wie immer schwer, wenn er daran dachte, welche Angst sein Kind empfunden haben musste. Sein Puls beschleunigte sich, das Herz schlug ihm dumpf pochend gegen die Brust, und sein Hals schnürte sich zu. Eine Panikattacke bahnte sich an, und er wusste, er musste aufhören, an die Entführung zu denken. Er hatte immer geglaubt, seine Kinder vor allem Übel dieser Welt beschützen zu können, dass er ihnen die Voraussetzungen für ein glückliches Leben schaffen konnte. Doch er hatte versagt. Es war seine Schuld, er hatte seine kleine Tochter schutzlos dem Bösen überlassen.

»Sonst noch was?«, fragte Bogner und riss ihn aus seinen Gedanken.

Lauer räusperte sich.

»Wir haben einen Schlüssel für einen Mercedes im Jackett des Opfers gefunden. Das passende Auto fehlt, ebenso wie das Messer, das der Täter benutzt haben muss. Aber Näheres zu Tathergang und Todeseintritt erzählt Ihnen dann gleich noch der Doc.«

Lauer nickte in Richtung der Leiche, vor der nun mit dem Rücken zu ihnen ein Mann mit weißen Haaren stand und Untersuchungen anstellte.

»Gibt es Zeugen?«, fragte Bogner, als Lauer ihn wieder ansah.

Lauer schüttelte den Kopf. »Bis jetzt nicht.«

»Okay, dann übernehmen wir jetzt.«

»Bestens«, sagte Lauer und schnaubte. »Bin froh, dass ich den Fall nicht an der Backe habe. So einen kranken Scheiß hab ich noch nie gesehen.« Er hob zum Abschiedsgruß zwei gestreckte Finger an die Schläfe und ging kopfschüttelnd an ihnen vorbei Richtung Ausgang.

»Was für eine Sauerei!«, sagte Robert Bogner und stieß einen tiefen Seufzer aus, als er mit Speer vor dem Flatterband ankam, mit dem der nähere Bereich um die Leiche herum abgesperrt war.

Auch jetzt, einige Stunden nachdem der Tote gefunden worden war, herrschte am Tatort noch rege Geschäftigkeit. Vier Polizisten in Uniform durchsuchten die Halle nach einer Tatwaffe und Spuren. Vor der Halle durchkämmte ein Dutzend weiterer Streifenpolizisten das zugehörige Außengelände.

Einer aus dem Team der Spurensicherung, das durch seine weißen Einwegoveralls gut zu erkennen war, machte Fotos von den in der Halle verstreuten und mit Nummern versehenen möglichen Beweisstücken. Seine Kollegen waren damit beschäftigt, Fingerabdrücke und Fasern sicherzustellen. Vermutlich würde ihre Arbeit noch ein paar Tage andauern.

»Sieht wie eine Hinrichtung aus«, sagte Speer.

»Nur, dass der Strick nicht um den Hals, sondern um die Fußgelenke liegt«, feixte Bogner.

Der um die ein Meter achtzig große und stämmige Tote hing an einem altertümlichen, per Handkurbel betriebenen Lastenkran und schwebte kopfüber etwa einen Meter über dem Boden. Die Hände des Mannes waren mit Kabelbinder hinter dem Rücken zusammengebunden. Ein Seil war um seine Stirn geschlungen und an den Enden mit dem Kabelbinder an den Handgelenken verknotet, so dass der Kopf in den Nacken gezogen und fixiert war. Speer ging in die Knie und sah sich das Gesicht des Toten genauer an. Der Mund des Mannes wurde durch einen seitlich herausragenden Metallgegenstand mit scherenartigen Griffen offen gehalten, wodurch sein Gesicht zu einer angstverzerrten Grimasse entstellt wurde. Aus der Mundhöhle ragte Stroh, das man kaum noch als solches erkennen konnte, da es von Blut durchtränkt war, das in großen Mengen aus der Mundhöhle nach unten geflossen sein musste. Der Tote war nackt. Seine Kleidung und die Schuhe lagen ein paar Meter neben der Blutlache, die sich unter seinem Körper ausgebreitet hatte.

»Muss ein verdammter Irrer gewesen sein, der das getan hat«, sagte Robert Bogner und kaute hektisch auf seinem Kaugummi herum.

»Ich kenne den Mann«, sagte Speer und zog damit Bogners erstaunten Blick auf sich.

»Vor etwa einem Jahrzehnt war Rokov eine Kiezgröße. Trotz intensiver Ermittlungen ist es uns nie gelungen, ihn wegen seiner Drogengeschäfte hinter Gitter zu bringen.«

Bogner hörte kurz auf, seinen Kaugummi zu malträtieren und kaute dann langsamer weiter. Er stemmte seine Hände in die Hüfte und besah sich den Toten noch einmal genauer.

»Wenn das Opfer aus dem Milieu kommt, liegt die Vermutung nahe, dass der Mord was damit zu tun hat. Das Stroh im Mund deutet darauf hin, dass ihm jemand das Maul stopfen wollte. Vielleicht hat er etwas ausgeplaudert, was er nicht sollte. Ist es möglich, dass er mit der Polizei zusammengearbeitet hat und aufgeflogen ist?«

»Das kann ich mir zwar nicht vorstellen«, sagte Speer, »lässt sich aber leicht nachprüfen.« Er zog ein kleines schwarzes Büchlein und einen Bleistift aus der Innentasche seiner Lederjacke und machte sich eine entsprechende Notiz.

»Rokov muss gelebt haben, als er mit dem Kran nach oben gezogen wurde«, sagte er dann.

»Warum so sicher?«

»Der Mann sollte offensichtlich gedemütigt werden, deshalb musste er sich vorher ausziehen. Der ganze Aufwand macht keinen Sinn, wenn Rokov vorher schon tot war.«

»Das klingt plausibel«, sagte Bogner und fügte seine eigenen Überlegungen hinzu. »Danach hat der Mörder den Kopf des Opfers fixiert und es gezwungen, dieses Ding zwischen die Zähne zu nehmen und ihm anschließend Verletzungen im Mund zugefügt. Äußerlich sind ja keine Wunden zu erkennen, von denen dieses ganze Blut sonst stammen könnte.«

Der ältere Mann mit den schlohweißen Haaren, den Lauer eben Doc genannt hatte, kam jetzt auf sie zu. Er hatte seinen weißen Overall schon ausgezogen und wirkte mit seinem dunkelblauen Anzug und der roten Fliege zu festlich für diesen Ort. Auf seiner Nase trug er eine eckige Brille, die ebenso wie sein sauber rasiertes Gesicht zu seinem vornehmen Äußeren passte. Er reichte zuerst Bogner und dann Speer die Hand.

»Darf ich vorstellen«, sagte Bogner. »Dr. Eisenbeiß ist Chef der Gerichtsmedizin an der Charité und Professor für forensische Pathologie und Toxikologie an der Universitätsklinik Berlin.«

Speer gab Dr. Eisenbeiß die Hand und stellte sich vor.

»Und Hauptkommissar Speer ist Ihr neuer Partner?«, fragte Dr. Eisenbeiß.

Robert Bogner nickte. »Der Kollege war vorher bei der Drogenfahndung.« In seiner Stimme schwang eine gewisse Geringschätzung mit.

»Und jetzt zur Mordkommission, wie das?«, fragte Dr. Eisenbeiß.

Adrian Speer verzog kurz das Gesicht. Die Wahrheit war, dass er die gefährlichen verdeckten Ermittlungen in einer Frankfurter Rockergang, die in Drogen-, Waffenhandel und Zwangsprostitution verwickelt war, nur deshalb übernommen hatte, weil er hoffte, dort eine Spur zu seiner entführten Tochter zu entdecken. Letztlich war aber alles aus dem Ruder gelaufen und hatte mit seiner Suspendierung geendet. Im Zuge seiner verdeckten Ermittlungen hatte er Grenzen überschritten, um seine Glaubwürdigkeit innerhalb des Motorradclubs zu steigern. Er hatte sich an illegalen Geschäften beteiligt und Kokain genommen, wenn man es ihm angeboten hatte. Bei einem Drogendeal, den er mit einem weiteren Clubmitglied durchziehen sollte, hatten die beiden Käufer plötzlich Pistolen gezogen und auf sie geschossen. Am Ende waren die beiden Käufer und das andere Gangmitglied tot. In dem Koffer, in dem das Geld sein sollte, war nur Papier. Er hatte die Drogen genommen und sie zu seiner Einsatzleitung gebracht. Dort hatte man den verdeckten Ermittlungseinsatz sofort abgebrochen. Seitdem stand er bei der Rockergang, die seine wahre Identität nicht kannte, auf der Abschussliste. Sie gingen davon aus, dass er mit dem Geld und den Drogen abgehauen war. Er hatte dann die Suche nach Lucy im Alleingang fortgesetzt.

Doch dabei war er keinen Schritt weitergekommen. Es war deprimierend gewesen. Als vor zehn Tagen der Polizeipräsident Leonard Grabitz, der ein guter Freund seines im Dienst ermordeten Onkels gewesen war, persönlich vor seiner Tür gestanden und ihn gefragt hatte, ob er seinen Dienst in einer neu gegründeten Mordkommission wieder aufnehmen wolle, war er sofort einverstanden gewesen.

Aber diese Vorgeschichte ging weder den Gerichtsmediziner noch sonst jemanden etwas an.

»Man hielt mich wohl für den Richtigen«, sagte er deshalb nur knapp. Speer bemerkte, dass Bogner ihn mit hochgezogenen Augenbrauen und einem schelmischen Grinsen von der Seite musterte. Seit ihrem ersten gemeinsamen Tag wurde Speer das Gefühl nicht los, dass Robert Bogner ihn nicht ernst nahm.

Dr. Eisenbeiß nickte zögerlich. Vermutlich hatte er sich eine ausführlichere Antwort auf seine Frage erhofft. Doch dann lächelte er. »Und jetzt übernimmt die neue Abteilung Acht ihren ersten Fall. Da kann man nur gutes Gelingen und viel Erfolg bei der Aufklärung wünschen.«

»Können Sie uns schon Genaueres über die Todesumstände sagen?«, fragte Bogner.

Der Gerichtsmediziner schob seine Brille hoch. Sein Gesichtsausdruck wurde ernst. »Wir wollten das Opfer noch in der Position belassen, in der es aufgefunden wurde, damit Sie sich ein besseres Bild machen können. Aber ich habe mir den Toten schon näher angesehen und das Stroh ein wenig beiseitegedrückt, um einen Blick in die Mundhöhle werfen zu können.« Er machte eine kurze Pause und zog die Augenbrauen hoch. »Dem Opfer wurde die Zunge herausgeschnitten. Vielleicht hat der Täter sie sogar mitgenommen, gefunden haben wir sie bis jetzt jedenfalls noch nicht. Das Messer, das der Täter benutzt hat, muss sehr scharf gewesen sein. Die Zunge wurde mit einem sauberen glatten Schnitt abgetrennt. Ich tippe auf ein Skalpell.«

»Ich wette, der Mann war noch am Leben, als ihm die Zunge entfernt wurde?«, sagte Bogner. »Ansonsten hätte der Täter nicht den Kopf fixieren müssen.«

»Das kann ich noch nicht mit Gewissheit sagen. Aber was Sie anführen, spricht tatsächlich dafür, dass der Mann noch gelebt hat. Die Menge an Blut, die ausgetreten ist, ist ein zusätzliches Indiz. Durch den hohen Blutverlust nach dem Entfernen der Zunge und die Kopfüberlage ist der Tod dann vermutlich sehr schnell eingetreten.«

»Kann ein Mensch auch allein aufgrund der Kopfüberhaltung sterben?«, fragte Speer.

»So sicher wie das Amen in der Kirche. Es ist nur eine Frage der Zeit, dauert aber von Person zu Person je nach Konstitution unterschiedlich lange. Bei gesunden Menschen kann es mehrere Stunden bis zu über einen Tag dauern. Entweder kommt es dann wegen zu hohen Blutdrucks zu tödlichen Hirnschwellungen oder Hirnblutungen. Oder aber das Opfer erstickt, da die Lunge durch den Druck anderer Organe nicht mehr richtig arbeiten kann.«

»Wann, schätzen Sie, ist der Tod eingetreten?«, wollte Bogner jetzt wissen.

Dr. Eisenbeiß legte die Stirn in Falten. »Sie wissen, dass ich Ihnen den Todeszeitpunkt ohne weitere Untersuchungen nicht präzise sagen kann.«

»Und wie lautet Ihre grobe Einschätzung?«

»Die Totenstarre ist noch nicht vorüber. Die Raumtemperaturen liegen hier drin bei sieben Grad. Wenn ich das bei der Körpertemperaturmessung berücksichtige, würde ich sagen, dass der Tod vor acht bis zwölf Stunden eintrat.«

Speer überschlug kurz die Zeit. Wenn Dr. Eisenbeiß mit sei-

ner Vermutung richtiglag, dann musste das Opfer vergangene Nacht zwischen vier Uhr und acht Uhr morgens ermordet
worden sein.

»Haben Sie sonst noch etwas für uns, mit dem wir arbeiten
können?«, fragte Bogner.

»Nein, tut mir leid, das war's fürs Erste«, sagte Dr. Eisenbeiß. Ein aufmunterndes Lächeln zeichnete sich auf seinem
Gesicht ab. Nun kam einer der Männer von der Spurensicherung zu ihnen. Er nahm die Kapuze ab und stellte sich als Martin Klamm, Leiter des Teams, vor. Bogner wandte sich aber
noch einmal an Dr. Eisenbeiß.

»Da Sie es nicht erwähnt haben, gehe ich davon aus, dass Sie
keine Kampfspuren am Opfer gefunden haben.«

»Auf den Körperstellen, die ich bisher gesehen habe, gibt
es keine Hämatome, die auf stumpfe Gewalteinwirkung hinweisen und auch keine Kratzspuren auf der Haut. Ob sich
unter den Fingernägeln fremde Hautpartikel befinden, kann
ich erst untersuchen, wenn das Opfer auf meinem Seziertisch
liegt.«

Bogner nickte. »Im Moment habe ich dann keine weiteren
Fragen mehr an Sie«, sagte er.

Daraufhin meldete sich Klamm zu Wort. »Wenn Sie zustimmen, würden wir den Leichnam abtransportieren lassen.«

Bogner warf noch einen Blick auf den Toten und nickte.
Klamm wies daraufhin zwei seiner Leute an, die Leiche mit Fo-
lie abzukleben und abzuhängen.

»Ich verabschiede mich dann mal. Sobald der Leichnam in
der Gerichtsmedizin eintrifft, mache ich mich an die Arbeit«,
sagte Dr. Eisenbeiß. »Meinen endgültigen Bericht haben Sie
morgen früh auf dem Schreibtisch.«

»Danke«, sagte Bogner und wandte sich wieder Martin

Klamm zu, der ihm nochmals den Namen und die Anschrift des Opfers bestätigte.

»Und welche Erkenntnisse haben Sie sonst noch für uns?«, fragte Bogner.

»Wir haben ein paar Kleiderfasern sichergestellt. Aber ob die vom Täter stammen, ist fraglich. Hier liegt ja allerlei Müll herum. Ein Messer, das der Täter benutzt haben könnte, haben wir bisher nicht gefunden. Aber die Kollegen von der Streife sind in der Umgebung noch auf der Suche.«

Speer sah kurz Dr. Eisenbeiß hinterher, dessen Silhouette sich dunkel vor dem offen stehenden Haupttor abzeichnete. Dann ließ er seinen Blick noch einmal aufmerksam durch die Halle gleiten, um sich so viele Details wie möglich einzuprägen. Zwar würde die Kriminaltechnik einen 3D-Scan des Gebäudeinneren erstellen und einen virtuellen Raum erzeugen, der dem Tatort exakt glich. Doch auf Sinneseindrücke, die er vor Ort sammeln konnte und die sich schon bei manchen Ermittlungen als hilfreich herausgestellt hatten, wollte er nicht verzichten.

Bogner raufte sich die Haare. »Was ist mit Schuh- und Fingerabdrücken?«

»Der Hallenboden ist aus Beton. Obwohl er ziemlich dreckig ist, sind keine verwertbaren Abdrücke feststellbar, auch in der Blutlache nicht. Wahrscheinlich hat der Täter Schuhüberzüge aus Plastikfolie verwendet, wie auch wir sie benutzen, um den Tatort nicht zu kontaminieren. An den umliegenden Gegenständen konnten wir unterschiedliche Fingerabdrücke nehmen. Ob welche vom Täter dabei sind, wissen wir natürlich nicht. Wir jagen sie durch die Straftäterdatenbank und sehen, ob wir einen Treffer landen.«

»Hatte das Opfer ein Handy bei sich?«, fragte Speer.

»Wir haben keins gefunden«, erwiderte Klamm.

»Der Täter muss das Opfer irgendwie hierhergebracht haben. Wie sieht es also mit Reifenspuren vor der Halle aus?«, fragte Speer.

»Keine Chance. Der Parkplatz ist asphaltiert. Außerdem hat es die Nacht über bis in den Vormittag hinein geregnet. Tut mir leid, aber so wie es aussieht, kann ich im Moment noch rein gar nichts liefern, was bei den Ermittlungen helfen könnte.«

Nachdem das Gespräch beendet war, verließen Speer und Bogner die Halle. Auf dem Parkplatz blieben sie stehen und sahen sich um. Zur Hauptstraße hin war der Platz von einem dichten, etwa zwei Meter hohen Lattenzaun umgeben. An den anderen Seiten des Fabrikgeländes erhob sich eine ähnlich hohe Backsteinmauer. Dahinter grenzten zur Linken das Lager eines Baustoffhandels sowie eine Autowerkstatt an und zur Rechten drei baugleiche, heruntergekommene Siedlungshäuser. Möglicherweise handelte es sich um alte Werkshäuser der Fabrik. Von den hinteren Fenstern konnte man den gesamten Parkplatz vor der Halle überblicken. Sie würden mit den Bewohnern sprechen müssen, vielleicht hatte einer in der Nacht etwas Ungewöhnliches bemerkt.

2

Die Befragung der Anwohner war ernüchternd. Niemand hatte in der vergangenen Nacht oder am frühen Morgen etwas von dem, was sich in der alten Fabrikhalle abgespielt hatte, bemerkt.

Als Nächstes machten sie sich auf den Weg zu Rokovs Villa

im Nobelviertel Dahlem. Sie mussten der Ehefrau die Nachricht überbringen, dass ihr Mann tot war. Eine Aufgabe, die kein Kriminalbeamter gern erledigte, und Robert Bogner war da keine Ausnahme.

An einer roten Ampel sah Bogner kurz zu Speer auf dem Beifahrersitz hinüber. Sein neuer Kollege schaute aus dem Seitenfenster und wirkte in Gedanken versunken. Seit Antritt der Fahrt hatten sie kein Wort miteinander gewechselt. Bogner hatte gehofft, dass Speer jetzt, wo sie ihren ersten gemeinsamen Fall hatten, etwas gesprächiger werden würde, aber da hatte er sich wohl getäuscht. Der Fall beschäftigte Speer, das spürte er, doch an dem, was in seinem Kopf vorging, ließ er niemanden teilhaben.

Seit einer Woche arbeiteten sie in einem Büro zusammen. Sie kamen miteinander aus, aber ein tiefer gehendes Gespräch war noch nicht zustande gekommen. Man könnte sagen, sie waren noch dabei, sich gegenseitig zu beschnuppern. Reibungspunkte, zu denen es bei der Arbeit an einem aktuellen Fall nun mal kommen würde, hatte es noch nicht gegeben. Dennoch war klar, dass Speer in sich gekehrt war. Angesichts seiner Geschichte war das auch kein Wunder. Bogner wusste, dass die Tochter seines neuen Partners vor zwei Jahren entführt worden war. Die Medien hatten mehrere Tage intensiv darüber berichtet. Er hatte sich vorgenommen, Speer vorerst nicht darauf anzusprechen. Vielleicht würde sich das einmal ergeben, wenn sie mehr Vertrauen zueinander gefasst hätten. Falls das jemals geschehen sollte. Bogner wusste nicht, zu welchem Menschen er geworden wäre, wenn man seine Tochter entführt hätte und er seitdem kein Lebenszeichen mehr von ihr erhalten hätte.

Robert Bogners Tochter Julia war inzwischen fünfzehn, und mit seiner Frau Laura war er seit siebzehn Jahren verheiratet. Auf seinem Schreibtisch stand ein Foto von den beiden, und er hatte Speer von ihrem letzten Urlaub in Spanien erzählt. Er wollte sich so normal wie möglich verhalten, und dazu gehörte auch, dass er etwas aus seinem Privatleben preisgab. Speer hingegen hatte über seine Vergangenheit nichts verraten und nur über die Arbeit gesprochen. Bogner wusste nicht einmal, ob Speer noch verheiratet war. Dass er außer der entführten Tochter noch einen Sohn hatte, daran konnte er sich aus der Berichterstattung noch erinnern.

Auch wenn Bogner es sich nicht anmerken ließ, so missfiel ihm, dass man ihm einen Neuling auf dem Gebiet der Mordermittlung zur Seite gestellt hatte. Noch dazu jemanden, dessen Tochter Opfer einer Entführung geworden war. So etwas musste jedem an die Substanz gehen und das Seelenleben nachhaltig belasten. Es war fraglich, ob Speer sich unter diesen Umständen voll auf seine Arbeit konzentrieren konnte.

Beim dritten Teammitglied, Tina Jeschke, sah es nicht viel besser aus. Sie war in keiner ihrer bisherigen Abteilungen klargekommen, was vermutlich auch an ihrem von manch einem als provokativ empfundenen, ausschließlich schwarzen Kleidungsstil, ihren Piercings in Nase und Ohren und ihrem knallroten Lippenstift lag. Menschlich schien Tina Jeschke aber in Ordnung zu sein, wenn man einmal von ihrer extrem reservierten und stoischen Art absah.

Nach einer Woche beschlich Bogner zunehmend das Gefühl, dass die achte Mordkommission als ein Auffangbecken verschrobener Charaktere herhalten sollte. Das schloss ihn vermutlich sogar mit ein, auch wenn er nicht im Geringsten an der Qualität seiner Arbeit zweifelte und für seinen Job brannte. Aber bei den Kollegen war er nicht gerade beliebt, was wohl in erster Linie daran lag, dass er gern seine Meinung kundtat und kein Blatt vor den Mund nahm, wenn jemand Scheiße gebaut hatte, und schon gar nicht kehrte er etwas unter den Teppich.

Hinter vorgehaltener Hand warf man ihm deshalb eine große Klappe vor, man bezeichnete ihn als Großmaul, und vor seiner Beförderung zur Leitung der achten Mordkommission hatte ein Kollege ihn vor versammelter Mannschaft als arrogantes Arschloch bezeichnet. Das hatte er natürlich nicht auf sich sitzen lassen können. Ein Wort ergab das andere, und es endete damit, dass sie sich gegenseitig an den Kragen gingen. Hätten die Kollegen sie nicht getrennt, wäre es zu einer handfesten Prügelei gekommen. Einige Wochen nach dem Vorfall hatte man ausgerechnet ihn zum ersten Kriminalhauptkommissar mit eigener Abteilung befördert. Es roch förmlich danach, dass man ihn aus dem Weg haben wollte, aber was machte das schon. Die Leitung einer Mordkommission war schon immer sein Ziel gewesen, und wenn seine Aufklärungsquote stimmte, würden die Kollegen schon noch sehen, was sie an ihm hatten. Jedenfalls hatte er nicht vor, in seinem ersten Fall ein schlechtes Bild abzugeben. Er würde Ergebnisse liefern, aber dafür brauchte er einen effizienten Partner, auf den er sich verlassen konnte und der funktionierte, wenn es darauf ankam. Bogner seufzte und fragte sich, ob Adrian Speer derjenige sein konnte. Im Grunde genommen schien er aber ein feiner Kerl zu sein. Gleich am ersten Tag, als er ins Büro kam, brachte er einen Kuchen mit, um seinen Einstand zu geben. Dabei waren er und Tina Jeschke doch genauso neu in der achten Mordkommission. Wenn Bogner in sich hineinhörte, dann sagte ihm zumindest sein Bauchgefühl, dass die Zusammenarbeit mit Speer funktionieren würde.

»Der Mörder hat sich viel Arbeit gemacht und ist mit der Fabrikhalle auch noch das Risiko eingegangen, entdeckt zu werden«, sagte er, als die Ampel auf Grün sprang und er weiterfahren konnte. »Zuerst musste er sein Opfer entführen, was bei einem Mann wie Rokov mit krimineller Vergangenheit bestimmt nicht ganz einfach war, und dann hat er ihn auch noch in diese Halle gebracht, um ihn dort kopfüber aufzuhängen und ihm die Zunge rauszuschneiden. Warum?«

Speer blickte nun zu Bogner hinüber und ließ sich Zeit mit seiner Antwort. »Vielleicht eine Sache aus seiner Vergangenheit«, sagte er schließlich und sah nach vorn, als ob sich dort draußen in der hereinbrechenden Dunkelheit die Wahrheit finden ließe. »Der Täter hat Wert darauf gelegt, dass es so und nicht anders geschieht. Er wollte Rokov demütigen, foltern und ihn erst dann umbringen.«

»Und du bist ganz sicher, dass Rokov in keine kriminellen Geschäfte mehr verstrickt war? Sonst wären Revierstreitigkeiten ein naheliegendes Motiv.«

»Rokov hat sich vor ungefähr zehn Jahren aus dem Milieu zurückgezogen. Er managt jetzt nur noch seine Immobilien, darunter ist noch ein Nachtclub, aber der ist sauber.«

»Und was ist, wenn er wieder ins Geschäft kommen wollte und dabei an die Falschen geraten ist?«

»Du meinst, da wollte jemand ein Exempel statuieren? Nach dem Motto: Legt euch nicht mit mir an, sonst endet ihr kopfüber mit abgetrennter Zunge am Strick?«

»Ja, so was in der Art.«

»Das könnte natürlich sein. Jedenfalls hat der Mörder den Toten absichtlich gedemütigt und zur Schau gestellt, ohne sich Mühe zu geben, die Tat zu vertuschen. Er wollte, dass Rokov so gefunden wird.«

Dem musste Bogner zustimmen.

»Die Ausführung der Tat und die Art, wie er das Opfer zurückgelassen hat, müssen irgendeine Bedeutung haben.«

Normalerweise brauchte man für die Strecke nach Dahlem etwa eine Viertelstunde, doch die Stadtautobahn war wegen eines Unfalls verstopft. Bogner war auf eine Umgehungsstraße ausgewichen, doch auch hier ging es nur stockend voran. Als sie nach dreißig Minuten bei Rokovs Villa ankamen, parkte Bogner den BMW auf dem Seitenstreifen vor einer schulterhohen Mauer, die das Grundstück zur Straße hin abgrenzte. Sie stiegen aus, und Bogner klingelte an der Sprechanlage, die neben einem Eisentor in die Mauer eingelassen war. Dahinter führte eine breite Zufahrt hinauf zu einer zweistöckigen Villa mit Mansardendach. Kurz nach dem Klingeln meldete sich eine Frauenstimme.

»Ja, bitte?«

Bogner räusperte sich. »Wir sind von der Kriminalpolizei und möchten gerne mit Frau Rokov sprechen«, sagt er dann.

Speer hielt seinen Dienstausweis in die Höhe und zeigte ihn in Richtung eines Baumes, an dem eine Videokamera befestigt war. Wenige Sekunden später öffneten sich die beiden Flügel des Tores. Bis zum Haus waren es gut dreißig Meter. Sie gingen die Einfahrt hinauf, die mit im Boden eingelassenen Strahlern beleuchtet war und in einer Garage endete. Auf dem gepflegten Rasen rund um das Haus standen hohe kahle Bäume und blätterlose Sträucher, deren Äste sich im Wind bewegten.

Eine zierliche junge Frau mit langen dunklen Haaren öffnete die Haustür. Sie trug eine Jeans, und ihre graue Strickweste reichte ihr fast bis zu den Knien. Die Sonnenbrille in ihrem Gesicht irritierte angesichts der hereinbrechenden Dunkelheit.

»Ich bin Hauptkommissar Bogner und das ist mein Kollege Hauptkommissar Speer. Wir würden gern mit der Ehefrau von Horst Rokov sprechen.«

»Ich bin Isabell Rokov.« Sie verschränkte fröstelnd die Arme vor der Brust. »Worum geht es denn? Habe ich etwas verbrochen? Irgendwo falsch geparkt?« Sie lächelte.

Bogner hatte die Frau für eine Hausangestellte oder Rokovs Tochter gehalten. Sie trug keinen Ehering und konnte höchstens Anfang dreißig sein. Horst Rokov wäre damit gute dreißig Jahre älter gewesen als sie.

»Wir müssen Ihnen leider eine traurige Nachricht überbringen.«

Die Stirn der Frau zog sich über der Sonnenbrille sorgenvoll in Falten. »Ist etwas mit meinem Mann?«

Bogner nickte. »Ihr Mann wurde tot aufgefunden. Er wurde ermordet.« Er machte eine Pause und rechnete mit einer heftigen emotionalen Reaktion, aber die Frau blieb gefasst. Sie kaute lediglich auf ihrer leicht zitternden Unterlippe.

»Ermordet?«, flüsterte sie schließlich und ließ die Schultern sinken.

Es war nicht unbedingt verwunderlich, wie Isabell Rokov mit der schrecklichen Mitteilung umging. Zwar brachen viele Angehörige, denen die Nachricht vom Tod eines geliebten Menschen überbracht wurde, in Tränen aus. Es gab aber auch andere, zu denen nicht sofort durchdrang, was man ihnen sagte. Es war für viele einfach zu schlimm, um es sofort zu begreifen.

»Ich weiß, dass Sie sich jetzt schrecklich fühlen müssen, und dass jetzt sicher nicht der passende Augenblick ist. Aber dürfen wir dennoch hereinkommen und Ihnen ein paar Fragen stellen?«

Die Frau nickte stumm. Sie ließ sie eintreten und ging durch eine ausladende Eingangshalle voran in ein elegantes Wohnzimmer. Sie setzte sich auf die cremefarbene Ledercouch, presste die Knie zusammen und legte die Hände in den Schoß. Bogner und Speer nahmen ihr gegenüber auf Sesseln Platz. In einem Kaminofen loderte ein knisterndes Feuer und erzeugte eine wohlige Wärme.

Obwohl es im Raum nicht übermäßig hell war, behielt Isabell Rokov ihre Sonnenbrille auf.

»Ich kann nicht glauben, dass er tot sein soll«, sagte sie. »Was ist denn passiert?«

Bogner seufzte, beugte sich nach vorn und stützte sich mit den Ellbogen auf den Knien ab.

»Ihr Mann wurde vermutlich heute am frühen Morgen umgebracht. Man hat ihn in einer Fabrikhalle in Siemensstadt gefunden. Die Details ersparen wir Ihnen lieber.«

»Ich kann mir das nicht vorstellen. Ich muss doch wissen, was mit ihm geschehen ist.«

»Es ist besser für Sie, wenn Sie es nicht wissen.«

Isabell Rokov schloss kurz die Augen und atmete geräuschvoll aus.

»Wir können Ihnen leider nicht ersparen, dass Sie Ihren Mann identifizieren müssen. Das hat aber Zeit bis morgen früh.«

»Wissen Sie schon, wer das getan hat?«

»Wir fangen gerade erst mit unseren Ermittlungen an.«

Isabell Rokov senkte jetzt den Kopf, und Bogner wartete einen Moment.

»Wann haben Sie Ihren Mann zuletzt gesehen?«, fragte er.

»Das war gestern Abend. Er ist gegen neun Uhr weggefahren und wollte in seinen Club«, sagte Isabell Rokov. »Da fährt er fast jeden Abend hin.«

»Was für einen Wagen fuhr Ihr Mann?«

»Einen silbernen Mercedes S-Klasse, älteres Baujahr. Er hat auch noch einen Porsche, der steht aber in der Garage.«

»Er ist also gestern mit dem Mercedes in den Club gefahren.«

»Ich hab ihn damit wegfahren sehen.«

»Haben Sie danach noch mal mit ihm gesprochen?«, wollte Speer jetzt wissen.

Die Frau sah zu Boden und knetete die in ihrem Schoß gefalteten Hände.

»Wir hatten einen Streit«, sagte sie dann. Sie blickte auf und setzte ihre Sonnenbrille ab. Ihr Gesicht sah fürchterlich aus. Das linke Auge war zugeschwollen und in Faustgröße dunkelblau und rot unterlaufen.

Speer und Bogner wechselten einen Blick.

»Dürfen wir den Grund Ihres Streites erfahren?«, fragte Speer.

Isabell Rokov stieß einen tiefen Seufzer aus. Ihr Gesichtsausdruck wirkte jetzt, wo sie die Sonnenbrille nicht mehr trug, niedergeschlagen und traurig.

»Wir sind jetzt seit vier Jahren verheiratet. Horst war schon immer sehr eifersüchtig, aber in letzter Zeit wurde es noch schlimmer. Wahrscheinlich war der Altersunterschied zwischen uns doch einfach zu groß.«

Bogner ließ Isabell Rokov ein wenig Zeit, bevor er vorsichtig die nächste Frage stellte.

»Und haben Sie ihm einen Anlass gegeben, eifersüchtig zu sein?«

Isabell Rokov sah ihn nun mit festem Blick an. Ihre Augen waren wässrig, als ob sie kurz davor stand, zu weinen.

»Natürlich nicht. Ich habe meinen Mann geliebt.«

»Haben Sie gemeinsame Kinder?«

Sie schüttelte den Kopf. »Horst wollte keine mehr. Er hat bereits einen erwachsenen Sohn aus seiner ersten Ehe. Karsten ist Inhaber einer Spedition hier in Berlin. Horsts Exfrau wohnt seit der Trennung vor sechs Jahren in München.«

»Hatte Ihr Mann Feinde? Jemanden, dem Sie einen Mord zutrauen würden?«

Isabell Rokov sah gedankenverloren durch die zweiflügelige Terrassentür hinaus in den Garten. Inzwischen hatte es wieder leicht zu regnen begonnen.

»Mein Mann konnte sehr jähzornig sein, vor allem, wenn

etwas nicht schnell genug genau so lief, wie er sich das vorstellte. Anderen gegenüber war er oft sehr herablassend und beleidigend. Aber mir fällt niemand ein, der einen Grund gehabt hätte, ihn zu ermorden.«

»Wissen Sie, womit Ihr Mann sein Geld verdient hat?«

»Ja, aber das ist lange her. Viel hat er mir nicht über seine Geschäfte erzählt, und ich wollte es auch gar nicht so genau wissen. Ein paar Dinge habe ich von Leuten erzählt bekommen, die in seinem Club verkehren. Er war wohl früher eine echte Kiezgröße und hatte aus der alten Zeit noch einige Bewunderer. Ob die Geschichten immer gestimmt haben, da habe ich so meine Zweifel. Als ich meinen Mann kennenlernte, war er jedenfalls schon ein ehrbarer Geschäftsmann, der sich darauf beschränkte, seine Immobilien zu verwalten, und der das Leben in vollen Zügen genoss.«

Bogner überlegte, ob er die Frage, die ihn beschäftigte, jetzt schon stellen sollte, als ihm Speer damit zuvorkam.

»Entschuldigen Sie, aber wir müssen das fragen. Wo waren Sie gestern Abend und in der Nacht?«

Die Antwort ließ keine zwei Sekunden auf sich warten.

»Ich war hier und habe meine Wunden geleckt.« Es klang schnippisch. »Und nein, dafür gibt es keinen Zeugen.«

Jetzt übernahm Bogner wieder die Befragung. »Und Sie haben sich nicht gewundert, als Ihr Mann nachts nicht mehr nach Hause kam?«

»Nein, das war ja nicht ungewöhnlich. Wir haben eine kleine Wohnung ganz in der Nähe des Clubs meines Mannes. Er hat dort regelmäßig übernachtet, wenn er zu viel getrunken hat oder wenn wir Streit hatten.«

Auf Bogners Bitte hin nannte Isabell Rokov ihm die Adresse der Wohnung.

»Wenn Sie uns den Schlüssel geben würden, könnten wir uns

nachher einmal dort umsehen. Wir müssen versuchen, zu rekonstruieren, wo Ihr Mann zuletzt gewesen ist und was er getan hat, bevor er ermordet wurde. Vielleicht war er noch in der Wohnung und wir finden dort Spuren oder sonstige Hinweise auf den Täter.«

Isabell Rokov presste kurz die Lippen zusammen.

»Gut, wenn es Ihnen hilft, den Mörder meines Mannes zu finden.« Sie stand auf und ging mit hängenden Schultern und gesenktem Kopf in den Flur. Als sie zurückkam, hatte sie die Wohnungsschlüssel in der Hand und überreichte sie wortlos Bogner.

»Ihr Mann hatte doch bestimmt ein Handy. Kann es sein, dass es hier ist?«, fragte Speer, als sie sich wieder gesetzt hatte.

»Für gewöhnlich hatte er sein Handy immer bei sich.«

»Gut, würden Sie uns bitte die Nummer geben, damit wir es orten lassen können?«

Speer wählte die Nummer, die Isabell Rokov ihm nannte, und hielt sich sein Handy ans Ohr.

»Nur die Mailbox«, sagte er nach kurzer Wartezeit.

»Gibt es hier im Haus ein Arbeitszimmer, das Ihr Mann benutzt hat?«, fragte Bogner jetzt.

»Ja, es ist auch gleichzeitig sein Rauchzimmer.«

»Dürfen wir uns darin kurz umsehen, bevor wie gehen?«

Isabell Rokov nickte und stand auf. »Kommen Sie, ich zeige Ihnen, wo es ist.« Es schien so, als ob sie erleichtert sei, dass das Gespräch sich dem Ende zuneigte.

Im Arbeitszimmer von Horst Rokov dominierte ein Schreibtisch, der der Tür zugewandt war. Dahinter befand sich eine breite Fensterfront, die in den Garten hinausging. Es roch nach Zigarrenrauch. Regale mit Ordnern und Büchern reihten sich an den Wänden, und in einer Vitrine lagen Zigarrenkisten. Ein schwerer Ohrensessel und ein pompöser Aschenbecher ließen den Raum drückend wirken. Speer machte sich daran, die unteren Schubladen der Vitrine zu durchsuchen.

Isabell Rokov wartete vor der offenen Tür. Auf dem Schreibtisch fand Bogner ein paar Prospekte, offene Rechnungen und eine Tageszeitung. Unter der Tischplatte stand ein passender Rollcontainer, in dessen oberster Schublade er einen Umschlag bemerkte. Er war nicht zugeklebt. Darin steckten drei Fotos und ein mit wenigen Worten beschriebenes Blatt Papier: *Der Mann auf den Fotos ist Pfarrer und heißt Thomas Eigner. Die beiden Mädchen sind minderjährig.* Auf den Fotos war ein nackter Mann auf einem Doppelbett zu sehen. Er lag zwischen zwei ebenfalls unbekleideten Frauen in zerwühlten Laken.

Speer trat neben seinen Partner und betrachtete die Fotos und den beiliegenden Hinweis.

»Haben Sie etwas gefunden?«, fragte Isabell Rokov und kam zu ihnen ins Zimmer.

Bogner blickte auf und sah sie ernst an. »Kennen Sie einen Thomas Eigner?«

Sie legte die Stirn in Falten. »Nein, den Namen habe ich noch nie gehört.«

»Vielleicht haben Sie den Mann aber schon einmal irgendwo gesehen.« Bogner reichte ihr die Fotos.

Sie ließ sich Zeit beim Betrachten und schien nicht überrascht über die anstößigen Aufnahmen zu sein.

Langsam nickte sie. »Ich habe diesen Mann tatsächlich schon einmal gesehen.« Sie gab Bogner die Fotos zurück. »Das muss am Mittwochnachmittag gewesen sein. Da stand er vorn auf dem Gehweg und hat bei uns geklingelt. Er wollte meinen Mann sprechen, aber der war nicht zu Hause.«

»Was wollte er von Ihrem Mann?«

»Das hat er nicht gesagt, und gefragt habe ich ihn auch nicht. Er ist gleich wieder gegangen.«

»Sind Sie sicher, dass das vorgestern war?«

Isabell Rokov überlegte noch einmal kurz. »Ja, Horst war wie jeden Mittwoch beim Tennis.«

»Aber Sie haben nur über die Sprechanlage mit dem Mann geredet?«

»Ja, aber ich habe ihn über die Videoüberwachung gesehen.«

»Haben Sie die Videoaufzeichnung noch?«

»Nein, die alten Aufnahmen werden automatisch nach achtundvierzig Stunden gelöscht.«

»Und es war sicher der Mann auf den Fotos?«

Isabell Rokov nickte. »Er trug einen schwarzen Anzug und eine Priesterhalskrause. Ich dachte noch, was will denn ausgerechnet ein Geistlicher von meinem Mann?«

Speer hatte sich mittlerweile den Inhalt der Schreibtischschubladen angesehen, aber nichts Auffälliges gefunden.

»Glauben Sie, dass dieser Pfarrer meinen Mann ermordet hat?«

»Für einen solchen Verdacht ist es noch zu früh. Immerhin handelt es sich um einen Geistlichen«, antwortete Bogner.

Als sie sich an der Haustür von Isabell Rokov verabschiedeten, gab Bogner ihr eine Visitenkarte mit seiner Telefonnummer und bat sie, anzurufen, falls ihr noch etwas einfiel. Ein Gefühl sagte ihm, dass Isabell Rokov etwas vor ihnen verheimlichte.

3

»Falls Horst Rokov die Fotos an die Staatsanwaltschaft und das Kirchenbistum geschickt hätte, wäre dieser Thomas Eigner vermutlich die längste Zeit Pfarrer gewesen«, sagte Bogner. Sie waren auf dem Weg von der Villa hinunter zur Straße, wo ihr Dienstwagen stand. Den Umschlag mit den kompromittierenden Fotos hatte Bogner sich unter den Arm geklemmt.

»Und du meinst, um das zu verhindern, hat der Pfarrer Rokov umgebracht?«

»Warum nicht?«

»Warum sollte er Rokov ausgerechnet auf so bestialische Weise töten? An die belastenden Fotos ist er dadurch auch nicht gekommen.«

Bogner zuckte mit den Schultern.

»Vielleicht hat er gehofft, dass niemand die Fotos nach Rokovs Tod findet.«

Bogner entriegelte die Autotüren, und sie stiegen in ihren Dienstwagen.

»Wenn sich der Herr Pfarrer gern mit jungen Mädchen vergnügt, dann nimmt er es mit den Geboten seiner Kirche wohl nicht so genau und schreckt vielleicht auch vor einem Mord nicht zurück«, sagte Bogner und ließ den Wagen an. »Wir müssen uns dringend mit dem Mann unterhalten. Aber zuerst will ich mir die Stadtwohnung der Rokovs ansehen. Einverstanden?«

Speer nickte. »Warum war Rokov überhaupt im Besitz dieser Fotos?«

»Vielleicht wollte er Eigner mit den Fotos erpressen?«

»Aber um Geld konnte es Rokov doch nicht gehen. Davon hatte er mehr als genug.«

»Und dass eine ehemalige Kiezgröße wie Rokov auf seine

alten Tage noch zum moralischen Sittenwächter wurde und die christlichen Werte für sich entdeckte, ist wohl auch ausgeschlossen«, sagte Bogner.

Während sie nach Charlottenburg zum Penthouse der Rokovs fuhren, rief Speer Tina Jeschke an und bat sie, die Ortung von Rokovs Mobiltelefon zu veranlassen. Außerdem sollte sie den Mercedes des Opfers zur Fahndung ausschreiben. Sie mussten davon ausgehen, dass der Täter den Wagen benutzt hatte, um Horst Rokov zur Fabrikhalle zu bringen, und dass er nach der Tat damit weggefahren war. Wenn sie den Wagen hatten, würden sich darin möglicherweise Spuren finden lassen.

Tina nahm seine Anweisungen kommentarlos entgegen und sicherte ihm zu, sich umgehend an die Arbeit zu machen. Sie informierte ihn darüber, dass sie bereits einige Hintergrundinformationen über Horst Rokov eingeholt und dabei jede Menge Material aus seiner Zeit als Milieugröße zutage gefördert hatte. Jedoch hatte sich bisher daraus keine Erklärung ergeben, warum Rokov zehn Jahre nach seinem Ausstieg aus seinen illegalen Geschäften hatte sterben müssen.

Speer sah Tina Jeschke vor sich, wie sie in kerzengerader Haltung, ein Headset auf dem Kopf, mit über die Computertastatur fliegenden Fingern mit ihm telefonierte, und musste dabei schmunzeln. Irgendwie war ihm seine neue Kollegin sympathisch, vielleicht weil sie so eifrig bei der Sache war, ohne sich selbst in den Vordergrund zu spielen. Trotz ihrer nüchternen und etwas steifen Art hatte sie gleich dem Du zugestimmt, das er und Bogner ihr angeboten hatten. Außerdem merkte man ihr an, dass sie ihre Arbeit mochte. Das verband sie alle drei. Wie Tina war auch er nicht der gesellige Typ. Allerdings brauchte sich Tina keine Mühe zu geben, sich abzusondern, um ihren Ruf als Einzelgängerin zu untermauern. Bei ihr gingen insbesondere die älteren Kollegen schon aufgrund ihres äußeren Erscheinungsbildes auf Abstand. Sie hatte pechschwarzes glattes Haar, das ihr tief ins Gesicht und über die Schultern fiel. Ihre Züge waren eigentlich hübsch, aber das Piercing durch die Nasenscheidewand, die Reihe silberner Stecker an jedem Ohr und die sich scharf abzeichnenden Wangenknochen verliehen ihr eine eiserne Strenge. Der blutrote Lippenstift ergab einen harten Kontrast zu ihrer blassen Gesichtsfarbe. Speer hatte sie bisher ausschließlich in schwarzer Kleidung gesehen: Springerstiefel, enge Jeans, darüber ein Hemd im Militärlook. Auf die Ausschreibung der Stelle hatte sie sich gemeldet, da sie sich in ihrer alten Abteilung gemobbt gefühlt und man ihr keine anspruchsvolle Arbeit übertragen hatte. Es war nicht überraschend gewesen, dass Kriminalrätin Fernanda Gomez der zweiunddreißigjährigen Oberkommissarin den Posten in der neuen Mordkommission gegeben hatte. So würde eine Untersuchung der Mobbingvorwürfe unterbleiben.

Speer war das Aussehen seiner neuen Kollegin egal. Er hatte sich noch nicht lange mit ihr unterhalten, aber bereits den Eindruck gewonnen, dass sie intelligent war und über eine gute Auffassungsgabe verfügte, und außerdem schien sie über besondere Computerkenntnisse zu verfügen. Je mehr er darüber nachdachte, desto mehr hatte er das Gefühl, dass sie zu dritt ein gutes Team abgeben würden.

Gegen neunzehn Uhr dreißig parkte Bogner gegenüber dem gepflegten Apartmenthaus, in dem sich die Wohnung der Rokovs befand.

Speer schloss die Eingangstür des Gebäudes auf. Sie blickten in einen mit Schiefer belegten Flur, dessen stuckverzierte Wände mit Aquarellen verschönert waren. Sie folgten der breiten Wendeltreppe hinauf in die sechste Etage. Nachdem Speer die Tür zum Penthouse geöffnet hatte, traten sie in eine große Diele und schauten sich um. Hinter der Garderobe gingen vom Flur die Küche und das Bad ab. Ein Korridor führte auf eine offen stehende Tür zu, hinter der sich das Wohnzimmer befand, eine weitere Tür gab den Blick ins Schlafzimmer frei. Das breite Doppelbett wirkte unberührt. Ungewöhnlich war die rosafarbene Tapete. Speer und Bogner teilten sich auf und gingen die Räume ab. Nirgends fanden sich Spuren eines Kampfes oder Hinweise darauf, dass Rokov gestern Nacht noch hier gewesen war. Auch im Wohnzimmer herrschte Ordnung. Umso mehr stach das Gemälde ins Auge, das hinter einem der schwarzen Ledersessel hing. Es war zur Seite geschoben, und die Tür eines Safes, den das Bild verbergen sollte, stand offen. Speer und Bogner gingen näher heran. Im Inneren des Tresors stapelten sich drei kleinformatige Fotoalben und einige DVDs.

Speer nahm ein Paar Gummihandschuhe aus seiner Jackentasche und zog sie über. Dann griff er vorsichtig das oberste Fotoalbum und begann, darin zu blättern. Sofort verkrampfte sich sein Magen.

Es war eine Sammlung von Kinderfotos, die eindeutig als pornographisch einzustufen waren. Auf manchen waren Männer zu sehen, die sich an Jungen und Mädchen unterschiedlichen Alters vergingen. Die Gesichter der Männer waren nicht zu erkennen. Auf einigen Fotos erkannte Speer das Schlafzimmer dieser Wohnung. Abscheu und Wut überkamen ihn.

»So ein verdammtes Schwein«, presste Bogner, der neben ihm stand, angewidert hervor. »Da hat sich jemand genau den Richtigen zum Umlegen ausgesucht.«

Speer kommentierte das nicht. Er holte ein Album nach dem anderen aus dem Safe und blätterte es wie ein Daumenkino durch. Zum Schluss holte er die DVDs aus dem Safe. Sie trugen keine Titel, lediglich Jahreszahlen. Die erste war datiert auf Mitte der achtziger Jahre. Vermutlich Videoaufnahmen, die später digitalisiert worden waren. Auch wenn es eine widerwärtige Aufgabe war, würden sie sich das Material ansehen müssen. Vielleicht waren darunter Hinweise auf Rokovs Mörder. Die zuständige Abteilung zur Bekämpfung von Kinderpornographie würde die DVDs ebenfalls sichten, um die Hintermänner ausfindig zu machen. Eventuell musste auch noch das Bundeskriminalamt eingeschaltet werden.

Speer fand als Erstes seine Fassung wieder. »Warum stand der Safe offen?«

»Bei dem, was drin war, wird Rokov wohl kaum vergessen haben, ihn zu schließen und das Bild wieder davorzuschieben«, sagte Bogner.

»Gehen wir einmal davon aus, dass Rokovs Mörder hier war und den Safe öffnete. Was würde das bedeuten?«

»Sonst ist hier nichts angerührt worden, und der Inhalt des Safes wurde wie auf dem Präsentierteller zurückgelassen«, sagte Bogner. »Wenn das Rokovs Mörder war, ging es ihm darum, uns zu zeigen, dass Rokov ein Kinderschänder war.«

»Vielleicht ist das auch der Grund, warum Rokov sterben musste«, überlegte Speer.

»Oder der Mörder hat einfach nur etwas in dem Safe gesucht und sich danach nicht mehr die Mühe gemacht, die Tür wieder zu schließen.«

»Das Versteck und die Zahlenkombination könnte er von Rokov erfahren haben, als er ihn folterte.«

»Was bedeuten würde, dass der Täter möglicherweise erst nach dem Mord zu dieser Wohnung fuhr.«

Während Bogner die Spurensicherung informierte, tippte Speer die Nummer von Rokovs Mobiltelefon ein und ließ es läuten. Es war kein Klingeln in der Wohnung zu hören.

»Ich denke gerade an diesen Pfarrer«, sagte Bogner.

»Du meinst, er könnte hier nach den Fotos gesucht haben, mit denen Rokov ihn erpresst hatte?«

»Er entführt seinen Erpresser Rokov, und der sagt ihm, die Fotos seien hier. Nachdem er das weiß, bringt er Rokov um, fährt zur Wohnung. Aber die gesuchten Fotos sind gar nicht in dem Safe.«

Speer runzelte die Stirn. »Aber warum sollte der Pfarrer seinem Erpresser die Zunge rausschneiden und ihm Stroh in den Mund stopfen?«

Bogner zog eine Augenbraue hoch und grinste. »Im Alten Testament geht es auch nicht gerade zimperlich zu. Falls Rokov die Fotos öffentlich machen wollte, könnte die abgeschnittene Zunge ein Hinweis auf das Tatmotiv sein.«

Nachdem die Kollegen von der Spurensicherung eingetroffen waren, gingen Speer und Bogner hinunter in die Tiefgarage des Hauses. Auf einem der beiden zum Penthouse gehörenden Stellplätze fanden sie Horst Rokovs Mercedes.

4

Er saß in der Dunkelheit in seinem Wagen und beobachtete das Haus schräg gegenüber. Im Erdgeschoss befand sich die Kanzlei des Anwalts Dr. Achim Wölfling. Das Stockwerk darüber beherbergte das Büro einer Vermögensberatung. Nur in der Kanzlei brannte noch Licht. Nachdem die beiden Anwaltsgehilfinnen vor einer Viertelstunde gegangen waren, musste ihr Chef jetzt allein sein.

Mit den Fingern der linken Hand trommelte er in einem immer schneller werdenden Rhythmus auf das Lenkrad. Die rechte Hand legte er auf den kalten Schaft der Pistole in seinem Schulterholster. Sein Herz klopfte schnell und laut in seiner Brust. Dieser verdammte Jähzorn. Er musste sich beruhigen. Die Wut schien sein Hirn zum Kochen zu bringen, sie hatte Rauch aufsteigen lassen, der sich zu einer riesigen Wolke verdichtet hatte und nun sein Denken vernebelte. Dabei musste er sich doch gerade jetzt konzentrieren. Keinen einzigen Fehler durfte er sich erlauben, sollte sein Plan funktionieren. Alle vierundzwanzig Stunden würde er töten, einen Schuldigen nach dem anderen. Nichts würde ihn davon abhalten. Und der Anwalt war der Nächste, der hängen, bluten und sterben würde. Am liebsten hätte er dem Schwein sofort eine Kugel durch den Kopf gejagt, aber das wäre viel zu gnädig. Der Anwalt würde unter unerträglichen Qualen diese Welt verlassen. Zuvor würde er ihm offenbaren, wer er war. Das Warum würde sich für den Anwalt dann von selbst erklären.

Er schloss kurz die Augen und zwang sich dazu, ein paarmal so langsam und tief wie möglich durchzuatmen. Das half. Die Wolke in seinem Kopf löste sich schließlich auf.

Währenddessen sah er die vergangene Nacht wie einen Film vor seinem geistigen Auge ablaufen. Es war befriedigend gewesen, Rokov so langsam zur Strecke zu bringen. Die Wut und das Dröhnen in seinem Schädel hatten mit jeder weiteren Minute, die das Schwein winselnd am Seil hing, ein wenig nachgelassen.

Es hatte nicht lange gedauert, bis Rokov geredet hatte. Und seine Annahme hatte sich bestätigt: Rokov und der Teufel hatten mit dem Anwalt unter einer Decke gesteckt. Am Ende hatte er seine Verbrechen gestanden. Der Anwalt würde es ihm schon bald gleichtun.

Noch einmal sah er sich in alle Richtungen um. Es hatte wieder zu regnen begonnen, und durch das Wasser auf den Scheiben war seine Sicht verschwommen. Soweit er das im Licht der entfernten Straßenlaternen erkennen konnte, waren die Bürgersteige wie leergefegt. Er zog die Pistole aus dem Holster und stieg aus. Dann schlich er über die Straße, öffnete die schmiedeeiserne Tür an der Vorgartenmauer und eilte über einen gepflasterten Weg zu einer Treppe, die zur Haustür hinaufführte.

Als er den Fuß auf die erste Stufe setzte, hörte er das Motorengeräusch eines näher kommenden Wagens. Der Blick auf die Straße war ihm durch eine Zypressenhecke versperrt. Kurz darauf wurde der Motor abgeschaltet, und zwei Autotüren fielen ins Schloss. Schnell huschte er an der Treppe vorbei in die abschüssige Einfahrt und presste sich an die Hauswand. Dann vernahm er die Schritte von zwei Personen, die zur Eingangstür hinaufgingen. Die Türklingel ertönte, einen Moment später wurde die Haustür geöffnet, und die Stimme des Anwalts erklang. Aber er begrüßte nicht seine Gäste, sondern schien zu telefonieren.

»Ich muss jetzt Schluss machen. Mein Besuch ist da.« Eine kurze Gesprächspause folgte. »Nein, es bleibt dabei. Wir treffen uns in einer halben Stunde in der Tennishalle.«

Die Stimme des Anwalts wurde sachlicher.

»Darja und Haruto, pünktlich wie immer«, sagte er. »Wenn ich euch in mein Büro bitten darf. Es gibt wieder was zu tun für euch.«

Die Haustür fiel ins Schloss. Den Plan, den Anwalt in seiner Kanzlei zu schnappen, musste er nun aufgeben. Er ging zurück zu seinem Wagen und beobachtete weiter das Haus.

Zwanzig Minuten später sah er im Schein der Straßenlaterne eine Frau und einen Mann auf den Bürgersteig treten. Die beiden sahen alles andere als vertrauenerweckend aus, und schon gar nicht wie Leute, mit denen ein Anwalt normalerweise zu-

sammenarbeitete. Die hochgewachsene Frau trug eine Lederjacke und hatte ihre blonden Haare zu einem Zopf geflochten.
Ihr Begleiter war ein Asiate mit der Figur eines Ringers, einem
kantigen Kopf und kurzgeschorenen Haaren. Kein Paar, dem
man im Dunkeln begegnen mochte. Sie stiegen in einen Lie-
ferwagen, den sie vor der Zypressenhecke geparkt hatten, und
fuhren los. Er fragte sich, was diese Gestalten mit dem Anwalt
zu schaffen hatten. Was war das für ein Auftrag, den er ihnen
erteilt hatte?

Fünf Minuten später sah er Dr. Wölflings Auto die Einfahrt
heraufkommen und auf die Straße biegen. Er startete den Motor und fuhr dem Wagen hinterher.

5

Kurz vor einundzwanzig Uhr kam Robert Bogner vor dem
Pfarrhaus der St. Antonius Gemeinde in Schönefeld an. Die
Rollläden waren heruntergelassen, und hinter dem Glasele-
ment neben der Eingangstür war es dunkel. Er drückte auf
den Klingelknopf. Wenig später ging im Inneren Licht an und
ein Mann mit graumeliertem Haar und Hornbrille öffnete die
Tür. Er trug ein schwarzes Kollarhemd mit weißem Römerkra-
gen. Bogner erkannte in ihm den Mann, der auf den Fotos zu
sehen war, die sie in Rokovs Schreibtischschublade gefunden
hatten.

»Entschuldigen Sie die späte Störung. Hauptkommissar
Bogner, LKA Berlin.« Im Licht der Außenleuchte zeigte Bogner seinen Dienstausweis. »Sind Sie Pfarrer Thomas Eigner?«

»Ja, der bin ich«, sagte Eigner, als er nach einem kurzen Blick auf den Ausweis wieder aufsah. Der Schreck stand ihm ins Gesicht geschrieben. »Ich verstehe nur nicht … Die Polizei, um diese Uhrzeit?«

»Wir ermitteln in einem Mordfall.«

Bogner fühlte sich nicht wohl dabei, die Befragung des Pfarrers allein durchführen zu müssen. Aber um schneller voranzukommen, hatten sie beschlossen, sich aufzuteilen. Speer war in der Zwischenzeit zu Horst Rokovs Club in der Leibnizstraße gefahren.

»Ein Mordfall?« Eigners Körperhaltung wurde stocksteif. Er hob die Augenbrauen und legte die Stirn in Falten.

Bogner versuchte zu ergründen, was in ihm vorging. Sein Verhalten wirkte nicht aufgesetzt. Entweder war der Geistliche also ein guter Schauspieler oder sein Erstaunen war echt.

»Was habe ich denn mit einem Mord zu tun?« Die Entrüstung war seiner Stimme jetzt deutlich anzuhören.

Bogner schlug fröstelnd den Kragen seines Trenchcoats nach oben. »Vielleicht gar nichts. Aber wenn es Ihnen recht ist, würde ich das lieber drinnen mit Ihnen besprechen. Ist verdammt ungemütlich hier draußen.«

Eigner nickte zaghaft und wirkte dabei wieder etwas gesammelter. Er führte Bogner in ein kleines Wohnzimmer, dessen Einrichtung allem Anschein nach noch aus den siebziger Jahren stammte. Dunkle Holzmöbel dominierten den Raum, und an der Wand hing eine Kuckucksuhr. Eigner zog einen Stuhl heran und setzte sich. Bogner lehnte den angebotenen Sessel ab und blieb lieber stehen.

»Geht es um ein Mitglied meiner Kirchengemeinde? Kommen Sie deshalb zu mir?«

»Das nicht, aber der Ermordete dürfte für Sie dennoch kein Unbekannter sein. Es geht um Horst Rokov.«

Für einen Moment schien der Ausdruck im Gesicht des Pfarrers zu gefrieren. Dann lehnte er sich in seinen Stuhl zurück und ließ geräuschvoll die Luft aus seinen geblähten Backen entweichen.

»Rokov«, wiederholte er langsam.

Bogner zog den Umschlag mit den Fotos, die den Pfarrer und die beiden nackten Mädchen im Bett zeigten, aus seinem Mantel hervor.

»Vor zwei Tagen waren Sie vor dem Haus des Ermordeten und haben dort nach ihm gefragt. Er war nicht da. Aber seine Frau hat Sie über die Überwachungskamera gesehen und Sie auf Fotos wiedererkannt.«

»Fotos?« Eigner wurde kreidebleich. »Sind die in dem Umschlag, den Sie da haben?«

»Ja, aber dazu später. Zuerst einmal würde mich interessieren, woher Sie Horst Rokov kannten?«

»Jetzt ist mir klar, warum Sie zu mir kommen«, flüsterte Eigner. Er biss sich auf die Unterlippe und atmete einmal tief durch.

»Ich bin Seelsorger. Und als solcher wenden sich Menschen an mich, die ernste Probleme haben und im Leben nicht mehr zurechtkommen. Von einem dieser Hilfesuchenden wusste ich, dass Rokov schuld an seinem Elend war.«

»Und darüber wollten Sie mit Rokov reden?«

Eigner nickte. »Ich hatte den Verdacht, dass derjenige, der sich mir anvertraut hat, nicht der Einzige war, dessen Leben Rokov versaut hat.«

»Was hat Horst Rokov denn getan?«

Eigner seufzte. »Ich habe über ihn recherchiert. Ich weiß, womit er reich geworden ist und dass er seit Jahren den sauberen Geschäftsmann spielt. Aber ich glaube, gerade mit seiner zur Schau gestellten Wohltätigkeit für Kinder verfolgt er eigentlich den Zweck, seine Triebe zu befriedigen. Ich halte ihn für einen Pädophilen.«

Bogner dachte an die Fotos und die Videos, die sie in Rokovs Apartment gefunden hatten.

»Und der Mann, der sich an Sie wandte, war eines seiner früheren Opfer?«

»Ja, der Missbrauch liegt schon fast zwanzig Jahre zurück. Aber er hat dazu geführt, dass das Opfer heute keinen Sinn mehr im Leben sieht. Ich habe Rokov diesbezüglich mehrmals zur Rede gestellt. Einmal telefonisch, und einmal war ich sogar in seinem Club. Ich habe ihn aufgefordert, damit aufzuhören, sich an Kindern zu vergehen, und gedroht, die Staatsanwaltschaft zu informieren.«

»Wie hat er reagiert?«

»Er hat mich ausgelacht, alles abgestritten und gesagt, dass ich vollkommen verrückt sei.«

Bogner legte den Umschlag neben Eigner auf den Tisch. »Und was hat es mit diesen Fotos auf sich?«

Der Pfarrer zog den Umschlag zu sich heran. Er nahm die Fotos heraus und warf einen kurzen, angewiderten Blick darauf. Dann schob er sie energisch über den Tisch zurück zu Bogner.

»Ich kenne diese ekelhaften Fotos. Rokov hatte wohl doch Angst, dass ich seinen Ruf ruinieren könnte. Er hat mir Abzüge der Bilder geschickt und mir gedroht, sie öffentlich zu machen, wenn ich ihn nicht in Ruhe lasse. Er wollte mich mundtot machen.«

»Wo sind denn diese Bilder entstanden?«

»Glauben Sie, ich hätte mich freiwillig mit den beiden Frauen ins Bett gelegt? Ich bin Pfarrer, und ich halte mich an das Zölibat.«

»Dann hat Rokov Sie reingelegt?«

Thomas Eigner nickte. Er zog die Augenbrauen zusammen, und auf seiner Stirn zeichnete sich eine tiefe Falte ab.

»Rokov hat mich vor zwei Wochen zu einem Treffen in ein Gasthaus eingeladen und sich sehr freundlich gegeben. Ich vermute inzwischen, er hat meinen Rotwein heimlich mit einer K. o.-Droge versetzt. Jedenfalls kann ich mich danach an nichts mehr erinnern. In der Nacht bin ich, vor meiner Haustür liegend, wieder zu mir gekommen.«

»Und dann hat er Ihnen diese Fotos präsentiert.«

Wieder nickte Eigner. »Deshalb bin ich auch zu seinem Haus gefahren. Ich wollte mit ihm reden und ihn bitten, mir die Fotos und alle Kopien davon auszuhändigen.«

»Aber wenn das, was Sie sagen, stimmt, hätte es doch vielen Kindern helfen können, wenn Sie Rokov angezeigt hätten. Was bedeuten da schon ein paar kompromittierende Fotos?«

»Dem Bistum ist es im Gegensatz zur Staatsanwaltschaft egal, ob ich reingelegt wurde. Mein Amt wäre ich auf jeden Fall los gewesen.«

»Dennoch hätten Sie sich von dieser Erpressung nicht abschrecken lassen dürfen.«

»Ich hatte keine Beweise gegen Rokov. Es gab nur die eine Person, die sich mir wegen des Missbrauchs durch Rokov anvertraut hat.«

»Aber das hätte doch schon gereicht, damit die Ermittlungsbehörden von alleine weiterbohren.«

»Derjenige hat mir verboten, seinen Fall bekannt zu machen. Wenn überhaupt, dann wollte er Rokov selbst anzeigen.«

»Seinen Namen werden Sie mir vermutlich nicht verraten?«

»Das fällt unter das Beichtgeheimnis.«

Bogner überlegte, ob er darauf bestehen sollte, dass Eigner ihm den Namen nannte. Als ehemaliges Missbrauchsopfer hätte auch derjenige ein Motiv, seinen Peiniger zu töten. Aber andererseits saß Eigner im Moment am längeren Hebel. Er konnte ihn nicht zwingen, ihm den Namen zu verraten. Deshalb beschloss er, ihm ein wenig Zeit zum Nachdenken zu geben und morgen noch einmal nachzuhaken. Doch eine Frage musste er Eigner noch stellen.

»Wo waren Sie gestern Nacht?«

»Was soll denn die Frage?«

»Sie hängen an Ihrem Job, und Rokov hatte Sie in der Hand.«

Der Pfarrer schüttelte fassungslos den Kopf. »Niemals würde ich gegen das fünfte Gebot verstoßen.«

»Auch Geistliche halten sich zuweilen nicht immer an Gesetze. Also, wo waren Sie?«

»Hier war ich! In meinem Bett! Ich habe geschlafen, und natürlich gibt es niemanden, der das bezeugen kann.«

»Gut«, sagte Bogner. »Das war's dann fürs Erste.« Er steckte den Umschlag mit den Fotos zurück in seinen Mantel und reichte Eigner seine Visitenkarte. »Kommen Sie aber bitte morgen Vormittag zu uns ins Landeskriminalamt. Wir müssen Ihre Aussage noch zu Protokoll nehmen.«

Eigner nickte widerwillig und begleitete Bogner zur Haustür. »Was machen Sie denn jetzt mit den Fotos?«, fragte er, als Bogner vor die Tür trat.

»Wenn sich bestätigt, was Sie sagen und Sie tatsächlich reingelegt wurden, haben Sie von uns nichts zu befürchten. Das Bistum muss dann eventuell auch nichts davon erfahren.«

»Sie können mir glauben, dass ich die Wahrheit gesagt habe.«

Bogner lächelte. »Glauben ist Ihr Gebiet, Herr Pfarrer. Unseres sind Beweise.«

6

Adrian Speer stellte sein Motorrad auf dem breiten Gehweg etwa zwanzig Meter vom Eingang des *After Midnight* entfernt ab. Kurz bevor er die Eingangstür erreichte, vor der ein Türsteher mit Glatze und schwarzem Anzug stand, klingelte sein Handy. Es war Bogner. Der stampfende Rhythmus der Musik drang vom Club nach draußen auf die Straße und überlagerte sich mit dem Geräusch vorbeifahrender Autos. Speer ging ein paar Schritte zur Seite und nahm das Gespräch an.

Bogner berichtete von seiner Unterhaltung mit dem Pfarrer Thomas Eigner. Speer stimmte zu, dass das ehemalige Missbrauchsopfer ein weiterer Verdächtiger sein könnte. Der Mord könnte demnach eine späte Rache gewesen sein. Außerdem, so Bogner, sei die Befragung von Rokovs Nachbarn aus dem Wohnhaus mittlerweile abgeschlossen. Niemand habe jemand Fremdes in dem Haus gesehen oder etwas Ungewöhnliches bemerkt.

»Die Spurensicherung wird in der Wohnung noch eine Weile beschäftigt sein«, sagte Bogner. »Im Kofferraum von Rokovs Mercedes konnten sie aber schon Haare, Hautpartikel und Fasern von Rokovs Kleidern sicherstellen.«

»Dann hat der Täter Rokov vermutlich zuerst gezwungen, in den Kofferraum zu steigen, und ihn dann in dem Wagen zum späteren Tatort transportiert. Dass der Wagen letztlich in der Tiefgarage stand, deutet darauf hin, dass der Täter nach dem Mord mit dem Wagen noch zu Rokovs Wohnung fuhr, um dort den Safe zu öffnen«, sagte Speer.

»Das sehe ich auch so.«

»Ist Isabell Rokov schon zu den Fotos und den Videos befragt worden?«

»Ja, die Kollegen waren schon bei ihr.«

»Und?« Speer hörte Bogner seufzen.

»Sie gibt an, schon über ein Jahr nicht mehr in der Wohnung gewesen zu sein. Angeblich habe sie gar nicht gewusst, dass es dort einen Wandtresor gibt.«

»Wie hat sie denn auf die Anschuldigungen gegen ihren Mann reagiert?«

»Die Kollegen meinen, sie war total schockiert und wollte es zuerst gar nicht glauben. Während der Befragung machte sie einen tief erschütterten Eindruck. Sie gab an, ihr sei an ihrem Mann nichts aufgefallen, was auf eine pädophile Neigung hingedeutet hätte.«

Speer beendete das Gespräch und ging auf den Clubeingang zu. Während des Telefonats hatte er beobachtet, wie eine Gruppe junger Frauen und Männer hineingegangen war, doch jetzt herrschte kein Andrang mehr. Der Türsteher musterte Speer argwöhnisch, gewährte ihm aber schließlich mit einem knappen Kopfnicken Eintritt.

In dem nachfolgenden Raum befand sich rechts eine Garderobe, und weiter vorne vibrierten die beiden Seitenflügel einer geschlossenen schwarzen Schwingtür von den tiefen Basstönen der Musik, die dahinter wummerte. Speer drückte den rechten Seitenflügel auf und trat ein.

Er hatte vermutet, dass es sich um eine altmodische düstere Bar mit viel Rot, schummrigem Licht und leicht bekleideten Frauen handeln würde. Doch stattdessen hatte er einen modernen Club mit Neonbeleuchtung vor sich. Die Räumlichkeiten waren wesentlich größer, als man es von außen hätte erwarten können. Rechts neben dem Eingang befand sich hinter einem Geländer eine erhöhte Plattform mit Tischen und Stühlen, die man über eine Treppe erreichte. An der Wand gab es Nischen mit bequemen lederüberzogenen Rundcouchen. Die von Stroboskopblitzen erhellte und in Nebel getauchte Tanzfläche war noch leer. Laute Elektromusik dröhnte aus riesigen Boxen, die an der Decke hingen. Das Lokal hatte erst vor einer halben Stunde geöffnet und die frühen Vögel, die jetzt schon da waren, scharten sich im Moment noch um die Tanzfläche und an der Bar.

Ein mit rotem Teppich ausgelegter Weg führte wie eine Schneise zwischen der Tanzfläche und dem Podest zur Bar. Die Theke, vor der eine Reihe Barhocker standen, erstreckte sich von einem Ende des Lokals bis zum anderen. Dahinter sorgten zwei Männer und fünf Frauen dafür, dass die Gäste zu trinken bekamen. In den verspiegelten Wandregalen hinter der Theke erstrahlten Gläser und unzählige Flaschen mit hochprozentigem Alkohol in einem kühlen blauen Licht.

Speer schlängelte sich durch eine Menschentraube, die ihm den Weg versperrte, und hielt auf eine der Frauen hinter der Theke zu. Als sie sich ihm mit einem Lächeln zuwandte, hielt er ihr seinen Dienstausweis hin und setzte sich auf einen freien Barhocker. Augenblicklich verfinsterte sich ihr Gesichtsausdruck.

»Sie sind bestimmt wegen des Chefs hier.« Sie musste gegen die Musik anschreien. Speer beugte sich zu ihr vor, um sie besser verstehen zu können, und auch sie kam näher heran. »Karsten, der Sohn vom Chef, hat es uns, kurz bevor wir aufgemacht haben, erzählt. Wir sind alle total geschockt.«

Speer wusste von Isabell Rokov, dass der Sohn ihres Mannes aus erster Ehe Karsten hieß. Wahrscheinlich hatte die junge Witwe ihn, nachdem Speer und Bogner ihr Haus verlassen hatten, über den Tod seines Vaters informiert.

»War Rokov senior gestern Abend auch hier?«

»Ja, er war da.«

»Wissen Sie, wie lange?«

Sie überlegte kurz. »Das letzte Mal habe ich ihn so um halb zwei gesehen. Das ist auch die Zeit, um die er für gewöhnlich geht.«

»Wie war Horst Rokov denn so?«

Wieder ließ sie sich etwas Zeit mit der Antwort.

»Man hatte Respekt vor ihm. Aber er war nicht ungerecht.«

»Hatte er Feinde?«

»Wenn, dann hab ich davon nichts mitbekommen.«

»Hat Rokov den Club selbst geleitet?«

Sie schüttelte den Kopf. »Es gibt einen Geschäftsführer, Sergej Bukowitsch. Er müsste oben in seinem Büro sein.«

Sie zeigte auf einen schmalen Gang neben der Plattform, der an einem Durchgang endete, vor dem ein weiterer Mann mit schwarzem Anzug stand.

»Dahinter geht es die Treppe rauf. Das Büro befindet sich am Ende des Gangs. Außerdem ist dort noch unsere VIP-Lounge.«

Wieder sah sie zu dem Mann mit dem schwarzen Anzug, der offensichtlich die Aufgabe hatte, ungebetene Besucher vom Büro des Geschäftsführers und der VIP-Lounge fernzuhalten. Sie winkte ihm zu, bis er auf sie aufmerksam wurde und zu ihr herübersah. Dann setzte sie ein breites Lachen auf und machte ihm ein Zeichen, dass Speer nach oben wollte. Der Mann nickte, ohne eine Miene zu verziehen.

Speer bedankte sich und ging dann zu dem Mann hinüber, der sich seinen Dienstausweis zeigen ließ und ihn über ein Freisprechgerät ankündigte.

Als Speer eine Etage höher an die Bürotür des Geschäftsführers klopfte, verstummte die leise Unterhaltung, die er dahinter gehört hatte. Er wartete kurz und öffnete dann die Tür.

In dem modern eingerichteten Raum gab es neben den typischen Büromöbeln auch ein Sofa mit einem Tisch und zwei Sesseln. An einem Schreibtisch saßen sich zwei Männer gegenüber. Derjenige, der hinter dem Tisch vor einem Computermonitor saß und die Tür im Blick hatte, musste Sergej Bukowitsch sein. Als Speer eintrat, stand er auf. Er hatte einen kahlrasierten Schädel und unter seinem enganliegenden schwarzen Hemd zeichnete sich seine ausgeprägte Brustmuskulatur ab.

Der Mann, der ihm gegenübersaß, erhob sich ebenfalls, drehte sich zu Speer um und hielt ihm mit einem verkniffenen Lächeln die Hand hin. »Ich bin Karsten Rokov«, sagte er.

Speer schätzte ihn auf Mitte bis Ende dreißig. Rokov überragte ihn um einen Kopf und sah in seinem Tweed-Sakko, dem Strickpullover und der beigefarbenen Cordhose wie ein junger Universitätsprofessor aus. In den Nachtclub seines Vaters passte er mit diesem Outfit jedenfalls nicht.

»Mein Beileid«, sagte Speer und gab ihm die Hand. »Wir werden alles tun, um den Mörder Ihres Vaters zu finden.«

»Danke. Ich rede gerade mit Herrn Bukowitsch darüber, wie es nun mit dem Club weitergehen soll«, sagte Karsten Rokov.

Speer wandte sich Bukowitsch zu. »Sie sind der Geschäftsführer hier?«

Bukowitsch nickte. »Noch«, sagte er dann und wies auf den freien Stuhl vor dem Schreibtisch. Speer setzte sich. Bukowitsch und Karsten Rokov nahmen ebenfalls wieder Platz.

»Wir werden den Club verkaufen«, sagte Karsten Rokov. Er erbte vermutlich gemeinsam mit Isabell Rokov das Vermögen seines Vaters. Speer fragte sich, warum Rokov junior bereits Stunden, nachdem er von der Ermordung seines Vaters gehört hatte, daran dachte, den Club zu Geld zu machen. Jedenfalls ersparte ihm die Anwesenheit von Rokovs Sohn, dass er diesen extra aufsuchen musste, um ihn zu befragen.

»Wissen Sie schon, wer es getan hat?«, fragte Bukowitsch. Er sprach mit starkem osteuropäischem Akzent. Seinen kahlrasierten Schädel zierte ein tätowiertes Spinnennetz an der rechten Schläfe.

»Wir stehen am Anfang unserer Ermittlungen und haben noch keinen konkreten Verdacht. Aber vielleicht können Sie beide uns weiterhelfen.«

»Wir tun alles, damit der Mörder meines Vaters gefasst wird«, sagte Karsten Rokov. Es klang übertrieben freundlich, von Trauer keine Spur.

»Können Sie sich vorstellen, wer Ihren Vater ermordet haben könnte?«

Karsten Rokov seufzte und lehnte sich in seinem Stuhl zurück. »Mein Vater war früher eine zwielichtige Gestalt. Sozusagen eine Kiezgröße. Aber das ist lange her.«

»Das ist uns bekannt«, sagte Speer.

»Aber Herr Bukowitsch hat mir gerade etwas erzählt, das Sie interessieren dürfte.«

Sergej Bukowitsch schien das als Zeichen aufzufassen und räusperte sich. »Ein Albaner namens Tarek will den Club unbedingt kaufen. Er war des Öfteren mit ein paar seiner Leute hier. Aber Horst hat immer wieder abgelehnt. Für ihn war der Club so was wie ein zweites Zuhause. Ein letztes Überbleibsel aus der alten Zeit.«

»Und Tarek wollte nicht akzeptieren, dass der Club nicht zum Verkauf stand?«, folgerte Speer.

Sergej nickte. »Horst hat mir erzählt, dass er Drohanrufe erhalten habe. Ihm oder seiner Familie könnte etwas zustoßen, wenn er nicht verkaufen würde.«

»Mein Vater war ein zäher Knochen. Wahrscheinlich hat er nur darüber gelacht«, sagte Karsten.

»Ja, so war's auch«, sagte Sergej.

Speer machte ein paar Notizen und schaute dann auf.

»Und wo findet man diesen Tarek?«

»Keine Ahnung. Vermutlich ist das nicht einmal sein richtiger Name. Aber die Leute aus der Szene kennen ihn und haben mächtig Angst vor ihm und seinen Leuten«, sagte Sergej.

Speer wandte sich Karsten Rokov zu. »Und wenn Tarek an Sie herantritt, werden Sie verkaufen?«

»Ich habe keine Lust, mich mit einer Unterweltgröße anzulegen, und an dem Laden hier hänge ich kein Stück.«

»Womit der Albaner sein Ziel erreicht hätte und ich meinen Job los bin«, sagte Sergej.

Speer kommentierte das nicht. Aber wahrscheinlich hatte Sergej recht. Ein neuer Inhaber würde seinen eigenen Geschäftsführer einsetzen.

»Sonst noch was?«, fragte Speer.

Sergej Bukowitsch zögerte, sein Blick ging zur Wand und dann wieder zu Speer.

»Ich weiß nicht, ob das wichtig ist. Aber vor einer Woche war ein Mann hier im Club. Er hat Horst unten an der Bar angequatscht und ihm einen Brief in die Hand gedrückt. Es kam zu einem Streit. Als der Mann nicht gehen wollte, ließ Horst ihn von der Security rauswerfen.«

»Was war denn der Grund für die Auseinandersetzung?«

»Horst hat nachher nur gesagt, dass es immer mehr Irre gebe, die frei herumliefen, und er hat mir den Brief gezeigt, bevor er ihn zerrissen und in den Papierkorb geworfen hat.«

»Wissen Sie noch, was drin stand?«

Sergej nickte. »Es war ja nur ein einziger Satz, und der lautete in etwa so: Du zahlst binnen einer Woche hunderttausend Euro für das, was du mir angetan hast, oder ich zeige dich an!«

»Und Sie haben keine Ahnung, wer der Mann gewesen ist?«

Sergej verzog die Lippen zu einem angedeuteten Lächeln.

»Der Brief war zwar nicht unterschrieben, aber unten stand die Bankverbindung von einem Klaus Acker.«

7

Obwohl er damals erst sechs Jahre alt gewesen war, erinnerte er sich noch genau an den Moment, als er verwirrt und benommen in einem Krankenbett zu sich gekommen war, in ein einfaches weißes Nachthemd gehüllt und ohne eine Ahnung, wie er dorthin gekommen war. Er fürchtete sich und wollte nach seiner Mutter rufen, aber es ging nicht, seine Zunge war wie gelähmt. Am ganzen Körper zitternd, wankte er in den Flur, wo er auf eine Krankenschwester traf. Sie brachte ihn zurück ins Zimmer, versuchte ihn zu beruhigen und rief nach einer Ärztin.

Als diese zu ihm kam, erzählte sie ihm eine Geschichte, die er so viele Jahre für die schreckliche Wahrheit hielt. Es habe einen Autounfall gegeben, den er als Einziger seiner Familie überlebt habe. Seine Mutter Ilona, sein Vater Bernd und sein Bruder Sören seien dabei gestorben.

Er hörte noch heute die kalte Stimme der Ärztin und sah ihr Gesicht vor sich, das keinerlei Mitgefühl gezeigt hatte. Innerlich hatte er damals die schlimmsten Schreie seines Lebens ausgestoßen. Aber nach außen war kein einziger Laut gedrungen. Damals, als man ihm sagte, dass er von nun an allein durchs Leben gehen müsste, verspürte er eine noch nie dagewesene Angst und Hilflosigkeit. Doch die wahre Hölle sollte ihm noch bevorstehen.

Erst Tage später hatte er herausgefunden, dass er sich in einer psychiatrischen Kinderklinik befand. In den darauffolgenden Monaten gaben sie ihm Pillen und flüssige Medikamente in den unterschiedlichsten Farben. Er fühlte sich dadurch träge und benommen. Eine Psychologin versuchte in täglichen Sitzungen, seine Sprache wieder zurückzubringen. Doch er blieb stumm. Daran konnte auch keine Mal- und Musiktherapie etwas ändern. Es gab keine weiteren Verwandten, die sich um ihn hätten kümmern können. Während der ganzen Zeit in der Klinik bekam er nur einmal Besuch von einer befreundeten Familie, deren Tochter mit ihm in die erste Klasse ging.

Immer wieder versuchte er, sich an den Unfall zu erinnern, bei dem er mit im Wagen gesessen haben sollte. Aber da war nichts. Er habe sich den Kopf angeschlagen und deshalb seine Erinnerung verloren, sagten die Ärzte. Das Letzte, woran er sich erinnerte, war, dass er mit seinen Eltern und Sören gefrühstückt hatte. Die Fußball-Weltmeisterschaft war in vollem Gange gewesen und die Sommerferien hatten gerade begonnen. Vater hatte ihm und Sören erlaubt, am Abend das Fußballspiel der deutschen Mannschaft zu schauen.

Dann rissen seine Erinnerungen ab, und er war in der Klinik wieder zu sich gekommen. Sie hatten ihm gesagt, dass seitdem drei Tage vergangen seien. Ihm bis dahin unbekannte Gefühle abgrundtiefer Trauer, Angst und Niedergeschlagenheit gewannen mit jedem weiteren Tag, den er in der Nervenklinik verbrachte, mehr an Gewicht, bis nichts anderes mehr in ihm zu existieren schien. Es war, als habe er nicht nur verlernt zu reden, sondern auch zu lachen. Nachts weinte er sich in den Schlaf. Am Ende aber siegte ein bestimmtes Gefühl und verdrängte alle anderen: Wut. Sie war in ihm wie Wasser in einem Regenfass. Mit jedem Tropfen, der hineinfiel, wurde die Gefahr des Überlaufens größer. Die Zeitabstände, in denen es überquoll, wurden immer kürzer, und die Umstände, wegen derer er ausrastete, wurden immer unbedeutender. Wie etwa das Mittagessen, das ihm nicht schmeckte, oder wenn eins der anderen Kinder in der Klinik ihn ärgerte oder Besuch bekam, während er alleine in seinem Zimmer lag. Dann brach alle Wut aus ihm heraus, was oftmals in unkontrollierten Zerstörungsorgien endete. Er zerriss die düsteren Bilder, die er gemalt hatte, er warf den Teller mit dem Mittagessen auf den Boden, so dass er zerbarst, er trampelte auf dem schäbigen alten Spielzeug herum, das sie in der Klinik für die Kinder bereitstellten. Wenn er so etwas tat, kamen die Pfleger, schnallten ihn auf sein Bett, und die Ärztin gab ihm eine Spritze. Danach fühlte er sich von einer dumpfen Ruhe umgeben und schlief ein.

Vielleicht wollte er sich wirklich nur Aufmerksamkeit und Zuwendung verschaffen. So formulierte es damals jedenfalls seine Therapeutin mit einem fürsorglichen Lächeln auf den Lippen. Er hasste sie. Sie würde nach Feierabend nach Hause gehen, zu ihrer Vorzeigefamilie, wo sie gemütlich das Essen zubereiten und gemeinsam mit ihren Lieben etwas spielen würde.

Seine Erinnerung an den Autounfall, der den Rest seiner Familie ausgelöscht hatte, blieb verschollen. Die Psychotherapeutin und die Ärzte hatten ihm zu verstehen gegeben, dass er sich wahrscheinlich nie wieder würde erinnern können. Für eine sehr lange Zeit sollten sie recht behalten.

Als die Bilder des ominösen Abends, an dem seine Familie zerstört worden war, nach fast dreißig Jahren über ihn kamen, mit der Wucht einer Feuersbrunst, als ob der Horror erst gestern geschehen wäre, da wusste er, warum sie ihm die Wahrheit verschwiegen und die Geschichte von dem Unfall erfunden hatten. Die Wahrheit wäre tausendmal schrecklicher gewesen. So grauenvoll, dass sein kindliches Gehirn die Erinnerung daran tief vergraben hatte. Leider nicht tief genug. Alles war noch da, und nicht nur vage oder schemenhaft. Nein, er erinnerte sich wieder an jedes einzelne Wort, das aus dem Maul des Teufels gekommen war, als ob es erst gestern gewesen wäre. Die ungehörten Hilfeschreie seines Bruders dröhnten von nun an in seinen Ohren, und die toten Augen seines Vaters starrten ihn an, sobald er selbst seine Augen schloss. Seit seine Erinnerung zurückgekehrt war, hatte er eine pervertierte Form von Wiedergeburt erfahren. Der Mensch, zu dem er sich im Laufe der Jahre entwickelt hatte, war aus ihm gewichen. Geblieben waren nur Trauer und Zorn, die sich in düsteren Hass verwandelten und in ihm wüteten, die ein Ziel suchten, um endlich aus ihm herausbrechen und sich entladen zu können.

Er dachte an die Zeit im Heim zurück. An die Quälereien der Älteren, an ihre Demütigungen. An das, was sie unter der Dusche mit ihm gemacht hatten. Er sah wieder vor sich, wie sie sich im Kreis um ihn herumgestellt und ihn angepinkelt hatten.

Wie immer, wenn er an diese Zeit dachte, wurde ihm speiübel. Hastig griff er nach der Wasserflasche auf dem Beifahrersitz und trank einen großen Schluck.

Zwischen der Tennishalle und dem zugehörigen Parkplatz lag ein schmaler Grünstreifen mit Sträuchern. Obwohl die Äste größtenteils kahl waren, würden sie ihm doch genügend Sichtschutz bieten. Außerdem kam ihm zugute, dass es nur eine Straßenlaterne am Rande des Parkplatzes gab, die kaum Licht spendete, und davon war Dr. Achim Wölflings Auto weit entfernt geparkt. Er stieg aus seinem Wagen und versteckte sich hinter den Büschen.

Um Viertel nach zehn kam Wölfling in Begleitung eines anderen Mannes, vermutlich seines Tennispartners, aus der Halle auf den Parkplatz. Er vernahm Bruchteile einer Unterhaltung, die wohl witzig sein sollte. Auf dem Parkplatz standen kaum noch andere Autos. Die beiden Männer schienen die letzten Spieler in der Halle gewesen zu sein. Er hörte, wie sie sich verabschiedeten. Wölfling sagte noch etwas, das er von seinem Versteck aus nicht verstehen konnte, und der andere Mann lachte laut auf, ehe er in einen Porsche stieg, den Motor aufheulen ließ und wegfuhr. Wölfling machte sich auf den Weg zu seinem Wagen. Er kramte in seiner Sporttasche nach dem Autoschlüssel, öffnete den Kofferraum und stellte die Tasche hinein.

Die Tennisanlage stand abgelegen am Ende einer Sackgasse in einem Industriegebiet. In der näheren Umgebung gab es nur noch ein paar um diese Uhrzeit bereits geschlossene Werkstätten. Seit Minuten war kein anderer Wagen mehr zu sehen gewesen. Eine bessere Gelegenheit würde sich kaum bieten. Er sah sich noch einmal um und lauschte in die Nacht. Nichts deutete darauf hin, dass außer ihm und dem Anwalt noch jemand in der Nähe war.

Noch bevor Wölfling die Kofferraumklappe wieder schließen konnte, kam er aus seinem Versteck und schlug dem Anwalt mit der Faust in die Nieren. Der Anwalt stöhnte auf, und seine Knie sackten unter ihm weg. Er bog Wölflings Arm in einem unnatürlichen Winkel nach hinten und stieß seinen Kopf nach vorn gegen die Kofferraumklappe. Dann ließ er los, trat einen Schritt zurück und zog seine Pistole hervor. Kurz sah es so aus, als würde Wölfling nach vorn in den Kofferraum fallen, doch im letzten Moment konnte er sich mit den Händen abstützen. Der Anwalt drehte sich hektisch um und starrte sichtlich schockiert und mit schmerzverzerrtem Gesicht auf die Pistole, die auf ihn gerichtet war.

»In den Kofferraum!«, befahl er.

»Was wollen Sie von mir? Geld? Das kann ich Ihnen geben.«

»Ich zähle jetzt bis drei, dann bist du Schwein im Kofferraum! Eins!«

»Du weißt nicht, mit wem du dich anlegst«, herrschte Wölfling ihn an.

»Zwei!«

»Ich habe Leute, die für mich arbeiten, die sehr ungemütlich werden können. Lass mich gehen, und ich vergesse die Sache.«

»Zum letzten Mal! Rein da!«, wiederholte er. Langsam drehte Wölfling sich um und kletterte in den Kofferraum.

8

Robert Bogner saß auf einem Barhocker in *Henriettes Eck* am hinteren Ende des langen Tresens, von wo aus er die Eingangstür im Blick hatte. Die Kneipe lag nur wenige hundert Meter vom Gebäude des Berliner Landeskriminalamtes entfernt und hatte vom frühen Morgen bis nach Mitternacht geöffnet. Die Stammkundschaft bestand fast ausschließlich aus Polizisten, die hier Dienstjubiläen, Geburtstage und Fahndungserfolge feierten. Die Inhaberin des Lokals, Henriette Engelbrecht, arbeitete schon lange nicht mehr selbst im Ausschank. Stattdessen beschäftigte sie ausnahmslos junge hübsche Frauen, was das zumeist männliche Publikum dazu bewegte, wiederzukommen.

Es war kurz vor zweiundzwanzig Uhr, als Fritz Rieling hereinkam und sich suchend umblickte. Bogner gab ihm ein Zeichen, und er bewegte sich in seine Richtung.

Fritz Rieling ging auf die sechzig zu und war stellvertretender Dezernatsleiter beim LKA 4, das unter anderem für Rauschgiftdelikte zuständig war. Bogner kannte ihn seit Jahren, da es im Rahmen von Beschaffungskriminalität auch zu Tötungsdelikten kam und in diesen Fällen die Kollegen von der Drogenfahndung wichtige Hinweise geben konnten. Fritz Rieling hatte sich dabei stets kollegial und kooperativ gezeigt.

»Danke, dass du gekommen bist«, sagte Bogner, als der Dezernatsleiter sich auf den freien Barhocker neben ihn setzte.

Rieling lächelte. »Du hast gesagt, du gibst einen aus. Da konnte ich nicht widerstehen.«

»Klar, was trinkst du?«

»Ein Bier wäre nicht schlecht.«

Bogner winkte der Bedienung hinter der Theke zu und bestellte das Bier. Die Frau hieß Nadja, sah blendend aus und verdiente sich in der Kneipe etwas fürs Studium dazu. Seit rund vier Wochen hatte er eine Affäre mit ihr. Er hasste sich dafür, kam aber irgendwie nicht von ihr los.

Vor einem Monat war er nach einem langen harten Tag noch auf ein Bier ins *Eck* gegangen, um runterzukommen. Nadja hatte ihm fortwährend zugelächelt. Nach einer Weile waren seine Gedanken, die sich um einen aktuellen Fall drehten, wie weggewischt gewesen, und er hatte seinen Blick nicht mehr von der hübschen jungen Frau nehmen können. Er blieb, bis die Kneipe schloss, und als letzter Gast verließ er gemeinsam mit Nadja das Lokal. Ohne nachzudenken fragte er sie, ob er sie nach Hause bringen solle. In dieser Nacht war er zum ersten Mal in ihrem Bett gelandet.

Seitdem plagte ihn sein schlechtes Gewissen. Er war zwanzig Jahre älter als Nadja, verheiratet und hatte ein Kind. Aber dennoch fühlte er sich von ihr gerade in düsteren Momenten, wenn seine Arbeit besonders auf ihm lastete, magisch angezogen.

Wie immer trug Nadja auch an diesem Abend einen viel zu knappen Minirock. Als sie Rieling das Bier brachte und zurück zum Zapfhahn schlenderte, bemerkte Bogner, dass der Blick seines Kollegen auf ihrem Hintern ruhte. Er musste sich ernsthaft zusammenreißen, damit er Rieling nicht anblaffte. Er trank den Rest seines Bieres in einem Zug aus und knallte das leere Glas geräuschvoll auf den Untersetzer.

Rieling wandte sich wieder ihm zu. Jeden Abend schien ein Drittel der Gäste scharf auf Nadja zu sein, und Bogner fragte sich, warum sie ausgerechnet ihn ausgewählt hatte und ob es noch andere außer ihm gab.

»Also, was gibt's?«, fragte Rieling, griff in die Schüssel mit Erdnüssen, die Nadja ihnen hingestellt hatte, und stopfte sich ein paar davon in den Mund.

»Mein neuer Kollege ist Adrian Speer. Ich nehme an, du kennst ihn?«

Rieling zog die Augenbrauen hoch. »Ah, deshalb hast du mich herbestellt. Du willst wissen, wie dein neuer Partner so ist.« Er nahm sein Glas und trank es aus. Bogner zeigte Nadja an, dass sie ihnen bitte zwei neue Biere bringen möge.

»Adrian war in meinem Dezernat, bevor er wegging, um als verdeckter Ermittler anzuheuern. War eine Scheißidee, wenn du mich fragst.«

»Und hat er was getaugt?«

»Er ist ein Topfahnder, hat einen tiefsitzenden Gerechtigkeitssinn und hasst nichts mehr als den Verbrechersumpf da draußen. Als Partner kannst du dich zu hundert Prozent auf ihn verlassen.«

»Weißt du, warum er jetzt nicht mehr verdeckt arbeitet?«, fragte Bogner und beobachtete aus dem Augenwinkel, wie Nadja, während sie das Bier zapfte, mit zwei jungen Streifenpolizisten herumalberte, die in ihrem Alter sein mussten. Er konnte seine Wut kaum im Zaum halten und war sich sicher, dass sie absichtlich mit anderen Männern flirtete, um ihn eifersüchtig zu machen.

Rieling atmete geräuschvoll aus und verzog nachdenklich das Gesicht. »Man munkelt, dass die Sache, an der Speer gearbeitet hat, gründlich schiefgegangen ist, und dass er danach sogar vom Dienst suspendiert wurde. Genaueres weiß aber niemand.

Dass er bei der Mordkommission gelandet ist, habe ich bis jetzt noch gar nicht mitbekommen.«

»Stellt sich die Frage, warum er nicht mehr in seine alte Abteilung zurückgekehrt ist«, sagte Bogner.

»Keine Ahnung«, entgegnete Rieling und zuckte mit den Schultern. »Vielleicht ging das aus irgendeinem Grund nicht, oder er hatte keine Lust mehr. Die Akte unterliegt der Geheimhaltung. Aber wie wär's, wenn du ihn einfach selbst fragst?«

»Irgendwann werde ich das sicher tun. Aber so weit sind wir noch nicht«, erwiderte Bogner.

Nadja kam nun mit dem Bier und stellte die Getränke vor sie auf den Tresen. Dabei lächelte sie Rieling betont freundlich an und warf Bogner einen provozierenden Blick zu. Mit auffälligem Hüftschwung schlenderte sie zurück an den Zapfhahn. Rieling nahm einen großen Schluck von seinem Bier, während er Nadja wieder hinterherstarrte.

Bogner gefiel das nicht, und sein Puls beschleunigte sich. Er musste sich am Riemen reißen.

»Speer redet nicht viel«, setzte er das Gespräch über seinen neuen Partner fort.

»Muss ja nicht gleich jeder so viel plappern wie du«, sagte Rieling und lachte.

»Aber im Ernst. Er war schon immer eher der Schweigsame. Und die Scheiße, die mit seiner Tochter passiert ist, wird es nicht besser gemacht haben.«

»Wenn meiner Tochter das passiert wäre … Ich weiß nicht, ob ich danach je wieder in den Dienst hätte zurückkehren können«, murmelte Bogner und starrte in sein Glas.

Rieling trank sein Bier wieder in fast einem Zug aus und machte Nadja ein Zeichen, ihnen zwei neue zu bringen.

»So was verdient Respekt. Er lässt sich nicht unterkriegen. Speer ist ein guter Polizist. Glaub mir.«

»Kann sein. Aber richtig warm bin ich noch nicht mit ihm geworden. Und seit du mit ihm zusammengearbeitet hast, ist viel Zeit vergangen. Weiß man, warum seine Tochter entführt wurde?«

Rieling rieb sich das Kinn. »Gewisse Leute wollten wohl ihre Macht demonstrieren. Speer hatte ein paar dicke Fahndungserfolge und Drogen im Wert von mehreren Millionen sicherstellen können. Man hat ihm gedroht, er solle seine Ermittlungen einstellen, oder man würde andere Wege finden, ihn davon abzuhalten. Er hat wohl nicht geglaubt, dass die so weit gehen würden.«

»Was für ein Wahnsinn!«

»Wem sagst du das.«

»Und die Drahtzieher der Entführung hat er in Berlin vermutet?«, fragte Bogner.

Rieling zuckte mit den Schultern. »Speer hat hier in Berlin und Umgebung ein halbes Jahr lang jeden Stein nach seiner Tochter umgedreht. Damals war er noch überzeugt, dass er sie finden und wieder zurückbringen würde. Seine Frau hat sich in der Zeit von ihm getrennt und ist mit dem gemeinsamen Sohn ausgezogen. Dann hat mir Speer irgendwann erklärt, dass er eine Spur habe und als verdeckter Ermittler weitermachen müsse. Er war wie besessen. Ich glaube, weil er sich die Schuld an der Entführung gibt.«

»Weil er seine Tochter allein in der Wohnung gelassen hat?«

Rieling nickte betrübt. »Ein Informant hat ihn angerufen und gesagt, er werde verfolgt und Speer müsse ihn abholen. Außerdem habe er brisante Informationen über einen großen Drogendeal.«

»Und der Anruf war eine Finte«, sagte Bogner.

»Die wussten, dass Speer seinen Informanten nicht im Stich lassen und riskieren würde, dass er draufgeht. Er konnte nicht ahnen, dass diese Verbrecher so dreist sein würden, seine Tochter aus der eigenen Wohnung zu entführen. Das war eine neue Stufe der Eskalation, die man bis dahin noch nicht gekannt hatte.«

»Und der Informant?«

»Ist nie wieder aufgetaucht. Vermutlich hatten die ihn schon vorher entlarvt, ihn gezwungen, den Anruf zu machen und ihn danach verschwinden lassen.«

9

Es war kurz nach ein Uhr nachts, als Adrian Speer seine Wohnungstür hinter sich schloss, seine Jacke an einen Garderobenhaken hängte und im schwachen Schein einer Wandleuchte durch den Flur ins Wohnzimmer ging. Die Wohnung befand sich im dritten Stock eines alten Mietshauses. Das Gebäude war stark renovierungsbedürftig, die Wände hellhörig, und bei niedrigen Außentemperaturen wurde die Wohnung nicht richtig warm. Dabei verfügte Adrian Speer über die finanziellen Mittel, sich problemlos eine Luxuswohnung in einem der besten Viertel der Stadt leisten zu können. Vor zwanzig Jahren hatte er einem alten Schulfreund den Großteil seiner damaligen Ersparnisse zur Gründung einer Softwarefirma gegeben und war inzwischen zum stillen Teilhaber geworden. Er hatte damals an die Idee seines Freundes geglaubt, aber nicht damit gerechnet, dass er dadurch einmal reich werden würde. Zehn Jahre nach der Gründung ging die Firma an die Börse, und Speers Aktien waren heute ein Vermögen wert. Dennoch hatte Speer seine neue Wohnung nur unter einem Gesichtspunkt ausgewählt: Sie musste in der Nähe der alten Familienwohnung liegen. Da er ohnehin kaum noch schlafen konnte, war es ihm egal, dass der Mieter in der benachbarten Wohnung nachts oftmals Lärm verursachte, der durch die hauchdünnen Wände zu ihm durchdrang. Seit jener Nacht vor zwei Jahren, als Lucy entführt wurde, herrschte Finsternis in seinem Inneren vor. Sein Leben war von der Suche nach seiner Tochter bestimmt.

Obwohl er auf den Zustand seiner Wohnung also keinen großen Wert legte, hatte er dennoch nicht das abgenutzte und zusammengewürfelte Mobiliar des Vormieters übernommen. Keineswegs hatte er vor, sich gehenzulassen und seine düsteren Emotionen nach außen zu zeigen, indem er in einem schäbigen und verdreckten Loch hauste. Penible Ordnung, eine Designercouch, hübsche Wandbilder und die edlen Möbel, die er angeschafft hatte, halfen ihm dabei, das Chaos und die Trauer, die er in jeder wachen Sekunde in sich trug, im Zaum zu halten. Es gab ihm die trügerische Hoffnung, die Ordnung, die in der Wohnung herrschte, irgendwann einmal auf den Rest seines Lebens und die Welt draußen übertragen zu können. Zudem stellte er sich gern vor, dass ein schöner Ort auf Lucy warten würde, wenn er sie fände. Er wusste selbst, ohne dieses Sinnbild der Hoffnung wäre er längst in seinen Schuldgefühlen versunken.

Vor zwei Wochen war Lucy dreizehn Jahre alt geworden. Er spürte, wie die Bilder, die in ihm aufflammten, ihm den Hals zuschnürten. Männer, die sich an Kindern vergingen, wie er es heute auf den Fotos in Rokovs Tresor gesehen hatte. Unweigerlich begann seine Phantasie sich auszumalen, was solche Männer mit Lucy gemacht haben könnten. Gedanken dieser Art waren wie Flammen, die ihn innerlich verbrannten, bis nur noch Asche und Staub übrig waren. Er stand auf, ging in die Küche und füllte ein Glas mit Wasser, das er in einem Zug austrank. Danach blieb er noch eine Weile verloren und mit leerem Blick an der Arbeitsplatte stehen und musste an Franziska denken. Sie hatte ihn sechs Monate nach Lucys Entführung verlassen und Jonathan mitgenommen. Anfangs hatte sie ihm noch geglaubt, dass er ihr Lucy zurückbringen würde, doch dann hatte sie nach und nach resigniert und ihre ganze hilflose Wut gegen ihn gerichtet. Und das war auch ihr gutes Recht. Schließlich war er schuld an Lucys Entführung.

Franziska hatte zu der Zeit beim BKA in der Abteilung für operative Fallanalyse gearbeitet. Doch selbst als erfahrene Profilerin war es ihr nicht gelungen, eine Fährte zu Lucys Entführern zu entdecken. Es gab keine Spuren, keine Zeugen, keine Kontaktaufnahme, keine Lösegeldforderung, und es war eine Einmaltat. Um ein Profil der Entführer zu erstellen, gab es einfach zu wenig Anknüpfungspunkte. Sicher war nur, dass es die Arbeit von Profis gewesen sein musste. Sechs Monate lang hatte Franziska alles versucht, um Lucy aufzuspüren. Danach war sie körperlich und seelisch am Ende und zog die Reißleine. Sie richtete ihr Leben neu aus. Sie trennte sich von ihm, gab ihre vielversprechende Karriere bei der Berliner Außenstelle des Bundeskriminalamtes auf und reiste mit Jonathan nach Thailand. Dort hatten sie ein paar Monate in einem Kloster gelebt, wo Franziska Arthur, einen Filmproduzenten, kennengelernt hatte, mit dem sie nach Berlin zurückgekehrt war.

Speer setzte sich an seinen Schreibtisch und schaltete den Computer ein. Während das Gerät hochfuhr, schloss er die Augen und malte sich aus, wie er Lucy in die Arme schloss und durch ihr Haar strich. Er wollte so sehr, dass dieses Bild zur Wirklichkeit wurde. Tief berührt von dem Gefühl, das diese Wunschvorstellung in ihm erzeugte, presste er die Augenlider fest zusammen. Er sagte es sich immer wieder: Lucy lebt. Sie ist irgendwo da draußen, und ich werde sie finden.

Die grausamen Bilder dessen, was Lucy zugestoßen sein könnte, verblassten, und er schaffte es, die schlimmen Gedanken von vorhin zu verdrängen.

Er hatte Aktenkopien von allen Fällen, an denen er damals gearbeitet hatte auf der Festplatte seines Computers. Hinzu kamen zahlreiche Dateien über private Recherchen, die er nach Lucys Verschwinden angestellt hatte, und die polizeiliche Entführungsakte selbst. Unzählige Male war er die Dokumente bereits durchgegangen. In einer dieser Unterlagen musste der Schlüssel zu den Hintermännern versteckt sein, die Lucys Entführung angeordnet hatten, dessen war er sich sicher. Egal wie lange es dauern würde, er würde sie aufspüren und sich an jenen rächen, die seiner Tochter das angetan hatten. Er würde niemals aufgeben.

Doch bis jetzt hatte jede von ihm verfolgte Spur irgendwann im Nichts geendet. Zuletzt hatte er versucht, als verdeckter Ermittler in den inneren Kreis einer Frankfurter Rockergang vorzudringen, die mit Waffen und Drogen handelte und auch bei Zwangsprostitution und Menschenhandel ihre Finger im Spiel hatte. Zwar hatte die Führungsebene der Gang schneller als gewöhnlich Vertrauen zu ihm gefasst, aber das hatte nur funktioniert, weil er seine Loyalität ständig durch waghalsige und illegale Aktionen unter Beweis stellte. Zuerst hatten sie kleinere Gesetzesübertretungen wie den Straßenhandel mit geringen Mengen Amphetaminen von ihm gefordert, ehe sie ihn nach und nach mit größeren Aufgaben betrauten. Dabei hatte er mehrere unverrückbare Grenzen überschritten, um seine Glaubwürdigkeit zu untermauern. Wenn man es ihm anbot, hatte er auch das Kokain geschnupft, das die Bande im großen Stil verkaufte. Vor einem halben Jahr endete seine Ermittlungsarbeit dann in einem Desaster, ohne dass er einen Schritt weiter war.

Auch nachdem man die internen Ermittlungen gegen ihn eingestellt hatte, war seine Suspendierung vom Dienst nicht aufgehoben worden. Aufgrund seines nachgewiesenen Kokainkonsums wurde er fortan für die Drogenfahndung als unbrauchbar eingestuft. Gleichwohl waren die Entscheidungsträger der Auffassung, dass er – freigestellt vom Dienst – unter Weiterzahlung seiner Bezüge geführt werden solle, bis ein anderes Betätigungsfeld für ihn gefunden war. Das Angebot, in einer neuen Mordkommission mit Spezialzuständigkeit wieder einzusteigen, war zur rechten Zeit gekommen. Ohne Arbeit als Ablenkung war er seinen Schuldgefühlen ausgeliefert gewesen. Er hatte sogar daran gedacht, sich den Lauf des alten Revolvers, der einmal seinem Onkel gehört hatte, in den Mund zu stecken und abzudrücken, damit er den Schmerz nicht mehr ertragen musste. Doch letztlich war klar, dass er das nicht tun würde. Nicht, solange Hoffnung bestand, dass Lucy noch lebte. Und diese Hoffnung hatte er niemals ganz aufgegeben. Für den Fall, dass Lucy zu ihrem alten Zuhause zurückkehren würde, sollte eine vertraute Person ihr die Tür öffnen. Er selbst konnte dort allein nicht mehr wohnen. Zu sehr belastete ihn die Entführung, die in diesen Räumen vonstattengegangen war. Deshalb hatte Speer seine jüngere Schwester Marlene gebeten, mit ihrer Tochter Leandra dort einzuziehen, während er in Frankfurt ermittelte. Marlene war nicht begeistert gewesen, hatte ihm aber den Wunsch erfüllt. Selbstverständlich bezahlte er die Miete weiter. Er selbst hatte nach kurzer Suche diese Wohnung in einem benachbarten Mietshaus gefunden. Eigentlich war das alte Zuhause groß genug für sie alle, und Marlene war alleinerziehend, aber im Moment wollte er lieber für sich sein. Jedenfalls redete er sich das ein.

Nachdem er sich eine Stunde lang verschiedene Ermittlungs-akten vor dem Computermonitor angesehen hatte, brannten seine Augen, und ein stechender Schmerz hatte sich hinter seiner Stirn manifestiert.

Er ging zu seiner Jacke an der Garderobe und holte Lucys Smartphone in der pinkfarbenen Schutzhülle heraus. Nachdem ihr älterer Sohn Jonathan sich von seinem gesparten Taschengeld ein neues Handy gekauft hatte, waren er und Franziska übereingekommen, dass Lucy Jonathans altes Gerät haben dürfe. Es gab ihnen beiden ein Gefühl der Sicherheit, zu wissen, dass Lucy sie anrufen konnte, falls sie in Schwierigkeiten geriet. Lucy hatte ihnen aber versprechen müssen, dass sie die PIN-Nummer nicht veränderte, so dass sie als Eltern jederzeit Zugriff auf das Gerät hatten. Lucy war so stolz gewesen und hatte ihre erste eigene Telefonnummer gleich auswendig gelernt. Speer lud den Akku regelmäßig auf und trug das Handy immer bei sich. Er hegte die irrationale Hoffnung, dass Lucy irgendwann anrufen würde.

Aus dem Küchenschrank holte er eine Flasche teuren Whiskey und schenkte sich etwas davon ein. Für gewöhnlich half schon eine geringe Menge, um seine Kopfschmerzen herunterzufahren und ihn zumindest für kurze Zeit schlafen zu lassen. Mit dem Glas und Lucys Smartphone setzte er sich auf die Couch. Er trank einen kleinen Schluck, lehnte sich mit geschlossenen Augen zurück und spürte dem wohligen Brennen nach, das der Whiskey in seiner Kehle hinterließ. Sein Schädel dröhnte noch immer vor Schmerzen. Er führte es auf den chronischen Schlafmangel zurück. Auch das Stechen in seinem Magen, das auf ein Geschwür hindeutete, meldete sich wieder.

Zehn Minuten, nachdem er das Glas ausgetrunken hatte, spürte er eine leichte Benommenheit, die ihn umhüllte und ihn ein wenig vor seiner Seelenqual schützte. Mehr würde er nicht trinken. Auch wenn sein Herz vor Kummer und Schuld noch so sehr schmerzte, er würde es ertragen.

Stattdessen stöpselte er Kopfhörer in Lucys Smartphone ein und wählte ein Album von Meghan Trainor aus. Das war neben den Fallout Boys die Musik, die Lucy zuletzt am liebsten gehört hatte. Nach den ersten Takten begann er, die Fotos durchzublättern, die Lucy mit dem Gerät gemacht hatte. Neben den unzähligen Selfies von Lucy gab es auch Fotos von ihm, Franziska und Jonathan.

Während Franziska den Verlust zumindest dem äußeren Anschein nach zu verkraften schien, war Jonathan dabei, in Schwermut zu versinken. Er kleidete sich ausschließlich schwarz, hörte düstere Musik und redete kaum noch. Während er früher Fußball und Tennis gespielt und sich gesund ernährt hatte, kam er jetzt nur noch selten aus seinem Zimmer und verbrachte die Zeit lieber mit Videospielen – meist Ego-Shootern –, Musikhören und Fernsehen. Den Kontakt zu Freunden hatte er weitgehend abgebrochen, und seine schulischen Leistungen waren eine Katastrophe.

Speer ahnte, dass er in dieser Nacht gar keinen oder nur wenig Schlaf finden würde. Seit Lucys letztem Geburtstag waren seine Schlafstörungen besonders schlimm geworden. Wenn er die Augen schloss, sah er Lucys freundliches Gesicht vor sich, ihre Sommersprossen, von denen sich die meisten auf der Nasenspitze befanden, ihre geflochtenen Zöpfe und ihr wunderschönes Lächeln. Dann folgte der Schnitt, der Moment, in dem er zurück in die leere Wohnung kam, als ihm schlagartig klarwurde, dass sie seine Tochter mitgenommen hatten, dass sie ihre Drohung, ihn zu vernichten, auf diese Art wahr gemacht hatten. Er konnte noch immer nicht fassen, welch perfiden Plan sie geschmiedet hatten, und dass er in ihre Falle getappt war. Es hatte sich vielleicht um eine Minute gehandelt, die er hätte schneller zurück sein müssen, und er hätte die Entführer noch erwischt. Sie … Wer waren sie? Es musste etwas mit seinen damaligen Ermittlungen zu tun haben. Wem war er zu nahe gekommen? Wer hatte so viel zu verlieren, dass er zu so drastischen Maßnahmen gegriffen hatte?

Speer hatte das Gefühl, mit jemandem reden zu müssen, um nicht durchzudrehen. Er überlegte, ob er Franziska anrufen konnte, verwarf den Gedanken aber gleich wieder. In den ersten Wochen nach Lucys Verschwinden hatte sie ihm keine Vorwürfe gemacht. Sie hatten sich gegenseitig Mut zugesprochen und daran gearbeitet, ihre Tochter zu finden. Als die Hoffnung sank, nahm die Spannung zwischen ihnen zu. Allmählich schlichen sich Vorwürfe in ihre Gespräche, die immer öfter in einem Streit gipfelten, in dem sie ihn für Lucys Verschwinden verantwortlich machte. Danach schwiegen sie sich vornehmlich an. Irgendwann konnte Franziska seine Nähe nicht länger ertragen und zog mit Jonathan aus. Der Kontakt brach damals ab. Dennoch liebte er Franziska noch immer, und er nahm es ihr nicht übel. Es war in Ordnung, wenn sie tat, was gut für sie und für Jonathan war. Nach ihrer Rückkehr aus Thailand hatte sie sich verändert und war wieder netter zu ihm gewesen. Sie hatte ihm, nachdem sein Job in Frankfurt gründlich schiefgelaufen war, gut zugesprochen, und in den letzten Wochen hatten sie regelmäßig miteinander telefoniert. Doch Franziska hatte jetzt ein neues Leben und einen anderen Mann an ihrer Seite. Sie verfolgte nun das Ziel, auch Jonathans Leben wieder auf die richtige Bahn zu lenken.

Speer legte sich auf die Couch. In ihm rumorte die Unruhe. Er schloss die Augen und versuchte, sich auf die Musik zu konzentrieren. Sie rief Bilder und Szenen einer Zeit in ihm hervor, in der noch alles in Ordnung gewesen war. Lucy auf dem Rücken eines Pferdes beim Reittraining. Im Urlaub mit der ganzen Familie an der Ostsee. Er hörte ihr Lachen, ihre Stimme, roch ihre Haut und den Duft ihrer Haare. Doch als er in einen Dämmerzustand glitt, halb wach, halb schlafend, vermischten sich diese Szenen mit dem Grauen, das er heute gesehen hatte. Horst Rokov hing kopfüber an einem Seil. Den Mund weit aufgerissen und mit blutigem Stroh gefüllt. Ein gesichtsloser Mörder schwang ein langes Messer und stand einen Augenblick später nicht mehr neben der Leiche in der Fabrikhalle, sondern neben ihm an der Couch.

Schweißgebadet schreckte er aus dem Traum hoch. Es war kurz vor halb sechs. Er hatte kaum mehr als zwei Stunden geschlafen. Mit schmerzenden Gliedern erhob er sich und ging in die Küche, um sich einen Kaffee zu machen. Gleich würde er wieder zur Arbeit fahren.

10

Als Robert Bogner um sieben Uhr die Bürotür öffnete, war er überrascht, seinen Partner bereits am Schreibtisch sitzen zu sehen. Mordermittlungen machten selbstverständlich auch vor dem Wochenende nicht halt. Aber die Teambesprechung war erst für acht Uhr anberaumt.

»Ich dachte, heute bin ich mal der Erste«, sagte er deshalb, als er eintrat und der Duft von frisch gekochtem Kaffee ihm in die Nase stieg.

Adrian Speer löste seinen Blick vom Computerbildschirm, wandte sich Bogner zu und lehnte sich in seinen Stuhl zurück.

»Ich bin immer für eine Überraschung gut.« Er nahm seine Kaffeetasse vom Schreibtisch und trank einen Schluck.

»Das glaub ich allerdings auch«, sagte Bogner. »Wie wär's mit Frühstück? Mit vollem Bauch lässt sich leichter denken.« Er hob die mitgebrachte Papiertüte aus der Bäckerei hoch.

»Ist das so?«

»Was Morde angeht, auf jeden Fall, da spreche ich im Gegensatz zu dir nämlich aus Erfahrung.«

»Das mach ich dann durch Anfängerglück wieder wett«, konterte Speer. »Ich hab keinen Hunger.«

»Was würdest du sagen, wenn ich extra ein Sandwich für meinen neuen Kollegen mitgebracht hätte?«

»Dann wäre es vermutlich eine Beleidigung, es abzulehnen.«

»So ist es«, sagte Bogner und lachte breit. Er holte ein belegtes Brötchen aus der Tüte und reichte es Speer. »Tomate-Mozzarella. Die Sandwichcreme ist der Hammer.«

Speer nahm einen Bissen. »Ist ganz okay.«

»Ich mag diese Überschwänglichkeit«, sagte Bogner und grinste, während er sich eine Tasse Kaffee eingoss.

Speer nahm noch einen Bissen und schob kauend eine Akte auf Bogners Schreibtisch hinüber.

»Der Bericht der Rechtsmedizin. Lag schon hier, als ich gekommen bin«, sagte er.

»Eisenbeiß hat vermutlich bis in die Nacht daran gearbeitet, um ihn fertig zu kriegen.« Bogner nippte an seinem Kaffee und setzte sich an seinen Schreibtisch. Er schlug die Akte auf, nahm sein Sandwich aus der Tüte und biss hinein.

»Der Todeszeitpunkt liegt zwischen sechs und acht Uhr«, sagte Speer. »Wie wir richtig vermutet haben, hat der Täter die Zunge abgeschnitten, als Rokov noch lebte. Der benutzte Mundspreizer hat eine Rastersperre. So ein Ding benutzen Zahnärzte. Es wird aber auch in Sexshops zum Kauf angeboten.«

Bogner verzog angewidert das Gesicht. »Mein Gott, wer steht denn auf so was!«

»Kampfspuren am Opfer fehlen, und es gibt auch keine fremden Hautpartikel unter den Fingernägeln des Opfers.«

Bogner seufzte und begann in der Akte zu blättern. Doch er konnte sich nicht richtig darauf konzentrieren. Sein Blick blieb auf dem Foto seiner Familie hängen, das auf seinem Schreibtisch stand. Es zeigte Laura und ihre gemeinsame Tochter Julia Arm in Arm am Strand einer kleinen mallorquinischen Bucht mit dem Meer und einem atemberaubenden Sonnenuntergang im Hintergrund. Der Urlaub lag schon fünf Jahre zurück, und Julia war damals noch sein kleines Mädchen gewesen. Jetzt war sie fünfzehn, und schon lange erzählte sie ihm nicht mehr alles. Die letzten Jahre waren sie nicht mehr verreist. Als er in die strahlend grünen Augen seiner Frau sah, deren braunes langes Haar sich vor dem azurblauen Meer abzeichnete, verursachte ihm die gestrige Nacht ein noch schlechteres Gewissen, als er ohnehin schon hatte.

Nach dem Gespräch mit Fritz Rieling hatte er gewartet, bis Nadja Feierabend machte. Anschließend war er mit ihr in ihre Wohnung gefahren und hatte zwei Stunden mit ihr im Bett verbracht. Gegen drei Uhr kam er nach Hause und Laura wachte kurz auf, als er neben ihr unter die Bettdecke kroch, schlief aber schnell wieder ein. Er selbst brauchte lange, um in den Schlaf zu finden und wachte dann gegen sechs schon wieder auf. Da er befürchtete, Laura würde ihm anmerken, dass er ihr in der Nacht untreu gewesen war, hatte er das Haus verlassen, bevor um halb sieben ihr Wecker klingelte.

Als Speer aufstand, um sich einen weiteren Kaffee zu holen, fragte sich Bogner, wie es wäre, wenn seine eigene Tochter entführt worden wäre und es seitdem kein Lebenszeichen mehr von ihr gäbe. Er musste seinem Kollegen Respekt zollen. Speer war zwar verschlossen, aber er ließ sich nicht gehen. Statt eines Anzugs mit Hemd und Krawatte – wie er selbst – zog Speer es vor, in Jeans und Lederjacke zu arbeiten, und an den harten Zügen in seinem Gesicht konnte man erkennen, dass er viel mitgemacht hatte und auch jetzt noch einen inneren Kampf austrug. Seine blassblauen, stets traurig schimmernden Augen passten in dieses Bild.

»Und dieser Pfarrer Thomas Eigner, den du gestern befragt hast, weiß also angeblich aus erster Hand, dass Rokov auf kleine Jungen stand. Das würde dann auch die schmutzigen Fotos aus dem Tresor in Rokovs Penthouse erklären«, sagte Speer, als er sich wieder an seinen Schreibtisch setzte.

Bogner nickte.

»Eigner hat versucht, Rokov davon abzuhalten, seinen Trieben nachzugehen. Dafür hat Rokov den Pfarrer betäubt und die Fotos gemacht, die Eigner mit jungen Prostituierten zeigen, um ihn damit in Misskredit zu bringen.«

»Einem Pfarrer, der mit minderjährigen Mädchen ins Bett steigt, glaubt keiner mehr«, sagte Speer.

»So ist es. Und was hast du in Rokovs Nachtclub erfahren?«

Speer gab Bogner eine Zusammenfassung seiner Gespräche des gestrigen Abends. Sie kamen überein, dass sich daraus zwei weitere Tatverdächtige ergaben. Tarek, dem Horst Rokov das *After Midnight* nicht verkaufen wollte, und Klaus Acker, der Rokov erpressen wollte.

»Bukowitsch meinte, in dem Erpresserbrief habe gestanden: *Für das, was du getan hast*«, sagte Speer.

»Du meinst, dieser Klaus Acker könnte ein früheres Missbrauchsopfer gewesen sein?«

Speer nickte.

»Womit der Absender des Briefes im Kreis der Verdächtigen ziemlich weit nach oben steigt«, sagte Bogner.

»Nachdem ich aus dem Club kam, bin ich wieder zu Rokovs Villa gefahren und habe dort ein bisschen gewartet.«

»Warum das denn?«

»Ich hatte da so ein Gefühl.«

»Und?«

»Kurz vor Mitternacht kam Karsten Rokov angefahren. Die Witwe hat ihm die Tür aufgemacht. Er blieb bis Viertel vor eins in der Villa.«

»Vielleicht wollte er seiner Stiefmutter einfach nur beistehen.«

»Um diese Uhrzeit?«

»Stimmt. Und den Eindruck, als ob Isabell Rokov dringend Trost bräuchte, hat sie auf mich nicht gemacht, als wir ihr die Nachricht vom Tod ihres Mannes überbracht haben.«

»Horst Rokov war reich. Wahrscheinlich erben seine Frau und sein Sohn. Falls die beiden also ein Verhältnis haben, gehören sie ebenfalls zum Kreis der Verdächtigen.«

Bogner nickte. »Bei Tötungsdelikten haben wir häufig eine Verwandtschaft oder nähere Beziehung zwischen Täter und Opfer.«

»Stellt sich aber die Frage, warum sie ihn so brutal und qualvoll hätten sterben lassen sollen.«

Es klopfte an die Tür, und Tina Jeschke kam herein. Wie immer verzog sie keine Miene und war in weite schwarze Klamotten gekleidet, die ihre grazile Figur kaum erahnen ließen.

»Unsere ausgesprochen farbenfrohe Kollegin«, witzelte Bogner. Tina warf ihm einen ernsten Blick zu. Ihr schräg gegenüberliegendes Einzelbüro war vor ihrem Einzug eine Abstellkammer mit kleinem Dachfenster gewesen. Aber nicht nur aufgrund der Unterbringung im Dachgeschoss des LKA-Gebäudes und der damit einhergehenden Trennung von den übrigen Räumen, hatte Bogner den Eindruck, dass seine Mordkommission im Ansehen hinter den anderen rangierte. So hätte das Speer und ihm zugeteilte Dienstzimmer dringend eine Renovierung, zumindest aber einen neuen Anstrich gebrauchen können, und durch das undichte, einfach verglaste Fenster zur Hauptstraße hin drang neben der Kälte auch der Lärm des Berufsverkehrs fast ungefiltert in den Raum. Zudem wiesen die beiden Schreibtische, die Aktenregale sowie der größte Teil der Einrichtung starke Gebrauchsspuren auf. Nur die Computer und die beiden Drehstühle waren neu. Auch waren sie nur drei Ermittler, während üblicherweise sieben bis zehn Beamte eine Mordkommission bildeten. Für den Mord an Horst Rokov hatte Fernanda Gomez aber Verstärkung aus den anderen Mordkommissionen sowie dem Dezernat für Sexualstraftaten zugesagt.

»In der Tiefgarage, in der Rokovs Mercedes stand, gibt es keine Kameraüberwachung, und niemand hat gesehen, wer damit reingefahren ist. Rokovs Handy konnten wir noch nicht orten«, sagte Tina.

Hinter ihr tauchte Martin Klamm von der Spurensicherung in der Tür auf. Er hielt eine dünne Akte in der Hand, und unter seinen Augen zeichneten sich dunkle Ränder ab.

»Die Anfrage an Polizeipräsidium, Justizministerium und das Drogendezernat, ob Horst Rokov als Informant gearbeitet hat, läuft. Bis jetzt gibt es aber noch keine Rückmeldung«, berichtete Tina weiter.

»Sehr gut. Vielen Dank«, sagte Bogner. Tina, die anscheinend wegen seiner Bemerkung über ihre Kleidung noch sauer war, zog missbilligend eine Augenbraue hoch und marschierte an Klamm vorbei in ihr Büro.

»War doch nur Spaß«, rief Bogner ihr hinterher.

»Der vorläufige Bericht der Spurensicherung«, räusperte sich Klamm und reichte Bogner die Unterlagen.

»Und?«

»Wir haben jede Menge verschiedene Fingerabdrücke aus der Halle. Aber bisher ergab sich kein Treffer in unserer Datenbank. Schuhabdrücke negativ. Am Opfer selbst finden sich keine fremden Stoffe oder Fasern. Und auch im Mercedes des Opfers und dessen Penthouse gibt es keine weiteren verwertbaren Spuren.«

»Wäre auch zu schön gewesen, wenn ihr was gefunden hättet«, brummte Bogner.

»Tut mir leid«, sagte Klamm und zuckte bedauernd die Achseln, bevor er auf dem Absatz kehrtmachte und ging.

Bogner stand auf und zog sein Jackett gerade.

»Na gut. Dann gehen wir jetzt runter in den Besprechungsraum und informieren unsere liebe Dezernatsleiterin über den Stand der Ermittlungen. Ich fürchte, sie wird nicht sonderlich begeistert sein.«

11

Es war kurz nach acht Uhr morgens, als die beiden Joggerinnen losliefen.

Nach fünfzehn Minuten waren sie wie üblich so sehr in ihr Gespräch vertieft, dass sie von ihrer Umgebung kaum noch etwas mitbekamen. Das Geräusch ihrer Laufschuhe auf dem feuchten Waldboden und ihre Unterhaltung, die sich an diesem Morgen wie so oft fast ausschließlich um die Kinder drehte, wurde von den starken Windböen, die durch die kahlen Baumkronen jagten, begleitet.

Eine Linkskurve leitete zu einem langgezogenen Anstieg über, dem anstrengendsten Teil der Runde. Da sie hier ihren Atem sparen mussten, um es bis nach oben zu schaffen, redeten sie an dieser Stelle zumeist nichts und konzentrierten sich stattdessen auf den Boden. Nur ab und an blickten sie auf, um zu sehen, wie weit es noch bis zu dem erlösenden Hügelkamm war. Als eine von ihnen nach der Kurve zum ersten Mal den Blick hob, blieb sie abrupt stehen und stieß einen langen gellenden Schrei aus. Die andere stimmte reflexartig vor Schreck mit ein, stoppte und sah im gleichen Augenblick selbst, was ihre Freundin so verstört hatte.

Etwa hundert Meter vor ihnen stand mitten auf dem Weg ein Auto. An der Anhängerkupplung war ein Seil befestigt, das über einen dicken Ast geschwungen war, der quer über den Weg ragte. Allein der Wagen, der nicht hierhin gehörte, und das Seil hätten ausgereicht, um bei den beiden ein mulmiges Gefühl zu erzeugen. Doch das, was sie sahen und was sie sekundenlang starr vor Angst dastehen und mit schockgeweiteten Augen nach oben schauen ließ, war etwas weitaus Entsetzlicheres. Am unteren Ende des Seils hing mit dem Kopf nach unten ein nackter Mann. Der regungslose Körper pendelte leicht im Wind hin und her. Dass es an diesem Morgen wegen der dunklen Regenwolken am Himmel noch immer nicht richtig hell geworden war, machte die Situation noch unheimlicher, ebenso wie der Rabe, dessen Gekrächze plötzlich lautstark durch den Wald hallte. Es war eine Szenerie wie aus einem Horrorfilm. Aus Angst davor, dass der Mörder noch hier sein könnte, nahmen die beiden Frauen Reißaus und rannten so schnell sie konnten den Weg zurück, den sie gekommen waren.

Als sie völlig außer Atem auf dem Parkplatz ankamen, setzten sie sich in den Wagen, verriegelten die Türen und riefen die Notrufzentrale an.

12

Robert Bogner, Adrian Speer und Tina Jeschke kamen zuletzt in den Besprechungsraum. Kriminalrätin Fernanda Gomez und ein Mann, den Bogner nicht kannte und den er auf Anfang dreißig schätzte, standen neben dem Flipchart und unterhielten sich miteinander. Der Raum hatte in etwa die Größe eines Klassenzimmers, und die zusammengestellten Tische bildeten ein großes U, dessen offenes Ende auf die Leinwand für den Deckenbeamer ausgerichtet war. Martin Klamm, der Leiter der Spurensicherung, sowie vier weitere Beamte hatten bereits dort Platz genommen. Bogner kannte die Kollegen. Er war froh, dass niemand aus seiner alten Mordkommission unter ihnen war. Es handelte sich um Oberkommissarin Mandy Lose, Oberkommissar André Slibow sowie die erfahrenen Hauptkommissare Paul Breitnach und Emil Sanddorn. Sanddorn war aus dem Dezernat für Sexualstraftaten ins Team geholt worden und hatte noch gestern Abend mit der Sichtung der Videos aus Rokovs Wandtresor begonnen. Bogner begrüßte die Kollegen mit einem Kopfnicken und setzte sich dann mit Speer und Tina zu ihnen.

»Bevor wir anfangen, möchte ich Ihnen Staatsanwalt Dr. Maximilian Heimer vorstellen«, sagte Fernanda Gomez und wies auf den Mann neben sich, mit dem sie sich zuvor unterhalten hatte. Er lächelte in die Runde. »Dr. Heimer ist zum zuständigen Staatsanwalt für die Sonderfälle der achten Mordkommission ernannt worden. Er wird daher die Ermittlungen im Mordfall Rokov leiten und ist ab jetzt Ihr Hauptansprechpartner bei der Staatsanwaltschaft.«

»Guten Morgen«, sagte Dr. Heimer, an alle gerichtet. »Sie dürfen davon ausgehen, dass ich die Ermittlungen intensiv begleiten werde, und Sie können mich Tag und Nacht anrufen. Ich bin sehr gespannt, was Sie bis jetzt herausgefunden haben.«

Er zog ein paar Visitenkarten aus seinem Jackett und gab sie Mandy Lose zum Verteilen. »Genau wie Sie will ich, dass Berlin sauberer wird und dass die Verbrechensquote nachhaltig sinkt.«

Bogner wusste nicht, ob es an dem Anzug von Armani oder dem überheblichen Grinsen lag, aber der gutaussehende Staatsanwalt mit dem Doktortitel war ihm auf Anhieb unsympathisch. Bogner trug zwar selbst auch gern Anzug und Krawatte, aber seine Kleider waren von der Stange. Ihm war bewusst, dass sein Mund oft schneller war als sein Verstand, was ihm schon jede Menge Ärger eingebracht hatte, doch auf sein Bauchgefühl konnte er sich im Allgemeinen verlassen. Und wenn es danach ging, würde er mit diesem Staatsanwalt nicht gut zurechtkommen.

Gomez wandte sich nun an ihn. »Kriminalhauptkommissar Bogner, würden Sie bitte den Stand der Ermittlungen vortragen?«

Bogner nickte und wartete kurz, bis Fernanda Gomez und Dr. Heimer Platz genommen hatten. Als Erstes trug er vor, wo und wie das Opfer vorgefunden worden war und bat dann Martin Klamm anhand von Fotos, die auf die Leinwand projiziert wurden und den Tatort aus verschiedenen Blickwinkeln zeigten, über das vorläufige Ergebnis der Spurensicherung zu berichten. Im Anschluss übernahm Bogner wieder, fasste das Ergebnis der rechtsmedizinischen Untersuchung des Opfers zusammen und kam am Ende auf die bisherigen Tatverdächtigen zu sprechen. Dabei zeigte er die unterschiedlichen Motive auf, aufgrund derer Isabell und Karsten Rokov sowie der Pfarrer, der Albaner Tarek und Klaus Acker jeweils den Mord an Horst Rokov begangen haben könnten.

»Und wie genau wollen Sie jetzt weiter vorgehen?«, fragte Staatsanwalt Dr. Heimer. »Bisher haben wir nur Vermutungen. Für eine Untersuchungshaft reicht das aber bei keinem der genannten Tatverdächtigen aus. Dafür brauche ich Beweise oder zumindest stichhaltige Indizien.«

»Ganz oben auf der Liste steht für mich im Moment Klaus Acker, der von Rokov hunderttausend Euro erpressen wollte. Aufgrund des Materials, das wir im Safe der Wohnung sichergestellt haben, ist anzunehmen, dass Rokov pädophil war. Das deckt sich auch mit der Aussage des Pfarrers.«

»Sie glauben also, dass Acker als Junge von Rokov missbraucht wurde und nun für sein Schweigen abkassieren wollte? Und als Rokov nicht zahlte, nahm er ihm aus Rache das Leben?«, fragte Dr. Heimer.

»Diese Annahme liegt zumindest nahe. Wir wissen bereits, wo Acker als wohnhaft gemeldet ist und werden gleich nach dieser Besprechung dorthin fahren. Sollte sich herausstellen, dass Acker ein Alibi hat und nicht unser Mann ist, nehmen wir uns als Nächstes den Albaner vor. Dafür müssen wir schnellstmöglich herausfinden, wo er sich aufhält.«

»Das können wir übernehmen«, sagte Mandy Lose und zeigte auf André Slibow und sich.

Bogner nickte. »Einverstanden.«

»Sobald Sie Acker befragt haben, informieren Sie mich umgehend«, sagte Dr. Heimer, an Bogner gewandt. »Ebenso, falls Sie sich entschließen, ihn festzunehmen. Ich entscheide dann, ob wir das jetzige Ermittlungsverfahren gegen Unbekannt umstellen und fortan gegen Klaus Acker richten. Gleichzeitig werde ich dann die Anträge auf Untersuchungshaft und Durchsuchung seiner Wohnung stellen.«

»In Ordnung«, sagte Bogner. Er war überrascht über die Härte und Entschlossenheit, die in der Stimme des Staatsanwaltes lagen und die er ihm nicht zugetraut hätte. Vielleicht hatte er doch zu voreilige Schlüsse gezogen.

Als für einen Moment niemand mehr etwas sagte, meldete sich Tina Jeschke zu Wort.

»Ich habe hinsichtlich der Tatausführung recherchiert und etwas herausgefunden, das ich für wichtig halte. Das Aufhängen eines nackten Menschen mit dem Kopf nach unten und die Zufügung von Schmerzen entsprechen einer früher hauptsächlich in China angewendeten Foltermethode, die unter dem Namen *Die Taube* bekannt ist.«

»Klingt nach einem professionellen Täter aus den Reihen der organisierten Kriminalität«, folgerte Dr. Heimer.

»Das würde aber gegen Klaus Acker sprechen und deutet eher auf diesen Albaner hin«, bemerkte Fernanda Gomez.

Vielleicht war Tarek der kriminellen Szene zuzuordnen, aber Bogner fand diesen Gedankengang zu oberflächlich und keineswegs zwingend.

»In Ausnahmesituationen können ganz friedliche und normale Menschen zu Monstern werden«, sagte er deshalb. »Denken Sie nur an den Buchhalter, der vor vier Wochen seine Frau erwürgt und danach in kleine Teile zersägt und in Müllbeuteln entsorgt hat. Er hatte sich zuvor noch nie etwas zuschulden kommen lassen und war als friedliebend bekannt.«

»Ich stimme Ihnen zu, Herr Bogner«, sagte der Staatsanwalt. »Wir wissen nichts über Klaus Acker, aber dennoch bin ich dafür, dass wir parallel diesen Tarek auftreiben und zur Befragung hierherbringen.«

Bogner nickte.

»Wir haben noch nicht thematisiert, was es mit dem Abschneiden der Zunge und dem Stroh im Mund auf sich hat«, warf nun Paul Breitnach ein.

»Möglicherweise geht es um einen Verrat, den Rokov begangen hat oder im Begriff war, zu begehen«, antwortete Speer. »Wir prüfen gerade, ob Rokov als Polizeiinformant gearbeitet hat. Falls dem so ist und er aufgeflogen ist, würde das Herausschneiden der Zunge ebenfalls auf eine Tat aus dem Milieu hindeuten.«

Die Tür zum Besprechungsraum wurde aufgerissen und ein Kollege vom Bereitschaftsdienst eilte ins Zimmer.

»Gerade kam ein Anruf über die Notrufzentrale rein. Zwei Joggerinnen haben im Grunewald eine kopfüber von einem Ast hängende Leiche entdeckt. Streifenwagen, Notarzt und Rettungswagen sind schon unterwegs. Sieht so aus, als ob es einen weiteren Mord nach dem gleichen Muster gegeben hat.«

13

Eine Dreiviertelstunde, nachdem sie die Meldung erhalten hatten, fuhren Bogner und Speer über einen breiten Waldweg. Der Teil des Grunewalds, in dem sich der Tatort befand, gehörte zu einem Forstgebiet. Unter den Reifen ihres Dienstfahrzeugs knirschte der Schotter. Links und rechts des Weges stapelten sich hier und da geschlagene Baumstämme. Der Himmel war nach wie vor von dichten grauen Wolken bedeckt, und es war nur eine Frage der Zeit, bis es wieder zu regnen beginnen würde. Nach einem Kilometer gelangten sie an eine Wegkreuzung mit einer Freifläche in der Mitte, die groß genug war, um auch sperrigen Waldarbeitsfahrzeugen eine Wendemöglichkeit zu bieten. Am Rand standen neben einem Streifenwagen auch Fahrzeuge der Rechtsmedizin und der Spurensicherung.

Bogner und Speer parkten ebenfalls dort und gingen zu Fuß an zwei uniformierten Polizisten vorbei, die dabei waren, den Zugangsweg mit Flatterband abzusperren. Von da an stieg das Gelände stark an und erst, als sie auf dem Hügelkamm ankamen, konnten sie wenige Meter dahinter den Tatort sehen. Er trug eindeutig die Handschrift desselben Mörders, der bereits Horst Rokov getötet hatte. Die männliche Leiche hing kopfüber an einem Seil, das über einen Ast geschwungen und am anderen Ende mit der Anhängerkupplung eines Autos verbunden war.

Dr. Eisenbeiß war gerade dabei, die Temperatur der Leiche zu messen. Die Kollegen von der Spurensicherung konnten nur wenige Minuten vor Bogner und Speer eingetroffen sein und untersuchten nun die Umgebung nach Täterspuren und machten Fotos. Zwei von ihnen waren mit dem Inneren des Wagens beschäftigt. Klamm kam mit einer blauen Kunststoffkiste auf sie zu.

»Ein paar Informationen hätte ich schon mal für Sie«, sagte er und stellte die Kiste, in der sich einige durchsichtige Plastiktüten befanden – unter anderem mit den Kleidern, die vermutlich dem Toten gehörten –, auf dem Boden ab. Er angelte eine der Tüten heraus und hielt sie Speer und Bogner hin, so dass sie den Inhalt sehen konnten.

»Handy und Zulassung lagen im Handschuhfach. Der Schlüsselbund mit dem Fahrzeugschlüssel steckte im Zündschloss, und das Portemonnaie befand sich in einer Sporttasche im Kofferraum des Wagens. Der Abgleich des Fotos auf dem Personalausweis mit dem Gesicht des Toten hat ergeben, dass es sich um das Fahrzeug des Opfers handelt. Der Mann heißt Dr. Achim Wölfling, Rechtsanwalt, siebenundsechzig.«

Bogner schnalzte mit der Zunge, während Klamm die Tüte zurück in die Kiste legte.

»Schon was gefunden, das zum Täter gehört?«

Klamm schüttelte den Kopf. »Dafür ist es noch viel zu früh. Wir werden auch das umliegende Gelände großflächig absuchen müssen, insbesondere die Wege, denn der Täter muss sich zu Fuß vom Tatort entfernt haben. Vielleicht hat er dabei etwas verloren oder ist an einem Zweig hängengeblieben, so dass wir Stoffspuren seiner Kleidung finden.«

Bogner nickte zustimmend und schob sich einen Kaugummi in den Mund.

»Zum Tathergang«, fuhr Klamm fort. »Der Täter ist mit dem Opfer in dessen Wagen hierhergefahren. Er hat das Seil an der Anhängerkupplung des Wagens befestigt und das andere Ende über den Ast geworfen. Er hat das Opfer gezwungen, sich das Seil um die Fußgelenke zu binden, um es dann mit dem Wagen hochzuziehen.«

Dr. Eisenbeiß kam jetzt ebenfalls zu ihnen und begrüßte sie mit einem Kopfnicken.

»Da haben Sie es aber mit einem echten Irren zu tun. Das zweite Opfer innerhalb von nur vierundzwanzig Stunden. Die Leichenstarre setzt gerade erst an den Augenlidern und den Kaumuskeln ein.«

»Was schätzen Sie?«, fragte Bogner.

»Wenn ich die niedrigen Außentemperaturen und die Körpertemperatur der Leiche berücksichtige, dann ist der Tod vor ungefähr anderthalb bis drei Stunden eingetreten.«

»Das würde bedeuten, das Opfer starb heute Morgen zwischen halb sieben und acht Uhr«, folgerte Bogner.

»So ist es«, pflichtete Dr. Eisenbeiß ihm bei und fuhr dann mit seinen bisherigen Erkenntnissen fort.

»Die Herbeiführung des Todes geschah nahezu identisch wie bei dem gestrigen Mord in der Fabrikhalle. Angefangen vom Aufhängen bis zum Offenhalten des Mundes mit einem zahnärztlichen Spreizwerkzeug, dem Abschneiden der Zunge und dem Stroh in der Mundhöhle.«

Speer wandte sich nun Klamm zu. »Bei der Menge Blut auf dem Boden müsste es doch Schuhabdrücke des Täters geben?«

»Das ist schon richtig. Aber trotzdem Fehlanzeige. Es gibt zwar auch Blutspuren, die der Täter beim Weggehen verursacht hat, aber keine Schuhabdrücke. Er hat vermutlich, wie schon in der Fabrikhalle, Plastiküberzieher über seine Schuhe gezogen.«

»Und wenn der Täter schon so schlau ist, Schuhabdrücke zu vermeiden, dann ist wohl auch davon auszugehen, dass er Handschuhe getragen hat und wir keinen Fingerabdruck finden werden«, mutmaßte Bogner.

Klamm nickte, drehte sich um und machte sich wieder an die Arbeit. Dr. Eisenbeiß ging den Hügel hinunter, wo gerade ein Leichenwagen hielt, um die Männer zu informieren, dass sie noch ein wenig warten mussten, bis die Leiche in die Gerichtsmedizin transportiert werden konnte.

Speer atmete tief durch. Bis heute Morgen hatte nichts darauf hingedeutet, dass es einen weiteren Mord nach dem gleichen Muster geben könnte. Jetzt mussten sie davon ausgehen, dass es sich um einen Serientäter handelte, was die bisherigen Annahmen und die Ausgangsbasis für die Ermittlungen gehörig veränderte.

»Es muss einen Grund geben, warum er seine Opfer genau auf diese Art und Weise tötet«, überlegte er.

»Wahrscheinlich gibt es eine Verbindung zwischen den Opfern. Falls der Täter sie aber willkürlich auswählt, nur um seine Mordgier zu befriedigen, wird es verdammt schwierig«, sagte Bogner und kratzte sich am Kopf.

»Und wir wissen nicht, ob das heute das Ende der Serie war oder ob es noch weitere Morde geben wird.«

Ein gedämpftes Geräusch drang wie aus weiter Ferne zu ihnen hoch. Speer bemerkte, dass es aus der Kiste kam, die Klamm vor ihnen abgestellt hatte. Das Klingeln eines Telefons. Speer ging in die Hocke, holte die Tüte mit dem Smartphone des Opfers hervor und erhob sich wieder. Bogner trat neben ihn und blickte auf das leuchtende Display, auf dem der Name des Anrufers angezeigt wurde. Das war an sich nicht ungewöhnlich, doch in diesem Fall stockte Speer der Atem, denn der Name des Anrufers war Horst Rokov. Speer begriff im gleichen Augenblick, was das bedeutete. Rokovs Nummer musste in den Kontakten auf Dr. Wölflings Handy gespeichert sein. Das hieß, dass sich beide Opfer gekannt hatten. Aber die zweite Erkenntnis war es, die das Blut noch stärker in ihm wallen ließ und ihm klarmachte, dass er diesen Anruf unbedingt entgegennehmen musste: Horst Rokovs Handy war seit seiner Ermordung verschwunden. Bei dem Anrufer konnte es sich nur um den Mörder handeln.

Speer warf Bogner einen kurzen Blick zu und sah ihm an, dass er die gleichen Schlüsse zog. Er verschwendete keine Zeit damit, sich Handschuhe überzuziehen. So schnell es ging, öffnete er die Tüte, holte das Smartphone heraus und strich über das Display, um das Gespräch anzunehmen. Speer stöhnte innerlich auf. Die Akkuanzeige des Smartphones war bereits im roten Bereich.

Bogner war ein paar Schritte zurückgewichen, hatte sein eigenes Handy hervorgeholt und einen Anruf gestartet. Vermutlich war er dabei, eine Rückverfolgung des Anrufs einzuleiten. Speer nahm das Gespräch an und drückte auf das Lautsprechersymbol.

»Mit wem spreche ich?«, fragte eine monotone, elektronisch verfremdete Stimme, die wie ein Roboter klang.

»Hier ist Kriminalhauptkommissar Speer. Und wer sind Sie?«

Ein heiseres Lachen drang durch die Leitung.

Bogner kam wieder näher, behielt sein Handy am Ohr, nickte Speer zu und sah auf die Uhr. Die Kollegen im Präsidium waren jetzt dabei, den Standort des Anrufers zu ermitteln.

»Warum haben Sie die beiden Männer umgebracht?«, fragte Speer.

»Das herauszufinden, ist Ihre Aufgabe. Nur so viel: Es war die gerechte Strafe.«

»Menschen umzubringen ist niemals gerecht.«

Das Smartphone warnte mit einem eindringlichen Piepen, dass der Akku gleich leer sein würde.

»Schuldige werden laufen gelassen. Unschuldige verurteilt. Gerechtigkeit gibt es nur, wenn man sie selbst schafft. Sie werden das auch noch begreifen.«

»Egal was Ihnen angetan wurde, Sie dürfen dafür niemanden mit dem Tod bestrafen.«

Eine kurze Pause entstand, ehe der Anrufer wieder mit ruhiger Stimme weitersprach. »Und was würden Sie mit jenen machen, die Lucy entführt haben? So heißt sie doch, Ihre Tochter?«

Gerade noch war er gedanklich in die laufenden Mordermittlungen vertieft gewesen. Jetzt kam es Speer vor, als hätte ihm jemand einen Schlag ins Gesicht verpasst. Ihm wurde schwindlig, die Welt um ihn herum schien sich zu drehen.

»Was soll das?«, brachte er schließlich mühsam und in abgehackten Worten hervor und fragte sich dabei, ob er gerade wirklich Lucys Namen aus dem Mund eines Mörders gehört hatte.

»Sie werden sich sicher gefragt haben, warum ich Sie anrufe. Dafür gibt es nur einen einzigen Grund. Ich habe keine Botschaft und keine Forderung. Sie sollen nur erfahren, dass ich weiß, was nach der Entführung mit Ihrer Tochter geschah.«

Die Angst, die sich wie eine Schlinge um seine Kehle legte, war so groß, dass er kaum noch ein Wort hervorbringen konnte, und seine Hände zitterten.

»Was wissen Sie darüber? Wo ist sie?«, flüsterte er und fing Bogners besorgten Blick auf. Die Zeit schien stillzustehen.

»Stellen Sie eine andere Frage!«, befahl die Stimme.

Eine tonnenschwere Last schien auf Speers Brust zu liegen. Tausend Fragen gingen ihm durch den Kopf. Doch die, vor deren Antwort er sich am meisten fürchtete, kam jetzt nur schwer und stockend über seine Lippen. »Ist sie noch am Leben?«

Er hielt den Atem an. Aber er erhielt keine Antwort. Stattdessen erklang erneut ein Warnton, der verkündete, dass der Akku nicht mehr lange halten würde. Seine Nerven waren zum Zerbersten gespannt, und gleichzeitig überkam ihn abgrundtiefe Panik.

»Lebt Lucy?«, brüllte er schließlich so laut, dass die in ihre Arbeit vertieften Mitarbeiter der Spurensicherung sich verwundert zu ihm und Bogner umdrehten. Wieder dehnten sich die Sekunden, bis die Antwort kam.

»Schauen Sie sich die Fotos auf dem Smartphone an. Dann wissen Sie es«, sagte der Anrufer und legte auf.

14

»Bin mal gespannt, ob der Vogel im Nest ist«, sagte Oberkommissar André Slibow, als sie auf das Gebäude zugingen, in dem sich die Wohnung von Klaus Acker befand. Die Temperaturen lagen um den Gefrierpunkt, und Slibows Kollegin Mandy Lose hatte die Hände tief in ihren Jackentaschen vergraben, während sie fröstelnd die Schultern hochzog.

»Ich glaube nicht, dass er der Mörder ist«, sagte sie.

Ihren Dienstwagen hatten sie gerade auf dem Seitenstreifen vor einer Reihe von Plattenbauten geparkt.

»Abwarten«, erwiderte Slibow.

Er hoffte inständig, dass Klaus Acker sich als der gesuchte Täter erweisen würde, denn er war müde. In letzter Zeit hatten sich mehr Überstunden angehäuft, als er jemals würde abfeiern können. Zudem hatte ihn sein Bereitschaftsdienst in den vergangenen Tagen zusätzlich geschlaucht. Dass er jetzt auch noch der Sondermordkommission angehörte, hatte gerade noch gefehlt. Das bedeutete nur weitere Überstunden, kein freies Wochenende und viel zu wenig Schlaf.

»Klaus Acker ist noch nie strafrechtlich in Erscheinung getreten. Möglicherweise hat er durch den Missbrauch in früher Kindheit ein Trauma erlitten, aber das macht ihn noch nicht zu einem Mörder«, sagte Mandy, während sie weiter Richtung Wohnung gingen.

Slibow wusste, dass an Mandys Bedenken etwas dran war, aber er wünschte sich einfach so sehr, dass Acker der Mörder war. Dann würde er sich ein paar Tage freinehmen, ausschlafen und seine Frau zum Frühstück einladen.

»Acker hat versucht, Horst Rokov zu erpressen. Der hat nicht darauf reagiert, und jetzt ist der Mann tot. Wenn man da eins und eins zusammenzählt …«

»Das setzt voraus, dass man der Aussage des Clubmanagers trauen darf«, konterte Mandy. »Der ist aber im Gegensatz zu Acker mehrfach wegen Körperverletzung vorbestraft. Außerdem scheint Acker nicht sonderlich schlau zu sein, wenn er eine Bankverbindung mit seinem Namen auf einen Erpresserbrief schreibt. Unser Mörder hat keine Spuren am Tatort hinterlassen, muss also im Gegensatz zu Acker was auf dem Kasten haben.«

Zum wiederholten Mal innerhalb kürzester Zeit musste Slibow gähnen. Er machte sich nicht mehr die Mühe, sich dabei die Hand vor den Mund zu halten. An Tagen wie diesen fragte er sich ernsthaft, warum er unbedingt zur Mordkommission gewollt hatte. Ein normales Familienleben oder das Aufrechterhalten von Freundschaften waren kaum noch möglich.

Sie erreichten den Eingang des Gebäudes. In der überdachten Nische der Eingangstür stank es nach Urin. Ein elender Ort zum Leben, dachte André Slibow und fand den Klingelknopf zu Ackers Wohnung.

Nachdem er auf den Knopf gedrückt hatte, geschah eine Weile nichts. Dann meldete sich eine Stimme mit einem unsicheren »Ja?«. Es klang wie jemand, der nur selten oder gar keinen Besuch bekam.

»Sind Sie Klaus Acker?«, fragte Mandy Lose.

»Wer will denn das wissen?«

»Wir sind von der Kriminalpolizei und hätten da ein paar Fragen an Sie.«

Sie hörten einen langgezogenen Seufzer durch das Knistern der Sprechanlage, dann nichts mehr.

»Herr Acker?«, sagte Mandy Lose. »Lassen Sie uns rein?«

Wieder vergingen Sekunden.

»Okay, kommen Sie rauf! Aber halten Sie Ihre Dienstausweise parat. In dieser Gegend passiert ein Haufen Mist. Da kann man nicht vorsichtig genug sein.«

Ohne eine Antwort abzuwarten, brach Acker die Verbindung ab, und der Summer erklang. Lose und Slibow betraten das Treppenhaus und stiegen die Stufen zur ersten Etage hinauf. Im Flur war der Schalter für die Deckenlampen herausgerissen und das Loch in der Wand notdürftig mit Klebeband abgedeckt. Das Tageslicht, das durch ein kleines Fenster hereinfiel, reichte gerade aus, um sich zu orientieren und die Namensschilder lesen zu können. Sie klopften an Ackers Wohnungstür und hielten ihre Dienstausweise vor die kleine Linse des Türspions. Als sich nach ein paar Sekunden nichts regte, klopfte Slibow mit mehr Kraft gegen die Tür. »Herr Acker, würden Sie jetzt bitte öffnen.«

»Mit Besuch um kurz nach neun hat er wahrscheinlich nicht gerechnet. Wir haben den bestimmt geweckt«, flüsterte Mandy und zwinkerte Slibow zu.

Slibow nickte, blieb aber ernst. Ihm war nicht nach Scherzen zumute. Gerne hätte er den Optimismus seiner Kollegin geteilt, aber sein Instinkt sagte ihm etwas anderes. Klaus Acker war ein Mordverdächtiger und wohnte im ersten Stock. Die eine Hälfte der Wohnungen im Gebäude lag nach hinten, Ackers Wohnung aber zur Straße hin. Verdammt, sie hätten vorsichtiger an die Sache herangehen müssen. Panik stieg in ihm auf, und seine Müdigkeit war wie weggewischt.

»Herr Acker, machen Sie jetzt sofort auf, sonst müssen wir die Tür aufbrechen«, schrie er nun und wunderte sich einen Moment, warum bei dem Spektakel noch keiner der Nachbarn auf dem Flur stand. Aber in diesem heruntergekommenen Gebäude kümmerte sich vermutlich jeder um seinen eigenen Mist. Er zog seine Dienstwaffe. Mandy tat es ihm gleich. Nun war jeder Funke Humor aus ihrem Gesicht verschwunden.

»Bereit?«, fragte Slibow.

Mandy nickte. Mit Wucht warf er sich gegen das Türblatt, das unerwartet leicht nachgab. Schnell trat Mandy hinter ihm ein und sicherte mit der Waffe im Anschlag den Flur. Auf dem Boden lagen Kleidungsstücke zwischen leeren Pizzakartons, Bierflaschen und Müll. Klaus Acker war nirgendwo zu sehen oder zu hören.

»Herr Acker, kommen Sie mit erhobenen Händen raus!«, schrie Mandy.

Slibow blickte sich schnell um und verschaffte sich einen Überblick über die Aufteilung der Wohnung. Er stürzte in das nach vorn zur Straße hin gelegene Wohnzimmer. Im nächsten Augenblick sah er seine Vermutung bestätigt. Die Balkontür stand sperrangelweit offen. Er hastete hinaus auf den Balkon und blickte sich hektisch, aber ohne große Hoffnung in alle Richtungen um. Falls Acker unmittelbar, nachdem er sie unten ins Gebäude gelassen hatte, getürmt war, musste er jetzt schon außer Sichtweite sein. Zu seiner Überraschung entdeckte er dann aber in etwa hundertfünfzig Metern Entfernung einen davonlaufenden Mann, der schon im nächsten Augenblick links abbog und hinter einer Straßenecke verschwand. Der Beschreibung nach handelte es sich um Acker. Vermutlich hatte er nicht damit gerechnet, dass die Polizei bei ihm auftauchen würde. Er hatte überlegen müssen, was er tun sollte und sich erst aus dem Staub gemacht, als sie schon an seine Tür geklopft hatten.

»Verdammte Scheiße«, fluchte Slibow, während Mandy hinter ihm auf den Balkon trat. »Hier.« Er hielt ihr seine Wagenschlüssel hin. »Ich verfolge ihn zu Fuß, versuch du, mich mit dem Wagen einzuholen.« Er zeigte in die Richtung, in die Acker geflohen war. »Er ist an der Straßenecke da vorn links abgebogen.«

Dann kletterte er über die Brüstungsmauer, hielt sich kurz daran fest und ließ sich fallen. Er landete weich auf dem Rasen und rannte los. Als er an der Straßenkreuzung ankam und um die Ecke bog, sah er Acker wieder vor sich. Er hatte schon ein gutes Stück aufgeholt, aber der Verdächtige hatte noch immer fast zweihundert Meter Vorsprung und lief auf die Treppe einer U-Bahn-Station zu.

15

Robert Bogner strich sich unentwegt mit der Hand durchs Haar und ging dabei in kurzen Schritten auf und ab. Er hielt sein Handy fest umklammert. »Ein Mörder, der uns am Tatort anruft! Das ist doch verrückt!«, sagte er.

Adrian Speer hörte die Stimme seines Partners nur gedämpft wie durch Watte. Sein Blut rauschte wie ein reißender Gebirgsfluss in seinen Ohren und übertönte alle Außengeräusche. Sein Herz pochte dumpf und schnell in seiner Brust. Er schwitzte. Ein schriller Pfeifton schwoll in seinem rechten Ohr schlagartig an und verschwand dann wieder. Sein Blick haftete auf dem Smartphone in seiner Hand, dessen Display sich inzwischen wieder verdunkelt hatte. Er konnte es noch immer nicht fassen. Der Mörder hatte gesagt, er solle sich die Fotos darauf ansehen. Aber was erwartete ihn dabei? Speer fragte sich, ob er das, was er vielleicht gleich sehen würde, überhaupt ertragen konnte. Während seiner Suche nach Lucy hatte er sich im Zuge seiner Recherchen viele Fotos von ermordeten und missbrauchten Kindern mit ungeklärter Identität ansehen müssen. Es waren Bilder des Grauens gewesen. Sie hatten sich in sein Gehirn eingebrannt und schossen ihm jetzt wieder durch den Kopf. Längst hatte er aufgehört, sich zu fragen, wie Menschen Kindern so etwas antun konnten. Es gab darauf nur eine Antwort: Es waren keine Menschen, es waren Monster. Er atmete tief durch. Die Umgebungsgeräusche kehrten zurück, und das Schwindelgefühl ließ nach. Was blieb, war die entsetzliche Angst um Lucy, die ihm das Herz zusammenschnürte.

Bogners Handy klingelte. Schnell nahm er das Gespräch entgegen und sah Speer dabei mit ernstem Blick an. Einen Augenblick später senkte der das Handy und schüttelte den Kopf. Ein

Ausdruck tiefen Bedauerns lag in seinem Gesicht. »Die Kollegen konnten den Anrufer nicht lokalisieren.«

Speer war unfähig, etwas zu sagen. Er fragte sich, ob der Mörder etwas mit Lucys Entführung zu tun hatte? Vielleicht wusste er auch gar nichts über ihren Verbleib und hatte ihn nur quälen wollen. Aber sein Gefühl sagte ihm etwas anderes.

»Soll ich das nicht lieber machen?«, fragte Bogner und deutete auf das Smartphone in Speers Hand.

Er schüttelte den Kopf, obwohl er sich leer und kraftlos fühlte, wie damals, als er zu spät zurück in die Wohnung gekommen und als ihm schlagartig bewusst geworden war, dass sie sein kleines Mädchen mitgenommen hatten.

»Du weißt nicht, wie Lucy aussieht«, wisperte er. Er spürte, wie eine bittere Flüssigkeit seine Speiseröhre hinaufdrängte, und schluckte sie hinunter. Er musste jetzt den Mut aufbringen, der Wahrheit ins Gesicht zu blicken.

Bogner war inzwischen neben ihn getreten. Mit wenigen Klicks fand Speer die Fotodateien. Er atmete schwer, jede Faser seines Körpers stand unter Anspannung. Auf den ersten drei Bildern war nichts Besonderes zu sehen. Dr. Wölfling als Redner bei einer Veranstaltung, beim Abendessen mit Menschen in Businesskleidung, beim Golf, auf der Tribüne bei einem Autorennen.

Schließlich fand Speer einen anderen Ordner, der den Namen KIDS trug. Schon bei den ersten Fotos verschlug es ihm den Atem. Es handelte sich fast ausschließlich um nackte Jungen, darunter auch jede Menge Bilder von Jungen beim Sport, in Umkleidekabinen, unter der Dusche. Es war ekelhaft. Ein alter Anwalt, der auf kleine Jungen stand, ebenso wie der tags zuvor ermordete Horst Rokov.

»Noch ein Pädophiler. Ich wette, hier liegt das Motiv für die Morde«, sagte Bogner.

»Vielleicht haben wir es tatsächlich mit der Rache eines ehemals missbrauchten Kindes oder dessen Eltern zu tun«, flüsterte Speer, der die Anspannung kaum noch aushielt und wie in Trance agierte. Dabei hatte er noch immer keine Ahnung, wie die beiden Morde mit der Entführung seiner Tochter zusammenhingen.

»Auf dem Handy des Anwalts ist Rokovs Nummer gespeichert. Die beiden kannten sich also, und beide mochten kleine Jungen. Falls Klaus Acker ein ehemaliges Missbrauchsopfer ist, dann könnte er das am Telefon gewesen sein.«

Speer blätterte langsam weiter durch die Bilder und wappnete sich innerlich dagegen, dass gleich ein Foto seiner Tochter zu sehen sein könnte. Doch stattdessen erschienen nur weitere Nacktfotos von Jungen. Als er auf den letzten Fotoordner mit dem Namen FAMILIE klickte, machte sich Enttäuschung in ihm breit. Der tote Anwalt hatte wohl kaum das Foto eines fremden Mädchens dort abgespeichert.

Unzählige Bilder, die von Ausflügen und Urlauben mit der Familie stammen mussten, erschienen im Miniaturformat. Speer ging die Fotos durch, und als er am Ende angekommen war, zeigte sich auf einmal wieder ein neuer Ordner, der mit einem großen S betitelt war. Er tippte auf den Ordner, und das einzige darin gespeicherte Bild poppte in Displaygröße auf. Speer trat vor Entsetzen einen Schritt zurück, als könnte er vor dem, was er sah, entkommen. Ihm war heiß, doch als er sich mit der Hand über sein Gesicht fuhr, spürte er kalten Schweiß.

Das Foto zeigte drei junge Frauen, die nebeneinander auf einem Polstersofa saßen. In ihren Augen spiegelte sich traurige Leere wider. Eine der Frauen war noch ein Mädchen und saß in der Mitte. Vor ihr auf dem Couchtisch stand eine Torte mit dreizehn Kerzen. Nach dem eingeblendeten Datum war das Foto zwei Wochen alt.

»Ist das deine Tochter?«, fragte Bogner.

Speer reagierte nicht. Er konnte seinen Blick nicht von dem Foto abwenden. So lange hatte er nach einem Lebenszeichen gesucht, und jetzt hatte er es vor sich. Lucy war ein gutes Stück größer geworden, ihr Haar war länger und ihr Gesicht viel schmaler. Aber es bestand nicht der geringste Zweifel: Das Mädchen auf dem Foto war Lucy.

16

André Slibow rannte auf die U-Bahn-Station zu, in der Klaus Acker gerade verschwunden war. Er keuchte vor Anstrengung, und in seiner Lunge machte sich ein brennender Schmerz breit. Er ärgerte sich. Sie hätten damit rechnen müssen, dass Acker einen Fluchtversuch unternehmen würde. Jetzt konnte er nur hoffen, dass die Sache kein böses Ende nahm. Ein flüchtender Verdächtiger bedeutete immer eine nicht kalkulierbare Gefahr.

Slibow war noch etwa fünfzig Meter vom Eingang der U-Bahn-Station entfernt, als Mandy Lose mit dem Wagen an ihm vorbeischoss. Sie parkte unmittelbar vor der Treppe, die hinunter zu den U-Bahn-Gleisen führte. Einige Passanten gingen teilnahmslos ihres Weges, andere blieben neugierig stehen. Als Mandy aus dem Wagen sprang, stieß Slibow zu ihr. Schweißperlen rannen ihm von der Stirn, und er hechelte nach Sauerstoff, während er seine Dienstpistole aus dem Schulterholster unter seiner Jacke hervorzog. Mandy hatte ihre Waffe bereits in der Hand.

»Verstärkung ist unterwegs. Bist du okay?«, fragte sie.

Er nickte stumm, dann eilten sie die Stufen nach unten. Von Weitem waren Sirenen zu hören.

Sie hielten die Pistolen eng am Körper und zu Boden gerichtet. Die Menschen, die ihnen entgegenkamen, wichen zur Seite aus. »Polizeieinsatz, Sie brauchen keine Angst zu haben«, beruhigte Slibow sie.

Eigentlich hatte Acker jetzt keine Chance mehr. Selbst wenn er es in eine gerade abfahrende Bahn schaffen sollte, würden die Kollegen die Bahn an der nächsten Haltestelle aufhalten und ihn in Empfang nehmen. Brenzlig wurde es aber, wenn Acker Geiseln nehmen sollte. Acker musste verzweifelt sein, sonst hätte er weder versucht, von Horst Rokov hunderttausend Euro zu erpressen, noch wäre er davongelaufen, nur weil die Polizei ihn befragen wollte.

Vom Treppenabsatz aus hatten sie einen guten Überblick über den Bahnsteig, wo jede Menge Menschen auf den nächsten einfahrenden Zug warteten. In etwa siebzig Metern Entfernung herrschte Unruhe am Gleis. Klaus Acker pflügte sich durch eine Menschenansammlung, die ihm den Weg versperrte, in Richtung des Bahntunnels und drehte sich dabei immer wieder um. Als er Slibow und seine Partnerin erblickte, blieb er wie erstarrt stehen und arbeitete sich dann weiter voran. Slibow raste die Treppenstufen hinunter und hetzte Acker hinterher, den er aufgrund der Leute am Gleis aus den Augen verloren hatte. Mandy war dicht hinter ihm. Laut Digitalanzeige sollte die nächste Bahn in einer Minute einfahren. Falls Acker es in einen der Wagen schaffen würde, musste er mit einsteigen.

Inzwischen waren sie bis auf etwa fünfzehn Meter an Klaus Acker herangekommen und hatten jetzt freien Sichtkontakt. Es gab keinen Treppenaufgang, über den Acker wieder hätte aus der Station laufen können. Er befand sich in einer Sackgasse ohne Chance auf ein Entkommen.

»Hände hoch!«, schrie Slibow.

Acker stoppte abrupt ab. Die Menschen in der unmittelbaren Umgebung wichen zurück, einige nahmen panisch Reißaus. Slibow und Mandy Lose richteten ihre Pistolen auf Acker und blieben etwa zehn Meter vor ihm stehen. Er trug nur einen Pullover, unter dem sich kein verdächtiger Gegenstand abzeichnete. Dennoch mussten sie vorsichtig sein.

»Heben Sie die Hände hoch und gehen Sie auf die Knie«, befahl Slibow und zog Handschellen hervor. Acker kam der Aufforderung nicht nach. Stattdessen drehte er sich langsam in Richtung der Gleise.

»Zum letzten Mal, Hände hoch!«, schrie Slibow. Er ahnte bereits, was Acker vorhatte, und hoffte, dass er sich irrte. Kurz sah er seine Kollegin an, die neben ihm stand, und ebenfalls auf Acker zielte. An ihrem Gesichtsausdruck erkannte er, dass sie dasselbe dachte wie er.

Verdammte Scheiße!

Klaus Acker wandte den Kopf zu ihnen. Als sich ihre Blicke trafen, sah Slibow in seinen Augen, dass er mit seiner Vermutung richtiglag. Für einen Sekundenbruchteil schien die Welt wie eingefroren, ehe wie zwei Sterne in einer rabenschwarzen Nacht im Hintergrund die Scheinwerfer der herannahenden Bahn auftauchten.

»Nein, tun Sie das nicht!«, schrie Slibow und rannte auf Acker zu, der im gleichen Moment den Kopf wieder abwandte und auf die einfahrende Bahn starrte. Slibow trennten nur noch wenige Schritte von ihm. Er streckte den Arm aus, um nach Acker zu greifen. Doch in diesem Moment machte der einen Schritt nach vorn und Slibow fasste ins Leere. Noch bevor Acker auf den Gleisen landete, erfasste der mit quietschenden Bremsen einfahrende Zug den Körper des Mannes mit einem laut klatschenden Geräusch.

17

Bogner war sonst nie um Worte verlegen, doch jetzt wusste er nicht, was er sagen sollte. Speer starrte auf das Handyfoto, das seine Tochter und zwei weitere junge Frauen zeigte. Sie saßen auf einem Sofa mit einem altmodischen braunkarierten Stoffbezug, und die Wand im Hintergrund war mit Kiefernholzpaneelen verkleidet. Im oberen Teil gab es ein niedriges Fenster. Hinter den Vorhängen war es dunkel, was daran liegen konnte, dass die Aufnahme am Abend gemacht worden war, oder aber es handelte sich um einen ausgebauten Kellerraum, wofür die hohe Position des Fensters eher sprach.

»Wir finden sie, Adrian«, sagte Bogner schließlich.

Speer blickte auf und sah ihm fest in die Augen. Er drückte ihm das Smartphone des toten Anwalts in die Hand, holte sein eigenes Handy hervor und wählte eine Nummer.

»Ich frage Slibow, ob sie Acker haben«, sagte er knapp.

Bogners Handy klingelte. Er sah kurz auf das Display.

»Vergiss es, Slibow ruft gerade bei mir an.« Er nahm das Gespräch an und hielt sich das Handy ans Ohr.

»Was? Das kann doch nicht wahr sein«, schrie er dann.

»Ist Acker entkommen?«, fragte Speer.

Bogner konnte es nicht fassen. Er hob den Finger, um Speer zu signalisieren, dass er noch kurz zuhören musste. Dann legte er auf und seufzte.

»Nein, Klaus Acker ist tot.«

Speer sah ihn ungläubig an. Bogner stemmte die Hände in die Hüften und schüttelte frustriert den Kopf.

»Acker konnte aus seiner Wohnung türmen, ist in eine U-Bahn-Station gelaufen und hat sich vor den einfahrenden Zug geworfen.«

Speer atmete geräuschvoll aus, senkte den Kopf und schloss die Augen.

»Es ist nicht gesagt, dass Acker der Mörder war«, sagte Bogner. »Slibow und Lose waren bei ihm, wie hätte er da eben auf dem Smartphone des Anwalts anrufen sollen?«

»Das kann er erledigt haben, bevor sie bei ihm ankamen.«

»Es gibt noch andere Verdächtige«, versuchte Bogner weiter Speer zu beruhigen.

»Acker war unser Hauptverdächtiger. Er war vermutlich ein Missbrauchsopfer beider Mordopfer.«

»Das mag ja sein, aber …«

Speer ließ Bogner nicht ausreden und fiel ihm harsch ins Wort. »Alle übrigen Verdächtigen hatten ein Motiv für den Mord an Rokov, aber die Frage ist doch, ob sie auch einen Grund hatten, diesen Anwalt zu töten, und ich vermute mal, die Antwort ist nein.«

Diesen Schluss hatte Bogner noch gar nicht gezogen. Speer konnte recht haben. Wie wahrscheinlich war es, dass dieser Tarek, der Pfarrer Eigner oder Rokovs Witwe und sein Sohn Karsten noch ein anderes Motiv hatten, um auch noch den Anwalt Dr. Achim Wölfling zu töten?

Obwohl er im Grunde das Gleiche dachte wie sein Partner, versuchte er Speers Mutmaßung abzuschwächen, um ihr die Tragweite zu nehmen.

»Wir können zum jetzigen Zeitpunkt noch keinen der übrigen Verdächtigen ausschließen. Wir wissen noch nichts über diesen Dr. Wölfling. Es kann genauso gut sein, dass wir in seinem Umfeld oder in seiner Vergangenheit eine Verbindung zu Tarek oder einem der anderen Verdächtigen finden.«

»Gib mir den Wagenschlüssel«, entgegnete Speer. Alles an ihm strahlte Entschlossenheit aus.

Robert Bogner konnte nur erahnen, was sich jetzt in seinem

Partner abspielte. Die Vorstellung, seine eigene Tochter wäre entführt worden, war ihm unerträglich. Für Adrian Speer war diese Situation bittere Realität geworden, und nun gab es einen Beweis, dass seine Tochter noch lebte.

»Was hast du denn vor?«

»Gib ihn mir einfach.«

»Wir sind hier aber noch nicht fertig«, entgegnete Bogner.

Speer drehte sich wortlos um und marschierte den Hügel hinab zu den parkenden Autos.

Bogner fluchte in sich hinein. Eigentlich hatte er sich noch am Tatort umsehen wollen, doch nun musste er befürchten, dass Speer eine Dummheit beging, wenn er ihn allein losziehen ließ. Es hätte ihn kaum gewundert, wenn er sich in seiner jetzigen Verfassung kurzerhand einen der unten stehenden Streifenwagen ausgeliehen hätte. Bogner kam zu dem Schluss, dass die Kollegen hier vor Ort alleine klarkommen mussten. Dann rannte er Adrian Speer hinterher.

Viele Dinge gingen ihm gleichzeitig durch den Kopf. Dieser nach dem gleichen Muster verübte zweite Mord zog nun noch ganz andere Kreise. Wie schon im ersten Fall musste das Dezernat zur Bekämpfung von Kinderpornographie unterrichtet werden. Anhand der Fotos auf Dr. Wölflings Handy konnten sie eventuell herausfinden, aus welchen Quellen diese stammten. Emil Sanddorn, der ihnen zugeteilt war, würde sich die Fotos als Erstes ansehen. Und dann mussten auch dringend die Kollegen, die den Entführungsfall Lucy Speer bearbeiteten, eingeschaltet werden. Außerdem stellte sich die Frage, wer die beiden jungen Frauen neben Lucy auf dem Foto waren.

Auf halber Strecke holte Bogner Adrian Speer ein und hielt ihn am Arm fest. Speer blieb stehen und sah ihn mit wilder Entschlossenheit in den Augen, aber äußerlich vollkommen ruhig, an.

»Keine Alleingänge, okay?«, sagte Bogner eindringlich.

Speer entzog sich dem Griff und setzte mit versteinerter Miene seinen Weg in Richtung der Polizeifahrzeuge fort. Bogner schloss erneut zu ihm auf und ging neben ihm her.

»Ich kenne Fernanda Gomez. Sie ist nicht zimperlich und nicht umsonst als erste Frau Leiterin des Morddezernats geworden. Nur mit verdammt viel Glück zieht sie dich nicht sofort wegen persönlicher Betroffenheit von den Mordermittlungen ab.« Sie kamen beim Wagen an. »Wenn du jetzt zur Familie des Opfers fährst und dort in deren Privatsphäre eindringst, indem du ohne Beschluss beginnst, das Haus zu durchsuchen, fliegst du auf jeden Fall aus den Ermittlungen.«

»Gibst du mir den Autoschlüssel?«, fragte Speer ungerührt und hielt die Hand auf. In seinen Augen glaubte Bogner tiefe Traurigkeit und Wut, aber auch Hoffnung zu erkennen. Bogner ging nicht auf seine Forderung ein.

»Ich habe auch eine Tochter, und wenn jemand ihr das angetan hätte, wüsste ich nicht, was ich tun würde.«

»Es war aber *meine* Tochter, die entführt wurde. Und das Naheliegende ist, dass es dieser Anwalt war oder jemand, den er kannte, und dass sich dieses Foto deshalb auf seinem Handy befindet. Es ist also möglich, dass ich bei ihm etwas finde, das mich zu Lucy führt. Vergiss es also, wenn du mich davon abhalten willst, mich dort umzusehen.«

Bogner seufzte. Das hatte er fast erwartet.

»Vielleicht hat jemand Wölfling das Foto zugeschickt, oder jemand hat es bei ihm platziert.«

»Ich kann aber nicht warten und so tun, als wäre nichts passiert! Ich habe gerade erfahren, dass meine Tochter noch am Leben ist.«

»Verdammt noch mal, wir ermitteln jetzt in einer Mordserie. Und so hart es auch ist, für die Suche nach deiner Tochter sind wir nicht zuständig.« Bogner fiel es nicht leicht, das zu sagen. Aber es würde sie nicht weiterbringen, wenn Speer in Rambo-Manier bei Wölfling zu Hause einfiel.

»Die Hausdurchsuchung beim Mordopfer dient auch dem Zweck, Hinweise auf den Mörder und mögliche Motive für die Tat zu finden«, widersprach Speer.

Bogner kniff die Lippen zusammen. Da musste er Speer recht geben.

»Dennoch brauchen wir unter den gegebenen Umständen einen Durchsuchungsbeschluss und die Spurensicherung.«

18

Adrian Speer kochte vor innerer Unruhe, und seine Kiefermuskeln zuckten vor Anspannung. Lucy lebte, das grenzte an ein Wunder. Er durfte sich aber nicht ausmalen, was seine Tochter in den vergangenen zwei Jahren wahrscheinlich hatte durchmachen und ertragen müssen. Sie war erst elf gewesen, als man sie ihrer Familie mit brachialer Gewalt entrissen hatte. Wenigstens schienen die Entführer ihr das lebensnotwendige Asthmaspray nicht vorenthalten zu haben. Das war immer eine seiner größten Sorgen gewesen und hatte wie ein Stachel zugestoßen, immer wenn er sich sagte, dass sie am Leben war, und ihn daran erinnert, dass das Gegenteil viel wahrscheinlicher war. Mittlerweile bereute er, dass er sich von Bogner hatte breitschlagen lassen und nicht unverzüglich zur Villa des ermordeten Anwalts gefahren war. Die Nachricht von dessen Tod überbrachten jetzt auf Bogners Anweisung Paul Breitnach und

Emil Sanddorn. Sie würden die Ehefrau bitten, sich im Rahmen der Mordermittlungen kurz im Haus umsehen zu dürfen und auch einen Blick in den Keller werfen.

Dennoch konnte er kaum still im Wagen sitzen. Falls Klaus Acker der Mörder und Anrufer gewesen war, dann war mit ihm auch sein Wissen über Lucys Entführung gestorben. Eine weitere Spur führte in das Umfeld des ermordeten Anwalts. Angesichts der Aussicht, in dessen Räumlichkeiten Hinweise auf Lucys Aufenthaltsort zu finden, rumorte es in ihm. Er musste doch selbst auch etwas tun! Er musste selbst im Haus dieses Anwalts nach Lucy oder zumindest nach einer Spur von ihr suchen, und zwar schnell. Womöglich war sie in seinem Keller eingesperrt. Aber wie wahrscheinlich war das überhaupt? Und was, wenn nicht? Angenommen, Wölfling hätte Lucy in seiner Gewalt, würde er sie dann in seinem eigenen Haus gefangen halten, wo seine Frau mit ihm lebte? Vermutlich nicht. In dem Punkt musste er Bogner zustimmen. Er durfte jetzt nichts übereilen, musste die in ihm aufwallende Unruhe, die sein Denken lahmlegte und ihn zu überstürzten Aktionen drängte, in den Griff bekommen. Er musste jetzt vor allem Fernanda Gomez davon überzeugen, dass er trotz der Hinweise des Mörders auf seine Tochter einen klaren Kopf bewahren und seine Arbeit einwandfrei erledigen konnte. Die Mordermittlungen konnten ihn möglicherweise zu Lucy führen. Daher war es oberste Priorität, dass er im Team blieb, wenn er wollte, dass Lucy heimkam. Andererseits war er sich unsicher, ob sein Verhalten überhaupt noch eine Rolle spielte. Sobald Kriminalrätin Gomez vom Inhalt des Telefonats erfuhr, würde sie ihm vermutlich nicht mehr erlauben, bei der Durchsuchung von Wölflings Haus und Kanzlei dabei zu sein. Falls es ganz schlimm kam, würde sie ihn sogar wegen persönlicher Betroffenheit von den Mordermittlungen ausschließen. Aber keinesfalls durfte er ihr jetzt einen Grund liefern, der ihr diese Entscheidung leichter machte. So schwer es ihm auch fiel, er würde sich noch etwas in Geduld üben müssen, zumindest, bis sie einen Durchsuchungsbefehl hatten.

Während der Fahrt zurück ins Präsidium informierte Robert Bogner über die Freisprechanlage Staatsanwalt Dr. Maximilian Heimer über die am Tatort gesammelten Erkenntnisse und die Fotos auf dem Handy des Opfers. Auch den Anruf des Mörders und das Foto von Speers Tochter ließ Bogner nicht aus. Dr. Heimer sagte zu, schnellstmöglich einen Durchsuchungsbefehl für Wölflings Villa und dessen Kanzleiräume zu erwirken. In der Zwischenzeit sollten Bogner und Speer noch einmal den Pfarrer Thomas Eigner befragen. Eigner sei ins Präsidium gekommen, um seine Angaben, die er am Vorabend gegenüber Robert Bogner gemacht hatte, zu Protokoll nehmen zu lassen und warte vor Bogners Büro.

Als sie eine halbe Stunde später mit Eigner in den Verhörraum gingen, konnte Speer sich kaum mehr konzentrieren. Am liebsten hätte er jetzt alles stehen und liegen gelassen und wäre zu der Kanzlei Dr. Wölflings oder dessen Villa gefahren, um dort alles auf den Kopf zu stellen. Immer wieder sah er das Foto mit Lucy vor seinem inneren Auge. Es war an ihrem Geburtstag aufgenommen worden und damit gerade einmal zwei Wochen alt. Es war einfach unfassbar. Nach zwei Jahren gab es auf einmal dieses Lebenszeichen von ihr. Er spürte, wie sich seine Kehle zuschnürte und Tränen in seine Augen traten. Die Anspannung wollte sich Luft machen, aber es gelang ihm, die Tränen zu unterdrücken. Er atmete tief durch.

Lucys Foto hatte die nie verheilte Wunde in seinem Herzen wieder aufgerissen. Es schmerzte fürchterlich. Es fühlte sich an wie an den ersten Tagen nach Lucys Verschwinden, als ob es erst gestern geschehen wäre. Noch einmal würde er die inneren Qualen und die Verzweiflung nicht aushalten. Diesmal musste er Lucy wiederfinden, eine solche Chance musste er nutzen. Er konnte nur hoffen, dass Fernanda Gomez ein Einsehen hatte und ihn im Team ließ.

Noch versunken in diese Gedanken, setzte er sich mit Bogner dem Pfarrer gegenüber an den Tisch im Verhörraum. Schweiß stand auf seiner Stirn. Er ging davon aus, dass sich Fernanda Gomez und womöglich auch Staatsanwalt Dr. Heimer zwischenzeitlich in dem Raum hinter dem Observierungsspiegel eingefunden hatten. Sie würden auch sein Verhalten genau beobachten. Als er sich auf seinen Atem konzentrierte, stellte er nach einigen Zügen fest, dass es ihm etwas besser ging und er sich einigermaßen auf die Befragung des Pfarrers konzentrieren konnte.

Eigner beteuerte nochmals, dass er nichts mit dem Mord an Rokov zu tun habe. Er habe nur an ihn appelliert, sich wegen seiner pädophilen Neigungen Hilfe zu suchen. Daraufhin habe Rokov ihn mit arrangierten Fotos, die ihn im Bett mit zwei blutjungen Mädchen zeigten, mundtot machen wollen. An die Information, dass Rokov Kinder missbrauche, sei er über einen Mann gekommen, der sich ihm in der Beichte und danach im Rahmen der Seelsorge anvertraut habe.

Tina Jeschke arbeitete in der Zwischenzeit daran, mehr über die Verbindung der beiden Opfer herauszufinden. Und die ersten Treffer hatte sie schon gelandet. Von den Kollegen im Dezernat zur Bekämpfung von Kinderpornographie hatte sie in Erfahrung bringen können, dass Rokov und Wölfling Anfang der achtziger Jahre einer Gruppe innerhalb einer politischen Partei angehörten, die offen dafür einstand, homosexuelle Beziehungen zwischen Erwachsenen und Minderjährigen zu befürworten. Des Weiteren hatte Tina mit einer einfachen Internetsuche festgestellt, dass Horst Rokov und Dr. Achim Wölfling Gründer eines Wohltätigkeitsvereins waren, der Kindern aus sozial schwachen Verhältnissen Nachhilfe gab, sie betreute und Ausflüge mit ihnen unternahm. Die beiden Mordopfer waren also miteinander bekannt gewesen, und beide hatten Fotos in ihrem Besitz, die den Schluss nahelegten, dass sie pädophil waren.

Das bestärkte sie in der Annahme, dass Klaus Acker als Kind nicht nur von Rokov, den er zu erpressen versucht hatte, sondern auch von Dr. Wölfling missbraucht worden war und sich nun Jahre später an den beiden gerächt hatte. Nun bräuchten sie nur die Aussage des Pfarrers, dass Klaus Acker es gewesen war, der sich ihm anvertraut hatte. Aber dafür mussten sie Eigner erst einmal zum Reden bringen.

»Was sagt Ihnen der Name Klaus Acker?«, fragte Bogner ganz direkt.

Thomas Eigner öffnete kurz den Mund, als ob er eine Antwort geben wollte, schloss ihn dann aber wieder und sah nach unten.

»War es Klaus Acker, der Ihnen erzählte, dass er als Kind von Horst Rokov missbraucht wurde?«, bohrte Bogner weiter.

Eigner rutschte auf seinem Stuhl hin und her. Ihm war anzusehen, dass er sich unwohl fühlte.

»Ich habe Ihnen doch schon gestern gesagt, dass ich keinen Namen nennen darf.«

War das schon die Antwort, die sie brauchten?, dachte Speer. Wäre es nicht Klaus Acker gewesen, hätte der Pfarrer einfach nein sagen können.

»Bin ich jetzt festgenommen, oder warum haben Sie mich in diesen Raum gepfercht und stellen mir diese Frage, die ich Ihnen nicht beantworten darf?«, fragte Thomas Eigner nun spitz.

»Nein, natürlich sind Sie nicht festgenommen«, antwortete

Bogner. »Sonst hätten wir Ihnen auch Ihre Rechte erklärt. Wir befragen Sie lediglich, weil wir glauben, dass Sie über Informationen verfügen, die für uns bei der Aufklärung der Morde von Wichtigkeit sein könnten.«

Solange sie dem Pfarrer kein Motiv für die Ermordung des Anwalts nachweisen konnten, war selbst an eine vorläufige Festnahme nicht zu denken. Das Gleiche galt für die Witwe Rokovs und seinen Sohn Karsten. Vorerst mussten sie diese von der Liste der Verdächtigen streichen. Zudem konnten sie Tarek inzwischen ausschließen. Die Kollegen hatten ihn ausfindig gemacht, und für die Tatzeit hatte er ein Alibi. Er hatte nachweislich mit Freunden und der Familie bis in den Morgen hinein seinen Geburtstag gefeiert.

»Morde? Dann ist noch jemand außer Horst Rokov umgebracht worden?«, fragte Eigner. Er legte die Stirn in Falten und wirkte erschüttert.

»Vor zwei Stunden haben wir im Grunewald die Leiche des Anwalts Dr. Achim Wölfling gefunden. Kennen Sie ihn?«, fragte Bogner und beobachtete aufmerksam Eigners Reaktion.

Eigner überlegte kurz und nickte dann.

»Kennen wäre zu viel gesagt. Der Mann, der sich mir anvertraut hat, hat einmal erwähnt, dass dieser Anwalt nicht besser sei als Horst Rokov.«

»Wurde Ihr Schützling von Wölfling ebenfalls missbraucht?«

»Das hat er so deutlich nicht gesagt.«

»Falls es sich um Klaus Acker handelte, der sich Ihnen anvertraut hat, so benötigt er Ihren Schutz nicht mehr.«

Eigner sah sie verdattert an, erst Bogner, dann Speer.

»Woher wollen Sie das denn jetzt bitte wissen?«, fragte er dann.

»Er hat sich heute Morgen das Leben genommen«, antwortete Bogner.

»Mein Gott.« Eigner schlug sich vor Entsetzen die Hände vors Gesicht.

»Sie kannten ihn also?«

Der Pfarrer reagierte mit einer Gegenfrage. »Glauben Sie, er hat Rokov und den Anwalt ermordet?«

»Was wir glauben, tut nichts zur Sache.«

»Das ist doch absurd.«

»Wir kannten Klaus Acker nicht, Sie schon. Erzählen Sie uns, was für ein Mensch er war.«

Speer spürte die Aufregung in jeder Pore seines Körpers. Er hoffte inständig, dass Acker nicht der Mörder war, denn da dieser tot war, bliebe ihm dann nur noch das Umfeld des Anwalts, um mit seiner Suche neu anzusetzen, und es war nicht gesagt, dass er dort etwas finden würde, das ihm den Weg zu seiner Tochter wies. Doch bis jetzt deutete leider vieles darauf hin, dass Klaus Acker der gesuchte Mörder sein konnte. Der Anruf auf dem Telefon des Anwalts hatte fünf Minuten vor dem Eintreffen der Kollegen bei Ackers Wohnung stattgefunden. Das hatten sie inzwischen feststellen können. Acker hätte also anrufen und im Anschluss türmen können. Andererseits hatten sie Rokovs Handy, mit dem der Mörder angerufen hatte, weder in Ackers Wohnung noch in der U-Bahn-Station finden können. Aber das konnte er auch während seiner Flucht unbemerkt weggeworfen haben. Wenn es nicht jemand zufällig fand und im Fundbüro abgab, konnten sie nicht sicher sein, dass Acker tatsächlich der Anrufer im Wald gewesen war.

»Also gut«, seufzte Eigner. »Es war tatsächlich Klaus Acker, der sich mir anvertraut hat. Normalerweise gilt das Schweigeversprechen auch über den Tod hinaus. Aber in diesem Fall glaube ich, dass es Klaus entlasten wird, wenn ich Ihnen den Menschen näherbringe. Bevor ich ihnen alles, was ich über ihn weiß, erzähle, möchte ich aber gerne wissen, wie er sich das Leben genommen hat.«

Bogner sah Eigner ernst an und erzählte ihm, was passiert war. Der Pfarrer schloss die Augen, faltete die Hände wie zum Gebet im Schoß und seufzte.

»Das passt«, sagte er dann und öffnete seine Augen wieder. »Klaus hatte panische Angst vor engen verschlossenen Räumen. Der Gedanke, ins Gefängnis zu kommen, muss für ihn unerträglich gewesen sein. Er hat mich noch gestern Abend angerufen und am Telefon geweint, weil er befürchtete, dass Sie ihn festnehmen würden, weil er Horst Rokov erpresst hat.«

»Was wissen Sie noch über ihn? Und was für einen Eindruck hatten Sie von ihm?«

»Klaus war extrem verzweifelt und unfähig, ein normales Leben zu führen oder einer geregelten Arbeit nachzugehen. Er litt unter schwersten Depressionen und einer generalisierten Angststörung.«

»Aber das passt bis jetzt noch in unser Täterprofil«, sagte Bogner. »Warum also glauben Sie so fest an seine Unschuld?«

»Weil er einfach nicht in der Lage wäre, einen anderen Menschen umzubringen. Er war zudem sehr gläubig.«

»Er hat Selbstmord begangen. Das ist nach der christlichen Lehre eine Sünde, die einem den Zugang ins Paradies verwehrt.«

»Er sah sich in die Enge getrieben. Ich kann mir das nur als eine Art Kurzschlussreaktion erklären.«

»Vielleicht erklären sich so auch die beiden Morde.«

Der Pfarrer senkte den Kopf. »Rokov hat ihm sein Leben schon sehr viel früher genommen. Klaus ist in schwierigen familiären Verhältnissen aufgewachsen. Seine Mutter, die mittlerweile auch schon tot ist, war selbst fast noch ein Kind, als er zur Welt kam. Der Vater unbekannt. Das ist der Nährboden für diese Kinderschänder, die sich als hilfsbereite Gutmenschen ausgeben.«

Speer wusste, was der Pfarrer meinte. Diese Kinder, die meist zu wenig Liebe und Zuneigung in ihrer Familie erfuhren, waren für diejenigen, die ihnen Zeit, Aufmerksamkeit und materielle Dinge schenkten, ein leichtes Opfer. Diese Kinder taten fast alles, um Menschen, die vermeintlich gut zu ihnen waren, nicht wieder zu verlieren.

»Trotz seiner schlimmen Erfahrungen in seiner Kindheit hat Klaus eine journalistische Ausbildung abgeschlossen, früh geheiratet und hatte selbst ein Kind. Dann hat er das Angebot einer Festanstellung bei einer Tageszeitung bekommen. Allerdings nur unter der Voraussetzung, dass er eine Zeitlang als Polizeireporter arbeiten würde. In dem Job wurde er mit Gewalt konfrontiert, über die er nun sogar berichten musste, und alte Dämme brachen wieder auf, mühsam Verdrängtes kam wieder an die Oberfläche. Erst verlor er den Job, dann trennte sich seine Frau von ihm und nahm das Kind mit, was alles nur noch schlimmer machte. Klaus wollte von Rokov eine finanzielle Entschädigung. Doch der hat ihn nur ausgelacht.«

19

Zehn Minuten, nachdem die Befragung beendet war und der Pfarrer gehen durfte, saßen Adrian Speer und Robert Bogner zusammen mit den anderen Kollegen im Besprechungsraum und warteten auf Kriminalrätin Fernanda Gomez. Obwohl Speer für gewöhnlich Gelassenheit ausstrahlte, konnte er jetzt vor innerer Unruhe kaum noch seine Beine stillhalten. Was sollte dieser Mist? Er war davon ausgegangen, dass sie unmittelbar nach der Befragung des Pfarrers mit der Durchsuchung von Villa und Kanzlei des ermordeten Anwalts anfangen konnten. Doch die Leiterin des Morddezernats hatte ihnen einen Strich durch die Rechnung gemacht und spontan eine Besprechung des gesamten Ermittlerteams anberaumt. Seit er das Foto von seiner Tochter entdeckt hatte, spürte er eine nicht nachlassende dumpfe Angst in seiner Brust. Seit zwei Jahren war er auf der Suche nach Lucy, und jetzt hatte er mit dem ermordeten Anwalt zum ersten Mal eine vielversprechende Spur. Vielleicht befanden sich die entscheidenden Hinweise auf Lucys Aufenthaltsort in dessen Räumlichkeiten. Je mehr er sich in diese Vorstellung hineinsteigerte, desto stärker wurde das Gefühl, keine Sekunde länger untätig auf seinem Stuhl sitzen bleiben zu können. Endlich kam Gomez, gefolgt von Staatsanwalt Dr. Heimer, herein. Speer glaubte, ihre prüfenden Blicke zu spüren, mit denen sie feststellen wollten, ob er mit der Situation klarkam.

Das gleiche Gefühl hatte er bei einigen anderen Kollegen auch. Breitnach zwirbelte unentwegt an seinem dicken Oberlippenbart, während sein Blick fast unangenehm bohrend auf ihm ruhte. Auch Sanddorn sah des Öfteren verstohlen zu ihm herüber.

»Da wir vollzählig sind, würde ich jetzt gerne anfangen«, sagte Gomez. »Ich habe diese Besprechung kurzfristig anberaumt, weil wir es jetzt mit einem Zweifachmord zu tun haben und ich daher eine Neubewertung des Falles für notwendig erachte. Hinzu kommt, dass der Mörder telefonisch Kontakt zu Kriminalhauptkommissar Speer aufgenommen hat, was dem Fall eine völlig neue Wendung gibt.«

Slibow und Lose, die offensichtlich bisher noch nichts von dem Anruf gewusst hatten, sahen erstaunt zu Speer herüber. Er biss die Zähne zusammen und hoffte, dass niemand bemerkte, wie sehr er unter Strom stand. Noch kurz vor der anberaumten Besprechung hatte er mit dem Gedanken gespielt, doch sofort auf eigene Faust zur Villa des Anwalts zu fahren und dort alles auf den Kopf zu stellen. Er hätte vorgeben können, zur Toilette zu gehen und wäre dann einfach nicht mehr aufgetaucht. Doch das wäre dann vermutlich seine letzte Aktion im Rahmen der offiziellen Ermittlungen gewesen. Ohnehin hatte er das Gefühl, dass Gomez und Dr. Heimer nur darauf warteten, dass er ihnen einen Grund lieferte, ihn von den Ermittlungen abzuziehen. Er musste sich auch darauf einstellen, dass er im Haus des Anwalts gar nichts finden würde, das auf die Entführung und Lucys Verbleib hinwies. Dann wäre sein überstürztes Vorgehen völlig umsonst gewesen. So schwer es ihm auch fiel, das Beste war jetzt, sich noch weiter in Geduld zu üben. Nach dem, was er von dem Pfarrer gehört hatte, glaubte er nicht mehr, dass Acker der Mörder war. Dann wäre der wahre Mörder die letzte verbleibende Möglichkeit, zu erfahren, wo seine Tochter war. Er musste also zunächst einmal unter allen Umständen seinen Ausschluss von dem Fall verhindern. Das ging nur, wenn er Ruhe bewahrte.

»Auf dem Smartphone des zweiten Mordopfers, Dr. Achim Wölfling, befindet sich ein aktuelles Foto, auf dem die Tochter von Kriminalhauptkommissar Speer zu sehen ist«, erklärte Gomez. »Wie den meisten bekannt sein dürfte, wurde die Tochter des Kollegen Speer vor zwei Jahren Opfer einer Entführung. Der Fall ist ungelöst, und seither gab es kein Lebenszeichen mehr von ihr. Ich spreche sicherlich allen aus dem Herzen, wenn ich sage, dass uns das sehr berührt. Nun möchte ich das Wort an Kriminalhauptkommissar Bogner übergeben«, sagte Gomez. Tiefe Betroffenheit hatte sich auf die Gesichter der Anwesenden gelegt.

Robert Bogner räusperte sich und durchbrach damit die bedrückte Stille im Raum.

»Ich beschränke mich darauf, nur die neuen Fakten zusammenzufassen«, sagte er dann, machte eine kurze Pause und begann mit seinen Ausführungen. »Wir haben es jetzt mit zwei Morden nach dem gleichen Muster zu tun. Das erste Opfer ist Horst Rokov, sechsundsechzig. Heute Morgen wurde der Leichnam des Anwalts Dr. Achim Wölfling, siebenundsechzig, gefunden. In beiden Fällen hat der Täter die Opfer vermutlich über Stunden kopfüber hängen lassen und ihnen dann die Zunge herausgeschnitten und die Mundhöhle mit Stroh gefüllt. Spuren des Täters konnten bisher nicht gefunden werden. Es steht zu vermuten, dass der Täter gestern am frühen Morgen nach dem Mord an Rokov zu dessen Wohnung fuhr und dort den Safe öffnete. Die darin befindlichen Fotos und Videos legen nahe, dass Rokov pädophil war. Und das ist die Verbindung zum zweiten Opfer, auf dessen Handy sich ebenfalls eindeutige Fotos befanden. Außerdem waren die Opfer früher in derselben Partei und hatten jeweils die Telefonnummer des anderen gespeichert. Keinem unserer Verdächtigen im ersten Mordfall können wir bisher ein Motiv für den zweiten Mord nachweisen, außer Klaus Acker. Acker hat versucht, von Horst Rokov wegen dessen Missbrauch Geld zu erpressen. Nach der Aussage des Pfarrers ist es denkbar, dass Acker als Kind von beiden Mordopfern missbraucht wurde. Allerdings hat Acker heute Morgen Suizid begangen.«

»Könnte der Fall damit abgeschlossen sein?«, fragte André Slibow. Er schien es ebenso wie Mandy Lose ganz gut zu verkraften, dass Klaus Acker vor ihren Augen auf so brutale Weise Selbstmord begangen hatte.

Bogner kniff die Lippen zusammen und sah zu Gomez und Dr. Heimer hinüber.

»Im Moment spricht vieles dafür, dass Acker der Mörder war. Von den zeitlichen Abläufen her hätte er Adrian Speer anrufen und das Handy später auf der Flucht unbemerkt wegwerfen können. Der Pfarrer allerdings hält es für ausgeschlossen, dass Acker jemanden umgebracht hat«, sagte Bogner.

Nun schaltete sich plötzlich auch Fernanda Gomez in das Gespräch ein.

»Meiner Meinung nach wäre es zu übereilt, den Fall als geklärt zu betrachten. Ich habe die Befragung des Pfarrers eben mitverfolgt. Das Bild, das ich danach von Acker vor Augen habe, entspricht nicht dem eines brutalen und kaltblütigen Killers.«

»Das sehe ich im Grunde auch so«, sagte Staatsanwalt Dr. Heimer. »Wir haben andererseits aber keinen Beweis für Ackers Unschuld, dafür mehrere Indizien, die ihn als Täter wahrscheinlich wirken lassen.«

»Bei seinem Anruf sprach der Täter davon, dass die Opfer den Tod verdient hätten. Das würde ebenfalls auf ein ehemaliges Missbrauchsopfer als Mörder deuten«, sagte Bogner.

»Ich glaube nicht, dass Klaus Acker der Anrufer war«, mischte Speer sich ein. »Der Mann, mit dem ich gesprochen habe, wirkte selbstsicher. Er klang überlegen und bestimmt. Nach Auskunft des Pfarrers war Acker aber verzweifelt und ängstlich und seiner Meinung nach zu einem Mord nicht fähig. Das passt nicht zusammen.«

»Die Ausführung der Tat spricht auch gegen Acker als Täter«, bemerkte nun Tina Jeschke. »Warum sollte Acker die Männer kopfüber aufhängen und ihnen die Zunge herausschneiden? Warum dieser Aufwand?«

Als niemand etwas erwiderte, ergriff Mandy Lose das Wort.

»Ich frage mich, woher der Täter wusste, dass sich auf dem Handy des Anwalts ein Foto von Lucy befindet.«

»Vielleicht waren er und der Anwalt in die Entführung verwickelt. Nur warum hat er Speer überhaupt angerufen und auf das Foto hingewiesen?«, warf Emil Sanddorn ein.

Daran hatte Speer auch schon gedacht, und es gab noch eine weitere Ungereimtheit, die ihm gleich aufgefallen war, die er bisher aber vernachlässigt hatte.

»Der Mörder wollte ganz gezielt mit mir am Telefon sprechen. Nur, wie konnte er wissen, dass ich mit den Ermittlungen betraut bin und am Tatort war? Eine Möglichkeit wäre, dass jemand nach dem ersten Mord hier nachgefragt hat, wer die zuständigen Beamten sind.«

»Oder der Mörder ist jemand, der von Berufs wegen Zugriff auf diese Information hat«, warf Gomez ein.

»Sie meinen, es könnte sich um einen Polizisten handeln?« Bogner zog ungläubig die Augenbrauchen hoch.

»Wir müssen alle Möglichkeiten in Betracht ziehen«, antwortete Gomez.

Sie bat Tina Jeschke, umgehend in Erfahrung zu bringen, ob sich gestern jemand nach den ermittelnden Kommissaren erkundigt hatte, und die junge Kollegin verließ den Raum.

»Der Täter sagte, dass er für Gerechtigkeit sorgt«, warf Bogner ein und wandte sich Speer zu. »Vielleicht will er helfen, die Entführer zu finden, um sie ihrer Strafe zuzuführen.« Kurz schwiegen alle und ließen diese Überlegung wirken.

Breitnach räusperte sich. Seine wässrigen graublauen Augen waren ausdruckslos wie immer.

»Das ergibt doch keinen Sinn«, raunte er. »Sonst hätte er doch gesagt, wo wir das Mädchen finden und wer die Entführer sind und nicht nur auf das Foto hingewiesen. Ich glaube, dass er einer der Entführer war.«

»Sein Anruf und die Behauptung, zu wissen, wo Lucy ist, dies aber nicht preiszugeben, wäre dann purer Sadismus gewesen«, fügte Bogner hinzu.

Speer wollte das nicht glauben, wusste aber, dass auch diese Möglichkeit bestand. Mittlerweile war er froh über die Besprechung. Die Fragen, die aufgeworfen wurden, waren durchaus hilfreich.

»Wir müssen auch in Betracht ziehen, dass der Mörder der Polizei gegenüber seine Überlegenheit demonstrieren will.« Dr. Heimer brachte damit einen völlig neuen Aspekt auf. »Schließlich musste er doch wissen, dass Hauptkommissar Speer alles daran setzen wird, ihn zu überführen, wenn er vorgibt, zu wissen, wo dessen Tochter gefangen gehalten wird. Dennoch ist er dieses Risiko eingegangen. Es erinnert mich an ein Spiel, bei dem er sicherstellen will, den bestmöglichen Gegner zu haben.«

»Der Anrufer ließ klar durchblicken, dass es ihm bei seinen Taten um Gerechtigkeit ging. Das war sein Grund für die Morde«, erwiderte Speer. »Das spricht dagegen, dass er mit Lucys Entführung etwas zu tun hat, denn dann wäre er nicht viel besser als diejenigen, die er bestraft.«

»So gesehen könnte er die Opfer doch für Lucys Entführung zur Rechenschaft gezogen haben und der Verweis auf das Foto war ein Hinweis auf sein Motiv«, warf Slibow jetzt ein.

»Sie meinen, der Mörder ist so eine Art Racheengel, der Menschen bestraft, die wegen ihrer Verbrechen niemals vor Gericht gestellt oder zu Unrecht freigesprochen wurden?«, fragte Gomez.

Slibow nickte.

»Das würde es erheblich erschweren, ihn zu fassen«, überlegte Gomez. »Wir hätten es dann mit einem Serienmörder ohne persönliche Beziehung zu seinen Opfern zu tun. Der Kreis der potentiellen Opfer würde sich dadurch extrem vergrößern, und wir könnten nie wissen, wen er als Nächstes für ein in seinen Augen ungesühntes Verbrechen zur Rechenschaft zieht.«

»Ich glaube aber, der Mörder hat die beiden Männer getötet, weil sie ihm persönlich etwas angetan haben«, entgegnete Speer. »Wie erklären wir uns sonst die besondere Brutalität der Taten? Die herausgeschnittenen Zungen, das Stroh in der Mundhöhle und das Aufhängen müssen doch eine Bedeutung haben.«

Jetzt meldete sich Emil Sanddorn zu Wort. »Der Mörder könnte die gleiche Art der Tatausführung auch einfach nur als sein Markenzeichen betrachten. Damit mit jedem weiteren Toten gleich klar ist, dass er es war.«

Speer schüttelte den Kopf. »Es ergibt keinen Sinn, den Anwalt wegen der Entführung meiner Tochter zu töten und so für Gerechtigkeit zu sorgen, aber mir nicht ihren Aufenthaltsort zu nennen. Es geht dem Mörder also nicht darum, für andere einzutreten, sondern er will nur seine eigenen Verletzungen rächen.«

»Da ist was dran«, stimmte Sanddorn zu. »Wobei wir dann aber wieder bei Klaus Acker wären, der in dieses Profil passen würde. Wer weiß schon, ob er dem Pfarrer seine Verzweiflung nicht nur vorgespielt hat.«

»Wäre er der Mörder, hätte er sich dem Pfarrer gar nicht erst anvertraut«, unterbrach Speer diese Überlegungen.

»Dann suchen wir also jetzt einen völlig Unbekannten«, stöhnte Bogner.

»Ach was, ist doch klar, warum der Kollege Speer nicht wahrhaben will, dass Klaus Acker der Mörder ist«, warf Breitnach ein und schnaubte danach verächtlich. Speer konnte nichts erwidern, denn in diesem Moment kam Tina Jeschke zurück ins Zimmer.

»Treffer«, sagte sie triumphierend und setzte sich. »Gestern Abend gegen acht Uhr hat jemand nach den zuständigen Kommissaren wegen des Mordes in der alten Fabrikhalle gefragt und behauptet, er habe eine wichtige Aussage zu machen und wolle nur mit einem der Ermittlungsleiter sprechen. Die Zentrale hat ihm dann die Kontaktdaten von Speer und Bogner genannt. Der Mann selbst hat seinen Namen nicht verraten und wollte heute Morgen wieder anrufen.«

Bogner stieß einen leisen Pfiff aus, aber Gomez ergriff als Erste das Wort.

»Durch den Anruf erfuhr er, dass Lucys Vater in der Mordsache Rokov ermittelt und damit auch am nächsten Tag mit hoher Wahrscheinlichkeit am neuen Tatort sein würde.«

»Da haben wir es wohl mit einem ziemlich gerissenen Kerl zu tun«, sagte Breitnach.

»Und wir haben noch keine Erklärung dafür, warum der Täter seine beiden Opfer gerade auf diese absonderliche Art umbrachte«, warf Mandy Lose ein.

»Bis auf Weiteres heißt es deshalb Dauerdienst und Urlaubssperre«, sagte Gomez. Wieder einmal machte sie ihrem Ruf als eiserne Lady alle Ehre. Dann wandte sie sich an Emil Sanddorn und Paul Breitnach. »Sie beide waren bei der Witwe von Dr. Wölfling. Wie hat sie die Ermordung ihres Mannes aufgenommen? Wenn Sie kurz darüber berichten würden.«

Emil Sanddorn räusperte sich. »Die Nachricht hat sie hart getroffen. Sie hat nicht den blassesten Schimmer, wer ihrem Mann das angetan haben könnte und hat ihn als gutherzig, freundlich und wohltätig beschrieben.«

»Wusste sie, dass ihr Mann mit Horst Rokov bekannt war?«, fragte Gomez.

Sanddorn nickte heftig. »Darauf wollte ich gerade zu sprechen kommen. Ihr Mann und Horst Rokov kannten sich schon seit Jahrzehnten. Sie waren im gleichen Tennisverein und spielten regelmäßig zusammen.«

»Die beiden waren also sogar befreundet«, fasste Dr. Heimer zusammen.

»Und in der Umkleide haben sie dann gleich die neuesten Kinderpornos ausgetauscht«, fügte Breitnach zynisch hinzu.

»Die beiden Männer haben außerdem, nach Auskunft der Witwe, gemeinsam eine Stiftung zur Förderung gemeinnütziger Projekte gegründet«, fuhr Sanddorn fort. »Einer der gegründeten Vereine kümmert sich um die Betreuung von Kindern aus sozial schwachen Familien. Die Kinder bekommen dort warme Mahlzeiten, Freizeitangebote und schulische Lernförderung.«

»Wenn zwei Pädophile hinter so einem Projekt stehen, dürfte klar sein, dass die guten Ziele nur dazu gedient haben, an die Kinder ranzukommen«, warf André Slibow ein.

»Wir haben meine Abteilung schon informiert«, sagte Emil Sanddorn, der aus dem LKA 13, das neben der Bekämpfung von Kinderpornographie auch für Sexualstraftaten zuständig war, ins Mordermittlungsteam berufen worden war. »Die Kollegen werden den Laden aufs Korn nehmen und Eltern und Kinder, die dort betreut wurden, befragen.«

»Noch ein paar Worte zum weiteren Vorgehen«, sagte Bogner. »Das Foto- und Filmmaterial aus Horst Rokovs Tresor muss ebenfalls an die Kollegen aus dem Bereich der Bekämpfung der Kinder- und Jugendpornographie übergeben werden, ebenso die Fotodateien auf dem Smartphone des toten Anwalts. Das Foto mit Lucy Speer muss umgehend zu den Kollegen, die den Entführungsfall bearbeiten. Außerdem sind die zuständigen Kollegen aus diesen Bereichen zu informieren, dass wir Durchsuchungen von Dr. Wölflings Villa und seiner Kanzlei durchführen. Möglicherweise finden wir etwas, das Rückschlüsse auf den Täter zulässt. Die Kollegen aus den anderen Bereichen können sich uns gerne anschließen. Die Spurensicherung muss ebenfalls dazukommen.«

Mandy Lose hob die Hand. »Das kann ich übernehmen.«

Bogner nickte zustimmend und sah dann zu Tina Jeschke. »Wir brauchen die Mitgliederliste dieses Tennisvereins. Wir fangen mit einer Befragung des Vorstandes an, ob es noch andere Spieler gab, die zum Freundeskreis von Rokov und Wölfling gehörten. Es könnte schließlich sein, dass die beiden dort nicht die Einzigen waren, die auf Kinder standen.«

»Guter Ansatz«, lobte Gomez. »Möglicherweise stoßen wir so auf weitere potentielle Opfer unseres Täters.«

»Die entsprechenden Durchsuchungsbeschlüsse für die Villa und die Kanzlei Wölflings liegen jetzt übrigens auch vor«, sagte Dr. Heimer, der gerade ein Telefongespräch beendet hatte.

»Gut, damit wir zügig vorankommen, teilen wir uns auf«, fuhr Bogner fort. »Slibow und Sanddorn, Sie übernehmen die Kanzlei. Kollege Speer, Breitnach und ich übernehmen die Villa am Wannsee. Lose und Jeschke, Sie versuchen herauszufinden, was der Anwalt getan hat, bevor er seinem Mörder begegnete, und wer sich über die Zentrale nach den zuständigen Ermittlern erkundigt hat. So weit alles klar?«

Alle nickten. »Gut, dann sollten wir jetzt an die Arbeit gehen.«

»Eines noch«, warf Dr. Heimer ein. »Gegenüber der Presse werden wir die beiden Morde bekanntgeben müssen. Aber wir werden dabei verlautbaren lassen, dass zurzeit aus ermittlungstaktischen Gründen noch keine näheren Auskünfte über die Taten gegeben werden können. Und eines muss uns klar sein. Innerhalb von vierundzwanzig Stunden sind zwei Menschen grausam ermordet worden. Dabei hat der Täter eine Liste abgearbeitet und ist intelligent und planmäßig vorgegangen. Falls diese Serie noch nicht abgeschlossen sein sollte und Klaus Acker nicht der Täter war, so könnte es schon ziemlich bald ein weiteres Opfer geben.«

Die Beamten erhoben sich, um den Raum zu verlassen.

»Bogner und Speer, bitte bleiben Sie noch kurz da«, sagte Gomez und fixierte dabei Adrian Speer mit stechendem Blick. Er konnte sich schon denken, was jetzt kam. Dr. Maximilian Heimer war wie Fernanda Gomez gar nicht erst aufgestanden. Offensichtlich hatten sie sich vor der Sitzung bereits abgesprochen.

»Sie wissen, dass ich Sie von dem Fall abziehen muss«, sagte Gomez, an Speer gewandt.

»Dafür gibt es doch keinen durchschlagenden Grund«, hob Bogner zum Protest an. Speer gefiel, dass sein Kollege sich für ihn einsetzte. Schließlich kannten sie sich noch nicht sehr lange.

»Doch, den gibt es sehr wohl«, erwiderte Gomez. »Ich glaube einfach nicht, dass der Kollege nach diesem Anruf und dem Foto noch in der Lage ist, neutral und besonnen seine Arbeit zu machen.«

»Es wird wohl niemanden geben, der mehr daran interessiert ist, diesen Mörder zu schnappen, als ich«, warf Speer ein.

»Und genau da liegt das Problem«, entgegnete Gomez. »Übermotivation ist nicht hilfreich. Es besteht die Gefahr, dass Sie die Grenzen des Rechtsstaats überschreiten, um an weitere Informationen zu kommen. Ich sehe doch, dass es in Ihnen rumort und Sie die Hausdurchsuchung kaum abwarten können. Aber wenn Sie wie ein wild gewordener Stier herumlaufen, nützt das den Mordermittlungen wenig, im Gegenteil, es schadet.«

»Mache ich denn den Eindruck, dass ich mich nicht im Griff habe?«, fragte Speer und bemühte sich dabei, möglichst ruhig zu wirken.

»Bis jetzt nicht. Aber das kann sich ja auch noch ändern. Außerdem kenne ich Ihre Akte«, antwortete Gomez.

Das Thema wollte Adrian Speer lieber nicht vertiefen.

»Hier geht es um meine Tochter. Sie werden mich nicht davon abhalten können, nach ihr zu suchen.«

»Das will ich auch nicht. Aber wenn Sie durchdrehen, fällt es auf mich zurück, weil ich Sie im Team gelassen habe.«

Darum ging es also, dachte Speer. Die eiserne Lady sorgte sich um ihre Karriere.

»Lassen Sie es doch einfach darauf ankommen. Ich denke, den Versuch sind Sie mir unter kollegialen und moralischen Gesichtspunkten schuldig.«

Gomez sah Dr. Heimer an. Der spitzte die Lippen, als müsse er überlegen.

»Wenn Sie Speer jetzt rausnehmen, kann das unter Umständen auch negativ für die Ermittlungen sein«, sagte Bogner. Gomez und Dr. Heimer wandten sich ihm abwartend und mit ausdrucksloser Miene zu. »Angenommen, wir haben mit Klaus Acker den Falschen, und die Morde gehen weiter, der Täter hat aber explizit den Kontakt zu Speer aufgenommen. Dann wird er möglicherweise wieder nur mit ihm reden wollen.«

Adrian Speer ahnte, dass Gomez nicht so leicht von einem gefassten Entschluss abzubringen war. Aber er sah in ihren Augen, dass sie über Bogners Worte nachdachte. Schließlich wandte sie sich an Dr. Heimer.

»Was meinen Sie, Herr Staatsanwalt?«

Er wiegte kurz den Kopf hin und her und rieb sich nachdenklich das Kinn.

»Wir sollten nicht übereilt reagieren. Möglicherweise bestätigt sich ja doch noch, dass Acker der Täter war, und der Fall ist damit aufgeklärt. Und wenn nicht, halte ich das, was Hauptkommissar Bogner gesagt hat, für richtig. Der Mörder hat den Kontakt zu Hauptkommissar Speer aufgenommen. Es wäre nicht gut, wenn wir das nicht nutzen. Speer macht auf mich einen gefassten Eindruck. Unter den gegebenen Umständen denke ich nicht, dass er die vorrangigen Mordermittlungen aus den Augen verliert.«

Gomez seufzte. »Also gut, dann ist es beschlossen. Sie bleiben bis auf weiteres im Team«, sagte sie zu Speer. »Aber wenn Sie nur den geringsten Mist bauen, fliegen Sie raus, nur damit das klar ist. Und noch etwas: Die Leitung der Hausdurchsuchung werde ich weder in Ihre noch in die Hände Ihres Partners legen.«

»Ich bin aber der Leiter der ermittelnden Mordkommission«, protestierte Bogner.

»Das ist mir ziemlich egal. Die Durchsuchung findet schließlich nicht nur wegen der Mordermittlungen, sondern auch wegen der Entführung und der kinderpornographischen Fotos statt«, entgegnete Gomez trocken.

»Und wer soll das dann übernehmen?«

Staatsanwalt Dr. Maximilian Heimer schaltete sich ein. »Kriminalhauptkommissar Paul Breitnach.«

Bogner bekam einen roten Kopf. Man sah ihm an, dass er innerlich vor Wut kochte.

»Ihnen ist aber schon klar, dass Sie mit dieser Entscheidung meine Autorität untergraben.«

»Absolut«, sagte Gomez. »Aber diese Kröte werden Sie schlucken müssen, wenn Sie Kriminalhauptkommissar Speer unbedingt bei dem Fall dabeihaben wollen.«

Bogner stand wortlos auf und marschierte in Richtung Tür.

»Ich halte es für besser, wenn jemand Neutraleres die Durchsuchung in der Hand hat«, rief Gomez ihm hinterher, während dieser bereits im Flur verschwunden war. »Jemand, der seine Emotionen im Griff hat.«

20

Eine Stunde später erreichten sie das Anwesen von Dr. Wölfling. Bogner setzte den Blinker und folgte dem Van der Spurensicherung durch das offen stehende Tor auf die mit Bäumen und Sträuchern gesäumte Zufahrtstraße zum Wohngebäude. Die von einer weitläufigen und gepflegten Grünfläche umgebene Villa war einer jener Prachtbauten, die Anfang des zwanzigsten Jahrhunderts von reichen Industriellen errichtet worden waren.

Sie stellten den Wagen neben dem Gebäude ab und stiegen aus. Der Himmel war bedeckt mit grauen Regenwolken. Ein Vogelschwarm zog kreischend über ihre Köpfe hinweg in Richtung des unmittelbar hinter der Villa gelegenen Wannsees.

Paul Breitnach stand bereits mit einem Kollegen aus dem Dezernat für Sexualstraftaten vor der Haustür. Eine ältere Frau mit blond gefärbtem, schulterlangem Haar öffnete, und Breitnach überreichte ihr den Durchsuchungsbeschluss. Bogner und Speer folgten dem Team der Spurensicherung die Treppe hinauf zum Eingang der Villa.

Die Kinderfotos auf dem Handy des Anwalts hatten Abgründe offenbart, von denen vermutlich noch nicht einmal dessen Frau etwas wusste. Doch würde jemand wie Wölfling, noch dazu mit seinem Beruf, in seinem Haus etwas aufbewahren, das ihn belasten konnte? Hielt er selbst Lucy irgendwo gefangen, vielleicht sogar hier in seinem Haus? Speer spürte, wie sich bei dem Gedanken sein Herzschlag beschleunigte, als er die angelehnte Haustür öffnete und mit Bogner die Villa betrat.

Vom geräumigen Eingangsbereich führte eine zweiflügelige Tür mit weißem Holzrahmen und Glasfüllung ins Wohnzimmer. Eine Treppe ging nach oben auf eine Galerie, so dass man bis zur Decke der oberen Etage sehen konnte. Über ihnen hing ein riesiger Kristallkronleuchter. Der Fußboden und die Treppenstufen waren mit hellem Marmor belegt, und an den Wänden hingen farbenfrohe impressionistische Gemälde in goldfarbenen Holzrahmen.

Ein weiterer Kollege kam hinter ihnen zur Tür herein. Speer kannte ihn. Otto Markwitz war einer der Kommissare, die Lucys Entführung bearbeitet hatten, und er hatte sich mit Leib und Seele der Aufklärung des Falles verschrieben.

Er wirkte nicht überrascht, ihn hier zu sehen. Offensichtlich wusste er bereits, dass Speer nun auch bei der Mordkommission war und den Fall des toten Anwalts bearbeitete.

»Endlich mal eine neue Spur«, sagte Markwitz und spielte damit auf das Foto von Lucy an.

»Und ihr seid wegen der Mordsache hier, richtig?«

»Wir sehen uns um, ob wir einen Hinweis auf den Mörder oder sein Motiv finden«, antwortete Bogner und steckte sich einen Kaugummi in den Mund.

Markwitz verzog den Mund zu einem gequälten Lächeln.

»Hab gehört, er hat beide kopfüber aufgehängt und ihnen die Zunge abgeschnitten. Habt ihr schon einen Verdächtigen?«

Bogner kaute auf seinem Kaugummi herum und wirkte angespannt.

»Die Karten sind jetzt nach dem zweiten Mord wieder neu gemischt.«

Markwitz nickte nachdenklich.

»Eigentlich sind wir mit den Leuten von der Spurensicherung schon genug Leute im Haus.« Er warf Speer einen abschätzenden Blick zu. »Ihr versteht schon, zu viele Köche verderben den Brei und so«, fügte er hinzu.

»Jetzt, wo wir schon mal da sind, helfen wir gern«, entgegnete Bogner und lächelte betont freundlich.

Markwitz blieb ernst. »Schon klar, kommt auch selten vor, dass gleich drei Abteilungen Interesse an der Durchsuchung derselben Räume haben.«

Speer war klar, was Markwitz zum Ausdruck bringen wollte. Seinem Kollegen war nicht wohl dabei, dass er als persönlich Betroffener bei der Durchsuchung anwesend war. Genau wie Fernanda Gomez hielt Markwitz die Situation für problematisch. Aber auch wenn es ungewöhnlich war, er war hier, und was andere darüber dachten, war ihm egal.

Etwas anderes machte ihm mehr zu schaffen. Falls der Anwalt etwas mit Lucys Entführung zu tun hatte, würde sich in seinem Haus nicht zwangsläufig etwas finden lassen, das ihn damit in Verbindung brachte. Andererseits hatte er das Foto von Lucy auf seinem Handy. Die Kriminaltechniker hatten festgestellt, dass es ihm per E-Mail zugeschickt worden war. Die E-Mail konnte aber nicht zurückverfolgt werden.

»Sagen dir die beiden anderen Mädchen auf dem Foto etwas?«, fragte Bogner, an Markwitz gewandt.

»Noch nie gesehen. Aber die Kollegen lassen die Gesichter durch unsere Datenbank mit den Fotos vermisster Personen laufen. Falls die Erkennungssoftware keine Treffer ergibt, ist die biometrische Datenbank von Interpol die nächste Anlaufstelle.«

Bogner nickte und sah Speer nachdenklich an.

»Ich fang oben an.« Markwitz ging die Treppe hinauf, hielt inne und wandte sich ihnen noch einmal zu. »Gomez hat übrigens verfügt, dass ich ab jetzt über alles informiert werde, was die Entführung angeht.«

»Ist doch klar«, sagte Bogner.

Markwitz nickte zufrieden und ging dann die Treppe hinauf.

In der Flügeltür zum Wohnzimmer erschien die Witwe. Elvira Wölfling hatte verweinte, rot unterlaufene Augen. Mit erbostem Blick starrte sie zu ihnen herüber und schnäuzte in ein Papiertaschentuch. Als hinter ihr aus dem Wohnzimmer ein Poltern zu hören war, drehte sie sich wieder um.

»Was machen Sie denn da?«, rief sie entsetzt und eilte ins Zimmer. Speer und Bogner folgten ihr.

Paul Breitnach räumte gerade Fotoalben aus einem Wohnzimmerschrank in eine Kiste, und offensichtlich war ihm eines zu Boden gefallen. Einzelne Bilder waren herausgerutscht. Breitnach war dabei, sie wieder einzusammeln, und Elvira Wölfling stand mit in die Seiten gestemmten Händen neben ihm.

»Das geht jetzt aber zu weit«, fuhr sie ihn an.

»Frau Dr. Wölfling, ich mache hier nur meine Arbeit«, erwiderte Breitnach schroff.

»Das sind unsere privaten Familienaufnahmen. Die können Sie doch nicht einfach mitnehmen.«

»Doch, das kann ich, und nun treten Sie bitte zur Seite.«

Die harten Worte wirkten. Elvira Wölfling gab ihren Widerstand auf. Sämtliche Energie schien nun aus der Frau zu weichen. Ihr Körper verlor an Spannung und ihr Blick richtete sich auf den Boden. Sie entfernte sich und ging zum Kaminofen. Sichtlich bestürzt und niedergeschlagen, setzte sie sich auf das davor stehende weiße Ledersofa. Angesichts der Tatsache, dass man ihr erst vor Kurzem mitgeteilt hatte, dass ihr Mann ermordet worden war, wirkte sie aber noch gefasst. Breitnach sah kurz zu ihnen herüber und wandte sich dann den Schrankschubladen zu, zog eine nach der anderen heraus und durchwühlte sie.

Speer setzte sich neben die Frau aufs Sofa und hielt ihr seinen Dienstausweis hin. »Adrian Speer, Kripo Berlin.«

Elvira Wölfling sah ihn mit ängstlichen Augen an. »Können Sie mir sagen, was das soll? Mein Mann wurde ermordet. Er ist doch das Opfer.«

»Und Sie haben keine Vorstellung, wer das getan haben könnte?«

»Nein, aber das hat mich Ihr Kollege doch auch schon gefragt.«

»Wir hoffen, etwas zu finden, das uns auf die Spur seines Mörders bringt«, erklärte Speer. »Aber es sind auch Kollegen aus anderen Abteilungen hier, weil es gewisse Verdachtsmomente gegen Ihren Mann gibt.«

Er sah, wie die Frau Luft holte und den Mund öffnete, um etwas zu entgegnen. Aber bevor sie das tun konnte, zeigte er ihr das Foto, das Lucy auf dem Sofa zeigte, und das er sich hatte ausdrucken lassen.

»Kennen Sie das Mädchen in der Mitte?«

Frau Dr. Wölfling sah ihn misstrauisch an, ehe sie das Foto betrachtete. Währenddessen fing Speer den wütenden Blick Bogners auf. Er sah sich die auf dem Kaminsims stehenden Fotos an, mischte sich aber nicht ein.

»Warum fragen Sie mich das?« Die Frau wirkte irritiert.

Er konnte ihr kaum sagen, dass ihr Mann möglicherweise Lucy entführt hatte und sie irgendwo versteckt hielt.

»Es ist wichtig«, antwortete er deshalb nur knapp. Als er sah, dass die Frau noch immer keine Anstalten machte, etwas zu sagen, fügte er den entscheidenden Satz hinzu, der seinem Anliegen den nötigen Nachdruck verschaffen sollte: »Sie ist meine Tochter, und sie ist seit zwei Jahren spurlos verschwunden.«

Der Mund seiner Gesprächspartnerin öffnete sich, und ihre Augen wurden groß. »Und da glauben Sie …? Mein Mann?«

»Kommst du mal kurz!« Bogner winkte ihm zu.

»Moment noch«, erwiderte Speer und wandte sich wieder an die Frau. »Kennen Sie eins der anderen Mädchen auf dem Foto?«

»Es eilt.« Bogner ließ nicht locker.

Speer biss die Zähne zusammen, stand auf und ging um die Couch herum. Sein Kollege zog ihn in den Flur. Hinter sich hörte er die Frau fassungslos sagen: »Ich habe keines dieser Mädchen je gesehen.«

»Was soll denn das? Die Frau das zu fragen, ist Markwitz' Job, nicht unserer. Ich dachte, das wäre klar.«

Speer hatte keine Lust, mit Bogner darüber zu diskutieren. Deshalb sagte er nichts. Aber Bogner war noch nicht fertig.

»Breitnach gilt nicht gerade als Vorbild in Sachen Kollegialität. Mit anderen Worten: Ihm ist völlig egal, ob du im Team bist oder nicht. Und wie ich ihn einschätze, wird er es Gomez brühwarm berichten, wenn du hier so weitermachst«, sagte er mit Nachdruck.

Als ob er Gedanken lesen könnte, kam Paul Breitnach nun zu ihnen. Er baute sich breitbeinig vor Speer auf, verschränkte die Arme vor der Brust und machte ein grimmiges Gesicht.

»Wenn Sie helfen wollen, Herr Kollege, dann dürfen Sie gern Schubladen und Schränke durchwühlen. Aber die Leitung vor Ort habe ich.«

Breitnach machte eine kurze Pause und fixierte Speer mit durchdringendem Blick, als ob er nur auf eine Widerrede warten würde. Seine buschigen Augenbrauen zogen sich noch stärker zusammen, so dass sie sich fast berührten, und in der Mitte seiner Stirn zeigte sich eine tiefe Zornesfalte.

»Und wenn Sie die Witwe des Opfers befragen wollen, dann erwarte ich, dass Sie das vorher mit mir abstimmen. Erst recht, wenn die Fragen nichts mit den Mordermittlungen zu tun haben. Haben Sie das verstanden?«

Was für ein überhebliches Arschloch! Speer hätte am liebsten etwas erwidert, schaffte es aber, sich zurückzuhalten.

Jemand von der Spurensicherung, gehüllt in den obligatorischen weißen Overall, kam zu ihnen.

»Wir haben einen Computertower, einen Laptop und ein Tablet gefunden. Alle mit Passwort geschützt.«

Breitnach nickte anerkennend. »Ich frage Frau Dr. Wölfling danach. Wenn nicht, werden die Kollegen von der EDV das hinbekommen. Noch was anderes, das uns weiterbringen könnte?«

»Keine Kalender oder Notizbücher mit Kontakten. Auch keine Fotos oder Magazine.«

»Sieht ganz danach aus, als habe der Anwalt sein Zuhause sauber gehalten. Vielleicht haben wir in seiner Kanzlei mehr Glück.«

»Wir sehen uns dann mal um«, sagte Bogner, und sein mürrischer Tonfall ließ trotz des spitzbübischen Lächelns keinen Zweifel daran, dass es ihm missfiel, dass Gomez ausgerechnet Breitnach die Leitung der Durchsuchung übertragen hatte.

Vom Flur aus folgten sie einem Korridor in einen anderen Trakt des Hauses, wo sie ein geräumiges Arbeitszimmer und ein Gästeschlafzimmer fanden. Auf dem Doppelbett lag der Inhalt des Kleiderschrankes und der Kommoden. Auch im Arbeitszimmer herrschte Unordnung. Aktenordner standen in Kisten zum Abtransport bereit. Die Schubladen der Vitrine waren ebenfalls schon durchsucht worden. Einer der Kollegen war noch hier und rückte die Regale vor, so dass man die Wand dahinter sehen konnte.

Auch in den anderen Zimmern entdeckten sie keinen Hinweis auf Lucy oder den Mörder. Zum Schluss gingen sie hinunter in den Keller. Alle Räume waren sauber verfliest und verputzt. Es gab einen Raum für den Wein und einen Wellnessbereich mit Sauna, Solarium und Whirlpool. Auch ein Billardraum war vorhanden. In jedem der Kellerräume suchte Speer nach versteckten Zugängen zu einem verborgenen Raum, in dem sich Lucy befinden könnte. Er rückte Regale vor und klopfte die Wände nach Hohlräumen ab, konnte jedoch nichts Auffälliges feststellen. Enttäuschung machte sich in ihm breit. In einem der hinteren Räume befanden sich in Regalen gelagerte Pappkartons, die von den Kollegen bereits grob durchgesehen und wieder zurückgestellt worden waren.

»Das war's«, stellte Bogner fest und drehte sich zur Tür um. »Gehen wir wieder rauf und hören, ob die Kollegen was gefunden haben. Wenn nicht, ist auf den Computerfestplatten bestimmt etwas, das uns weiterbringt.«

Speer blieb stehen und starrte Bogner hinterher. Er senkte den Kopf, schloss die Augen und presste die Lider zusammen. Insgeheim hatte er gehofft, einen Hinweis zu finden. Jetzt spürte er, wie sich Resignation und Verzweiflung in ihm breitmachten. Panik kam in ihm auf. Was, wenn er Lucy jetzt, wo er wusste, dass sie lebte, dennoch nicht finden würde?

»Was ist denn?«, fragte Bogner und erschien wieder im Türrahmen.

»Nichts. Geh schon vor. Ich brauch noch ein bisschen.«

Bogner sah ihn mitfühlend an, legte die Stirn in Falten und nickte. Dann drehte er sich wieder um und ging.

Speer wandte sich dem Regal mit den Kartons zu. Willkürlich nahm er einen heraus und begann ihn durchzusehen. Alte Gesetzbücher. Wölfling musste sie aus Nostalgie aufbewahrt haben. Speer wusste nicht genau, was er zu finden hoffte, machte aber dennoch weiter. Irgendetwas musste er tun, sonst würden ihn seine Gedanken in den Wahnsinn treiben. Immer schneller nahm er ein Buch nach dem anderen aus der Schachtel und blätterte es durch. Er nahm sich den nächsten Karton vor. Mit jedem weiteren, in dem er keinen Hinweis auf Lucys Verbleib fand, wurde er ungehaltener, und er spürte, wie er langsam die Kontrolle verlor. Er griff nach dem nächsten Karton, leerte ihn auf den Boden und verteilte den Inhalt achtlos mit dem Fuß. Weihnachtsschmuck. Kinderkleidung, der Mode nach aus den Siebzigern. Ausrangierte elektronische Geräte. Spielsachen. Bei den übrigen Kartons nahm er kaum noch Notiz vom Inhalt, meistens handelte es sich um Bücher. Immer wieder schoben sich Szenen vor sein geistiges Auge, die er mit Lucy erlebt hatte. All seine mühsam unterdrückte Verzweiflung und die Wut darüber, dass er allein die Schuld an allem trug, brachen nun aus ihm heraus.

Die Frage, die der Mörder ihm gestellt hatte, kam ihm in den Sinn. Was würden Sie mit jenen tun, die Lucy entführt haben? Die Antwort war, er wusste es nicht. Einerseits war er Polizist. Aber er war auch Vater und verspürte das unbändige Verlangen, die Verantwortlichen persönlich zur Rechenschaft zu ziehen. Er hoffte, dass er zu gegebener Zeit seinen Zorn würde zügeln können. Speer hielt inne, blickte auf und starrte auf das beinahe leere Regal. Auf einmal glaubte er sicher zu wissen, warum ihn der Killer das gefragt hatte: Er war vermutlich in einer ähnlichen Situation. Ihm oder jemandem, den er liebte, war so großes Leid angetan worden, dass sich die Wut darüber in Selbstjustiz Bahn brach.

Plötzlich kam Bogner zurück in den Kellerraum, betrachtete das Chaos und raufte sich die Haare. Speer beachtete ihn nicht weiter.

»Verdammt, Adrian, was soll denn das?«

»Nach was sieht es denn aus?«, entgegnete er. Es gelang ihm, seine Stimme ruhig wie immer klingen zu lassen. Doch seine Augen funkelten vor Anspannung, und mit dem Fuß verteilte er hektisch den Inhalt des letzten Kartons.

»Das bringt doch nichts.«

»Ach ja, woher willst du das wissen?«

»Wenn Breitnach mitbekommt, dass du ausgerastet bist, wird er Gomez davon erzählen. Willst du das?«

Natürlich wollte er das nicht. Er wusste, dass er unvernünftig handelte, konnte aber nicht aufhören. Seine Anspannung musste irgendwie raus und ließ sich nicht mehr so einfach in den Griff kriegen. Bogner kniff die Lippen zusammen und sah ihn ernst an.

»Ich kann mir nur ansatzweise vorstellen, wie schwer ein besonnenes Verhalten gerade jetzt für dich sein muss. Aber wenn du so weitermachst, fliegst du aus den Mordermittlungen raus.«

Speer hielt inne. Kurz überlegte er, ob es nicht ohnehin das Beste wäre, wenn er nicht mehr dabei wäre, schob den Gedanken aber schnell beiseite. Ja, er war persönlich betroffen, war nicht neutral und stand unter starker psychischer Anspannung. Es ging ihm auch nicht, so wie es sein sollte, in erster Linie darum, einen Mörder ins Gefängnis zu bringen. Er wollte den Mörder nur aus einem einzigen Grund mehr als jeder andere überführen: Weil dieser vermutlich wusste, wohin Lucy verschleppt worden war.

Bogner schüttelte den Kopf.

»Du bewegst dich auf ganz, ganz dünnem Eis. Gomez hat dich schon auf dem Kieker, und Breitnach ist nicht dein Freund.«

Bogners Blick wanderte über den Boden. Überall lag der Inhalt der Kisten verteilt.

»Mit diesem Chaos hast du Gomez genau den einen Grund geliefert, den sie braucht, um dich rauszuwerfen. Wir müssen einen Kollegen finden, der die Verantwortung dafür übernimmt, sonst fürchte ich, das war's für dich.«

Plötzlich verharrte Bogners Blick auf einer Stelle hinter Adrian Speer, wo die Bücher aus einem der letzten Kartons lagen. Als Speer sich umdrehte, sah er, was Bogners Aufmerksamkeit erregt hatte. Unter einem aufgeklappten Buch lugte eine kleine Tonbandkassette hervor, wie sie in analogen Diktiergeräten Verwendung fanden. Speer bückte sich und hob das Buch und die Kassette vorsichtig auf. Im Inneren des Buches befand sich eine in die Seiten geschnittene Aussparung, in die die Kassette hineinpasste. Speer blätterte die Buchseiten hinter der Mulde langsam durch. Zwischen den unversehrten Seiten kam ein Foto zum Vorschein, das ihm den Atem stocken und sein Herz schneller schlagen ließ. Das Foto musste etwa zwei Jahre alt sein. Es zeigte Lucy, die vor ihrer Schule auf den Bus wartete.

21

Zurück im Büro fand Tina Jeschke ein analoges Aufnahmegerät, das noch zur Aufzeichnung von Zeugenvernehmungen benutzt wurde und mit dem sich die Tonbandkassette aus Wölflings Keller abspielen ließ. Als Robert Bogner die Play-Taste drückte, hörten sie einen Mix aus Stimmengewirr und klapperndem Besteck. Speer trat unweigerlich das Bild eines Restaurants oder Cafés vor Augen. Dann war ein polterndes Geräusch wie von einem Stuhl, der an einem Tisch stand und nach hinten gezogen wurde, zu vernehmen.

»Schön, dass ihr gekommen seid«, sagte eine tiefe männliche Stimme.

»Du wolltest uns sprechen?«, erwiderte ein anderer Mann, dessen Stimme lauter klang. Daraus schloss Speer, dass er vermutlich das Aufnahmegerät bei sich trug.

»Hey Leute, wie lange kennen wir uns? Das ist nicht gerade ein freundlicher Empfang.«

»Ich nehme an, wir sollen etwas für die Organisation erledigen«, hörte man nun einen dritten Mann. Er musste mit dem zweiten Mann gekommen sein.

»Ganz richtig. Ich hätte ja auch meine eigenen Leute für den Job, aber die Organisation wollte, dass ihr das erledigt. Als Zeichen eurer Treue. Die meinten, ihr seid dafür bestens geeignet. Darüber hinaus soll ich euch ausrichten, dass der Bund euch beide gern wieder als aktive Mitglieder in den eigenen Reihen begrüßen würde.«

»Danke. Aber wir würden lieber alles so belassen, wie es jetzt ist. Früher war früher.«

»Von mir aus. Ganz wie ihr wollt. Ich richte es aus. Dann machen wir es eben kurz und gehen danach wieder getrennte Wege. Einen Auftrag hab ich trotzdem für euch.«

»Warum jetzt, nach all den Jahren?«

»Warum nicht? Ich war nie bei eurem Verein. Muss ausgerechnet ich euch beide daran erinnern, dass euer Eid ein Leben lang gilt?« Eine kurze Pause entstand. »Das Mädchen auf dem Foto hier soll verschwinden. Es ist wichtig! Wer sie ist, wo ihr sie findet, steht auf der Rückseite. Ihr habt zwei Tage, um die nötigen Vorkehrungen zu treffen und müsst ab dann auf Abruf bereit sein.«

Speers Herz pochte wie verrückt, und er konnte den Kloß in seinem Hals kaum noch herunterschlucken. Gerade hatte er den Auftrag zur Entführung seiner Tochter gehört. Auf der Rückseite des Fotos, das er vorhin im Keller des Anwalts gefunden hatte, waren Lucys Name und ihre alte Adresse notiert. Er fühlte sich plötzlich ausgelaugt und schwach. Was hatten diese Schweine nur getan? Mit hoher Wahrscheinlichkeit war einer der Männer, die den Entführungsauftrag erhalten hatten, der ermordete Anwalt gewesen. Vermutlich hatten sie das Gespräch aufgenommen, um sich abzusichern. Aber wer war der andere Mann, und wer war der Auftraggeber? Es hatte geklungen, als gehörten die Männer zu einem Bund, dem sie Gehorsam geschworen hatten.

»Aber warum sollen ausgerechnet wir das machen?«, fragte einer der Männer. »Sie ist doch noch ein Kind.«

»Tut es einfach. Ihr habt schon die passenden Leute dafür.«

Trotz der Tatsache, dass es sich nur um eine Aufnahme von schlechter Tonqualität handelte, konnte man die Kälte, die von der Stimme ausging, spüren.

»Und der Auftrag ist von höchster Stelle autorisiert?«

»Sonst säße ich nicht hier.«

»Aber warum ein Kind?«

»Wir wollen den Vater treffen. Er ist bei der Drogenfahndung und bringt unsere Geschäfte in Gefahr.«

»Warum zieht ihr dann nicht den Vater aus dem Verkehr?«

»Das Risiko können wir nicht eingehen. Die Bullen würden automatisch annehmen, dass es mit seinen letzten Ermittlungen zusammenhing und dann erst recht zur Jagd auf uns blasen. Wenn wir aber das Kind entführen, werden sie zunächst die Füße stillhalten, um eine Lösegeldforderung abzuwarten. Sie werden sich jedenfalls nicht sicher sein können, wer wirklich dahintersteckt. Ein paar Wochen reichen, um unsere Spuren zu verwischen und die Vertriebsstrukturen zu ändern.«

»Aber es ist doch zu vermuten, dass der Vater nach der Entführung seiner Tochter noch intensiver ermittelt, um herauszufinden, wer dahintersteckt.«

»Wir greifen zu einem Trick, und das ist auch der Grund, warum ich euch das überhaupt alles erzähle.«

Der Auftraggeber schwieg kurz. Offensichtlich wollte er die Wichtigkeit seiner nachfolgenden Worte unterstreichen.

»Ihr sorgt dafür, dass dem Vater die Nachricht zukommt, dass er seine Tochter unbeschadet zurückbekommt, wenn er seine neuesten Erkenntnisse für sich behält und die Ermittlungen für zwei Wochen ruhen lässt.«

»Das heißt, das Kind soll am Leben bleiben?«

»Ihr bringt das Mädchen zum Sammler. Er ist informiert und nimmt sie liebend gern bei sich auf.«

Speer traten Tränen in die Augen. Die Entführer hatten ihm tatsächlich eine solche Nachricht in der Wohnung hinterlassen. Er hatte nur Franziska davon erzählt. In dem Kleiderschrank, in dem sich Lucy vor den Eindringlingen versteckt hatte, hatte ein computerbedruckter Zettel gelegen. Darauf standen nur wenige Worte. Er kannte sie auswendig:

Ermitteln Sie nicht weiter. Dann erhalten Sie Ihr Kind in zwei Wochen unversehrt zurück.

Er hatte seine Ermittlungen damals auf Eis gelegt und auch die Kollegen von der Entführungsstelle ausgebremst, in dieser Richtung nach den Drahtziehern zu suchen. Franziska hatte zugestimmt. Eine Woche verging, dann zwei. Lucy kehrte nicht zurück, und als er die Nachforschungen hinsichtlich des groß angelegten Drogenhandels zwischen Afghanistan und Deutschland wieder aufnahm, um so an die Entführer heranzukommen, waren alle Spuren zu dem Schmuggel, den er hatte auffliegen lassen wollen, verwischt und längst kalt geworden.

Robert Bogner und Tina Jeschke wussten nichts Näheres über den Ablauf der Entführung. Doch wenn Otto Markwitz und seine Kollegen, die für die Entführung zuständig waren, auf dem Band etwas von einer Nachricht an ihn hörten, von der er nie etwas hatte verlauten lassen, würde er sich auf etwas gefasst machen müssen.

22

Tina Jeschke machte digitale Kopien von dem Tonband und gab eine davon an die für den Entführungsfall zuständigen Kollegen weiter.

Robert Bogner rief Dr. Wölflings Witwe an und spielte ihr den Anfang der Tonbandaufzeichnung vor. Die Stimme des zweiten Sprechers erkannte sie als die ihres Mannes. Die Stimmen der beiden anderen Männer waren ihr unbekannt. Danach hörten Bogner und Speer sich die Aufnahme noch zwei weitere Male an und versuchten, anhand der Hintergrundgeräusche herauszufinden, wo das Gespräch aufgezeichnet worden war. Aber bis auf die Feststellung, dass es sich um ein Lokal handeln musste, konnten sie nichts Genaueres heraushören. Vielleicht würden die Kriminaltechniker des LKA mit Hilfe spezieller Filter mehr in Erfahrung bringen.

Der Anruf im Wald und das Bild von Lucy auf dem Smartphone hatten den Verdacht geschürt, dass Wölfling etwas mit der Entführung des Kindes zu tun hatte. Nach dem Fund im Keller seines Wohnhauses wussten sie nun sicher, dass der Anwalt und ein unbekannter Mann mit Lucys Entführung beauftragt worden waren. Aber was war nach der Entführung mit dem kleinen Mädchen geschehen? Wer war dieser Sammler, von dem der Auftraggeber gesprochen hatte und zu dem Lucy gebracht werden sollte?

Als Robert Bogner eine Viertelstunde später in seinen Wagen stieg, machte sich sein Magen schmerzhaft bemerkbar. Er hatte seit dem Morgen nichts mehr gegessen und fühlte sich kraftlos. Wie immer sank seine Reizschwelle erheblich, wenn er hungrig war. Er brauchte jetzt eine kurze Pause und würde nach Hause fahren, sich umziehen, mit seiner Familie zu Abend essen, um dann um neunzehn Uhr – wie es mit Speer verabredet war – zurück im Präsidium zu sein. Dort wollten sie dann die bei der Durchsuchung sichergestellten Unterlagen auswerten. Außerdem hatten die EDV-Spezialisten zugesichert, bis dahin die Passwörter zu Wölflings Computern geknackt zu haben, so dass sie sich den Inhalt der Festplatten ansehen konnten. Arbeit also, die sie die ganze Nacht hindurch beschäftigen würde. Entgegen seiner Erwartung hatte Adrian Speer nicht widersprochen, als er ihm nahelegte, ebenfalls die Arbeit für ein paar Stunden ruhen zu lassen, um danach mit frischer Kraft weiterzumachen.

Breitnach, Sanddorn, Slibow und Lose würden noch zwei Stunden weiterarbeiten und danach Feierabend machen. Tina Jeschke würde er später ebenfalls heimschicken.

Insgesamt bildeten sie ein gutes Team. Nur über Paul Breitnach machte Bogner sich Gedanken. Elvira Wölfling war, kurz nachdem sie das Tonband und das Foto entdeckt hatten, im Keller erschienen. Ohne ein Wort hatte sie kehrtgemacht und sich bei Breitnach über die angerichtete Verwüstung beschwert. Und der hatte die Beschwerde umgehend an Fernanda Gomez weitergeleitet. Glücklicherweise saß sie noch im Roten Rathaus bei einer Veranstaltung des Senats fest. Bogner gewann zunehmend den Eindruck, dass Breitnach seine Fähigkeiten als Ermittlungsleiter in Frage stellte.

Er hielt an einer roten Ampel. Nadja kam ihm in den Sinn. Den ganzen Tag über hatten dunkle Wolken den Himmel bedeckt und keinen einzigen Sonnenstrahl hindurchgelassen. Jetzt war es kurz nach siebzehn Uhr, und draußen war es schon wieder dunkel. Wie die meisten Menschen hasste auch Robert Bogner das nasskalte Wetter. Doch zurzeit empfand er es als nicht so trostlos wie sonst. Das wiederum lag an Nadja. Ihre Schicht in der Kneipe würde erst in zwei Stunden beginnen.

Die Chancen, dass sie zu Hause war, standen also gut. Bilder aus seinen intimen Stunden mit ihr zogen an seinem geistigen Auge vorbei und entfachten sein Verlangen.

Die Ampel sprang auf Grün. Statt nach links abzubiegen und nach Hause zu fahren, setzte Bogner den Blinker rechts. Er war deutlich älter als seine Geliebte. Innerlich verabscheute er sich für seine Affäre, aber irgendetwas an Nadja brach seinen Willen, sich von ihr fernzuhalten.

Als er in der Gneisenaustraße ankam, fuhr er auf den Seitenstreifen gegenüber einem fünfstöckigen Wohnhaus. Hinter Nadjas Fenster in der dritten Etage brannte Licht. Er ließ den Motor laufen und überlegte, umzudrehen. Doch die Vorstellung, in Nadjas Armen zu liegen, war übermächtig, und er stellte den Motor ab. Wie bei einem Magneten wurde ihre Anziehungskraft immer stärker, je näher er ihr kam. Er wusste, dass er Schluss machen musste, schaffte es aber nicht. Er stieg aus, als genau in dem Moment sein Telefon klingelte. Laura. Er seufzte. Es war, als ob seine Frau ahnen würde, dass er im Begriff war, eine Dummheit zu begehen. Er stieg wieder ins Auto, ließ sich in den Sitz sinken und atmete einmal tief durch. Dann nahm er das Gespräch an.

»Hallo, stör ich gerade?«, fragte Laura.

»Was gibt es denn?«

»Ich wollte nur fragen, ob du zum Abendessen nach Hause kommst?«

Bogner biss die Zähne zusammen. »Ich mach mich gleich auf den Weg. Ich muss danach aber wieder ins Präsidium.«

»Schon wieder Überstunden?«

»Seit heute Morgen haben wir es mit zwei Mordfällen zu tun.«

Er erzählte Laura nie irgendwelche Details. Die grausamen Taten, mit denen er es beruflich zu tun hatte, sollten nicht auch noch seine Familie belasten. Dennoch war er seiner Frau eine Erklärung schuldig, warum er wieder erst sehr spät nach Hause kommen würde.

»Schön, dass du wenigstens kurz nach Hause kommst.«

Laura war so verständnisvoll. Er liebte sie noch immer. Umso beschämter war er, jetzt hier vor dem Haus seiner Geliebten zu sein. Er fühlte sich, als ob Laura sehen könnte, wo er gerade war, als ob sie seine Gedanken lesen könnte.

»Was gibt es denn zu essen?«

»Wäre ein Nudelauflauf okay?«

»Das wäre klasse. Ich hab einen ziemlichen Hunger.«

»Wolltest du nicht mal deinen neuen Kollegen zu uns einladen? Er kann gern mitkommen.«

»Speer ist aber schon gegangen, er hat noch was zu erledigen. Also ein andermal.«

»Gut, dann bis gleich.«

Als das Gespräch beendet war, schloss Bogner die Augen. Männer, die fremdgingen, hatte er immer verabscheut. Nun war er selbst einer von ihnen. Er würde jetzt den Motor starten und zu seiner Familie fahren. Laura war ein Engel, eigentlich viel zu gut für ihn, und lange hatte er nicht glauben können, dass diese phantastisch aussehende Frau, die noch dazu aus reichem Hause stammte, ausgerechnet ihn, einen Bullen mit bescheidenem Einkommen, ausgewählt hatte. Sie verdiente es nicht, betrogen zu werden. Bogner schaute noch einmal hinauf zum Fenster von Nadjas Wohnung.

Das Wohnzimmer war hell erleuchtet. Hinter den Gardinen tauchte Nadjas Silhouette auf. Sie stand nicht weit vom Fenster entfernt, und es sah so aus, als würde sie mit jemandem reden. Gerade als er den Blick abwenden wollte, um den Wagen zu starten, bemerkte er einen zweiten Schatten hinter der Gardine. Jemand trat auf Nadja zu und blieb vor ihr stehen. Auch wenn er es nur schemenhaft erkennen konnte, handelte es sich der Größe und Statur nach um einen Mann. Wer zum Teufel war das? Kurz standen die beiden dicht voreinander, dann umarmten sie sich.

»Du verdammtes kleines Miststück«, flüsterte Bogner und zog den Zündschlüssel ab. Er stieg aus dem Wagen, knallte die Fahrertür zu und marschierte auf die andere Straßenseite. Eine Frau mit einem Kind schloss gerade die Eingangstür auf und ging hinein. Bogner erreichte die Tür, bevor sie wieder ins Schloss fiel, rannte die Treppen hinauf zu Nadjas Wohnungstür und drückte auf die Klingel. Kurz darauf klopfte er ungeduldig an die Tür.

»Ich bin's«, rief er und lächelte breit in den Türspion.

Einen Moment später öffnete Nadja und sah ihn verwundert an.

»Was machst du denn hier?«

Sie beugte sich vor, gab ihm einen kurzen Kuss auf den Mund und lehnte sich gegen den Türrahmen.

»Ich war in der Nähe und dachte mir, ich überrasche dich.« Forschend blickte er ihr in die Augen. Sie waren wie ein tiefer See, bei dem er nur knapp unter die Oberfläche, aber nie bis auf den Grund schauen konnte.

»Das ist dir gelungen.« Sie lächelte kurz, dann zog sie die Stirn in Falten, presste die Lippen aufeinander und sah ihn vorwurfsvoll an.

»Ich mag es aber nicht, wenn du unangekündigt bei mir auftauchst.«

Er raufte sich die Haare und fühlte sich mies. Warum war er so eifersüchtig? Verdammt, er war verheiratet und sollte es jetzt gut sein lassen und gehen. Dann dachte er wieder an den fremden Mann in ihrer Wohnung.

»Lässt du mich trotzdem rein?«

»Im Moment passt es mir ehrlich gesagt überhaupt nicht.«
Sie warf einen raschen Blick über die Schulter.

Bogner schob sich an ihr vorbei und marschierte ins Wohnzimmer. Der Kerl saß auf der Couch. Als Bogner hereinkam, stand er überrascht auf. Er war etwa so alt wie Nadja. Sie war ihm nachgeeilt. Bogner senkte den Blick und schüttelte enttäuscht den Kopf.

»Wer ist das?« Er sah Nadja an. Sie zögerte.

»Mein Gott, was ist denn los mit dir?«

»Wer ist das?«, wiederholte er.

»Das ist Erik. Er ist mein Bruder!«

»Was?«, entfuhr es Bogner. Der junge Mann wirkte verstört. Sein Blick ging abwechselnd zu Bogner und Nadja.

»Ja, Erik ist mein Bruder.«

Bogners Wut ließ augenblicklich nach, und er wandte sich Erik zu. Er wollte etwas sagen, sich entschuldigen, aber Nadja kam ihm zuvor und sah ihren Bruder eindringlich an.

»Würdest du uns bitte allein lassen? Du wolltest doch sowieso gleich gehen.«

Erik machte keine Anstalten, sich zu bewegen und starrte stattdessen nur Nadja an.

»Es ist alles in Ordnung«, beruhigte sie ihn. »Geh jetzt bitte, ich melde mich später bei dir.«

Auf Eriks Gesicht lag ein besorgter Ausdruck, während er langsam an Robert Bogner vorbeiging. Sein verstörter Blick suchte immer wieder Augenkontakt zu Nadja, die ihm beruhigend zunickte und ihn zur Tür begleitete.

»Wer ist denn das?«, flüsterte ihr Bruder, als er an der offen stehenden Wohnzimmertür angekommen war.

»Ein Freund, und er ist Polizist«, antwortete Nadja. »Mehr brauchst du nicht zu wissen.«

Während Nadja mit Erik an der Tür stand, setzte Bogner sich

auf einen Sessel. Er fühlte sich jetzt noch ausgelaugter als beim Verlassen des Präsidiums. Dennoch wippte sein rechter Fuß schnell auf dem Boden. Er lockerte seine Krawatte und öffnete den obersten Knopf seines Hemdes.

Als Nadja zurück zu ihm ins Wohnzimmer kam, stellte sie sich mit verschränkten Armen vor ihn.

»Bist du bescheuert? Was war denn das für eine Nummer?«

»Ich hab von draußen gesehen, dass jemand bei dir ist.«

»Und da dachtest du, ich habe noch einen anderen?«

Bogner kniff die Lippen zusammen und strich sich durchs Haar. Sein Verhalten war ihm jetzt, da er sich beruhigt hatte, unangenehm. Er war schließlich derjenige, der verheiratet war. Doch Besonnenheit zählte nicht zu seinen Stärken.

»Selbst wenn es so wäre, gibt dir das noch lange nicht das Recht, hier hereinzuplatzen.«

Bogner umfasste ihre Oberschenkel und wollte sie zu sich heranziehen, aber sie widersetzte sich, trat einen Schritt zurück und löste sich aus seiner Umklammerung. Er seufzte, stützte den Kopf in die Hände und rieb sich übers Gesicht.

»Ich hab im Moment ziemlich viel um die Ohren«, erklärte er und stand auf. »Vermutlich bin ich deshalb ein bisschen durchgedreht. Willst du, dass ich mich entschuldige? Okay, bitte schön. Ich entschuldige mich.«

Ein neckisches Lächeln umspielte Nadjas Lippen. Ihre Augen funkelten. »Und was, wenn das gar nicht mein Bruder war?«

»Ich warne dich. Du weißt, dass ich es nicht leiden kann, wenn du Spielchen mit mir treibst. Das war doch dein Bruder, oder nicht?«

Nadja machte ein fragendes Gesicht und legte nachdenklich den Finger vor den Mund.

»Wer weiß?«

»Verdammt, Nadja!«, schrie er.

»Ist ja schon gut! Erik ist mein Bruder. Ich wollte dich nur ein bisschen quälen. Strafe muss sein.«

Sie öffnete langsam die obersten Knöpfe ihrer Bluse. Er setzte sich wieder auf den Sessel, und sie trat dicht vor ihn.

»Warum hast du mir noch nie von ihm erzählt?«

»Ich will jetzt nicht mehr über meinen Bruder reden.« Nadja beugte sich zu ihm herunter und küsste ihn leidenschaftlich. Sie setzte sich auf seinen Schoß und begann sein Hemd aufzuknöpfen.

»Du weißt, dass ich keine Dauergeliebte bin«, flüsterte sie. »Ich will heiraten und Kinder, und solange du dich noch nicht von deiner Frau getrennt hast, kann ich machen, was ich will. Das heißt auch mit anderen Männern ausgehen. Und wenn einer dabei ist, mit dem es besser passt, dann bist du Geschichte.«

»Das hast du oft genug gesagt.«

Bogner fuhr mit der Hand unter ihre Bluse. Wieder küssten sie sich. Dann löste sich Nadja abrupt von ihm und stand auf.

»Ich will mit dir ausgehen, dich meinen Freunden vorstellen.«

Bogner seufzte. »Darüber haben wir schon gesprochen.«

Nadja setzte sich auf die Couch.

»Und nach deinem Auftritt von eben will ich, dass du dich in absehbarer Zeit von deiner Frau trennst.«

Sie streifte ihre Jeans ab und ließ sie auf den Boden gleiten. Langsam stand sie auf und kam aufreizend langsam näher. Als sie nah genug war, zog Bogner sie dicht an sich heran und küsste ihren Bauchnabel.

»Eigentlich finde ich es verdammt sexy, wenn jemand, der mit mir zusammen ist, so eifersüchtig ist«, sagte Nadja leise. Sie legte ihre Hände auf seinen Kopf und griff fest in seine Haare.

Plötzlich zerriss das Klingeln von Bogners Handy die knisternde Atmosphäre. »Verdammt«, keuchte er. Er lehnte sich in den Sessel zurück und zog sein Handy aus dem Jackett. Es war Tina Jeschke. Kurz zog er in Betracht, das Telefon klingeln zu lassen, bis die Mailbox ansprang, um dann später zurückzurufen. Dann seufzte er und warf Nadja einen entschuldigenden Blick zu.

»Ich muss da rangehen.« Enttäuscht stand Nadja auf, nahm ihre Jeans und zog sie wieder an.

Als Bogner den Grund hörte, warum Tina anrief, wusste er, dass es gut gewesen war, den Anruf entgegenzunehmen. Es war etwas passiert, das ihre Überlegungen zu den Mordfällen über den Haufen warf. Der Fall hatte mit einem Mal eine ganz andere Dimension angenommen. Tausend Gedanken schossen ihm gleichzeitig durch den Kopf. Nadja hatte sich mit bockigem Gesichtsausdruck auf die Couch gesetzt und ihre Arme um ihre angewinkelten Beine geschlungen.

Er stand auf und steckte das Handy weg.

»Ich muss sofort zurück ins Büro. Es gibt eine Wendung bei den Ermittlungen.« Er ging zu ihr und wollte ihr einen Kuss geben, aber sie wandte den Kopf ab. Als er an der Wohnungstür war, hörte er Nadja hinter sich verächtlich schnauben.

»Du lässt mich hier also einfach sitzen.« Er blieb stehen und drehte sich zu ihr um.

»Ich würde lieber bleiben, aber es geht nicht anders.« Dann öffnete er die Wohnungstür.

»Wenn du jetzt gehst, brauchst du erst wiederzukommen, wenn du dich von deiner Frau getrennt und ihr gesagt hast, dass du mit mir zusammen bist«, rief sie ihm hinterher.

Bogner trat in den Flur, und noch bevor die Tür hinter ihm ins Schloss schnappte, hörte er Nadjas letzte Worte ins Treppenhaus schallen. »Und dafür gebe ich dir genau zwei Tage Zeit.«

23

Speer wusste, dass es nicht leicht werden würde, aber Franziska musste erfahren, dass es ein Lebenszeichen von ihrer gemeinsamen Tochter gab. Er hatte mit Otto Markwitz verabredet, dass er seiner Exfrau diese Nachricht persönlich überbringen würde. Franziska hatte beim Bundeskriminalamt gearbeitet, doch nach Lucys Entführung war sie dazu nicht mehr in der Lage gewesen und hatte den Job aufgegeben. Seitdem vermied sie es, mit Themen, die ihr früheres Arbeitsfeld betrafen, in Berührung zu kommen. Doch jetzt ging es um ihre Tochter. Er musste seiner Exfrau das Foto zeigen, auf dem Lucy an ihrem dreizehnten Geburtstag zu sehen war. Sie sollte wissen, dass neue Hoffnung bestand, sie zu finden. Das war auch der Grund, warum er dem Vorschlag, eine Pause einzulegen, zugestimmt hatte. Seit über einem Jahr wohnte seine Exfrau mit Jonathan bei ihrem neuen Freund Arthur. Das moderne Gebäude im Bauhausstil stand auf einem großen Grundstück in einem Neubaugebiet.

Es war Samstagabend, und viele Menschen, an deren Autos er mit dem Motorrad vorbeifuhr, hatten gerade ihren Wochenendeinkauf hinter sich gebracht. Vermutlich waren sie jetzt auf dem Weg nach Hause. Bei dem Gedanken wurde Speer erneut klar, wie sehr er die Nähe seiner Familie und den gemeinsamen Alltag vermisste. Umgekehrt glaubte er, dass Franziska ihn am liebsten aus ihrer Erinnerung entfernt hätte. Er war schuld am Verlust ihrer Tochter, und es war ihr unmöglich geworden, morgens mit demjenigen aufzuwachen, der zugelassen hatte, dass ihrem Kind etwas zustieß. Ihre Ehe hatte dieser Belastung nicht standgehalten. Die Scheidung war eine logische Konsequenz gewesen. Speer konnte verstehen, dass Franziska, auch nachdem sie aus Thailand zurückgekehrt war, den Kontakt mit ihm mied. Sie brauchte die Distanz zu ihrem alten Leben, um den mühsam erkämpften und auf wackligen Beinen stehenden inneren Frieden aufrechtzuerhalten.

Auch das moderne, geradlinige Haus, in dem sie jetzt lebte, hatte nichts mehr mit ihrer Vergangenheit gemein. Vermutlich zog sie das Haus deshalb den Altbauwohnungen vor, die sie früher wegen der hohen Decken, wegen des Fischgrätenparketts und der weißen Flügeltüren so gemocht hatte. Franziska war alles andere als begeistert gewesen, als er sie angerufen und gefragt hatte, ob er kurz vorbeikommen könne, um ihr etwas zu zeigen, das seinen neuen Fall betraf. Sie wusste, dass er ihren Wunsch, nichts mehr mit irgendwelchen Verbrechen zu tun haben zu wollen, normalerweise respektierte und es sich deshalb um eine besondere Angelegenheit handeln musste. Vermutlich hatte sie deshalb letztendlich zugestimmt.

In ihrem neuen Zuhause hatte er Franziska zuvor erst einmal besucht. Damals hatte er einen weiteren erfolglosen Versuch unternommen, Jonathan dazu zu bewegen, mit ihm zu reden und etwas mit ihm zu unternehmen. Früher war er oft mit Jonathan ins Stadion zum Fußballschauen gegangen, aber selbst die Karten für das DFB-Endspiel hatte Jonathan jetzt abgelehnt. Als Speer um Viertel vor sechs vor dem Haus ankam und klingelte, bemerkte er die Kamera rechts oben an der Hauswand. Hier wäre es nicht so leicht gewesen, Lucy zu entführen. In langen Sitzungen bei Psychotherapeuten und während ihres Aufenthalts in Thailand hatte Franziska versucht, Lucys Entführung zu verarbeiten. Er wusste nicht, wie sie nun nach zwei Jahren auf das erste Lebenszeichen ihrer Tochter reagieren würde. Er hatte sich aber eingestehen müssen, dass er trotz der Zeit, die vergangen war, nie aufgehört hatte, sie zu lieben. Deshalb wollte er bei ihr sein, wenn sie es erfuhr.

Die Tür öffnete sich, und Franziska begrüßte ihn mit einem schmalen Lächeln. Der Ausdruck in ihrem Gesicht verriet ihm, dass sie sich fragte, warum er sie mit einem seiner Fälle behelligen musste. Aber er erkannte auch eine gewisse Neugier darin.

»Na, komm schon rein«, sagte sie und zog ihn am Ärmel seiner Lederjacke in die Diele.

»Danke.« Er trat ein. Die feuchten Sohlen seiner Stiefel hinterließen Abdrücke auf den hellen, glänzenden Fliesen.

Franziska war blass, und seit Lucys Verschwinden waren viele kleine Fältchen in ihr Gesicht getreten, und der bekümmerte Ausdruck wollte nicht daraus weichen. Auch ihre Züge wirkten härter, aber das änderte nichts daran, dass sie noch immer wunderschön war. Er folgte ihr durch einen breiten Korridor in den offenen Wohnbereich. Die weißen Wände mit den angestrahlten abstrakten Bildern erinnerten ihn in ihrer Sterilität an ein Krankenhaus. Arthur winkte ihm von der offenen Küche aus mit einem Gemüsemesser zu. Auf dem Herd köchelte eine nach Tomaten und Kräutern duftende Soße. Neben dem Holzbrett, auf dem Arthur Auberginen in Schreiben schnitt, stand ein Glas mit Rotwein.

»Hallo, Adrian, willst du mit uns zu Abend essen?«

Arthur war ein netter Kerl und gab sich wie immer freundschaftlich ihm gegenüber. Franziska und Jonathan hatten so jemanden verdient. Deshalb war es nur angebracht, dass auch er sich ihm gegenüber höflich zeigte, auch wenn er sich nicht vorstellen konnte, jemals mit ihm zum Angeln zu fahren, wie Arthur es ihm schon ein paarmal vorgeschlagen hatte.

»Danke, Arthur. Aber ich bleibe nicht lange.«

Jonathan kam in weiter Jogginghose und Kapuzenpulli die Treppe herunter. Speer hatte seinen Sohn seit Wochen nicht gesehen. Seitdem war sein Haar länger geworden und stand zerzaust in alle Richtungen ab. Sein bleiches Gesicht machte

Speer Sorgen. Außerdem schien Jonathan seit ihrer letzten Begegnung noch mehr abgenommen zu haben.

»Hallo, Jona«, begrüßte Speer seinen Sohn. Doch der tat so, als hätte er es nicht gehört. Seit der Entführung seiner kleinen Schwester hatte er kaum noch mit seinem Vater gesprochen. Auch jetzt ignorierte er ihn einfach, setzte sich auf die Couch und starrte schweigend auf sein Smartphone. Zwar versetzte Speer dieses Verhalten einen Stich, aber er konnte im Moment nichts daran ändern. Er musste damit leben, dass Jonathan ihn bei jeder sich bietenden Gelegenheit spüren ließ, dass er ihm die Schuld gab. Speer konnte es ihm nicht verdenken. Vielleicht würde die Zeit sie einander wieder näherbringen. Oder wenn ich Lucy zurückhole, schoss es ihm durch den Kopf, und er wandte sich wieder Franziska zu.

»Kann ich dich kurz ungestört sprechen?«

Sie verdrehte die Augen und zog die Augenbrauen hoch. Dabei warf sie Arthur einen Blick zu. Er nahm einen Schluck von seinem Wein und signalisierte ihr mit einem Lächeln, dass es für ihn in Ordnung ging.

»Von mir aus«, sagte sie dann und ging voran in den Waschraum neben der Küche. Dort lehnte sie sich an die Waschmaschine und verschränkte die Arme vor der Brust.

»Also, was gibt's?« Sie spielte mit den Fingern in ihren schwarzen schulterlangen Haaren.

Speer wusste nicht so recht, wie er anfangen sollte und zögerte. Franziskas Blick verfinsterte sich. Sie kannte ihn besser als sonst jemand und konnte in seinem Mienenspiel lesen wie in einem Buch. Er zog einen USB-Stick aus seiner Hosentasche und hielt ihn Franziska hin.

»Was ist da drauf?«, fragte sie und sah ihn ängstlich aus ihren blauen Augen an, als ob sie ahnte, dass es nicht um irgendeinen Fall ging.

»Eine Kopie unserer bisherigen Ermittlungsergebnisse inklusive aller Berichte, Tatortfotos und dem 3D-Scan der Tatorte. Der Täter hat innerhalb von vierundzwanzig Stunden zwei Morde nach demselben Muster begangen, und unser Hauptverdächtiger hat sich heute Morgen das Leben genommen. Aber ich glaube nicht, dass er es war.«

»Du meinst also, es wird weitere Morde geben?«

»Ja, davon müssen wir ausgehen. Und wenn der Täter in seinem Rhythmus bleibt, dann wird er in der kommenden Nacht erneut zuschlagen.«

Franziska seufzte. »Aber du weißt doch, dass ich keine Täterprofile mehr erstelle. Außerdem bin ich nicht mehr im Dienst. Warum also kommst du damit zu mir?«

»Du bist die Beste. Dein Einsatz wäre inoffiziell. Du bräuchtest nicht einmal ins Büro zu kommen, sondern könntest von hier aus arbeiten. Ich versorge dich mit den neuesten Informationen.«

Sie schüttelte vehement den Kopf.

»Ich kann das nicht mehr, und das weißt du auch. Es gibt andere Fallanalytiker, die ihr hinzuziehen könnt. Also, warum bist du trotzdem hier?«

Speer sah ihr mit festem Blick in die Augen. Er wusste, dass Franziska seine eigene Furcht spürte.

»Ich kenne niemanden, der sich so gut in einen Täter hineinversetzen kann. Ich brauche dich als Rückversicherung, um sicherzugehen, dass wir nichts übersehen.«

»Als Rückversicherung? Warum ist das so wichtig?«

Er war nicht zu einer Antwort fähig. Franziskas Augen füllten sich mit Tränen, und sie zog die Stirn in Falten.

»Meine Fähigkeiten sind nicht so gut, wie du glaubst.«

Sie hatte alles gegeben, um Lucys Entführer ausfindig zu machen. Und doch hatte es nicht gereicht, und am Ende waren sie in einer Sackgasse gelandet. Speer wusste, dass sie sich deshalb Vorwürfe machte und sich fragte, ob sie nicht doch etwas übersehen hatte, was ihr Lucy hätte wiederbringen können. Dabei hatte sie nie eine echte Chance gehabt. Er hatte ihr als Einziger von dem Zettel erzählt, den die Entführer dagelassen hatten. Gemeinsam waren sie zu dem Schluss gekommen, dass er die Bedingung der Entführer erfüllen und die Ermittlungen ruhen lassen sollte. Als Lucy nicht zurückkehrte, hatte sie ihn dann doch insgeheim dafür verantwortlich gemacht, dass alles so gekommen war.

»Du bist nicht deshalb hier, weil du nach deiner Suspendierung bei deinem ersten Fall keinen Fehler machen willst.«

Er sagte nichts, sah ihr nur betreten in die Augen.

»Verdammt, ich habe damit abgeschlossen! Lucy kommt nicht mehr zurück«, schluchzte sie.

»Doch, das wird sie«, sagte er mit fester Stimme. »Lucy lebt.« Speer wusste, dass nun alte, nie verheilte Wunden bei Franziska aufbrechen würden, und es tat ihm leid. »Wir haben ein Foto. Es zeigt Lucy an ihrem dreizehnten Geburtstag.«

Er zog den Abzug aus der Innentasche seiner Jacke und reichte ihn ihr. Franziska schlug eine Hand vor den Mund. Mit der anderen hielt sie das Foto fest und starrte es an. Vor Anspannung trat eine Ader auf ihrer Stirn hervor.

»Es war auf dem Smartphone des zweiten Mordopfers. Der Täter hat mich noch am Tatort angerufen und auf das Foto aufmerksam gemacht. Er sagt, er wisse, was mit Lucy geschehen ist.«

Franziska versuchte, ihr Schluchzen zu unterdrücken, doch es gelang ihr nicht. Kraftlos sank sie, an die Waschmaschine gelehnt, in die Hocke und begann bitterlich zu weinen.

»Wo ist sie?«, wimmerte Franziska.

»Das hat er nicht gesagt, aber ich glaube, er weiß es.«

»Das ist verrückt!«

»Vielleicht kannst du uns helfen, ihn zu schnappen.«

Er ging vor ihr in die Hocke, nahm ihre Hand und drückte seinen Kopf an den ihren. Kurz verharrten sie so, dann wendete sie sich ab, und er erhob sich wieder.

Franziska sah ihn mit einer seltsamen Mischung aus Wut und tiefer Dankbarkeit an. Er hatte ihren mühsam aufgebauten Schutzmantel durchbrochen und die schrecklichen Schmerzen in ihrem Inneren wieder zum Ausbruch gebracht. Doch wenn der erste Ansturm alter Verlustgefühle und Trauer vorüber wäre, würde sie einfach nur froh sein, dass es wieder eine Chance gab, ihr Kind zurückzubekommen. Er wusste nicht, ob Franziska psychisch in der Lage war, die Mordermittlungen zu unterstützen. Wenn er sie jedoch außen vor gelassen hätte und sie später davon erfahren würde, würde sie ihm vermutlich auf ewig vorwerfen, dass er sie nicht informiert hatte. Außerdem musste er, um Lucy zu finden, alles aufbieten, was er hatte, und dazu zählte Franziska eben auch.

Arthur stürzte herein und eilte zu Franziska.

»Was hast du denn mit ihr gemacht?«, herrschte er Speer an. Er beugte sich zu ihr hinunter und wollte den Arm um sie legen.

»Lass mich«, sagte Franziska und rückte von ihm weg. Dann stand sie auf und wischte sich die Tränen aus dem Gesicht. Ein kämpferischer Ausdruck hatte sich daraufgelegt.

»Mir geht es wieder gut«, sagte sie zu Arthur. »Ich erzähle dir später alles.«

»Bist du sicher?«

Sie nickte. »Würdest du uns jetzt bitte noch mal kurz allein lassen?« Dabei zwang sie sich zu einem Lächeln.

Arthur seufzte. »Wie du meinst.« Er verließ kopfschüttelnd den Raum.

»Gib mir den USB-Stick!«, sagte sie.

Speer reichte ihn ihr. Sie nahm ihn und umklammerte ihn so fest, dass die Haut über den Knöcheln sich weiß verfärbte.

In knappen Worten erzählte er ihr nun auch noch von der Tonbandaufnahme, die er im Haus des ermordeten Anwalts gefunden hatte und die belegte, dass Dr. Wölfling mit Lucys Entführung beauftragt gewesen war.

Dann klingelte Speers Handy. Es war Robert Bogner. Im Internet war ein Video aufgetaucht, das die Ermordung des Anwalts im Wald zeigte.

24

»Lässt sich herausfinden, von wo das Video ins Internet hochgeladen wurde?«, fragte Robert Bogner. Er war nach Tina Jeschkes Anruf umgehend zu ihr ins Büro gefahren.

»Noch nicht. Aber unsere EDV-Spezialisten arbeiten daran«, sagte Tina. Sie war kreidebleich. »Aber eines steht schon fest: Das Video wurde ins Netz gestellt, nachdem Klaus Acker heute Morgen vor die U-Bahn gesprungen ist.«

Adrian Speer war nach Bogners Anruf so schnell es ging ins Büro zurückgekehrt. Gemeinsam mit Tina und Bogner saß er jetzt vor dessen Computermonitor. Die anderen aus dem Team durchforsteten das Material auf den Festplatten, die sie bei Wölfling sichergestellt hatten und deren Passwörter mittlerweile geknackt waren.

Gerade hatten sie sich das Video noch einmal angesehen. Es war eine tonlose grobkörnige Aufzeichnung des Mordes.

»Klaus Acker dürfte damit als Mörder ausscheiden«, sprach Speer aus, was alle sich zusammengereimt hatten.

»Es sei denn, er hat die Morde mit jemandem zusammen begangen«, warf Bogner ein.

»Die Spuren deuten aber eher auf einen Einzeltäter«, entgegnete Tina.

»Schon klar. Aber vielleicht hat Acker das Video vor seinem Tod jemandem zum Hochladen gegeben«, überlegte Bogner und klickte erneut auf das Symbol zum Abspielen des Videos.

Tina Jeschke schüttelte den Kopf. »Mir ist schlecht. Ich kann mir das nicht noch mal ansehen, sonst muss ich kotzen.«

»Kann ich verstehen«, murmelte Bogner.

Tina Jeschke drehte sich sichtlich erleichtert um und verließ das Büro.

Auf dem Bildschirm erschien eine grobkörnige schwarz-weiße Aufnahme ohne Ton, in deren Mittelpunkt der Anwalt nackt und kopfüber an einem Seil hing. Seine Hände waren hinter dem Rücken gefesselt, der Kopf durch ein Seil um die Stirn stark zurückgezogen, und sein Mund wurde durch die zangenförmige Mundsperre offen gehalten. Ein Klebeband darüber sollte vermutlich verhindern, dass Wölfling laut schrie.

Als Nächstes kam eine Gestalt ins Bild, die nur von hinten zu sehen war und langsam auf das Opfer zuging. Die Person trug einen weißen Einwegoverall wie die Leute von der Spurensicherung und hatte die zugehörige Kapuze über den Kopf gezogen. Wie vermutet, waren die Schuhe des Mörders mit Überziehern geschützt, weshalb sie keine Sohlenabdrücke sicherstellen konnten. In der rechten Hand hatte er einen Beutel. Der Figur und den Bewegungen nach handelte es sich mit hoher Wahrscheinlichkeit um einen Mann. Die im Nachtsichtmodus aufzeichnende Kamera bewegte sich nicht. Möglicherweise hatte der Täter sie auf einem Baumstumpf abgestellt oder sogar extra ein Stativ mitgebracht. Eine Armlänge von seinem Opfer entfernt, blieb der Mörder stehen. Augenblicklich begann der Anwalt, wie ein Fisch an der Angel zu zappeln. Der Mörder bückte sich, riss das Klebeband vom Mund des Opfers, entfernte aus der Mundhöhle einen Stoffballen, der als Knebel gedient hatte, und griff in den Beutel, den er neben sich auf den Boden gestellt hatte. Als seine Hände wieder ins Bild kamen, hatte er in der linken eine Zange und in der rechten allem Anschein nach ein schmales Messer, vermutlich ein Skalpell. Wölflings Kopf ruckte hin und her, und sein Körper geriet in Schwingung. Doch so sehr er sich auch aufbäumte, das Seil, an dem er hing, gab nicht nach, und auch seine Handfesseln hielten stand. Der Mörder nahm das Skalpell und die Zange in eine Hand, schlug Wölfling mit der Faust der freien Hand in die Magengrube und stoppte den pendelnden Körper… Dann bückte er sich, schob die Zange in Wölflings Mund, holte seine Zunge hervor und schnitt sie mit dem Skalpell in einer schnellen, fließenden Bewegung ab. Jede Menge Blut rann wie ein reißender Fluss aus der Mundhöhle zu Boden. Der Mörder steckte sein Werkzeug zurück in den Beutel und nahm Stroh daraus hervor, das er Wölfling in den Mund stopfte. Sekunden später schien der Anwalt das Bewusstsein zu verlieren. Gleich danach richtete der Mörder die Fernbedienung auf die Kamera, hielt sein Gesicht dabei aber weiterhin so zur Seite gedreht, dass man es nicht erkennen konnte. Das Bild wurde schwarz. Ein in Rot geschriebener Text erschien: *Die gerechte Strafe für einen gewissenlosen Anwalt und Kinderschänder!* Dann war der Film vorbei.

»Der totale Wahnsinn«, sagte Bogner und schob sich mit seinem Bürostuhl nach hinten. »Nicht nur, dass der Kerl auf perverse Art Menschen killt, jetzt muss er es auch noch in die Öffentlichkeit tragen. Was soll der Scheiß?«

»Der Mörder glaubt, eine Rechtfertigung für sein Vorgehen zu haben. Er bestraft Kinderschänder. Er sieht sich nicht als Monster, sondern als jemanden, der Gerechtigkeit walten lässt. Und das hat er uns mit dem Video zeigen wollen. Er sucht so etwas wie Verständnis. Die Menschen sollen gutheißen, was er tut.«

»Das könnte sein«, sagte Bogner. »Die über sechstausend Ge-fällt-mir-Klicks unter dem Video und die zahlreichen Kommentare bestätigen ihn nur in dem, was er tut. Und das, obwohl das Video nur etwas mehr als eine Stunde online war. Hier, lies mal.«

Bogner scrollte mit der Maus nach unten, so dass die unter dem Video abgegebenen Kommentare zu lesen waren.

Geile Show. Ja, weiter so. Nieder mit diesen elenden Kinderver-gewaltigern!

Ein anderer schrieb: *Gäbe es nur mehr, die deinen Mut hätten, würden diese Schweine sich es überlegen, ob sie sich an unschuldi-gen Kindern vergehen.*

Oder: *So einer hat nichts anderes verdient. Er hat Leben zer-stört, jetzt hat er sein eigenes dafür verloren. Eine gerechte Strafe.*

»Hoffentlich führt das nicht zu Nachahmern«, sagte Speer.

Bogner nickte besorgt. Tina Jeschke kam zurück ins Büro.

»Inzwischen ist das Video aus YouTube gelöscht«, berichtete sie. »Wir müssen aber davon ausgehen, dass Kopien davon gemacht wurden, die in den nächsten Tagen noch im Netz kursieren werden.«

»Verfluchte Scheiße«, entfuhr es Bogner. »Die Presse wird sich auf den Fall stürzen, und es wird ein Donnerwetter geben, wenn wir nichts vorweisen können. Wir brauchen dringend eine neue Spur oder zumindest einen neuen Ansatz.«

Er schwitzte, obwohl es empfindlich kalt im Büro war. Speer konnte die Anspannung seines Partners nachvollziehen. Robert

Bogner stand unter erheblichem Druck. Er war vor einer Woche zum Chef der neuen Sondermordkommission ernannt worden. Jetzt leitete er seinen ersten Fall, und es sah nicht danach aus, als ob er in nächster Zeit den Mörder präsentieren konnte.

»Der Kerl muss einfach einen Fehler gemacht haben. Wir werden uns alles noch mal genau anschauen.«

Ein Anflug von Verzweiflung war aus seiner Stimme herauszuhören. Speer hatte zusätzlich noch andere Sorgen. Bei der Durchsuchung der Villa hatte er zwar die Aufnahme gefunden, den Keller aber mehr als nötig durcheinandergebracht. Breitnach hatte die Beschwerde der Hausherrin aufgenommen, und wenn Gomez morgen zum Dienst erschien, würde sie zu entscheiden haben, welche Konsequenzen sie daraus zog. Sie hatte klar zum Ausdruck gebracht, dass sie einen winzigen Fehltritt zum Anlass nehmen würde, ihn von den Ermittlungen abzuziehen. Und dann war da noch die Tonbandaufzeichnung, die sie an die Entführungsstelle hatten weiterleiten müssen und aus der sich ergab, dass er eine Nachricht der Entführer unterschlagen hatte. Ihm blieben nur ein paar Stunden, in denen er noch sein Bestes geben konnte, um den Mörder zu finden.

»Das Video gibt wenig Neues her. Mit entsprechender Technik lassen sich aber vielleicht noch mehr Informationen herausholen«, sagte Speer.

»Das hab ich schon veranlasst«, antwortete Tina. »Die Kollegen von der technischen Abteilung werden das Video später prüfen. Sie können die Körpergröße von Klaus Acker mit der Person im Video abgleichen, vielleicht bringt uns das was.«

»Gut, und gibt es schon neue Erkenntnisse zu der Art des Seils und den Mundsperren, die der Killer im Wald benutzt hat?«, fragte Speer.

»Ein herkömmliches Bergsteigerseil. Man kann es in unzähligen Shops online kaufen oder vor Ort in jedem Bergsteigerladen, nicht nur in Deutschland. Für den Mundspreizer gilt im Prinzip das Gleiche.«

»Das sind zu viele Bezugsquellen«, unterbrach Speer ungeduldig. »Wenn wir in Betracht ziehen, dass er die Sachen schon vor Monaten gekauft haben könnte, ergibt das eine kaum abzuarbeitende Käuferliste, und ob unser Mann überhaupt dabei ist, ist dann noch fraglich.«

Bogner nickte. »Dennoch, solange wir nichts Besseres haben, arbeiten wir uns Stück für Stück durch die Käuferlisten.«

Adrian Speer ging hinüber zu seinem Schreibtisch, setzte sich und öffnete erneut die Videodatei. Inzwischen ging es schon auf zwanzig Uhr zu und noch immer stapelten sich nicht gesichtete Kisten aus der Durchsuchungsaktion im Büro und auf dem Gang vor der Tür.

»Na, dann machen wir uns mal an die Arbeit«, sagte Speer und nahm einen Aktenordner heraus. Bogner machte ein missmutiges Gesicht und griff ebenfalls nach einem Ordner. Tina Jeschke nahm eine der Kisten mit in ihr Büro und begann dort mit der Arbeit.

Vier Stunden später hatten sie den Großteil des sichergestellten Materials durchgesehen, aber nichts gefunden, das auf den Mörder selbst oder auf eine kriminelle Vergangenheit von Wölfling hingedeutet hätte. Zwischendurch waren Paul Breitnach und die anderen hereingekommen und hatten berichtet, dass die Festplatten sauber waren. Es gab kein einziges Video oder andere Dateien mit kinderpornographischem Inhalt. Bogner schickte Breitnach und den Rest des Teams, das sich nach stundenlangem Kopfzerbrechen nicht mehr konzentrieren konnte, kurzerhand nach Hause.

Noch immer waren die Kollegen aus der EDV-Abteilung damit beschäftigt, herauszufinden, von wo aus das Video zu You-

Tube hochgeladen worden war. Speer nahm an, dass auch die zweite Kanne Kaffee ihn nicht wacher machen würde. Plötzlich riss ihn das Klingeln seines Telefons aus seinem halbschlafähnlichen Zustand.

»Hat Ihnen mein Video gefallen?«, fragte der Anrufer. Er benutzte die gleiche verfremdete Stimme wie am Morgen im Wald. Schlagartig war Speer wieder hellwach. Er stellte das Gespräch auf laut und gab Bogner ein Zeichen, dafür zu sorgen, dass es zurückverfolgt wurde.

»Wo ist meine Tochter?«, fragte Speer und bemühte sich dabei, so ruhig wie möglich zu klingen, was ihm aber nicht gelang.

»Sie sollen wissen, dass ich nichts mit Lucys Entführung zu tun habe. Ich habe auf Umwegen erfahren, wer es war. Meine Frage, wohin Ihre Tochter gebracht wurde, hat der Anwalt mir dann kurz vor seinem Tod bereitwillig beantwortet. Er dachte wohl, er könnte dadurch sein Leben retten.«

Speer biss die Zähne zusammen. Es war ihm unerträglich, Lucys Namen aus dem Mund dieses Mörders zu hören. »Dann verraten Sie mir jetzt, wo sie ist!«

Bogner machte ihm mit dem Hörer am Ohr ein Zeichen, dass die Rückverfolgung des Anrufs lief.

»Das geht leider nicht. Es würde Sie auf meine Spur bringen.«

Speer merkte, wie sein Körper sich verkrampfte. Jede Faser stand unter Anspannung. Brachiale Wut loderte in ihm auf. Dennoch musste er das Gefühl zurückkämpfen. Er wollte und durfte den Mörder nicht spüren lassen, dass er blanken Hass gegen ihn hegte.

»Es ist eine Schande, was mit Ihrer Tochter geschah«, fuhr dieser fort. »Die dafür Verantwortlichen sollen bluten. Das ist Ihr Part, Ihre Rache. Aber ich werde mich nicht selbst ans Messer liefern. Sie erfahren deshalb erst dann von mir, wo Ihre Tochter ist, wenn es Ihnen gelingt, mich zu überführen.«

Speer ballte die Faust und biss lautlos hinein. Alles in ihm war in Aufruhr. Aber er musste besonnen bleiben. Bogner machte ihm ein Zeichen, weiterzureden. Speer sah dem mitleidenden Mienenspiel seines Partners an, dass dieser den Anruf gern übernommen und den Dialog mit dem Mörder fortgesetzt hätte, um ihm die Qual, mit einem Mörder über sein Kind sprechen zu müssen, zu ersparen. Aber eine Regel bei Verhandlungen mit Verbrechern war, es bei ein und demselben Gesprächspartner zu belassen. Noch dazu, wenn der Täter sich einen bestimmten Beamten zum Reden ausgesucht hatte. Wenn Bogner sich jetzt in das Telefonat einklinken würde, wäre die Gefahr zu groß, dass der Mörder auflegte. Das wussten sie beide.

»Sind Sie noch dran, Hauptkommissar Speer?«

»Ja. Ich bin noch da.«

»Gut. Ich möchte Ihnen mitteilen, dass ich froh darüber bin, dass man Sie, trotz Ihrer persönlichen Betroffenheit, weiterhin meinen Fall bearbeiten lässt. Am Ende werden Sie meine Beweggründe am ehesten nachvollziehen können.«

»Sie quälen Ihre Opfer fürchterlich, hängen sie stundenlang nackt kopfüber auf, schneiden ihnen die Zunge heraus. Dafür gibt es keine Rechtfertigung.«

»Das sehe ich anders. Diese Menschen haben Schlimmes getan. Meine Wut braucht ein Ventil. Es geht mir um Rache, aber auch um Gerechtigkeit. Ihre Tochter wurde entführt. Sie müssten das verstehen können.«

»Für die Bestrafung sind die Gerichte zuständig.«

Wieder lachte der Mörder kurz und heiser auf. »Wie oft haben Sie sich schon darüber ärgern müssen, dass Verbrecher wieder auf freien Fuß gesetzt wurden, obwohl Sie wussten, dass sie schuldig sind?«

Speer gab es nicht gerne zu, aber es stimmte. Verfahrensfehler und eingeschüchterte Zeugen, die einknickten und ihre Aussagen widerriefen, und schon am nächsten Morgen standen die Angeklagten wieder auf der Straße und verkauften Drogen an Schulkinder. Selbst wenn es zu Verurteilungen kam, empfand er die Strafen oftmals als zu milde.

»Dennoch können Sie nicht anders. Sie müssen diesen Abschaum verfolgen. Es liegt in Ihrer Natur. Sie tun es, weil Sie sich schuldig fühlen und alle Verbrecher, die Sie festnehmen, stellvertretend für die stehen, die Ihre Tochter entführt haben. Von diesem Punkt ist es nicht mehr weit dorthin, wo ich bin.«

Speer wurde bewusst, dass auch in diesen Worten eine gewisse Wahrheit lag. Wenn man so wollte, war die Schuld sein Antrieb, und seine Arbeit war einer der Gründe, warum er noch nicht verrückt geworden war. Bogner hatte die ganze Zeit über mit dem Telefon am Ohr Kontakt zur technischen Abteilung gehalten. Er machte Speer wieder ein Zeichen, dass er den Anrufer in der Leitung halten sollte.

»Warum haben Sie das Video ins Internet gestellt?«

»Können Sie sich das nicht denken?« Ein heiseres Lachen drang durch die Leitung.

»Vielleicht, aber ich will sichergehen.«

»Der Anwalt war kein armes Opfer, das ohne Grund gerichtet wurde, genauso wenig wie Rokov. Die beiden haben kein Mitgefühl verdient. Alle Welt soll wissen, dass sie Kinderschänder waren.«

Bogner streckte jetzt den Daumen in die Höhe, was hieß, dass der Anruf zurückverfolgt werden konnte.

»Wird es weitere Opfer geben?«

»Was glauben Sie?«

»Ich hoffe nicht.«

»Dann muss ich Sie enttäuschen. Wir haben erst die Hälfte der Strecke hinter uns.«

Speer und Bogner sahen sich entsetzt an.

»Wir werden Sie finden«, sagte Speer mit fester Stimme.

»Nur glaube ich nicht, dass Ihnen das innerhalb der nächsten Stunden gelingt. Danach wird es zumindest für ein weiteres mieses Schwein auf meiner kleinen Liste schon zu spät sein.« Damit legte der Mörder auf.

»Verdammt!«, entfuhr es Speer, und er knallte den Hörer auf die Gabel.

Bogner sprang von seinem Platz auf und atmete geräuschvoll durch. Auf sein Gesicht hatte sich ein kämpferischer Ausdruck gelegt.

»Das war lang genug. Wir haben ihn, die Kollegen sind schon unterwegs.«

Eine halbe Stunde später erhielten Sie die Nachricht, dass das Handy, mit dem der Anrufer telefoniert hatte, am Straßenrand in der Nähe vom Bahnhof Zoo gefunden worden war. Es handelte sich um ein billiges Mobiltelefon mit Prepaidkarte, und demnach bestand keine Chance, es zu seinem Käufer zurückzuverfolgen. Zumindest konnten sie jetzt Klaus Acker vollständig als Täter ausschließen.

Kurz darauf stürmte eine Kollegin, die Internetspezialistin aus der EDV-Abteilung, herein.

»Wir haben jetzt die Adresse, von der aus das Video hochgeladen wurde.«

25

Auch nach Monaten in dem psychiatrischen Krankenhaus blieb es bei der schon anfangs gestellten Diagnose: Er war körperlich vollkommen gesund, nur seine Psyche war krank. Sein kindliches Gehirn hatte das grausame Ereignis nicht verkraftet, das ihm seine Familie genommen hatte. Als Reaktion auf das Trauma war er verstummt. An den Morgen des Tages, an dem das Schreckliche geschah, konnte er sich noch erinnern. Danach fehlten ihm die Erinnerungen. Seine bewusste Wahrnehmung setzte erst wieder im Krankenhaus ein.

Wie er jetzt wusste, hatten die Ärzte den Autounfall damals erfunden, um ihn vor der Wahrheit zu schützen. Damals war er gerade einmal sechs Jahre alt gewesen. Vermutlich waren die Ärzte der Meinung, dass der Verstand und die Seele eines Kindes einen irreparablen Schaden erleiden könnten, wenn man ihm die fürchterlichen Details erzählen würde, die sein Gedächtnis zum Selbstschutz aussparte. Die Ärzte hielten es für wahrscheinlich, dass seine Sprache irgendwann genauso schnell wieder zurückkommen würde, wie sie verschwunden war. Nur wann das sein würde, konnte niemand vorhersagen. Als alle ärztlichen und psychologischen Versuche, ihn wieder zum Reden zu bringen, erschöpft waren und ein Vormund für ihn bestellt war, entließ man ihn aus der Nervenklinik und brachte ihn auf direktem Weg in das nächstgelegene Waisenhaus. Es war die Hölle.

Vom ersten Tag an ließen ihn die anderen Kinder spüren, dass er ein Außenseiter war. Und jemand, dem man Schmerzen zufügen konnte, ohne dass er schreien würde. An ihm konnten sie ihre Aggressionen ablassen wie an einem Sandsack. Dabei taten sie ihm fast einen Gefallen. Denn die Schmerzen, die ihm ihre Schläge zufügten, die aufgeplatzte Lippe, das zugeschwollene Auge, die Blutergüsse, sie machten den Schmerz in seinem Herzen erträglicher. Gegenwehr war aussichtslos. Was sollte er gegen zehn Jungen ausrichten, die im Duschraum um ihn herumstanden, ihn schubsten und anpissten? Ihr Anführer hatte es ganz besonders auf ihn abgesehen. Er schien kein Mitgefühl zu kennen, traktierte ihn, wo es nur ging, und obwohl ihm die Schmerzen wenig ausmachten, hatte er Angst vor diesem Jungen. Es dauerte auch nicht lange, bis sie herausfanden, dass er nachts des Öfteren ins Bett nässte. Sie verhöhnten ihn deshalb.

Was war nur aus ihm geworden? Er war ein fröhlicher Junge in einem wohlbehüteten Elternhaus gewesen. Sein Vater war ein Chirurg, seine Mutter Krankenschwester gewesen, sein Elternhaus immer voll von Liebe. Und das alles war auf einmal für immer Vergangenheit. Stattdessen musste er nun die Kälte und Brutalität seiner Erzieher und der anderen Heimkinder ertragen. Ein Waisenjunge war er jetzt. Das war so unvorstellbar, dass er oft glaubte, sich in einem Alptraum zu befinden. Es gab Tage, an denen der Hass auf sein Schicksal so stark war, dass er darum betete, zu sterben, und dass Gott ihn zu seinen Eltern und seinem Bruder in den Himmel holte.

Seinen Zorn ließ er, wie schon in der Klinik, an den Spielsachen und der Einrichtung aus. Dafür schlugen ihn die Erzieher mit einem Knüppel und steckten ihn anschließend in einen engen kleinen Raum mit kalten Betonwänden, der so niedrig war, dass er nicht aufrecht darin stehen konnte. Es gab kein Fenster und keine Toilette, um seine Notdurft zu verrichten.

Tiefe Befriedigung empfand er, wenn er etwas in Brand setzen konnte. Meist waren es nur die Schuhe der anderen Kinder, die er nachts vor deren Betten stahl. Das war seine Rache, und wenn er dabei zusah, wie das Feuer alles verschlang, was er hineinwarf, ging es ihm besser. Er stellte sich damals oft vor, wie er eines der Kinder brennen lassen würde oder einen der Erzieher. Bei seinen Streifzügen durch die umliegenden Wälder stieß er noch auf etwas anderes, das ihm erlaubte, Dampf abzulassen: eine Tierfalle mit gezackten Stahlklauen, die ein Jäger aufgestellt haben musste, und in der sich ein Hase verfangen hatte. Er nahm das Schälmesser, das er aus der Küche entwendet hatte und immer bei sich trug, und massakrierte das hilflose Tier damit, bis es tot war. Danach hatte er dieselbe Ruhe verspürt wie nach den Spritzen in der Klinik. Die dichte Rauchwolke in seinem Kopf löste sich auf und mit ihr die Wut. Mit jedem weiteren Tier, das er tötete, nahm die Wirkung jedoch ab. An einem Tag, an dem ihm der Anführer der Jungengruppe aufs Schlimmste zugesetzt und ihn vor allen anderen gedemütigt hatte, beschloss er, dass es genug war. Er schlich nachts zu dem Jungen ans Bett. Seit ein paar Wochen hatte er die Tabletten, die er jeden Morgen nach dem Frühstück einnehmen sollte, heimlich gesammelt. Beim Abendessen hatte er dem verhassten Jungen unbemerkt die vierfache Menge der ruhigstellenden Medikamente in den Tee gemischt. Aus Erfahrung wusste er, dass er damit in einem komaartigen Tiefschlaf liegen musste. Er hoffte, die Betäubung wäre stark genug für das, was er mit ihm vorhatte. Er war davon überzeugt, dass dieser brutale Junge zu einem gewalttätigen Verbrecher heranwachsen würde. Die Wut stieg und stieg, bis das Fass übergelaufen war und er nicht mehr er selbst war. Du wirst nie wieder einem anderen Menschen Schaden zufügen, dachte er. Vorsichtig legte er sein mitgebrachtes Kopfkissen auf das Gesicht des Jungen und drückte immer fester zu. Als der Körper des Jungen wie wild zu zucken begann, legte er sich mit seinem gesamten Körpergewicht auf das Kissen. Stirb, dachte er immer wieder. Stirb endlich! Als sich unter ihm nichts mehr regte, blieb er noch eine Minute so liegen und genoss die Ruhe. Dann bemerkte er, dass ein Fünfjähriger im Nachbarbett wach geworden war und ihn mit großen Augen ansah. »Schlaf weiter!«, flüsterte er. Er hatte die Sprache wiedergefunden. Es war, als ob die Gerechtigkeit, die er hatte walten lassen, nicht nur seine Wut verdampfen ließ, sondern auch den Knoten gelöst hatte, der ihn hatte verstummen lassen.

Eine Obduktion fand nicht statt. Herzstillstand war der offizielle Grund des frühen Dahinscheidens.

Im Waisenhaus kam dem Sport eine hervorgehobene Bedeutung zu. Viele Stunden am Tag galten der körperlichen Ertüchtigung. Bei den Läufen und Turnübungen konnte er seine Wut abreagieren.

Als ein neuer Erzieher ins Waisenhaus kam, änderte sich alles. Er führte das Boxen ein. Es wurde seine Disziplin und seine Rettung. Von nun an traktierte er Sandsäcke, wenn er wütend war. Das hielt ihn von den Tieren und dem Zündeln fern. Wenn jemand ihm übel mitspielte, folgte die Rache mit seinen Fäusten. Ein Jahr später adoptierten ihn wohlwollende Menschen. In ihm herrschte weiterhin Leere und Dunkelheit, aber er hatte gelernt, damit umzugehen und sich zu verstellen. Wenn die Wut aufloderte, ging er zum Boxen. Er hatte sich im Griff. Viele Jahre lang. Bis er die Wahrheit erfuhr und mit ihr schlagartig seine Erinnerung zurückkehrte ... Der Autounfall war eine Lüge. Was wirklich geschehen war, war der blanke Horror.

26

Das Video, das die Ermordung des Anwalts zeigte, war über eine IP-Adresse ins Internet gestellt worden, die zu einer Erdgeschosswohnung in Moabit gehörte. Mittlerweile war es kurz nach zwei Uhr morgens. Die Temperaturen lagen um den Gefrierpunkt, und aufgrund des Nieselregens war das Licht der Straßenlaternen stark gedämpft und drang kaum bis auf den menschenleeren Bürgersteig herunter. Auch hinter der Panoramaschreibe des gegenüberliegenden Cafés war es stockdunkel.

Einer der Männer des vierköpfigen Einsatzkommandos war damit beschäftigt, die Eingangstür des Wohnhauses mit Spezialwerkzeug so lautlos wie möglich zu öffnen. Robert Bogner trat auf der Stelle und schlug fröstelnd den Kragen seines Mantels nach oben. Speer hingegen schien die Kälte nichts auszumachen. Obwohl er nur ein dünnes Shirt unter seiner Lederjacke trug, ließ er den Reißverschluss offen. An den zuckenden Kiefermuskeln seines Partners konnte Bogner dessen Anspannung erkennen. Sie brannten beide darauf, endlich in die Wohnung zu kommen, von der aus das Video ins Netz gelangt war. Es war aber gut möglich, dass niemand da war. Schließlich hatte der Mörder Speer vor zwei Stunden aus der Nähe des Bahnhofs Zoo angerufen, und wenn sie Pech hatten, war er jetzt schon mit seinem nächsten Opfer beschäftigt. Kurz zog das Geräusch eines langsam nahenden Autos Bogners Aufmerksamkeit auf sich. Der Wagen durchschnitt die Nebelschwaden, die über der Fahrbahnoberfläche schwebten und im Vorbeifahren glotzte der Fahrer neugierig aus dem Seitenfenster auf das Geschehen vor dem Mietshaus. Ein kaum wahrnehmbares Knacken signalisierte, dass die Eingangstür zum Gebäude jetzt offen war.

Im nächsten Moment schlichen die Männer vom MEK in schwarzer Einsatzkleidung und schusssicheren Westen mit vorgehaltenen Gewehren in das Gebäude. Speer und Bogner folgten ihnen mit gezogenen Dienstpistolen.

Ihr Ziel war eine Wohnung gleich neben dem Treppenaufgang. Laut Einwohnermeldeamt wohnte dort ein Sven Baumann, der strafrechtlich noch nicht in Erscheinung getreten war. Auch im Internet fand sich außer einem unauffälligen Profil in einer Lesercommunity nichts über ihn. Einer der Männer schwang nun auf ein Zeichen des Einsatzleiters eine Ramme gegen das Türschloss. Mit einem lauten Knall flog die Tür auf, und das Einsatzteam betrat mit Nachtsichtgeräten die Wohnung und schwärmte aus. Speer und Bogner warteten draußen neben der Tür.

»Zugriff erfolgt«, schallte es kurz darauf von innen. Danach mehrmals: »Gesichert.« Speer und Bogner gingen hinein. In der Wohnung war bereits in allen Räumen das Licht angeschaltet worden. Einer der MEK-Polizisten stand im Türrahmen eines Zimmers und winkte sie heran. Es handelte sich um das Schlafzimmer. Ein Mann lag im Bett und hielt sich schützend die Hände vors Gesicht, nachdem die MEK-Leute ihm die Decke weggerissen hatten. Durch die gespreizten Finger starrte er die Eindringlinge mit angstgeweiteten Augen an. Auf seiner Brust tanzte der Laserpunkt eines MEK-Gewehrs. Der Mann wirkte geschockt und desorientiert, als ob er noch nicht begriffen hatte, was vor sich ging. Das allein schloss noch nicht aus, dass er der Mörder war, den sie suchten. Anders verhielt es sich mit dem Gegenstand, der in der Ecke am Kopfende des Bettes ins Auge sprang. Bogner wandte sich zu Speer um und konnte an dessen enttäuschtem Blick feststellen, dass er das Gleiche dachte. Ein Rollstuhl. Damit konnte Sven Baumann unmöglich der Killer sein.

27

Die Stürmung seiner Wohnung hatte Sven Baumann mit einem Schlag aus dem Schlaf gerissen und zu Tode erschreckt. Robert Bogner wies sich als Kriminalhauptkommissar aus, und nachdem das MEK-Team abgezogen war, erklärte er dem verängstigten Mann, warum sie so brachial in seine Wohnung eingedrungen waren. Nach einer Weile beruhigte sich Baumann etwas. Als Speer ihn nach dem Grund seiner Behinderung fragte, gab er an, seit einem Unfall vor fünf Jahren nicht mehr gehen zu können. Baumann zeigte ihnen seine Krankenunterlagen. Als Mörder von Rokov und Wölfling kam er damit nicht mehr in Frage. Auf Baumanns Laptop fanden sich keine Spuren, die darauf hindeuteten, dass das Video damit hochgeladen wurde. Allerdings verwendete er ein derart einfaches WLAN-Passwort, dass es für jemanden, der es darauf anlegte, äußerst leicht zu knacken war. Ein Test ergab, dass das Netz bis auf die Straße reichte, so dass ein Fremder, möglicherweise in einem vor dem Haus geparkten Auto, die Internetverbindung von Baumann geknackt und mitbenutzt haben konnte.

Adrian Speer hatte so sehr gehofft, in der Wohnung den Mörder vorzufinden. Doch der hatte sich vermutlich nur den Internetanschluss eines Fremden zu Nutze gemacht, so dass sie nun wieder mit leeren Händen dastanden. Dennoch würden sie Baumann noch einmal auf dem Präsidium befragen, sobald Tina Jeschke seinen Hintergrund auf mögliche Verbindungen zu den Opfern durchleuchtet hatte.

Als sie aus dem Wohngebäude kamen, bestand Bogner auf eine Schlafpause, und Speer fuhr ebenfalls nach Hause. Aber obwohl er sich unendlich müde fühlte, war er innerlich so aufgewühlt, dass an Schlaf nicht zu denken war. Immerzu musste er an Lucy denken, und sobald er die Augen schloss, förderte sein Unterbewusstsein ein Schreckensszenario zutage. Seine kleine Tochter hatte ihm vertraut. Sie hatte geglaubt, ihr Vater würde sie beschützen. Und dann war sie durch seine Schuld entführt worden. Wie lange hatte sie die Hoffnung aufrechterhalten können, dass er sie finden und retten würde? Tage, Wochen, Monate? Wie wahrscheinlich war es, dass sie jetzt nach zwei Jahren noch hoffte, gefunden zu werden? Vermutlich sehr gering.

Er nahm, wie schon so oft an diesem Tag, das Foto hervor.

Lucys Haar war zu zwei seitlichen Zöpfen geflochten. Ihr Gesichtsausdruck war traurig. Daran änderte auch der vermeintlich fröhliche Anlass ihres Geburtstags nichts. Speer versuchte zum wiederholten Mal auf dem Foto etwas zu erkennen, das ihm verriet, wo es aufgenommen worden war. Aber das Einzige, was sicher schien, war, dass es sich um einen ausgebauten Kellerraum handelte.

Grauenvolle Bilder von all den schlimmen Dingen, die ihr zugestoßen sein konnten, drängten sich nun wieder in den Vordergrund. Er wusste aus Erfahrung, dass er in seiner engen kleinen Wohnung keine Chance hatte, diesem Horror in seinem Kopf und den niederschmetternden Gefühlen zu entgehen. Dabei war jetzt nichts wichtiger als ein klarer Verstand, wenn er den Mörder finden und Lucy wiederhaben wollte.

Um Viertel nach fünf hielt er es nicht mehr in seinen eigenen vier Wänden aus. Er zog seine Laufsachen an und rannte ohne bestimmtes Ziel los. Gegen halb sechs ging der Nieselregen mit steigenden Temperaturen in Dauerregen über. Der von Windböen aufgepeitschte Regen schlug ihm ins Gesicht, während er durch die Straßenschluchten Berlins lief. Seine Jogginghose und der Baumwollpullover waren mit Wasser vollgesogen und lagen kalt auf seiner Haut. Achtlos lief er durch die Pfützen auf

den Gehwegen. Lucys Smartphone steckte in einem wasser-
dichten Laufarmband. Wie schon unzählige Male zuvor drangen über seine Kopfhörer die Songs seiner Tochter mit Titeln
von Sia, Adele und Taylor Swift an sein Ohr. Die Musik half
ihm, in seine Erinnerungen abzutauchen.

Vor seinem geistigen Auge erlebte er den gemeinsamen Besuch in einem Freizeitpark vor drei Jahren wieder. Lucys älterer
Bruder Jonathan hatte sich nicht auf die Achterbahn getraut,
im Gegensatz zu Lucy, die ihre wahre Freude daran hatte. Er sah
ihr unschuldiges Lachen immer wieder vor sich. Schmerzlich
wurde ihm bewusst, dass es nie mehr wie früher werden würde.
Es fiel ihm schwer, sich wieder auf den Fall zu konzentrieren.

Das Laufen klärte gewöhnlich seine durcheinanderwirbeln-
den Gedanken. Immer wieder fragte er sich, ob sie bei den Ermittlungen etwas übersehen hatten. Bei der Durchforstung der
sichergestellten Unterlagen war bisher noch nichts Neues herausgekommen. Auch Rokovs Haus war inzwischen von den
Kollegen durchsucht worden. Aber außer ein paar weiteren Fotos und Videos mit eindeutig kinderpornographischem Inhalt
hatten sie nichts finden können. Die zuständigen Kollegen er-
hofften sich über die von Rokov und Wölfling ins Leben ge-
rufene Stiftung zum Wohle von sozialschwachen Kindern, die
nun in einem ganz anderen Licht erschien, mehr Informationen über ein mögliches Pädophilennetzwerk. Aber das brachte
sie jetzt in ihren Mordermittlungen nicht weiter.

Die Verbindung der beiden Mordopfer war klar. Sie kannten
sich aus dem Tennisverein und der Pädophilenszene. Die Über-
prüfung der Mitglieder des Tennisvereins hatte sie nicht weitergebracht. Dadurch rückte wieder der Pfarrer Thomas Eigner in
den Blickpunkt der Ermittlungen. Horst Rokov hatte kompromittierende Fotos von Eigner besessen und damit gedroht, diese zu veröffentlichen. Es gab aber bisher kein erkennbares Mo-

tiv, warum der Pfarrer auch Wölfling hätte umbringen sollen. Speer kam der Gedanke in den Sinn, dass der Pfarrer selbst ein Missbrauchsopfer der beiden Ermordeten gewesen sein könnte. Sie würden Eigner jedenfalls noch mal befragen müssen. Außerdem musste sein Computer beschlagnahmt werden, sofern er überhaupt einen besaß. Speer fragte sich auch, wer die beiden anderen Mädchen waren, die neben Lucy auf dem Foto abgebildet waren. Die deutsche Vermisstendatenbank hatte keinen Treffer ergeben. Eine Anfrage bei Interpol war deshalb in die Wege geleitet worden.

Als Speer nach fast eineinhalb Stunden seinen Lauf kreuz und quer durch Berlin beendete, wusste er nicht genau, wo er sich befand. Doch es war ihm gelungen, die dumpfe Ohnmacht in seinem Inneren abzuschütteln. Er fand eine U-Bahn-Station, studierte kurz die Verbindungen und war eine halbe Stunde später wieder in seiner Wohnung.

Nach einer Dusche, einem Müsli und einer Tasse Kaffee fühlte er sich einigermaßen fit. Als er um Viertel vor acht wieder ins Büro fahren wollte, meldete sein Handy den Eingang einer Nachricht.

Warum hast du nicht Bescheid gesagt, dass du nicht kommst? Muss ich mir Sorgen machen?

Die Nachricht kam von seiner Schwester Marlene. Sie hatte ihn für gestern Abend zum Essen eingeladen und ihm etwas Wichtiges erzählen wollen. Als dann aber die Nachricht von dem Mordvideo auf YouTube gekommen war und die Ereignisse sich überschlagen hatten, hatte er Marlenes Einladung vollkommen vergessen. Marlene war schon immer aufmüpfig gewesen und sagte stets, was sie dachte. Nach dem frühen Tod ihrer Eltern hatte er sich um sie gekümmert, und in den letzten beiden Jahren war sie es gewesen, die ihm beigestanden hatte.

Ihre Lagebesprechung war für halb neun angesetzt, und er

beschloss, sich davor bei seiner Schwester persönlich zu entschuldigen. Außerdem musste auch sie erfahren, dass es ein Lebenszeichen von ihrer Nichte gab. Bei dem Gedanken, dass er dafür in die Wohnung musste, in der einmal seine Familie gelebt hatte und aus der Lucy entführt worden war, krampfte sich sein Magen zusammen, und um seine Brust schnürte sich ein eisernes Band. Er fürchtete, dass die Erinnerungen, die das Betreten der Wohnung in ihm heraufbeschwören könnten, ihn in die Hölle zurückstoßen würden, der er gerade erst durch seinen Lauf entkommen war. Das war auch der eigentliche Grund, warum er Marlene und ihre Tochter Leandra nur selten dort besuchte.

28

»Sie müssen Marlenes Bruder sein. Ich bin Sebastian, kommen Sie doch herein.«

Danke für die Einladung in meine eigene Wohnung, dachte Speer. Er schätzte den Mann, der ihm barfuß und im Bademantel lächelnd die Tür geöffnet hatte auf Anfang bis Mitte dreißig. So genau ließ sich das nicht sagen, da er zu seinem blond wallenden Haar einen gepflegten Vollbart trug, der ihn vermutlich älter erscheinen ließ.

Speer entging auch nicht Sebastians gieriger Blick auf die Tüte mit den Brötchen, die er vom Bäcker unten an der Straßenecke für Marlene und Leandra mitgebracht hatte. Zaghaft betrat er den Wohnungsflur. Sebastian konnte nicht wissen, dass hier unsichtbare Monster auf ihn lauerten.

Sofort waren die Erinnerungen an die Nacht wieder da. Die angelehnte Tür, die er aufgestoßen hatte und durch die er, während er Lucys Namen schrie, in die Wohnung gestürmt war. Auch das Gefühl dieser Nacht kehrte zurück, diese entsetzliche Angst, als ihm klarwurde, dass Lucy nicht mehr da war. Dieses Gefühl war schmerzhafter gewesen als ein Messerstich oder eine Pistolenkugel. Es hatte ihn gelähmt, er hatte die Bodenhaftung verloren, war eine inhaltlose Hülle geworden. Seine Ermittlungen waren plötzlich vollkommen egal, nur noch Lucy, Lucy, Lucy existierte in seinem Kosmos. Was in den Stunden nach der Entführung um ihn herum geschehen war, hatte er nur dumpf und wie in Zeitlupe wahrgenommen. Franziska kehrte so schnell es ging aus dem hundert Kilometer entfernten Tagungshotel, wo sie Teilnehmerin einer BKA-Konferenz gewesen war, zurück. Er sah sie wieder wie damals hereinstürmen, mit ihren Fäusten auf seine Brust trommeln, und er hörte, wie sie ihn unter Tränen anschrie, warum er Lucy allein gelassen habe, warum er nicht auf sie aufgepasst habe. Als die Spezialisten für Entführungsfälle sich in der Wohnung einrichteten und es draußen endlich hell wurde, saßen Franziska und er von stummer Angst erfüllt auf der Couch. Speer hatte nie gefragt, welcher Horrorfilm damals in Franziskas Kopf abgelaufen war. Aber er hatte sich vorstellen müssen, dass ihre Tochter auf alle nur erdenklichen Arten gequält und misshandelt wurde.

Er hatte Franziska auf der Polizeischule kennengelernt. Sie waren sich auf Anhieb sympathisch gewesen. Erst später konnten sie sagen, warum das so gewesen war. Es beruhte auf ihrer gemeinsamen Fähigkeit, sich in andere Menschen hineinzuversetzen. Bei Franziska war diese Eigenschaft noch ausgeprägter vorhanden als bei ihm. Es schien, als könne sie vollständig mit den Gehirnen, dem Denken und Empfinden anderer Menschen verschmelzen. Wegen dieser Fähigkeit nahm man sie beim BKA für eine Ausbildung zur Fallanalytikerin an. Danach avancierte sie dort innerhalb weniger Jahre zu einer der besten Profilerinnen. Der Nachteil, eine hochsensible Person zu sein, bestand darin, dass das mitempfundene Leid anderer zur Falle für das eigene Leben werden konnte, wenn die antrainierten Abwehrmechanismen nicht mehr funktionierten und die Grausamkeiten eindrangen in das eigene Ich.

»Nett, dass Sie was zum Frühstück mitgebracht haben, soll ich Ihnen die Tüte abnehmen?«

Sebastians Worte rissen Speer aus seinem Alptraum. Man brauchte kein Hellseher zu sein, um zu erkennen, dass Sebastian Marlenes neuer Freund war und die Nacht hier verbracht hatte, was Speers Stimmung nicht gerade verbesserte. Marlene hatte schon des Öfteren bewiesen, dass sie ein sicheres Händchen für nichtsnutzige Vollidioten hatte.

»Ich will zu meiner Schwester. Ich wusste nicht, dass sie um diese Zeit schon Besuch hat«, sagte Speer deshalb knapp.

Das Lächeln in Sebastians Gesicht verschwand.

»Sie hat Ihnen nichts von uns erzählt?«

Speer schnaufte genervt und warf einen Blick auf seine Armbanduhr. Es würde knapp werden, wenn er noch pünktlich zur Morgenbesprechung kommen wollte, und er hatte keine Lust, seine Zeit mit einem Kerl zu vertrödeln, dessen aufgesetzte Freundlichkeit ihn nervte.

»Darf ich vorstellen, das ist mein neuer Freund Sebastian. Wenn du gestern zum Abendessen gekommen wärst, wüsstest du das bereits. Ich musste mir gerade noch was anziehen. Wir sind noch nicht lange wach.«

Adrian Speer wandte sich zu seiner Schwester, die nun aus dem Schlafzimmer kam. Er kannte diesen schnippischen Tonfall. Sie war wegen des versäumten Abendessens noch immer wütend auf ihn. Bevor er auch nur ein Wort erwidern konnte, fuhr sie fort: »Wenn du dich in den letzten Wochen mal gemeldet hättest, dann hättest du ihn viel früher kennengelernt.«

»Ich koch dann mal Kaffee«, sagte Sebastian, dem die Situation sichtlich unangenehm war. Er verschwand in der Küche und schloss die Tür hinter sich. Obwohl er sonst seine Emotionen unter Kontrolle hatte, brach sich Speers Müdigkeit und der angestaute Frust diesmal Bahn.

»Kannst du mir verraten, was das soll? Was macht der Typ hier in meiner Wohnung?«

Marlene baute sich vor ihm auf und stemmte die Hände in die Hüften. Ihre Augen blitzten ihn zornig an.

»Deine Wohnung?«, fuhr sie ihn an. »Ich wollte nicht hier wohnen. Ich wollte nicht aus Kreuzberg weg. Erinnerst du dich? Ich bin hier, weil du wolltest, dass jemand in der Wohnung ist, während du auf diesem scheiß Undercover-Einsatz bist. Falls Lucy zurückkommt, sollte ihr jemand die Tür aufmachen, den sie kennt, hast du gesagt.«

Speer schluckte. Er war Marlene tatsächlich sehr dankbar gewesen, dass sie sich bereit erklärt hatte, in die alte Wohnung zu ziehen. Seine harten Worte taten ihm schon leid. Er war nur hergekommen, um sich bei Marlene für sein gestriges Versäumnis zu entschuldigen. Stattdessen hatte er ihr jetzt auch noch einen Vorwurf gemacht, und sie hasste es, wenn man sie maßregelte. Dennoch wollte er nicht gleich klein beigeben.

»Vor Sebastian warst du mit einem Musiker zusammen, und davor mit einem Tänzer. Beide natürlich arbeitslos. Lass mich raten, was dein Neuer von Beruf ist. Ich tippe auf Maler oder Bildhauer.«

Marlene legte den Kopf schief und zog eine Augenbraue hoch. »Sebastian hat einen Job. Er ist Physiotherapeut und hat sogar eine eigene Praxis.«

Adrian Speer schwieg.

»Und er stammt aus gutem Haus, falls du das auch noch wissen willst.« Sie holte tief Luft. »Sebastian hat außerdem nicht nur hier geschlafen. Er ist vor drei Tagen bei mir eingezogen. Das wollte ich dir gestern gemütlich bei einem Glas Rotwein und einem leckeren Essen beibringen, aber so geht es natürlich auch.«

Speer seufzte und kniff die Lippen zusammen. Im Moment schien wirklich alles schiefzulaufen.

Er hatte keine Ahnung, wo er ansetzen sollte, um den Mörder zu finden, der wusste, wo Lucy war, und mit seiner Schwester, die immer zu ihm gehalten hatte, war er nun im Begriff, es sich auch noch zu verscherzen. Deshalb vermied er es auch, seine Bedenken auszusprechen. Wie konnte sie jemanden bei sich einziehen lassen, den sie erst so kurz kannte.

»Hat dein neuer Freund denn keine eigene Wohnung?«

»Doch, und die behält er auch noch so lange, bis wir wissen, ob es mit uns funktioniert. Ich wäre auch liebend gern mit Leandra zu Sebastian gezogen. Seine Wohnung ist viel schicker, aber das geht ja nicht. Weißt du noch?«

Was Marlene ihm damit eigentlich sagen wollte, war, dass er ihre Freiheit und ihr Leben einschränkte. Das tat sie immer, schon früher, wenn er sie nachts aus irgendwelchen Clubs, wo sie mit zwielichtigen Gestalten abhing, geholt und heimgebracht hatte, hatte sie ihm das vorgeworfen.

Die Tür des Zimmers, das einst Lucy gehört hatte, flog auf und knallte gegen die Wand. Leandra polterte in den Flur. Sie hatte einen goldfarbenen kabellosen Kopfhörer auf.

»Kann man jetzt hier nicht mal mehr mit dem Ding auf den Ohren in Ruhe Musik hören?« Als sie ihren Onkel sah, schrak sie kurz zusammen. Adrian zwang sich zu einem Lächeln. Die Fünfzehnjährige kam nicht nur vom Aussehen, sondern auch vom Temperament her ganz nach ihrer Mutter. Marlene drehte sich zu ihr um.

»Wir haben hier was zu bereden.«

»Ich bin ja schon wieder weg«, murmelte Leandra, die offenbar begriffen hatte, dass mit ihrer Mutter im Moment nicht zu spaßen war. »Das kann man aber auch freundlicher sagen. Was kann ich dafür, wenn ihr Zoff habt«, fügte sie noch hinzu. Sie drehte sich um, stapfte zurück ins Zimmer und zog die Tür lautstark ins Schloss.

Marlene wandte sich unbeeindruckt wieder ihrem Bruder zu.

»Deine übertriebene Art, mich beschützen zu wollen, geht mir so was von auf die Nerven. Sicher, du willst immer nur mein Bestes, aber es ist mein Leben, und wenn ich Fehler mache, dann ist das meine Sache.«

Ihr Vater war Soldat gewesen. Als Adrian Speer fünfzehn war und Marlene sechs, kam er bei einer Explosion auf dem Kasernengelände ums Leben. Speer hatte sich früh für seine kleine Schwester verantwortlich gefühlt. Doch mit sechzehn geriet Marlene in falsche Gesellschaft. Sie kam mit Drogen in Kontakt und lief von zu Hause weg. Er war zu dieser Zeit als Polizeiausbilder im Ausland gewesen. Als er zurückkam, holte er sie aus diesem Milieu heraus und brachte sie in eine Entzugsklinik. Keinen Tag zu spät, denn dort stellte man fest, dass Marlene schwanger war. Wer der Vater war, hatte sie bis heute niemandem verraten, vielleicht, weil sie es selbst nicht genau wusste. Als Marlene aus der Klinik entlassen wurde, zog sie wieder zu Hause bei ihrer Mutter ein. Auf Drogen hatte sie seitdem verzichtet, ihren seltsamen Geschmack, was Männer betraf, hatte sie allerdings behalten. Zwei Jahre danach verstarb ihre Mutter ganz plötzlich an einem Aneurysma im Gehirn. Damals war Marlene neunzehn und Leandra zwei Jahre alt gewesen.

»Schon klar«, sagte Speer und drehte sich zur Tür um. Natürlich wollte er, dass es Marlene gutging und sie nicht wieder von einem Mann enttäuscht wurde.

Marlenes Drogensucht war der Auslöser für ihn gewesen, zur Drogenfahndung zu gehen und nicht zur Mordkommission, wo ihn sein im Dienst ermordeter Onkel, der ebenfalls dort gearbeitet hatte, damals gern gesehen hätte.

Er spürte Marlenes Hand an seiner Schulter. Er drehte sich wieder zu ihr um.

»Glaub mir, Sebastian ist anders. Ich weiß, du hast viel für mich getan, aber in letzter Zeit läuft es doch gut bei mir.« Ihre Stimme war jetzt sanft und mitfühlend.

»Ich arbeite wieder«, erzählte Speer. »Der Polizeipräsident hat mich in eine neu gegründete Mordkommission geholt.« Marlene wich seinem Blick aus und seufzte.

»Du solltest dich mit anderen Dingen befassen. Franziska hat es richtig gemacht, sie hat der ganzen Polizeiarbeit den Rücken gekehrt.«

Speer ging nicht auf ihren Einwand ein.

»Wir haben zwei Morde nach demselben Muster innerhalb der letzten vierundzwanzig Stunden.«

»Das heißt, du musstest gestern arbeiten und konntest deshalb nicht zum Essen kommen.«

»Ich hätte anrufen können.«

»Ja, das hättest du, aber es gibt Schlimmeres«, sagte Marlene und lächelte jetzt sogar.

»Da gibt es noch etwas«, fügte er hinzu und machte eine kurze Pause. »Auf dem Handy eines der Opfer haben wir ein aktuelles Foto von Lucy gefunden. Der Mörder hat mich angerufen. Er weiß, wo sie ist, sagt es aber nicht«

Marlene schlug die Hände vors Gesicht. Tränen traten in ihre Augen.

»Mein Gott«, entfuhr es ihr. Sie schlang die Arme um ihn und drückte ihn an sich. »Habt ihr schon eine Spur?«

»Wir haben ein paar Hinweise verfolgt, aber alle haben sich als falsch herausgestellt.«

Auf einmal wusste er nicht, ob es richtig gewesen war, es Marlene zu sagen. Sie liebte Lucy fast so wie ihre eigene Tochter Leandra. Er hatte sie nun vermutlich in ein ähnliches Gefühlschaos gestürzt, wie er und Franziska es gerade durchmachten. Neue Hoffnung vermischt mit der entsetzlichen Angst, dass diese enttäuscht werden könnte. Das Klingeln seines Mobiltelefons zerriss die angenehme Stille und den innigen Moment zwischen ihnen. Marlene wischte sich die Tränen von den Wangen und trat einen Schritt zurück. Sebastian kam aus der Küche, legte seinen Arm um ihre Schultern und drückte sie an sich.

Speer sah aufs Display. Es war Robert Bogner. Als er das Gespräch annahm, redete sein Kollege sofort los. Schon nach wenigen Worten war klar, dass es eilte.

»Ich muss los«, sagte Speer daher nur, drehte sich um und lief noch mit dem Handy am Ohr die Treppe hinunter zu seinem Motorrad.

29

Es regnete inzwischen nicht mehr. Die dichten dunklen Wolken waren aber geblieben, und obwohl es schon Viertel vor neun Uhr morgens war, war es draußen noch nicht richtig hell geworden. Speer traf vor den Kollegen von der Mordkommission an der Adresse ein, die Bogner ihm als Treffpunkt genannt hatte. Langsam fuhr er an der langen Reihe von Einfamilienhäusern vorbei. Dem Baustil nach stammten die Gebäude aus den siebziger und achtziger Jahren. Speer stellte sein Motorrad am Straßenrand ab, hängte den Helm an den Lenker und sah sich um. Die Bürgersteige waren wie leergefegt. Kaum vorstellbar, dass nur wenige Kilometer entfernt die Hektik der Großstadt tobte. Hier und da brannte Licht hinter den Fenstern. Die kahlen Äste der Vorgartenbäume ragten in den schwarzgrauen Himmel.

Bogner hatte ihn am Telefon in aller Kürze über das Wesentliche informiert. Die Kollegen hatten ein Signal von Rokovs Handy empfangen, mit dem der Mörder Speer angerufen hatte, und den Standort relativ genau feststellen können. Das Handy musste sich in einem von vier Wohnhäusern oder in unmittelbarer Nähe befinden. Speer glaubte nicht, dass der Täter hier war, dafür hielt er ihn für zu intelligent. Dass er sich mittels einer simplen Handyortung schnappen ließ, passte nicht in sein Profil. Am wahrscheinlichsten war, dass jemand das Handy gefunden und behalten hatte. Dennoch mahnte sich Speer zur Vorsicht, als er beim ersten Haus klingelte. Eine Frau in den Sechzigern öffnete die Tür. Er zeigte ihr seinen Dienstausweis und fragte, ob sie in letzter Zeit ein fremdes Handy gefunden und heute Morgen eingeschaltet habe, was sie aber verneinte. Erschrocken weiteten sich ihre Augen, als der Van des Sondereinsatzkommandos an der Straße hielt und fünf bewaffnete Männer in schwarzer Einsatzkleidung ausstiegen. Es folgten zwei Streifenwagen und Bogner, der Breitnach in seinem Dienstwagen mitgenommen hatte.

»Was ist denn los? Muss ich Angst haben?«

»Nein, keine Sorge. Wir suchen nur ein Handy. Aber wenn wir in keinem der anderen Häuser fündig werden, müssen wir Ihr Grundstück absuchen.«

»Was sollte denn der Alleingang?«, fragte Breitnach und schüttelte verständnislos den Kopf, als Speer zu ihm und Bogner kam. Speer ging nicht darauf ein.

Einer der beiden Streifenpolizisten, die vor der Tür des Nachbarhauses standen, gab ein Zeichen, dass er etwas gefunden hatte und winkte sie aufgeregt zu sich.

Als sie bei ihm ankamen, ging er vor der Tür in die Hocke und hob die Fußmatte an. Ein flaches Smartphone mit großem Display lag darunter. Es wies äußerlich keinerlei Beschädigungen auf.

»Ich bin auf die Matte getreten, als ich auf die Klingel gedrückt habe. Da habe ich gemerkt, dass etwas darunterliegt.«

Auf dem Messingschild neben der Klingel stand der Name Dr. Manfred Ettinger.

Bogner zog seine Gummihandschuhe über und hob das Mobiltelefon vorsichtig auf. Es war nicht mit PIN gesichert und funktionierte noch. Schnell stellte er fest, dass es sich um Horst Rokovs Gerät handelte.

Speer hatte in der Zwischenzeit bereits zweimal die Klingel betätigt, aber im Inneren rührte sich nichts. Bogner wies die beiden Streifenpolizisten an, in Erfahrung zu bringen, wer und wie viele Personen in dem Haus wohnten.

Zwei Leute des mobilen Einsatzkommandos liefen in geduckter Haltung um das Haus herum nach hinten. Der Leiter des Teams trat mit zwei Mitgliedern seiner Truppe zu ihnen.

»Meine Leute sehen sich mal um und erkunden, von wo aus der Zugriff am besten erfolgen kann.«

Bogner nickte ihm zu, verpackte das sichergestellte Handy in einem Plastikbeutel und steckte es in sein Jackett. Dann zog er seine Dienstwaffe. Breitnach und Speer taten es ihm gleich.

»Dann hoffen wir mal, dass einfach nur keiner zu Hause ist und uns deshalb niemand öffnet«, brummte Breitnach.

»Der Täter wollte uns herlocken. Er wusste, dass wir das Handy orten würden, sobald er es anschaltet. Ich glaube nicht, dass er im Haus ist«, sagte Speer.

»Ich auch nicht«, stimmte Bogner ihm zu. »Aber sicher ist sicher, und wenn das Einsatzkommando schon mal da ist, sollten die Jungs auch vorgehen.«

»Ganz meine Meinung«, sagte Breitnach und warf Speer einen missmutigen Blick von der Seite zu.

Die beiden Männer des Einsatzkommandos, die vorhin nach hinten gelaufen waren, kamen neben der Garage wieder zum Vorschein.

»Das Grundstück ist sauber«, berichtete der eine, als sie bei der Haustür ankamen. »Wir konnten allerdings nicht ins Haus hineinsehen. Alle Rollladen sind runtergelassen, und die Glaselemente zur Terrasse sind mit Vorhängen verdunkelt. Ich schlage deshalb vor, von vorn reinzugehen.«

»Solange wir nicht wissen, was da drinnen los ist, halte ich das auch für die beste Option«, stimmte der Einsatzleiter zu.

Die Männer holten eine Ramme aus dem Van und gingen vor der Tür in Position. Der junge Streifenpolizist lief über den Vorgartenweg auf sie zu.

»Moment noch.« Bogner sah den Polizisten gespannt an.

»Gemeldet ist hier ein Dr. Manfred Ettinger, Psychiater, zweiundsiebzig Jahre alt. Seine Frau ist vor fünf Jahren verstorben. Der Sohn ist schon vor zwanzig Jahren nach München verzogen.«

»Gute Arbeit«, lobte Bogner und wandte sich wieder dem Einsatzteam zu. »Sie haben es gehört, in dem Haus wohnt nur eine Person. Von mir aus kann es dann jetzt losgehen.«

Der Stoß mit der Ramme sprengte die Haustür explosionsartig auf. Schnell schwärmte das Team, unmittelbar gefolgt von den drei Kommissaren, in die geräumige Diele des Hauses.

Dort blieben alle abrupt stehen. Die Flügeltüren eines in den Wohnbereich führenden Rundbogens standen weit offen. Der typisch metallische Geruch von Blut vermischt mit Fäkaliengestank schlug ihnen entgegen. Nur wenige Meter entfernt im Wohnzimmer hing ein nackter Mann kopfüber in der Luft. Wie bei den bisherigen Opfern hielt das eingeführte Spreizwerkzeug den Mund sperrangelweit offen. Blutiges Stroh war aus der Mundhöhle gefallen, und auf dem Boden unter der Leiche hatte sich eine Blutlache gebildet.

Während Bogner, Speer und Breitnach sich mit vorgehaltenen Pistolen vorsichtig näherten, durchkämmte das Einsatzteam den Rest des Hauses.

Bogner beugte sich zu dem reglos hängenden Mann vor, der dem Alter nach der Hausbesitzer sein konnte, und fühlte an der Halsschlagader nach einem Puls. Er trat zurück und schüttelte den Kopf.

»Heilige Scheiße«, entfuhr es Breitnach, und er starrte auf den Toten. Der alte Mann hing an einem Drahtseil, das irgendwo auf der offenen Galerie im Obergeschoss befestigt war. »Drei Tote innerhalb von achtundvierzig Stunden«, murmelte er und pfiff durch die Zähne. »Dazu noch das Mordvideo aus dem Wald. Die Presse, der Staatsanwalt und der Polizeipräsident werden richtig Dampf machen.« Dabei sah er Bogner an, als würde es ihm regelrecht Freude bereiten, dass dieser als Ermittlungsleiter noch keine brauchbaren Ergebnisse vorzuweisen hatte.

Der Anführer des Einsatzkommandos kam zu ihnen.

»Wir haben das Haus von oben bis unten abgesucht. Sonst ist niemand hier. Einbruchsspuren haben wir auch keine gefunden.«

»Danke«, sagte Bogner. »Wir kommen dann ab jetzt alleine klar.«

Breitnach verständigte die Spurensicherung und die Gerichtsmedizin.

Speer fand in der obersten Kommodenschublade in der Diele ein Portemonnaie. Der Ausweis lautete auf den Namen Dr. Manfred Ettinger. Er zeigte ihn Bogner, der das Gesicht nun ebenfalls mit dem Ausweisfoto verglich und dann nickte.

»Ja, das ist eindeutig der Hausherr.«

Um möglichst nicht noch mehr Spuren zu verunreinigen, als es durch den Einsatz des MEK schon geschehen war, beschränkten sie sich vorerst darauf, den Tatort nur aus gebührendem Abstand zu betrachten. Im Wohnzimmer gab es keine Kampfspuren, keine umgekippten Stühle oder verschobenen Sessel. Über eine Wendeltreppe gelangten sie auf eine offene Galerie in der ersten Etage, von der aus man auf das Wohn- und Esszimmer hinunterschauen konnte. Das Drahtseil war an einem Lastenzug befestigt, der unmittelbar hinter dem Geländer auf dem Boden der Galerie festgeschraubt war.

»Das Teil sieht gebraucht und alt aus«, stellte Bogner fest.

Tatsächlich war der Lastenzug von Kratzern und Rückständen übersät, die aussahen, als ob sie von Gips und Zement stammten.

»Könnte von einer Baustelle stammen«, überlegte Speer. »Durch Hin- und Herbewegen des Handhebels kann man damit etwas Schweres wie Zementsäcke leicht nach oben befördern.«

»Wie gemacht, um einen Menschen kopfüber freischwebend in die Luft zu befördern.« Der Sarkasmus in Bogners Stimme war nicht zu überhören.

»Es muss eine Verbindung der ersten beiden Opfer zu diesem geben«, sagte Speer. »Außerdem muss Ettinger seinen Mörder selbst reingelassen haben, oder er hatte einen Schlüssel.«

»Und mit jedem neuen Mord erhöht sich die Chance, dass

der Täter einen Fehler macht. Ich weiß.« Bogner klang resigniert und wenig hoffnungsvoll.

»Vielleicht hat er den schon gemacht. Das Blut auf dem Boden unter dem Opfer ist noch frisch. Der Täter muss das Handy beim Verlassen des Hauses eingeschaltet haben, um uns herzuführen.«

»Das Signal kam um Viertel nach acht rein«, sagte Bogner.

Als sie wieder vor die Tür traten, hatte sich auf der anderen Straßenseite eine Traube von Schaulustigen gebildet.

»Vielleicht hat einer der Nachbarn den Mörder gesehen, als er heute Morgen das Grundstück verließ«, überlegte Speer. Immer mehr Leute strömten herbei. Bogner schob sich einen Kaugummi in den Mund und beobachtete das Treiben.

»Die Neugier auf das grauenvolle Schicksal anderer werde ich nie verstehen«, murmelte er.

»Mord und Totschlag sind eine willkommene Abwechslung, solange es einen nicht selbst betrifft.«

»Da mag was dran sein.«

Bogner sah zu einem kleinen dicken Mann, der sich nach vorn durchkämpfte und eine Fotokamera um den Hals trug.

»War ja klar, Freddie ist wieder als Erster seiner Zunft am Tatort.«

Freddie Färber war ein begnadeter Polizeireporter und arbeitete für das *Berliner Boulevardblatt*. Wenn ein erwähnenswertes Verbrechen geschah, war er zumeist vor der Konkurrenz vor Ort und schoss die besten Fotos. Deshalb war er auch den meisten Mordermittlern bekannt. Der Zugang zum Grundstück Dr. Ettingers war mit Flatterband abgesperrt und von zwei Polizisten bewacht. Freddie kam nahe heran und schoss Fotos vom Haus. Bogner und Speer gingen wieder hinein und warteten in der Diele auf das Eintreffen der Spurensicherung.

»Gab's heute Morgen sonst noch was Neues?«, fragte Speer. Bogner verzog missmutig das Gesicht.

»Wegen des Mordvideos machen die Medien mächtig Druck. Das Telefon steht kaum noch still. Dr. Heimer hat deshalb für zwölf Uhr eine Pressekonferenz angesetzt. Er will, dass ich als Sprecher dabei bin.«

Speer nickte. »Das war klar.« Eine konkrete Frage beschäftigte ihn aber schon die ganze Zeit. »Wie hat Gomez auf die Beschwerde der Witwe reagiert?«

Bogner seufzte. »Noch gar nicht! Sie ist gerade erst ins Büro gekommen, als wir uns vorhin auf den Weg hierher gemacht haben.« Er warf ihm einen besorgten Blick zu. »Wenn wir jetzt zurückkommen, wird sie aber wissen, dass du den Kellerraum verwüstet hast. An deiner Stelle würde ich mich also schon mal auf was gefasst machen.«

30

Während Robert Bogner mit Staatsanwalt Dr. Heimer im großen Konferenzsaal des LKA-Gebäudes die Fragen der Presse beantwortete, saß Adrian Speer oben im Büro und betrachtete die Fotos auf dem Whiteboard, das fast die gesamte Längswand neben der Eingangstür einnahm. Darauf hafteten Porträtfotos der drei Mordopfer sowie Tatortfotos der Spurensicherung.

Obwohl sich die Lage durch den dritten Mord noch mal zugespitzt hatte, wollte Dr. Heimer, dass die Pressekonferenz stattfand. Speer war sich darüber im Klaren, dass sich der Staatsanwalt als Leiter der Ermittlungen einige Vorwürfe aus den Reihen der Journalisten würde anhören müssen. Vor allem, wenn klarwurde, dass es noch keinen Hauptverdächtigen und keine Spuren gab. Er sah die Titelseiten der Boulevardblätter schon vor sich. *Jeden Tag ein Mord! Polizei tappt im Dunkeln. Wer ist der Nächste?*

Umso mehr Respekt hatte er vor der Entscheidung Dr. Heimers, sich den unerbittlichen Fragen der versammelten Polizeireporter der Stadt zu stellen. Trotz seines noch jungen Alters schien der Staatsanwalt schon ein dickes Fell zu haben, was sein arrogantes Auftreten in Speers Augen etwas wettmachte.

Im Hinblick auf Speers vorhergehende Tätigkeit als verdeckter Ermittler hatte Dr. Heimer seinem Wunsch entsprochen, bei der Pressekonferenz nicht dabei sein zu müssen. Falls ein Foto von ihm in der öffentlichen Berichterstattung landete, war nicht ausgeschlossen, dass ihn ein Mitglied der Motorradgang erkennen würde, in die er mit falscher Identität eingeschleust worden war.

Mittlerweile waren Speers Kopfschmerzen auf Orkanstärke angeschwollen. Er wusste, dass es maßgeblich an Schlafmangel lag. Seit ein paar Stunden fühlte er sich deshalb wie in Trance. Er öffnete die oberste Schreibtischschublade, drückte eine Schmerztablette aus der Packung, die er dort aufbewahrte, und spülte sie mit Wasser herunter. Mit geschlossenen Augen rieb er sich die Schläfen. Langsam entspannte er sich ein wenig. Er musste seine Gedanken an Lucy ausblenden und sich voll auf die Morde konzentrieren. Der Täter war der Schlüssel. Wenn er ihn fand, würde er Lucy zurückbekommen.

Doch auch die Auswertung des dritten Tatorts hatte bisher keine neuen Erkenntnisse gebracht. Auf dem Handy Horst Rokovs befanden sich keine verbotenen Fotos oder Videos, und auch keine Informationen, die ein Motiv für die Morde nahelegten.

Sie hatten sich gefragt, warum der Täter das Handy eingeschaltet am Tatort zurückgelassen hatte. Wenn er das nicht getan hätte, hätte es ihm einen zeitlichen Vorsprung für sein nächstes Opfer verschafft. Warum also hatte er sie zu seinem dritten Mordopfer geführt? Plötzlich kam Speer eine Erklärung dafür in den Sinn.

Bei seinen vorhergehenden Opfern hatte der Mörder davon ausgehen können, dass sie schnell gefunden wurden. Die Leiche des alleinstehenden Psychiaters hingegen hätte tagelang unentdeckt bleiben können. Das Spiel, das der Mörder mit ihnen trieb, wäre ohne den Hinweis auf den Tatort vorschnell beendet gewesen. Je mehr Speer darüber nachdachte, desto überzeugter war er davon, dass der Mörder ihm eine Chance lassen wollte, ihn zu überführen. Nebenbei konnte er seine Überlegenheit gegenüber der Polizei demonstrieren. Da es keine Einbruchsspuren gab, gingen Speer und Bogner davon aus, dass der Psychiater den Täter gekannt oder ihm unbedarft die Tür geöffnet hatte. Dabei mussten sie in Betracht ziehen, dass der Mörder sich bereits am Nachmittag oder frühen Abend Zutritt verschafft haben könnte, denn es war unwahrscheinlich, dass Dr. Ettinger mitten in der Nacht jemanden in sein Haus gelassen hätte. Am späten Nachmittag des Vortages aber hätte der Täter sich als Briefträger oder Paketzusteller ausgeben können.

Dass Darm und Blase sich entleert hatten, während das Opfer am Seil hing, ließ den Schluss zu, dass der Täter den Mann über Stunden in seiner Gewalt gehabt hatte, bevor er ihn langsam zu Tode folterte. Der schriftliche Bericht der Rechtsmedizin stand noch aus, aber Dr. Eisenbeiß ging davon aus, dass der Psychiater – wie auch die anderen Opfer – über mehrere Stunden kopfüber hing und gegen acht Uhr starb, nachdem ihm zuvor die Zunge herausgeschnitten worden war. Sowohl den Greifzug als auch die Bohrmaschine musste der Täter selbst mitgebracht haben. Da die Gegenstände zusammen zu sperrig wären, um sie in einem Rucksack zu verstauen, gingen sie momentan davon aus, dass der Täter die Sachen mit einem Fahrzeug hertransportiert hatte, das er in der Nähe geparkt haben musste. Vermutlich erst, nachdem er den Psychiater gefesselt hatte, hatte der Täter das Werkzeug ins Haus gebracht. Trotz dieses Aufwandes hatte die Spurensicherung auch diesmal keine verwertbaren DNA-Spuren gefunden. Der Täter musste wieder äußerst vorsichtig vorgegangen sein. Dabei war es ein Wunder, dass der Kreislauf des Psychiaters nicht schon allein aufgrund des Kopfüberhängens kollabiert war. Er musste über eine für sein Alter außergewöhnlich gute Gesundheit verfügt haben.

Mittlerweile hatte Tina Jeschke sämtliche der bei dem Opfer in den letzten Wochen ein- und ausgegangenen Anrufe überprüft. Es waren nicht sehr viele gewesen. Die meisten Telefonate waren mit seinem Sohn geführt worden, der in München lebte. Dieser war schockiert und konnte sich nach eigenen Angaben nicht vorstellen, wer seinem Vater das angetan haben könnte. Noch während des Telefonats schlug seine Fassungslosigkeit in Trauer um, und er kämpfte mit den Tränen. Seines Wissens nach habe sein Vater keine Feinde gehabt, er sei ein herzensguter Mensch gewesen. Die übrigen Telefonate Ettingers hatten mit Behörden und Versicherungen stattgefunden, und von einem Freund war er zweimal angerufen worden. Das war vor fast zwei Wochen gewesen, und es war um eine Verabredung für ein Basketballheimspiel von Alba Berlin gegangen. Dieser Freund hatte ein Alibi für die Tatzeit, ebenso wie der Pfarrer Thomas Eigner, der eine Frühmesse abhielt, als der Täter beim Verlassen des Hauses das Handy angeschaltet haben musste. Damit waren sie, was die Verdächtigen anbelangte, tatsächlich bei null angelangt. Ihre einzige Möglichkeit war es nun, eine Verbindung der Opfer zueinander herauszufinden und aus der Analyse des Tathergangs und des Tatorts Rückschlüsse auf die Identität des Täters zu ziehen.

Doch da Spuren wie Hautfasern, Schweiß, Blut oder Fingerabdrücke des Täters fehlten, standen die Chancen schlecht. Der Greifzug, den der Mörder verwendet hatte, war Jahrzehnte alt, so dass nur wenig Hoffnung bestand, noch ermitteln zu können, wo und von wem er gekauft worden war. Einzig die Befragung der Nachbarschaft hatte zu einem Ergebnis geführt. Zwar hatte niemand eine fremde Person in der Nähe des Hauses gesehen, einer älteren Frau war aber ein Wagen aufgefallen, den sie noch nie zuvor in der Gegend gesehen hatte. Das Auto habe in einer Querstraße in der Nähe von Dr. Ettingers Haus gestanden. Die Frau erinnerte sich, dass es ein großer dunkelgrüner Geländewagen gewesen sei. Aus weiteren Einzelheiten ihrer Beschreibung hatte sich herauskristallisiert, dass es sich wahrscheinlich um einen Jeep Cherokee älteren Baujahrs handelte, ein Geländewagen mit Allradantrieb, wie er gerne von Menschen benutzt wurde, die im Wald zu tun hatten. Tina Jeschke war dabei, herauszufinden, wie viele solcher Wagen im Raum Berlin zugelassen waren, aber es zeichnete sich bereits jetzt ab, dass es zu viele Fahrzeuge waren, um die Halter schnell abzuarbeiten. Doch es war jedenfalls ein Anhaltspunkt.

Während Speer darüber nachdachte, ob sie etwas übersehen haben könnten, wurde seine Müdigkeit übermächtig. Außerdem knurrte sein Magen.

Je mehr er überlegte, desto klarer wurde ihm, dass sie den Täter nicht aufgrund von Spuren finden würden, sondern nur, wenn sie die Verbindung der drei Mordopfer zueinander aufdeckten und versuchten, den Grund für die Morde zu verstehen. Dass die Opfer zufällig ausgewählt worden waren, konnten sie ausschließen, da der Mörder von persönlicher Rache gesprochen hatte. Rokov und Wölfling kannten sich aus dem

Tennisverein und waren beide pädophil. Aber zum dritten Mordopfer Ettinger hatten sie bisher keine Verbindung entdeckt. Nichts deutete darauf hin, dass Ettinger ebenfalls pädophil war oder sonst irgendwie mit den ersten beiden Mordopfern in Kontakt stand. Doch auch der Psychiater musste dem Mörder etwas angetan haben, das schrecklich genug war, ihn dafür mit dem Tod zu bestrafen.

Eine vielversprechende Möglichkeit stellte der Abgleich der Fallakten Dr. Wölflings mit den Behandlungsfällen des Psychiaters dar. Vielleicht gab es eine Übereinstimmung bei den Mandanten des Anwalts und Ettingers Patienten. Es war zwar nicht leicht gewesen, dafür eine richterliche Anordnung zu bekommen, aber Dr. Heimer hatte es geschafft. Sie hatten die entsprechenden Akten über die Fälle der letzten zehn Jahre. Dr. Ettinger war neben seiner Tätigkeit in eigener Praxis auch als Gerichtsgutachter tätig gewesen. Diese Akten hatten sie sich als Erstes angesehen. Doch bisher hatten sie keine Übereinstimmung finden können.

Speer spürte, wie seine Lider immer schwerer wurden. Zudem war ihm bereits schwindlig vor Müdigkeit. Das Whiteboard verschwamm bald darauf vor seinen Augen, und er rutschte in seinem Drehstuhl nach unten, sein Kopf sackte zur Seite auf seine Schultern. Während er in einen Zustand zwischen Wachsein und Schlaf glitt, flackerte ein neuer Ermittlungsansatz in ihm auf. Der Greifzug hatte ihn darauf gebracht. Die Techniker meinten, er wäre alt, über zwanzig Jahre. Auch der Wagen, der in der Nähe des Tatorts gesehen worden war, war angeblich ein in die Jahre gekommenes Modell. Und die Ermordeten waren ebenfalls ältere Männer. Was, wenn der Grund für die Morde mehr als zehn Jahre zurücklag? Sie mussten sich dringend auch die älteren Akten der Ermordeten beschaffen. Dabei konnten sie nur hoffen, dass sie noch nicht vernichtet worden waren. Dem muss ich sofort nachgehen, dachte er noch und tauchte kurz wieder aus seinem Dämmerzustand auf, bevor er dem übermächtigen Drang nachgeben musste und die Augen schloss.

Adrian Speer wurde durch das schrille Läuten seines Telefons aus dem Schlaf gerissen. Er fuhr hoch und sah auf die Uhr. Es war erst zwanzig vor zwei. Er hatte ungefähr eine Stunde geschlafen. Trotz der kurzen Schlafdauer fühlte er sich nun schon fitter, und auch seine Kopfschmerzen waren verschwunden. Bogner war noch nicht ins Büro zurückgekehrt. Wahrscheinlich war er nach der Pressekonferenz, die bis dreizehn Uhr angesetzt gewesen war, mit Dr. Heimer in einer Nachbesprechung oder in der Kantine, um etwas zu essen. Bei dem Stichwort knurrte erneut sein Magen. Er wischte sich den Schlaf aus den Augen und hob nach dem dritten Klingeln ab. Es war der Pförtner an der Eingangstür zum LKA-Gebäude.

»Hier ist eine Frau, die gerne zu Ihnen möchte«, sagte er.

»Worum geht es denn?«

»Nun, sie sagt, sie sei Ihre Ex, und ich soll Ihnen ausrichten, dass sie getan hat, worum Sie sie gebeten haben.«

31

Adrian Speer ging die Treppe nach unten. Franziska wartete in der Eingangshalle auf ihn. Sie begrüßten sich mit einem knappen Hallo. Franziska war anzusehen, dass sie in der letzten Nacht kaum geschlafen hatte. Unter ihren traurig schimmernden Augen zeichneten sich dunkle Schatten ab, und auf ihrem Gesicht lag ein zutiefst bekümmerter Ausdruck. Sie wirkte verloren und zerbrechlich. Auch daran war er schuld, und es tat ihm leid. *Sie* tat ihm leid. Ihre Arme hielt sie um ihren Wollmantel geschlungen. Er wusste, dass sie nicht vor Kälte zitterte, sondern vor Angst um ihre gemeinsame Tochter. Hatte er das Richtige getan, indem er ihr davon erzählte, dass der Mörder vorgab, zu wissen, wo Lucy war?

»Schön, dass du gekommen bist«, sagte er. »Aber du hättest vorher anrufen sollen, dann hätten wir uns in einem netten Café treffen können.«

Franziska zog eine Augenbraue hoch. Speer wusste dieses Zeichen zu deuten. Er hatte etwas gesagt, das sie verärgerte.

»Willst du, dass ich wieder gehe?«

»Nein, so war das nicht gemeint. Aber es hätte sein können, dass ich nicht da bin. Dann wärst du umsonst hergekommen. Außerdem erinnert dich doch alles hier an deine frühere Arbeit. Ich dachte, das wolltest du vermeiden.«

Franziska stieß einen Seufzer aus. »Bis vor ein paar Minuten wusste ich noch nicht, ob ich es schaffen würde, das Gebäude zu betreten.«

»Umso mehr freut es mich, dass du jetzt hier bist.«

Nun zuckte ein Lächeln über ihre Lippen. Er nahm sie kurz in den Arm und drückte sie. Sie ließ es geschehen.

Auf dem Weg zum Aufzug sagte sie: »Arthur hat mich hergefahren. Wir haben eine Weile draußen auf dem Parkplatz gewartet, bis ich mich entschieden hatte. Dein Motorrad haben wir auf dem Stellplatz neben der Treppe gesehen.«

»Hast du dir die Ermittlungsergebnisse auf dem USB-Stick angesehen?«

Franziska nickte und zog bekümmert die Augenbrauen zusammen.

»In Ordnung. Ich bin gespannt, was du über den Fall denkst.«

Es wäre ihm lieber gewesen, mit Franziska an einem neutralen Ort über den Fall zu reden. Zumal sie keine Polizistin mehr war und er ihr die Ermittlungsergebnisse nicht hätte geben dürfen. Aber jetzt, wo sie über ihren Schatten gesprungen war und beschlossen hatte, zu helfen, wollte er nicht, dass sie es sich doch noch einmal anders überlegte. Er spürte, dass er die Intuition seiner Exfrau dringend brauchte, wenn er dem Täter näherkommen wollte.

Als der Fahrstuhl unten ankam und die Türen sich zur Seite schoben, stiegen drei LKA-Mitarbeiter aus.

Sie fuhren schweigend in die oberste Etage und gingen von dort aus die Treppe hinauf ins Dachgeschoss. Als sie das Bürozimmer betraten, ließ Franziska kurz ihren Blick umherschweifen und wandte sich dann der Wand mit dem Whiteboard zu, an dem die Fotos der Tatorte und der Opfer hingen. Den Kaffee, den er ihr anbot, lehnte sie dankend ab.

»Gibt es was Neues?«

Speer seufzte und machte ein gequältes Gesicht.

»Der Täter hat den zweiten Mord gefilmt und gestern Abend ins Internet gestellt. Dennoch haben wir bisher noch nichts Verwertbares. Gestern Nacht hat er mich dann hier angerufen und zwei weitere Morde angekündigt, und heute Morgen haben wir sein drittes Opfer gefunden.«

Jetzt drehte sich Franziska zu ihm um und sah ihn interessiert an. Speer fasste kurz den Inhalt des Gesprächs zusammen.

»Außerdem«, sagte er abschließend und zögerte, »will er uns erst verraten, wo Lucy ist, wenn wir ihn überführt haben.«

Franziska schloss die Augen und senkte den Kopf.

»Warum erst dann?«

»Er sagt, die Information würde uns auf seine Spur bringen.«

Franziska wandte sich wieder dem Whiteboard zu.

»Und, was denkst du?«, fragte Speer und setzte sich an seinen Schreibtisch. Franziska starrte die Fotos auf der weißen Tafel an und gab ihm keine Antwort. Eine Weile schwiegen sie. Dann stand er auf, ging zu Franziska und legte seine Hand auf ihre Schulter. Langsam drehte sie sich zu ihm um. Sie hatte Tränen in den Augen. Am Vorabend war ihr leicht gelocktes Haar schön frisiert gewesen, jetzt wirkte es zerzaust und nur dürftig in Form gebracht. Ihr Gesicht war kreidebleich und ihre Lippen blass.

»Dir war doch von vornherein klar, dass ich mir die Unterlagen ansehen würde«, sagte sie.

»Ich weiß nicht, ob es richtig war, dich einzuweihen«, gab Speer zu.

Mit ausdrucksloser Miene sah sie ihn an. »Doch, das war es. Anfangs, als du gestern Abend weg warst, habe ich dich verflucht. Ich wollte nie wieder etwas mit einem Mordfall zu tun haben, und du kommst gleich mit einer Mordserie und bittest mich um Hilfe. Aber es war richtig. Weil es um Lucy geht, und ich tue alles, damit wir sie wiederbekommen.«

»Ich weiß. Tut mir leid«, sagte er und sah beschämt zu Boden.

»Das muss es nicht«, erwiderte Franziska. Sie hatte in Thailand in einem buddhistischen Kloster versucht, zu verarbeiten, dass sie vermutlich nie erfahren würde, was mit ihrer Tochter nach der Entführung geschehen war und schien nach ihrer Rückkehr wieder ins Leben zurückgefunden zu haben. Nun hatte sie erfahren, dass Lucy noch am Leben war. Das hatte in ihr vermutlich die gleichen Gefühle ausgelöst wie in ihm. Freude und Hoffnung vermischten sich mit den schrecklichen Gedanken an das, was Lucy erlebt haben musste, was sie noch immer durchmachte und in welcher psychischen Verfassung sie sich befinden musste. Hinzu kam die panische Angst, dass die neue Spur erkalten und sie den Mörder nicht würden schnappen können. Alte Wunden waren wieder aufgebrochen. In ihren Sohn Jonathan konnten sie beide nicht hineinblicken, und er weigerte sich strikt, mit einem Psychologen über seine Probleme zu reden. Speer ging davon aus, dass Franziska ihm noch nichts erzählt hatte. Es wäre nicht gut, ihm in Aussicht zu stellen, dass er seine kleine Schwester wiedersehen würde, solange nicht klar war, dass sich diese Hoffnung auch erfüllen würde.

»Du weißt, dass ich nach meiner Rückkehr versucht habe, dir die Polizeiarbeit auszureden«, fuhr Franziska fort. »Ich habe gesagt, dass es der falsche Weg sei, das Böse, das uns widerfahren ist, auslöschen zu wollen, indem du täglich ein anderes Übel bekämpfst.«

»Ich muss es aber tun. Alles andere wäre mir wie ein Verrat vorgekommen.«

»Vielleicht bin ich ja die Verräterin«, erwiderte Franziska.

»Nein, das wollte ich damit nicht sagen. Jeder hat seinen eigenen Weg.«

»Ich dachte, ich hätte es geschafft, einigermaßen weiterleben zu können. Und ich hatte gehofft, verarbeitet zu haben, dass sie mir Lucy weggenommen und meinem Kind schreckliche Dinge angetan haben. Aber wie ich mich jetzt fühle, zeigt mir, dass es nicht so ist. Alles ist wieder da. Ganz so, als sei Lucys Entführung erst wenige Stunden und nicht zwei Jahre her.« Tränen rannen ihr über die Wangen.

Speer musste den Kloß in seinem Hals herunterschlucken. Er wusste nur zu gut, wovon sie redete. Ihn hatten diese innere Qual, die Traurigkeit, Machtlosigkeit, Verzweiflung und Wut nie verlassen. Und er wollte es auch so. Es war seine persönliche Selbstgeißelung für seine Schuld.

»Was ich eigentlich sagen will, ist, dass du das Richtige getan hast.« Franziska wischte sich mit der Hand die Tränen aus dem Gesicht. »Wenn du dich gehenlassen hättest und nicht mehr als Polizist gearbeitet hättest, so wie ich, dann hätten wir jetzt keine neue Chance bekommen, Lucy zu finden.«

Speer rührten ihre Worte. Dann ging die Tür auf und Bogner kam, gefolgt von Tina Jeschke, herein. Sie hatten offensichtlich nicht damit gerechnet, außer Speer noch jemanden in dem Zimmer vorzufinden und sahen entsprechend überrascht aus.

»Das ist meine Exfrau, Franziska. Sie unterstützt uns bei der Aufklärung der Morde.«

Bogner zog augenblicklich die Stirn kraus. Dann gaben sie Franziska die Hand und stellten sich ihrerseits vor.

»Soweit ich weiß, sind Sie nicht mehr beim BKA. Daher muss ich Sie bitten, den Raum zu verlassen«, sagte Bogner. »Die Fotos an der Wand dürften Sie eigentlich gar nicht sehen.« Speer sah Bogner wütend an. »Wir haben Dienstvorschriften. Danach können wir keine Zivilisten bei der Aufklärung von Mordfällen hinzuziehen!«, rechtfertigte er sich.

»Die Frau war eine der besten Profilerinnen, die das BKA je hatte. Wir sollten ihre Hilfe annehmen«, entgegnete Tina.

»Das geht aber nicht so einfach. Gomez und Staatsanwalt Dr. Heimer zerreißen mich in der Luft, wenn sie erfahren, dass ich das gebilligt habe.«

»Für die zählt, wie für uns, am Ende nur das Ergebnis. Oder willst du dir noch mal wie vorhin von der Presse den Arsch aufreißen lassen?«, fragte Tina und stellte sich damit eindeutig auf Speers und Franziskas Seite.

Die Entschlossenheit wich aus Bogners Gesicht.

»Der Mörder weiß, wo meine Tochter ist. Glauben Sie, ich kann mich jetzt noch aus den Ermittlungen heraushalten? Und außerdem habe ich ohnehin schon die Ermittlungsakte gelesen.« Franziska warf Bogner einen herausfordernden Blick zu.

Der sah Speer mit funkelnden Augen an und seufzte dann. Er fuhr sich gestresst mit der Hand durch die Haare.

»Gomez ist rasend wegen der Beschwerde von Wölflings Witwe«, erzählte er.

Er ließ sich in seinen Stuhl fallen, lockerte seine Krawatte und raufte sich erneut die Haare. Mit zusammengekniffenen Lippen sah er Franziska an.

»Also gut, wenn Sie schon mal da sind, was haben Sie für uns?«

Franziska sah noch einmal kurz auf das Whiteboard, dann wandte sie sich ihnen zu.

»Der Täter hat Adrian zweimal angerufen. Damit hat er zu ihm eine Verbindung hergestellt, für die es einen Grund geben muss. Entweder er kennt ihn oder beide verbindet etwas. Ich glaube, der Täter sucht jemanden, der ihn versteht, der nachvollziehen kann, warum er so handelt. Wir haben Lucy verloren. Möglicherweise hat er auch jemanden verloren, und das ist die Verbindung zwischen ihm und Adrian. Außerdem hat er einen hohen Sinn für Gerechtigkeit. Er hat das Justizsystem kritisiert, hält es dagegen aber für gerecht, dass er die Todesstrafe über seine Opfer verhängt und vollstreckt. Ich glaube, er will, dass Adrian das akzeptiert und gutheißt. Er will ihn auf seine Seite ziehen, einen Verbündeten, und es ist ihm wichtig, dass Adrian am Ende genauso handelt wie er.«

Franziska war routiniert in die Fallanalyse und die Erstellung eines Täterprofils übergegangen. Jetzt machte sie eine kurze Pause. Als sie Speer ansah, war es, als ob sie durch ihn hindurchblicken würde. Er kannte das. Sie weilte in einer anderen Welt, in der sie die Perspektive des Mörders einnahm und ab und an in die Rollen der Opfer wechselte. Die Fotos, die sie sich tief eingeprägt hatte, lieferten ihr nun die Vorlage für einen Film, der vor ihrem geistigen Auge immer klarer wurde.

»Das ist schon sehr konkret, und Sie lehnen sich da möglicherweise weit aus dem Fenster. Von unseren Fallanalytikern haben wir bisher nichts dergleichen gehört.«

»Die Typen von der neuen Abteilung haben doch in unserer aktuellen Mordserie noch überhaupt keine brauchbaren Ergebnisse erzielt«, erwiderte Tina. »Außerdem sind das alles Männer, und es geht doch nichts über weibliche Intuition.« Sie zwinkerte Franziska freundlich zu und lächelte.

»Na ja …«, Bogner rutschte auf seinem Stuhl hin und her und steckte sich einen Kaugummi in den Mund.

»Willst du wirklich auf ihre Unterstützung verzichten?«, hakte Tina nach.

Bogner räusperte sich und kaute auf seinem Kaugummi herum.

»Also gut«, sagte er schließlich, zog eine Augenbraue hoch und setzte ein spitzbübisches Grinsen auf.

»Heißt das, sie ist inoffiziell im Team?«, fragte Tina und schien sich aufrichtig zu freuen.

Bogner sah Franziska mit einem schelmischen Blick an, lehnte sich in seinem Stuhl zurück und verschränkte die Hände hinter dem Kopf.

»So weit würde ich nicht gehen. Aber nun, da Franziska die Akten gelesen hat, kann es wohl auch nicht schaden, wenn wir uns weiter anhören, was sie zu sagen hat.«

»Klasse«, sagte Tina und reckte kurz den Daumen hoch.

Speer erhob sich und nickte Bogner anerkennend zu.

»Danke, ich weiß, wenn die Sache auffliegt oder was schiefgeht, werden sie in erster Linie dir die Verantwortung dafür in die Schuhe schieben.«

Bogner hob die Hände und zuckte die Schultern.

»Hey, wie sagt man so schön? Der Zweck heiligt die Mittel, und was ist schon meine Karriere, wenn wir dafür vielleicht einen weiteren Mord verhindern können.«

Speer erwiderte sein Lächeln. Dann ging er zu Franziska und umarmte sie. Auch sie legte ihre Arme um ihn. Der bekannte Duft ihrer Haare und ihrer Haut stieg ihm in die Nase, und er hätte ewig so stehen bleiben können. Aber das wäre unangebracht gewesen, und so löste er sich nach einem kurzen Augenblick wieder von ihr. Prüfend sah er ihr in die Augen.

»Nochmals danke, dass du hergekommen bist. Ich bin sehr froh, dass du dabei bist.«

Anfangs war er gemischter Gefühle gewesen, was ihre Beteiligung an den Ermittlungen anging. Aber als sie mit ihrer Analyse begonnen hatte, hatte er die alte, die starke Franziska wieder aufblitzen sehen. Sicher war es ihr schwergefallen, sich mit den Einzelheiten des Falles vertraut zu machen, aber davon hatte sie sich nichts anmerken lassen und ihre Emotionen unter Kontrolle gehabt.

32

»Wer ist das dritte Mordopfer?«, fragte Franziska.

»Dr. Manfred Ettinger, zweiundsiebzig Jahre alt, war von Beruf Psychiater in freier Praxis. Zudem war er als Gerichtsgutachter tätig«, antwortete Bogner und fasste kurz zusammen, was sie bisher in Bezug auf den neuen Mord wussten. Franziska setzte sich auf den Besucherstuhl neben Speers Schreibtisch und hörte ihm aufmerksam zu. Speer wusste, dass es seine Exfrau unglaublich viel Überwindung und Kraft kostete, sich in die kranken Seelen psychopathischer Mörder hineinzuversetzen. Aber nur so war es ihr möglich, in ihre Köpfe einzudringen und ein Täterprofil zu erstellen.

»Alle drei Opfer waren etwa gleich alt«, stellte sie fest, als Bogner mit seinem Vortrag fertig war. Sie stand auf und schrieb dieses Stichwort mit einem abwischbaren Stift auf das Whiteboard. »Außerdem nimmt er ihre Zungen mit. Es ist seine Trophäe, die ihn daran erinnern soll, dass er diese Menschen für immer zum Schweigen gebracht hat.«

»Wir glauben, das Herausschneiden der Zungen und das Ausstopfen der Münder mit Stroh könnten auf einen Verrat hinweisen, den die Opfer begangen haben«, sagte Bogner.

»Das ist aber nur eine Möglichkeit«, erwiderte Franziska. »Die Opfer könnten auch gelogen oder einen Meineid vor Gericht begangen haben. Im Mittelalter war das Herausreißen der Zunge die verbreitete Strafe für einen Lügner oder jemanden, der sich unberechtigterweise Hoheitsrechte, wie etwa das eines Richters, angemaßt hat. Der Verlust der Zunge war, sofern die Betroffenen die Prozedur überlebten, ein für jeden sichtbares Schandmal.«

»Er hat am Telefon gesagt, dass Rache sein Motiv sei«, warf Speer ein.

Franziska nickte. »Die Opfer haben ihm – oder jemandem, der ihm sehr nahestand – durch eine Lüge oder einen Verrat etwas so Grausames angetan, dass deren Tod ihm als einzig gerechte Strafe erscheint. Gibt es Grund zur Annahme, dass auch das letzte Opfer pädophil war?«

»Wir haben nichts gefunden, das darauf hindeutet«, sagte Tina.

»Dann fällt der Psychiater in diesem Punkt aus der Reihe.«

»Wie können Sie da so sicher sein?«, fragte Bogner.

»Wenn es etwas gäbe, das den Psychiater als Pädophilen bloßstellen würde, hätte der Täter es uns gezeigt«, erklärte Franziska. »Durch den Anruf im Wald wies er auf das Handy des Anwalts und die kinderpornographischen Fotos hin. In Rokovs Wohnung hinterließ er den geöffneten Safe mit eindeutigen Bildern und Videos.«

»Das würde bedeuten, dass es dem Mörder nicht nur darum geht, seine Opfer zu töten, sondern er will auf deren Schandtaten hinweisen«, überlegte Bogner. »Wir gehen deshalb davon aus, dass der Mörder als Kind missbraucht wurde.«

»Das muss nicht zwingend so sein«, entgegnete Franziska. »Zwischen den Opfern muss es eine Verbindung geben, und sie müssen ihm etwas angetan haben, das es in seinen Augen rechtfertigt, sie zu töten. Da der Psychiater kein Pädophiler war wie die anderen beiden, tötet der Mörder wahrscheinlich nicht, weil er als Kind missbraucht wurde, sondern aus einem anderen Grund, den wir noch nicht kennen.«

»Aber warum präsentiert er uns dann die ersten beiden Opfer als Kinderschänder?«, fragte Bogner.

»Er will unser Verständnis. Er kann uns nicht verraten, was sie ihm angetan haben, ohne uns auf seine Spur zu führen. Indem er uns aber die Opfer selbst als Straftäter zeigt, rechtfertigt er ihre Ermordung uns gegenüber.«

»Er hat am Telefon betont, dass sie den Tod verdient hätten«, erinnerte sich Speer.

»Der Mörder will nicht, dass wir ihn als Verbrecher sehen, sondern als einen von den Guten, als einen von uns, die für Recht und Ordnung einstehen. Das könnte auch ein Grund sein, warum er den telefonischen Kontakt zur Polizei sucht. Er will zum Team gehören.«

Bogner schüttelte den Kopf. »Das ist total verrückt.«

Für einen Moment herrschte Schweigen. Alle sahen Franziska

an. Als sie sich wieder dem Whiteboard zuwendete, öffnete sich die Tür einen Spalt, und Breitnach sah herein.

»Entschuldigung, ich wollte nicht stören«, sagte er. »Ganz schön viele Leute hier in dem kleinen Raum.« Dabei nahm er Franziska argwöhnisch in Augenschein.

»Gibt es was Neues?«, fragte Bogner und ignorierte seinen forschenden Blick.

Speer biss die Zähne zusammen. Er war Breitnach ein Dorn im Auge. Das hatte er von Anfang an gespürt, und Breitnach wusste vermutlich, wer Franziska war. Sie hatte hier in diesem Gebäude ein Büro gehabt, als sie noch für das BKA gearbeitet hatte, und wahrscheinlich waren sie sich in dieser Zeit das ein oder andere Mal über den Weg gelaufen. Speer sah Breitnach an, dass er überlegte, wie er mit der Situation umgehen sollte.

»Die für den Entführungsfall Lucy zuständigen Kollegen wollen sofort mit Speer reden.«

Bogner zog die Stirn in Falten. »Weshalb denn das?«

»Es geht um das aufgezeichnete Gespräch auf dem Band, das wir in der Villa des Anwalts sichergestellt haben. Da haben sich wohl paar Fragen ergeben wegen dieser ominösen Nachricht der Entführer an Speer, von der da die Rede ist. Falls es tatsächlich so eine Nachricht gab, wäre das für die Kollegen, die den Fall bearbeiten, eine ganz neue Information.«

Speer schrie innerlich auf. Das hatte ihm gerade noch gefehlt! Nur Franziska wusste von der Nachricht der Entführer.

»Und warum greifen die Kollegen dann nicht einfach zum Telefon und rufen hier an?«, fragte Bogner.

»Sie haben es mehrmals telefonisch probiert. Aber der Kollege Speer war einfach nicht erreichbar«, antwortete Breitnach und warf ihm einen abschätzigen Blick zu. Speer hielt es für kein gutes Zeichen, dass Paul Breitnach sich die Frage verkniffen hatte, warum eine ehemalige Profilerin hier war und mit einem Stift vor dem Whiteboard stand. Breitnach war nicht der Typ, der so etwas unkommentiert ließ. Sicher heckte er etwas aus.

»Ich komme gleich zu den Kollegen«, sagte Speer.

Breitnach nickte, sah noch einmal Franziska an und ging dann wieder.

Es war Tina Jeschke, die mit einer weiteren Frage an die Analyse der Mordfälle anknüpfte.

»Warum tötet er auf so absonderliche Weise und macht sich die Mühe, seine Opfer stundenlang kopfüber aufzuhängen?«

»Die Art, wie er seine Opfer umbringt, muss eine tiefere Bedeutung für ihn haben. Möglicherweise ist jemand, der ihm nahestand, so gefoltert und getötet worden. Er macht seine Opfer dafür verantwortlich und tötet sie deshalb auf die gleiche Weise. Gibt es in den Verbrechensdatenbanken vergleichbar begangene Taten?«

»Nein, diese Tötungsart ist neu«, sagte Tina.

»Jedenfalls sind seine Morde inszeniert wie Hinrichtungen«, fuhr Franziska fort. »Dabei ist er Richter und Vollstrecker in einer Person. Der Anwalt ist ein Organ der Rechtspflege. Möglicherweise will er durch den Mord nicht nur seine Rache, sondern auch seinen Hass auf das System zum Ausdruck bringen. Durch das Internetvideo hat er wie bei einer mittelalterlichen Hinrichtung auf einem öffentlichen Marktplatz ein Publikum an der Hinrichtung des Anwalts teilhaben lassen. Vermutlich braucht er diese Bestätigung durch die Schaulustigen zur eigenen Bestätigung seines abnormen Rechtsempfindens, und er will auch andere animieren, es ihm gleichzutun. Aber er selbst tötet nicht wahllos Verbrecher. Nur solche, die ihn persönlich oder ihm nahestehende Menschen verletzt haben. Der Psychiater war neben seiner Praxistätigkeit auch Gerichtsgutachter. Außerdem haben wir einen toten Anwalt. Das deutet darauf hin, dass dem Mörder oder einer anderen Person in seinem Umfeld vor Gericht Unrecht angetan wurde. Und das muss schon viele Jahre her sein.«

»Wie kommen Sie darauf?«, fragte Tina.

»Die Opfer sind am Ende ihres Berufslebens, alle über sechzig, der Psychiater sogar über siebzig. Rokovs Zeit als Kiezgröße ist über ein Jahrzehnt her. Daher vermute ich, dass die Tat, derer sich die Männer schuldig gemacht haben, ebenfalls schon so lange zurückliegt.«

Franziskas Ansatz bestätigte Speers bisherige Überlegungen.

»Wir sollten also als Nächstes versuchen, die Akten Dr. Wölflings zu finden, die älter als zehn Jahre sind. In der Kanzlei bewahrt er sie nicht auf, sonst hätten wir sie gefunden«, sagte er.

»Der Anwalt und der Psychiater könnten tatsächlich über einen Gerichtsfall in Verbindung zueinander stehen. Fraglich bleibt dann aber, wie Rokov da hineinpasst.« Bogner fuhr sich übers Kinn.

»Rokov war ein Krimineller. Da liegt es doch nahe, dass er vor Gericht gestanden haben könnte und Dr. Wölfling ihn verteidigt hat«, warf Tina ein.

Die anderen stimmten dem zu. Franziska fuhr fort und schrieb die Stichpunkte ihrer Ausführungen an das Whiteboard.

»Die Art, wie er die Männer tötete, hat definitiv eine Bedeutung für ihn. Darauf müssen wir uns konzentrieren. Er hat sich das nicht ausgedacht, sondern so etwas schon einmal erlebt. Die Tötung in schneller Reihenfolge ist ein Zeichen seiner Wut. Dennoch geht er planmäßig und intelligent vor und hinterlässt dabei keine Spuren. Das ist ein typisches Zeichen für einen Psychopathen. Die Opfer sind alt. Seine Verletzung liegt schon länger zurück. Aber etwas muss ihn veranlasst haben, gerade jetzt loszuschlagen. Etwas muss ihn aus der Bahn geworfen und zu drastischen Maßnahmen gezwungen haben. Was das war, das müssen wir noch herausfinden.«

»Rokov könnte ihm oder einem nahestehenden Menschen etwas angetan haben, und Dr. Wölfling und Dr. Ettinger könnten dafür gesorgt haben, dass Rokov freigesprochen wurde«, spekulierte Bogner.

»Oder Rokov ist anderweitig in die Sache verstrickt, und die anderen beiden sind dafür verantwortlich, dass unser Mörder ins Gefängnis oder in die Psychiatrie gewandert ist«, überlegte Tina.

»Unser Mann könnte erst vor Kurzem entlassen worden sein, weshalb er sich erst jetzt, Jahre später, rächt«, spann Speer den Gedanken weiter. »Und vielleicht hat sogar Rokov die Tat, für die unser Täter einsaß, begangen oder angeordnet.«

»Das klingt nach einem guten Ansatz.« Franziska hatte ein Funkeln in den Augen, das Speer schon lange nicht mehr bei ihr gesehen hatte. Nachdenklich trat sie ein paar Schritte zurück und studierte das Whiteboard. »Dass er weggesperrt war, würde uns einen Grund liefern, weshalb er erst Jahre später Rache nimmt. Allerdings glaube ich, dass etwas noch Schlimmeres hinter seinem brutalen Vorgehen stecken muss.«

»Mehr als zehn Jahre unschuldig hinter Gittern, halte ich persönlich schon für Grund genug, auszurasten«, erwiderte Bogner trocken. »Wir werden also überprüfen, wer in den letzten Wochen und Monaten nach einer langjährigen Haftstrafe oder Zwangsunterbringung in einer psychiatrischen Klinik freigelassen wurde.«

»Vielleicht geschah die Verurteilung auch wegen einer Tat, die unseren Mordfällen ähnelt oder entspricht«, warf Franziska ein und schrieb auch diesen Ermittlungsansatz auf das Whiteboard.

»Wir haben in den Datenbanken schon mit Stichworten nach ähnlichen Tötungsmustern gesucht, aber keinen Treffer erzielt«, sagte Tina. »Wenn die Tat allerdings mehr als zwanzig Jahre zurückliegt, finden wir keine Übereinstimmungen, da diese Fälle noch nicht in der Analysedatenbank erfasst sind.«

Bogner nickte dennoch zufrieden. »Wenn Ihre Ausführungen zutreffend sind, haben wir jetzt schon einige sehr brauchbare Hinweise auf das Profil des Täters. Gibt es noch etwas?«

»Noch ein paar weitere Punkte zur Persönlichkeit des Täters.« Franziska setzte sich wieder auf den Stuhl neben Speers Schreibtisch. »Der Täter geht extrem hart und entschlossen vor. Ich tippe darauf, dass er diszipliniert und in seinem Beruf sehr erfolgreich ist. Außerdem gefällt es ihm, seine Opfer leiden zu sehen, er ergötzt sich daran. Er hinterlässt sie nackt und in exponierter Lage, um sie auch noch post mortem vor denjenigen, die sie finden, zu demütigen. Sein Hass muss gewaltig sein. Seine Wut gleicht einem Vulkan, der jederzeit ausbrechen kann. Es ist schwer für ihn, aber er schafft es, sich im normalen Leben unter Kontrolle zu halten.«

Plötzlich hatte Speer eine Idee. »Vielleicht hat das Thema Kindesmissbrauch doch eine tiefere Bedeutung für den Täter. Vielleicht waren er oder sein Kind Rokovs Opfer, und der Anwalt und der Psychiater haben dafür gesorgt, dass Rokov freikam.«

Franziska brauchte einen Moment. Sie wirkte jetzt noch mitgenommener als zu Beginn. Er sah ihr an, dass sie kurz davor war, doch noch die Fassung zu verlieren, weil sie das Gleiche dachte wie er. *Was war Lucy in den letzten zwei Jahren alles angetan worden?*

»Das wäre auch eine Möglichkeit«, stimmte sie schließlich zu.

Bogner blickte ernst in die Runde.

»Wir müssen also auch nach alten Gerichtsfällen Ausschau halten, bei denen es um Kindesmissbrauch ging, bei denen der

Angeklagte aber mit Wölfling als Anwalt und Dr. Ettinger als Gerichtspsychiater freikam«, folgerte er.

Franziska nickte, erhob sich wieder von ihrem Platz und begann auf- und abzugehen. Mit nachdenklicher Miene fügte sie Bogners Worten noch eine Überlegung hinzu.

»Wir müssen uns aber auch noch die Frage beantworten, warum der Mörder erst jetzt zuschlägt, und warum er die Opfer ausgerechnet kopfüber aufhängt.«

Franziskas Worte blieben ein paar Sekunden unbeantwortet im Raum stehen. Dann hatte Tina Jeschke eine Idee.

»Tiere werden im Schlachthaus oder nach der Jagd an den Hinterläufen aufgehängt. Vielleicht ist der Mörder Metzger oder Jäger von Beruf.«

»Das könnte sein«, erwiderte Franziska. Speer kannte diesen typischen Gesichtsausdruck bei ihr. Sie war voll konzentriert und jetzt in einer anderen Welt.

»Der Jeep, der in der Nähe von Ettingers Haus gesehen wurde, würde die Theorie mit dem Jäger jedenfalls unterstützen«, sagte Bogner. Franziska stimmte ihm zu.

»Ja, wir sollten diese Fährte unbedingt weiterverfolgen. Aber mein Gefühl sagt mir doch etwas anderes. Ich glaube, dass das Verbrechen, das der Mörder sühnt, etwas damit zu tun hat, wie er die Übeltäter richtet.«

Mit schwerwiegendem Blick wandte Speer sich nun Franziska zu.

Auf einmal schien alle Kraft aus ihr zu weichen. Sie lehnte sich an das hinter ihr stehende Sideboard, schloss die Augen, ließ ihren Kopf sinken und massierte ihre Stirn. Auf ihren Wangen zeichneten sich ihre Kiefermuskeln ab. Dann hob sie ihren Blick und sah wieder gefestigter aus. »Bisher hat der Mörder nie mehr als vierundzwanzig Stunden zwischen seinen Taten vergehen lassen«, überlegte Franziska. »Das wiederum bedeutet, dass es morgen früh mit sehr hoher Wahrscheinlichkeit ein weiteres Opfer geben wird, wenn wir es nicht verhindern.«

»Das habe ich befürchtet«, murmelte Bogner. Er wirkte niedergeschlagen. Speer trat nahe an Franziska heran und legte eine Hand auf ihren Arm. »Wir werden den Mörder vorher finden«, sagte er und bemühte sich dabei, seine Stimme so zuversichtlich und entschlossen wie möglich klingen zu lassen. »Und dann erfahren wir von ihm, wo Lucy ist«

Er merkte Franziska an, wie gern sie ihm glauben würde und wie sehr sie sich das schmale Lächeln auf ihren Lippen abrang.

33

Speers Hoffnung, dass Franziska ihnen würde weiterhelfen können, war nicht enttäuscht worden. Sie hatte eine neue Sicht auf den Fall geschaffen. Nach ihrer Analyse mussten sie in Betracht ziehen, dass der Mörder selbst gar kein Missbrauchsopfer war. Außerdem beruhten seine Taten wahrscheinlich auf einem lange Jahre zurückliegenden Gerichtsprozess, in den der Anwalt Dr. Wölfling, der Psychiater Dr. Ettinger und die Halbweltgestalt Rokov involviert gewesen waren.

Franziska war nach ihrem Vortrag sichtlich erschöpft. Er war froh, dass sie in diesem Zustand nicht allein nach Hause fahren musste. Arthur hatte sie hergebracht und wartete draußen im Wagen auf sie.

Als Speer Franziska hinausbegleitete, regnete es leicht. Arthur winkte ihnen lächelnd zu. Speer öffnete die Beifahrertür.

Franziska hielt inne, dann drehte sie sich noch einmal um und sah ihn mit eisigem Blick an.

»Fang dieses Schwein, hol aus ihm heraus, wo unser Kind ist, und dann bringst du sie uns zurück. Okay?«

Er nickte.

»Ich will, dass du es mir versprichst.«

»Ich verspreche es. Ich bringe Lucy zurück.«

Franziska atmete geräuschvoll aus und schloss die Augen. Dann stieg sie in den Wagen und zog die Tür zu. Tränen rannen über ihre Wangen, als der Porsche anfuhr. Er sah ihnen noch kurz hinterher. Regentropfen liefen kalt über sein Gesicht. Er wischte sie mit der Hand weg und ging wieder zurück ins Büro, um zu telefonieren. Die Kollegen von der Entführungsstelle würden sich wegen ihrer Fragen an ihn noch gedulden müssen. Er hatte jetzt Wichtigeres zu tun und durfte keine Zeit verlieren.

»Die abgeschlossenen Fallakten hat der Chef jedes Jahr Anfang Januar persönlich in seinen Wagen geladen und mitgenommen«, sagte die Frau. In ihrer Stimme lag eine tiefe Betroffenheit, was angesichts der Tatsache, dass ihr Arbeitgeber brutal ermordet worden war, verständlich war.

Sie hatte bei ihrer gestrigen Befragung ausgesagt, dass ihr in letzter Zeit nichts Ungewöhnliches am Verhalten ihres Chefs aufgefallen sei, auch nicht, dass ihn jemand bedroht hätte. Er sei allseits geschätzt und freundlich gewesen.

»Wissen Sie, wohin er die Unterlagen gebracht hat?«, fragte Speer.

Während Tina Jeschke noch immer damit beschäftigt war, alle Jäger in Berlin und Umgebung ausfindig zu machen, deren Fahrzeug zu der Beschreibung des Geländewagens passte, versuchten er und Bogner herauszufinden, wo der Anwalt seine Gerichtsakten aufbewahrte, die mehr als zehn Jahre alt waren. Der Rest des Ermittlungsteams war in Ettingers Haus und durchforstete seine Gerichtsgutachten. Sie hofften, darin eine Querverbindung zu den beiden anderen Mordopfern zu finden.

»Nein, keine Ahnung. Ich weiß noch nicht einmal, ob der Chef die Akten irgendwo aufbewahrt hat oder ob er sie in den Reißwolf gegeben hat. Zuzutrauen war es ihm. Er hat nie lange gefackelt.«

»Okay, noch eine Frage«, sagte Speer. »Könnte jemand von den ehemaligen Kanzleiangestellten wissen, was mit den alten Unterlagen geschah?«

»Ja, vielleicht«, antwortete die Frau zögerlich. »Agathe Mehring ist vor einem Jahr in Rente gegangen. Sie hat fast dreißig Jahre für Dr. Wölfling gearbeitet.«

Die Kanzleiangestellte nannte ihm die Adresse von Agathe Mehring.

In dem Moment, als Speer den Hörer auflegte, wurde die Tür aufgerissen, und Fernanda Gomez marschierte ins Büro. Man sah ihr an, dass sie sauer war.

»Sie sind raus, Speer! Ich ziehe Sie hiermit mit sofortiger Wirkung von dem Fall ab!«

Bogner erhob sich von seinem Drehstuhl.

»Das kann doch nicht Ihr Ernst sein! Nur wegen der Hausdurchsuchung?«, rief er. Zornesröte stieg in sein Gesicht. Speer musste sich eingestehen, dass er sich, was die anfängliche Einschätzung seines neuen Partners anbelangte, geirrt hatte. Äußerlich waren er, der Jeans, Lederjacke und Sneakers trug und Robert Bogner, der Anzug, Hemd und Krawatte bevorzugte, grundverschieden. Auch vom Charakter her könnten sie unterschiedlicher nicht sein. Bogner war sehr impulsiv und redete sich gern um Kopf und Kragen. Er hingegen wusste, dass er auf andere Menschen introvertiert wirkte. Er ließ sich Zeit mit seinen Antworten, wägte vorher seine Worte ab und versteckte seine wahren Gefühle gern hinter einer versteinerten Miene. Aber Robert Bogner hatte das Herz am richtigen Fleck und brannte genau wie er für seine Arbeit. Jetzt hatte Bogner auch noch unaufgefordert Partei für ihn ergriffen und verteidigte ihn gegenüber ihrer Chefin.

Fernanda Gomez sah Bogner mit einem Ausdruck im Gesicht an, der klarmachte, dass sie keinen Widerspruch duldete.

»Nein, es ist nicht nur wegen des Randalierens bei einer Hausdurchsuchung. Auch hat Kriminalhauptkommissar Speer heute Morgen, ohne Ihr Eintreffen abzuwarten, allein mit der Suche nach dem eingeschalteten Handy begonnen. Das war nicht professionell und zeugt davon, dass der Kollege eigenmächtig handelt. Es hat den Anschein, als ginge ihm alles nicht schnell genug. Was ja auch aus persönlicher Sicht nachvollziehbar, jedoch im Rahmen von Mordermittlungen fehl am Platz ist. Ihr Kollege könnte mit solchen Alleingängen Sie und andere Beamte gefährden.«

»Es war doch klar davon auszugehen, dass der Täter nicht mehr vor Ort war und keine Gefahr bestand«, warf Speer ein.

Gomez funkelte ihn mit todernstem Blick an. »Ach ja, das können Sie im Nachhinein gut behaupten. Aber fest steht, dass Sie nicht neutral sind und Ihre Arbeit darunter leidet. Es ist legitim, dass Sie so schnell wie möglich Ihre Tochter zurückhaben wollen. Aber das gibt Ihnen nicht das Recht, bei diesem Fall anders als schulmäßig vorzugehen.«

»Der Täter hat ausdrücklich darauf hingewiesen, dass er nur mit dem Kollegen Speer spricht«, entgegnete Bogner. »Es könnte sich als nachteilig erweisen, ihn jetzt von dem Fall abzuziehen.«

»Das weiß ich auch. Aber es könnte auch nachteilig sein, ihn im Team weiterarbeiten zu lassen«, unterbrach Gomez ihn. »Ich habe mir die Entscheidung nicht leichtgemacht. Aber nachdem nun noch ein weiterer Fehltritt des Kollegen hinzugekommen ist, plädiert selbst Staatsanwalt Dr. Heimer, mit dem ich mich gerade eben beraten habe, dafür, Kriminalhauptkommissar Speer von dem Fall abzuziehen.«

»Von welchem weiteren Fehlverhalten reden Sie denn hier überhaupt?«, fragte Bogner. Sein Erstaunen wirkte gespielt. Wie Speer konnte er sich wahrscheinlich schon denken, worum es ging. Fernanda Gomez wandte sich nun Speer zu.

»Wie ich erfahren musste, haben Sie Ihre Exfrau in die Ermittlungen eingeweiht. Ist es nicht so, dass sie eben noch hier war und ihre Meinung zu dem Fall abgegeben hat?«

»Sie ist eine ehemalige Kollegin und war eine angesehene BKA-Fallanalytikerin«, entfuhr es ihm.

»Das weiß ich auch«, fauchte Gomez. »Doch jetzt ist sie eine Zivilistin und hat weder hier etwas zu suchen, noch gehen sie unsere Ermittlungsergebnisse etwas an.«

»Aber Sie hat uns ein gutes Stück weitergebracht. Dank ihr verfolgen wir jetzt eine neue Spur.«

»Das mag ja alles so sein. Es ändert aber nichts daran, dass gegen die Dienstvorschriften verstoßen wurde.«

»Ist schon klar. Breitnach, dieses Arschloch, hat Ihnen das unter die Nase gerieben. Aber wenn wir die Morde dank der Hilfe von Speers Ex aufklären, dann ist das okay, oder?«

Gomez schnaubte. Ihr zorniger Blick schien ihn durchbohren zu wollen.

»Ich möchte nicht noch einmal hören, dass Sie so mit mir und über einen Kollegen reden. Hauptkommissar Breitnach ist der Dienstälteste im Team. Er wird bis zum Abschluss der Ermittlungen zu Ihrem Stellvertreter.«

»Dann hat er ja geschafft, was er ohnehin schon die ganze Zeit wollte. Sie sollten Breitnach rausschmeißen. Er konnte von Anfang an nicht akzeptieren, dass einer, der frisch von der Drogenfahndung kommt, ihm als stellvertretender Mordkommissionsleiter vorgesetzt ist.«

»Zum letzten Mal! Zügeln Sie Ihre Zunge und kriegen Sie sich wieder ein, Bogner, sonst fliegen Sie auch noch raus.«

Bogner raufte sich die Haare, sagte aber nichts mehr.

»Die Presse ist schon ganz wild darauf, einen Verantwortlichen dafür zu finden, dass wir noch keine heiße Spur haben, und das bei drei Morden in nur achtundvierzig Stunden. Wollen Sie derjenige sein?«, zischte Gomez ihn an. »Und was denken Sie, was passiert, wenn einer von den Schreiberlingen herausfindet, dass es nicht nur um die Aufklärung von drei Mordfällen geht, sondern auch um den Entführungsfall Lucy Speer, deren Vater einer der leitenden Kommissare bei den Mordermittlungen ist.«

»Ach, darum geht es also! Sie haben Angst, dass man Ihnen am Ende anlasten könnte, mit der Entscheidung, Speer im Team zu lassen, einen Fehler gemacht zu haben.«

Gomez kam einen Schritt auf ihn zu und hob drohend den Zeigefinger.

»Noch ein Wort, und ich schwöre Ihnen, Sie sind die längste Zeit Leiter einer Mordkommission gewesen, Bogner.«

Speer sah jetzt zu Bogner herüber und nickte ihm beschwichtigend zu.

»Sie hat recht. Lass es gut sein, Robert.« Gomez schien ihre Entscheidung unwiderruflich getroffen zu haben. Nun musste er verhindern, dass sein Partner am Ende auch noch von dem Fall abgezogen würde.

Bogner schnaubte verächtlich und ließ sich dann wortlos in seinen Drehstuhl fallen. Fassungslos schüttelte er den Kopf.

Gomez fixierte ihn noch kurz mit eisigem Blick, ehe sie sich wieder Speer zuwandte. »Sie räumen jetzt Ihren Schreibtisch und machen für heute Feierabend. Aber bevor Sie nach Hause gehen, statten Sie den Kollegen, die den Entführungsfall Ihrer Tochter bearbeiten, noch einen Besuch ab. Die erwarten Ihre Aussage, was die Nachricht der Entführer angeht. Wobei ich mir schon denken kann, was Sie sagen werden.«

»Die Wahrheit natürlich«, log Speer. »Es gab keine Nachricht von den Entführern.« Er hatte beschlossen, nichts davon zu erzählen, dass die Entführer ihm auf einem Zettel versprochen hatten, Lucy gehen zu lassen, wenn er seine Ermittlungen einstellte und die Ergebnisse verschwinden ließ. Wenn er zugab, dass er den Zettel unterschlagen hatte, wäre damit niemandem geholfen. Man würde ihm zwar zugutehalten, dass er sich in einer Notsituation befunden hatte, aber dennoch würde man interne Ermittlungen gegen ihn starten. Das konnte er, nachdem Gomez ihn von den Mordermittlungen abgezogen hatte, nicht gebrauchen. Da niemand außer ihm und Franziska von der Nachricht wusste, konnte er genauso gut behaupten, dass es sie nie gegeben hatte. Das Gegenteil würden sie ihm nicht beweisen können.

Gomez sah ihn eindringlich an. »Wie Sie meinen. Hier ist jetzt jedenfalls Schluss für Sie, und morgen früh melden Sie sich dann bei der dritten Mordkommission zum Dienstantritt.«

34

Agathe Mehring wohnte in einem Mietshaus in Friedrichshain. Als sie ihre Wohnungstür öffnete, ließ sie den Riegel vorgeschoben und sah die beiden Männer, die vor ihr standen, durch die dicken Gläser ihrer Brille misstrauisch an. Sie trug eine beigefarbene Stoffhose und eine farblich darauf abgestimmte Strickweste. Die Dauerwellen in ihren grauen Haaren waren so akkurat, als ob sie erst vor Kurzem beim Friseur gewesen wäre. Robert Bogner hielt ihr seinen Dienstausweis hin.

»Ich bin Kriminalhauptkommissar Bogner, wir haben vorhin miteinander telefoniert, und mein Kollege hier ist Kriminalhauptkommissar Speer.«

Zwar war Speer soeben von den Ermittlungen abgezogen worden, doch Bogner, dessen Ärger auf Gomez und Paul Breitnach noch immer nicht verflogen war, hatte nichts dagegen gehabt, als Speer ihn fragte, ob er inoffiziell dennoch bei der Befragung Agathe Mehrings dabei sein durfte. Nachdem die ältere Dame das Foto des Kommissars mehrmals mit der vor ihr stehenden Person verglichen hatte, setzte sie ein freundliches Lächeln auf, entriegelte die Tür und ließ sie eintreten.

Je länger er mit Bogner zusammenarbeitete, desto mehr schätzte Speer seinen neuen Partner. Der hatte zwar einen leicht reizbaren und aufbrausenden Charakter, aber er war loyal. Als Speer sich bei ihm dafür bedankt hatte, dass er bei der Befragung dabei sein durfte, hatte Bogner abgewinkt und gesagt, dass Speer das Gleiche für ihn tun würde. Und das stimmte. Bogner war sogar noch einen Schritt weitergegangen und hatte ihm zugesagt, ihn über die neuesten Ergebnisse und den Fortgang des Falles zeitnah zu informieren. Bogner wollte auch Tina Jeschke ins Vertrauen ziehen. Speer sollte sich zwar ab morgen bei der dritten Mordkommission zur Arbeitsaufnahme melden, doch er hatte beschlossen, sich morgen früh krankzumelden.

Sie folgten der Rentnerin in ihr Wohnzimmer. Dort stapelte sich überall verteilt ein Sammelsurium an Porzellan. Teller, Schüsseln, Tassen mit den unterschiedlichsten Motiven und aus verschiedenen Epochen.

»Mein Hobby«, erklärte Agathe Mehring, als sie die verwunderten Blicke bemerkte. »Ich liebe Flohmärkte und kann einfach an keiner Kaffeetasse vorbeigehen.« Sie kicherte. »Die meisten Menschen verstehen nicht, warum ich meine ganze Rente dafür ausgebe.«

Sie nahmen auf einer abgewetzten Couch mit Samtbezug Platz und lehnten den Tee, den Agathe Mehring ihnen anbot, dankend ab. Sie setzte sich auf einen Ohrensessel und sah die beiden Kommissare erwartungsvoll an.

Robert Bogner hatte ihr bei seinem Anruf bereits erzählt, worum es ging. Er hatte Speer gesagt, dass Agathe Mehring am Telefon nicht so geklungen habe, als würde sie sich den Tod Dr. Wölflings zu Herzen nehmen.

»Es scheint Sie nicht sonderlich mitzunehmen, dass Ihr langjähriger Chef ermordet wurde«, begann Bogner das Gespräch.

Agathe Mehring lächelte. »Auch wenn es anders wirkt, völlig kalt lässt es mich nicht. Aber ich habe selbst schon so manches mitgemacht und früh meine Eltern und Geschwister verloren. Und die Zeitungen sind doch voll von Horrornachrichten. Da wird man unweigerlich abgebrühter. Finden Sie nicht?«

»Also liegt es nicht daran, dass Sie Ihren Chef vielleicht nicht sonderlich leiden konnten?«, fragte Bogner.

Agathe Mehring winkte ab und lachte. »Nein, wo denken Sie hin! Dr. Wölfling war ein netter, immer zuvorkommender Mann. Er hat so viele Familien glücklich gemacht, indem er ihre Adoptionsverfahren erfolgreich begleitete.«

Einer von Dr. Wölflings Schwerpunkten war das Adoptionsrecht gewesen. Offensichtlich wusste Agathe Mehring aber nichts von dessen Vorlieben für kleine Jungen.

»Hat Dr. Wölfling sich im Laufe seines Berufslebens eventuell Feinde gemacht?«

»Welcher Anwalt hat das nicht?« Wieder lachte sie.

»Kennen Sie jemanden, der einen Grund gehabt hätte, ihn umbringen zu wollen?«

»Das natürlich nicht«, wehrte Agathe Mehring in entrüstetem Tonfall ab.

»In der Kanzlei haben wir nur die Fallakten der letzten zehn Jahre gefunden. Wir würden gern wissen, wo die älteren Akten sind.«

»Alles, was länger als zehn Jahre zurückliegt, hat der Chef höchstpersönlich mitgenommen.«

Sie hatten sich darauf geeinigt, dass allein Bogner die Fragen stellte.

»Das wissen wir bereits von den beiden anderen Kanzleiangestellten. Aber wissen Sie, was er mit den alten Akten gemacht hat?«

»Vor etwa zwanzig Jahren hatten wir das Problem, dass die Schränke in der Kanzlei nicht mehr ausreichten, um alle Fallakten aufzubewahren. Deshalb haben wir damals die Altfälle umgelagert.«

»Und wissen Sie noch, wohin er die Akten damals gebracht hat?«

Agathe nickte. »Ich hoffe es zumindest. Ich war nämlich nur ein einziges Mal dort, und das ist eben zwanzig Jahre her. Damals hat der Chef für Samstag einen Transporter angemietet, und ich habe ihm geholfen, die ganzen alten Akten einzulagern. Das war in einem Mietcontainerpark in Kreuzberg.«

Bogner und Speer wechselten einen Blick. Zwanzig Jahre war eine lange Zeit, und seitdem hatte sich in dem Stadtteil baulich einiges verändert. Agathe Mehring gab ihnen eine vage Wegbeschreibung, mit der sie hofften, einigermaßen zurechtzukommen. Sie verabschiedeten sich von ihr und bedankten sich für ihre Hilfsbereitschaft.

»Gern geschehen«, antwortete Agathe Mehring. »Sie haben mir einen interessanten Nachmittag beschert.«

Bogner und Speer fuhren im Dienstwagen durch Kreuzberg und versuchten, der groben Wegbeschreibung zu folgen. Doch schon nach wenigen Straßenzügen war klar, dass es nicht leicht werden würde.

Bogner hatte Tina Jeschke angerufen und sie gebeten, Näheres über die Anbieter von Mietcontainern in Kreuzberg herauszufinden. Kurz darauf hatte sie zurückgerufen und mitgeteilt, dass sie nur einen einzigen Anbieter finden könne. Das konnte aber laut Agathe Mehring nicht der Richtige sein. Und in der Kundenliste des Unternehmens gab es keinen Anwalt Dr. Wölfling, wie eine Frau am Telefon widerwillig preisgab, als Bogner ihr androhte, den ganzen Laden umzudrehen, wenn er mit einem Durchsuchungsbefehl vorbeikommen müsse.

Nachdem sie nun eine Stunde durch Kreuzberg gefahren waren, glaubte Speer kaum noch daran, dass es diesen Mietcontainerplatz überhaupt noch gab. Dem Schnauben seines Kollegen, der mit missmutiger Miene den Wagen durch die Straßen steuerte, entnahm er, dass es ihm ähnlich ging. Nach etwa zweihundert Metern tauchte plötzlich zwischen zwei Hochhäusern ein eingezäunter Platz von der Größe eines halben Fußballfeldes auf. Die Fläche hätte einen hervorragenden Autoparkplatz abgegeben. Stattdessen standen darauf mehrere Reihen rostiger Stahlcontainer, ähnlich denen, die auf Stückgutfrachtern verwendet wurden.

Bogner hielt am Straßenrand und wandte sich zu Speer um. »Das könnte es sein.«

Bogner hielt an der heruntergelassenen Einfahrtsschranke. Daneben befand sich eine kleine Holzbaracke, die als Pförtnerhaus diente.

Ein Mann kam heraus. Er mochte vom Alter her auf die siebzig zugehen, hatte eine dunkle sonnengegerbte Haut, krauses Haar und eine dicke Brille. Mit offenem Mund kaute er auf etwas herum. Bogner zeigte ihm seinen Dienstausweis. Der Mann öffnete die Schranke und ließ sie auf das Gelände fahren.

Sie parkten neben der kleinen Holzbaracke. Der Dunkelhaarige kam zu ihnen. Auf seiner schwarzen Strickjacke, die er über einem blauen Hemd trug, waren ein paar Flecken, und auf seinen Schuhen und um den Saum seiner Hosenbeine befanden sich Matschspritzer. Dr. Wölfling war ein angesehener und reicher Anwalt gewesen. Dass er seine Akten diesem schmuddeligen Kerl und diesen halbverrotteten Containern anvertraut hatte, passte nicht ins Bild.

»Wem gehört dieser Platz?«, fragte Bogner. Inzwischen hatte es zu regnen begonnen, was die Anlage noch trostloser wirken ließ.

»Mir«, antwortete der Pförtner stolz mit hörbarem Akzent.

»Und wie heißen Sie?«

»Giuseppe Milano.«

»Seit wann haben Sie die Container?«

»Ich habe mein Geschäft schon seit fünfunddreißig Jahren.«

Bogner wollte wissen, wie die Bezahlung für einen Mietcontainer erfolgte. Giuseppes Antwort darauf erklärte, warum sie in den Buchhaltungsunterlagen keine Rechnungsbelege für die Aktenaufbewahrung gefunden hatten.

»Wer hier einen Container mieten will, muss bar bezahlen,

und das für ein Jahr im Voraus«, sagte Giuseppe. »Würden Sie bitte nachschauen, ob ein Dr. Achim Wölfling zu Ihren Kunden zählt?«, bat Bogner ihn. »Er müsste seit etwa zwanzig Jahren Stammkunde bei Ihnen sein.«

Giuseppe vergrub die Hände in seinen Hosentaschen, trat von einem Bein auf das andere und zuckte mit den Schultern. Dazu machte er ein unwissendes Gesicht, was ihm nicht besonders schwerzufallen schien. Vorhin hatte er in ganz verständlichem Deutsch nach einem Dienstausweis gefragt und Bogners Fragen direkt beantwortet. Jetzt tat er so, als ob er Bogner nicht verstanden hätte, und brabbelte auf Italienisch vor sich hin.

»Herr Milano«, setzte Bogner an und seufzte genervt. »Wir ermitteln in einem Mordfall. Es geht uns nicht um Ihre Geschäftspraktiken. Das heißt, entweder Sie helfen uns jetzt auf der Stelle so gut Sie können, oder ich bitte jemanden vom Finanzamt, einen Blick auf Ihren Betrieb zu werfen und komme noch dazu mit einem Durchsuchungsbeschluss wieder, der es mir erlaubt, jeden einzelnen Ihrer Container zu öffnen.«

Giuseppe Milano machte große Augen und schnappte nach Luft. Gleichzeitig hob er abwehrend die Hände.

»Nein, nein, natürlich bin ich Ihnen behilflich.«

Er kniff kurz die Lippen zusammen. Es sah aus, als ob er noch überlegen müsste, wie viel er ihnen sagen sollte.

»Es gibt keine schriftliche Kundenliste und keine unterschriebenen Mietverträge. Ich kenne alle meine Kunden persönlich. Und ich bin mir sicher, dass ein Dr. Wölfling hier keinen Container gemietet hat.«

Bogner holte sein Smartphone hervor. Darauf hatte er unter anderem Porträtaufnahmen von den Opfern gespeichert. Das Foto von Dr. Wölfling war erst ein halbes Jahr alt. Der Jurist hatte ergrautes lichtes Haar, trug eine Brille mit goldfarbenem

Gestell und einen grauen Anzug. Bogner hielt Giuseppe das Display des Handys hin. »Wir suchen den Container dieses Mannes.«

Jetzt nickte Giuseppe, und ein breites Grinsen trat in sein stoppelbärtiges Gesicht.

»Ich glaube, jetzt weiß ich, wen Sie meinen. Der Mann heißt Otto Schuhmacher.«

»Schuhmacher?«, wiederholte Bogner ungläubig.

Giuseppe zuckte mit den Achseln. »Mir hat er gesagt, so heißt er.«

»In Ordnung. Dann können Sie uns doch sicher zeigen, wo der Mietcontainer von diesem Otto Schuhmacher steht und ihn aufschließen.«

Giuseppe zögerte kurz. »Einfach so? Das darf ich doch gar nicht. Sie müssen verstehen, ich bin für meine Diskretion bekannt. Die Leute vertrauen mir.«

»Wir suchen den Mörder dieses Mannes. Es ist im Interesse Ihres Kunden, dass wir den Inhalt seines Containers überprüfen.«

Giuseppe kniff erneut die Lippen zusammen und sah sich hilfesuchend um. In seiner Mimik lag etwas Flehendes. An ihm war ein guter Schauspieler verloren gegangen, dachte Speer. Und noch immer gab Giuseppe nicht nach, weil er wohl ahnte, dass seine Klientel möglicherweise Dinge hier lagerte, die nicht mit dem Gesetz in Einklang zu bringen waren.

»Aber dafür brauchen Sie doch bestimmt einen Beschluss«, brachte der Italiener schließlich hervor. Er klang nicht mehr so selbstbewusst wie am Anfang. Anscheinend hatte er die Hoffnung, sich aus der Sache herauswinden zu können, aufgegeben und unternahm jetzt einen letzten verzweifelten Versuch, sich nicht geschlagen geben zu müssen.

»Wie Sie wollen«, sagte Bogner und fischte erneut sein Handy aus seiner Anzugjacke. »Wir können es gerne auch kompliziert machen. Den Durchsuchungsbeschluss haben wir ganz schnell. Aber dann kann ich nicht garantieren, dass es bei dem einen Container bleibt, und selbstverständlich brauchen wir dann auch ein paar Streifenwagen zur Verstärkung, um den Platz abzuriegeln. Sie müssen selbst wissen, was besser für Ihr Geschäft ist.«

»Porca Miseria«, fluchte Giuseppe und hob beschwichtigend die Hände. »Na gut, ich zeige Ihnen, wo Schuhmachers Container ist.«

Er ging zurück zu seinem Pförtnerkabuff, um den Containerschlüssel zu holen, und stieß dabei mehrere Flüche auf Italienisch aus. Kurz darauf erschien er mit einem riesigen Schlüsselbund wieder.

Nachdem sie an unzähligen Pfützen vorbeigestakst waren, standen sie schließlich vor einem verrosteten Container. Giuseppe brauchte eine halbe Minute, um den passenden Schlüssel zu finden. Als er aufgesperrt hatte, trat er zur Seite und ging mit eingezogenen Schultern zurück zu seinem Pförtnerhaus. Speer zog am Griff der Metalltür. Sie klemmte ein wenig, ließ sich dann aber mit einem Ruck und einem lauten Quietschen öffnen. Im Innern des etwa zwanzig Quadratmeter großen Containers war es dunkel. Durch das einfallende Tageslicht waren nur die Umrisse von Kartons und Kisten zu erkennen, die sich auf dem Boden und an den Wänden in Regalen bis zur Decke stapelten.

Speers und Bogners Haare und Kleider trieften vor Nässe, und der Matsch unter ihren Schuhsohlen hinterließ schon beim Eintreten seine Spuren auf den grob verlegten Holzbrettern des Containerbodens. Speer wischte sich mit der Hand die Regentropfen aus dem Gesicht. Dann drückte er auf den Schalter neben der Tür, woraufhin eine Neonröhre an der Decke mit ein paar Sekunden Verzögerung brummend aufleuchtete und den Lagercontainer in ein kaltes weißblaues Licht tauchte.

Die Pappkartons auf der linken Seite waren mit Jahreszahlen beschriftet. Auf der rechten Seite stapelten sich verschiedenfarbige Plastikkisten ohne Aufschrift in den Regalen.

Als Speer einen der Kartons öffnete, stellte er zu seiner Zufriedenheit fest, dass sich darin tatsächlich alte Kanzleiakten befanden.

»Das hier musst du dir ansehen«, sagte Bogner und deutete auf den Inhalt einer Kiste, die er hervorgeholt hatte.

35

Einer der Besprechungsräume im LKA-Gebäude war zum zentralen Ermittlungsraum umfunktioniert und mit Computern und Schreibtischen für die Kollegen ausgestattet worden, die zur Verstärkung beordert worden waren. Als Robert Bogner und Tina Jeschke hereinkamen, saßen Paul Breitnach, Emil Sanddorn, André Slibow und Mandy Lose an den Schreibtischen und waren in ihre Arbeit vertieft. Breitnach und Lose telefonierten. Sanddorn und Slibow waren noch damit beschäftigt, die sichergestellten Akten über die Gerichtsgutachterfälle des ermordeten Psychiaters durchzuarbeiten. Wie es aussah, waren sie damit aber fast fertig. In der Mitte stand ein großer ovaler Besprechungstisch mit zwölf Stühlen, auf dem sich jede Menge bei den Mordopfern sichergestellter Unterlagen und Akten stapelten. Fernanda Gomez und Staatsanwalt Dr. Maximilian Heimer hatten hier für siebzehn Uhr dreißig eine Besprechung mit dem kompletten Team anberaumt. Bogner und Tina setzten sich. Kurz darauf kamen Fernanda Gomez und Staatsanwalt Dr. Maximilian Heimer herein.

Paul Breitnach legte den Telefonhörer auf und wandte sich in seinem Drehstuhl zu ihnen um. Mandy Lose machte ein Zeichen, dass ihr Telefonat noch dauern würde.

»Bevor wir anfangen, möchte ich Ihnen mitteilen, dass Kriminalhauptkommissar Speer von dem Fall abgezogen wurde«, sagte Gomez. »Aufgrund seiner persönlichen Betroffenheit habe ich seine weitere Mitarbeit bei den Ermittlungen nicht für ratsam gehalten. Staatsanwalt Dr. Heimer sieht das ebenso. Kriminalhauptkommissar Breitnach übernimmt bis zum Abschluss der Ermittlungen die stellvertretende Leitung der Kommission.«

Dr. Heimer nickte ernst in die Runde. Niemand sagte etwas, nur Paul Breitnach sah äußerst zufrieden aus. Die anderen wirkten betroffen.

»Diese Besprechung soll uns auf den neuesten Stand der Ermittlungen bringen. Wer möchte den Anfang machen?«, fuhr Gomez fort.

»Ich habe gerade mit dem Sohn des dritten Mordopfers telefoniert«, begann Breitnach. »Er ist Alleinerbe. Allerdings glaubt er nicht, dass sein Vater ihm viel hinterlässt.«

»Und wie kommt er zu der Annahme?«, fragte Gomez. »Dr. Ettinger war doch ein angesehener Psychiater mit einer eigenen Praxis, und dazu noch Gerichtsgutachter.«

»Der Psychiater war spielsüchtig. Dafür ist sogar eine teure Villa in Dahlem, die seit mehreren Generationen der Familie gehörte, draufgegangen. Der Sohn meinte, Ettinger habe zwar etliche Therapien gemacht und vor rund zehn Jahren mit dem Spielen aufgehört, und die Altschulden seien getilgt, aber das Haus sei mit hohen Hypotheken belastet und die Rente seines

Vaters habe gerade so zum Leben und zur Tilgung der Kreditraten ausgereicht.«

»Es könnte also auch sein, dass den Psychiater jemand umgebracht hat, weil er Spielschulden hatte«, stellte Slibow fest und schloss die vor ihm auf dem Schreibtisch liegende Gerichtsgutachterakte Ettingers.

»Wenn es sich nur um den einen Mord handeln würde, würde ich es in Betracht ziehen. Aber wir haben drei Taten, die miteinander in Zusammenhang stehen.«

»Außerdem meinte der Sohn, sein Vater habe in den letzten Jahren an keinem Spieltisch mehr gesessen. Aber das kann natürlich auch ein Irrglaube sein. Schließlich haben sich die beiden nicht mehr sehr oft gesehen, und wenn jemand spielt, hängt er es nicht an die große Glocke«, warf Breitnach ein.

Mandy Lose hatte ihr Telefonat inzwischen beendet. Sie stand auf, wandte sich ihren Kollegen zu und lehnte sich an die Schreibtischkante. »Die IT-Experten können jetzt nachweisen, dass Sven Baumanns WLAN-Netz gehackt wurde. Jemand hat die Verschlüsselung wenige Stunden vor der Übertragung des Mordvideos im Internet komplett aufgehoben, ohne dass Baumann etwas davon bemerken konnte.«

»Der Täter ist also ein Computerspezialist«, folgerte Breitnach.

»Nicht unbedingt«, erwiderte Mandy. »Es gibt Software, mit der theoretisch jeder Laie eine so einfache Verschlüsselung schnell knacken kann.«

Dr. Heimer hatte bisher mit versteinerter Miene am Tisch gesessen und zugehört, nun wandte er sich stirnrunzelnd und mit interessiertem Blick Mandy zu.

»Bedeutet das, dass nach Aufhebung der Verschlüsselung theoretisch jeder, der sich im näheren Umkreis von Baumanns

Wohnung befand, dessen Internetanschluss unbemerkt mitbenutzen konnte?«

»So ist es. Jeder im Sendebereich von Sven Baumanns WLAN-Netz hätte das Mordvideo hochladen können. Und dies, ohne dass wir die Identität desjenigen zurückverfolgen können.«

»Dann sollten wir auch die Mieter der angrenzenden Wohnungen überprüfen«, sagte Dr. Heimer.

Mandy Lose nickte zustimmend. »Das Problem ist, dass man selbst in dem gegenüberliegenden Café Baumanns Netz noch empfangen kann. Von den Öffnungszeiten her könnte es gehen. Der Mörder könnte dort einen Cappuccino getrunken haben, während er das Video mit seinem Laptop über Baumanns Netz hochgeladen hat.«

»Hat das Café eine Überwachungskamera?«, wollte Bogner wissen.

»Daran habe ich auch schon gedacht, aber leider nein«, antwortete Mandy.

»Ich glaube nicht, dass einer von Baumanns benachbarten Mietern der Täter ist«, sagte Sanddorn. »Der Täter ist doch viel zu intelligent, als dass er sich seinen eigenen Wohnungsnachbarn aussuchen würde, um das Video hochzuladen. Er muss ja noch nicht einmal im Café gewesen sein.«

»Wir sollten die Besitzerin des Cafés fragen, ob ihr zu der Zeit, als das Video online ging, jemand in ihrem Laden aufgefallen ist. Außerdem könnten die Anwohner der umliegenden Häuser befragt werden, ob ihnen ein Fremder aufgefallen ist, der in seinem Wagen vor Baumanns Haus geparkt hat«, schlug Tina Jeschke vor.

Breitnach verdrehte die Augen und schnaubte mürrisch.

»Das führt doch alles zu nichts«, knurrte er.

Als niemand mehr etwas dazu sagte, tat Robert Bogner seine Meinung kund. »Ich denke, wir dürfen nichts unversucht lassen.«

Breitnacht grinste abwertend und schüttelte den Kopf.

»Ich stimme Robert Bogner zu«, sagte Fernanda Gomez und wies Breitnach mit festem Blick in die Schranken. »Wir machen es deshalb so, wie Oberkommissarin Jeschke vorgeschlagen hat. Wer kann das übernehmen?«

Mandy Lose hob die Hand. Als Slibow das sah, schloss er sich an.

»Nun gut«, sagte Dr. Heimer. »Dann erzählen Sie doch nun, Kriminalhauptkommissar Bogner, wie Sie den von Dr. Wölfling gemieteten Lagercontainer in Kreuzberg gefunden haben und was sich darin befand.«

Bogner berichtete, verschwieg aber, dass Speer bei ihm gewesen war. Bevor die Spurensicherung eingetroffen war, hatte sein Partner den Mietcontainerplatz verlassen. Außer Tina Jeschke wusste sonst niemand, dass Speer am Fund der alten Kanzleiakten beteiligt war.

»Zunächst einmal waren sämtliche Kanzleiakten dort, die älter als zehn Jahre sind.«

Breitnach stöhnte auf. »Bitte nicht noch mehr Akten. Mir verschwimmen schon die Buchstaben vor den Augen.«

Fernanda Gomez warf ihm einen weiteren ernsten Blick zu, woraufhin sich Breitnach schnaubend zurück in die Lehne seines Drehstuhls fallen ließ.

»Die Kollegen von der Spurensicherung untersuchen den Container. Danach bringen sie die Kartons mit den Akten hierher«, fuhr Bogner ungerührt fort. »Es besteht die hohe Wahrscheinlichkeit, dass wir darin einen Fall finden, der den Zusammenhang zwischen den bisherigen drei Mordopfern herstellt. Es wird uns nichts anderes übrigbleiben, als alle Akten durchzusehen, und wenn es die ganze Nacht beansprucht.

Schließlich müssen wir davon ausgehen, dass der Mörder seinen Rhythmus beibehält und morgen früh erneut zuschlägt. Wir haben also kaum Zeit.«

»Und wenn wir wieder nichts finden, wovon ich eigentlich ausgehe, haben wir damit unsere Zeit vertrödelt«, meckerte Breitnach wieder und sah Bogner provozierend an, dem er ebenso wenig Respekt entgegenbrachte wie gegenüber Speer.

»Wenn es einen gemeinsamen Gerichtsfall gäbe, der die drei Mordopfer miteinander verbindet, dann hätte der Fall doch schon in den Gerichtsgutachterakten des Psychiaters auftauchen müssen«, wandte Emil Sanddorn ein.

»Das ist nicht zwingend so«, entgegnete Bogner. »Dr. Ettinger könnte auch nicht als Gerichtsgutachter, sondern in anderer Form an dem Prozess, den wir suchen, beteiligt gewesen sein. Etwa als Zeuge.«

»Oder er hat die Akte verschwinden lassen, weil er nicht stolz auf sein Gutachten war«, sagte Tina.

»Das ist doch Spekulation. Fakt ist, dass wir erst nach einem alten gemeinsamen Prozess als Bindeglied für die Morde suchen, seit Speers Exfrau hier aufgetaucht ist. Sie ist aber keine Ermittlerin mehr und seit einer Ewigkeit raus aus dem Job. Sollen wir uns auf ihr Urteil verlassen?« Breitnach schaute in die Runde.

Dr. Heimer erhob sich nun von seinem Platz und knöpfte seine Anzugjacke zu. Offensichtlich wurde ihm die Diskussion zu bunt.

»Ich stimme Kriminalhauptkommissar Bogner zu. Es handelt sich bei diesen Akten um unsere heißeste Spur. Es ist durchaus gerechtfertigt, einen Teil unserer Kapazitäten auf deren Durchsicht zu verwenden.«

Breitnach nickte widerstrebend und senkte den Blick.

»Sie sagten am Telefon, Sie hätten noch etwas anderes als die

Akten in dem Container entdeckt«, sagte Dr. Heimer nun wieder an Bogner gewandt.

»Ja, das stimmt. In der anderen Hälfte des Lagers stapelten sich in den Regalen Dutzende Plastikkisten. Der Inhalt ist für uns weniger interessant als für die Abteilung zur Bekämpfung von Kinderpornographie. Es handelt sich größtenteils um alte Lagerbestände von VHS-Videokassetten mit einschlägigem Inhalt. Die Filme sind alle um die dreißig Jahre alt. Es scheint fast so, als habe Dr. Wölfling damals einen Handel mit diesen illegalen Videos betrieben. Des Weiteren konnten wir diverses Kinderspielzeug sowie massenweise in Plastiktüten versiegelte gebrauchte Kinderunterwäsche sicherstellen. Außerdem stapelweise Hefte mit nackten Jungen und Mädchen.« Bedrückte Stille legte sich über die Kollegen.

»Was für ein Schwein«, sagte Slibow schließlich tonlos. »Eigentlich ist es ein Witz, dass wir uns wegen jemandem wie ihm die Nacht um die Ohren schlagen müssen. Er hat doch nur gekriegt, was er verdient hat.«

»Genau das will der Mörder! Verständnis für seine Tat. Wenn wir bei den Ermittlungen deshalb nachlässig werden, machen wir uns zu seinen Komplizen«, entgegnete Bogner aufgebracht.

André Slibow war Vater einer dreijährigen Tochter. Bogner konnte seine Reaktion gut nachvollziehen. Ihm selbst hatte sich bei dem Anblick der Kinderunterwäsche in dem Container der Magen umgedreht. Er wusste, dass es Menschen gab, die daraus Befriedigung zogen. Für Speer musste die Vorstellung, dass seine Tochter sich möglicherweise seit zwei Jahren in den Händen eines oder mehrerer solcher Perverser befand, unerträglich sein.

»Ich werde jetzt mal so tun, als hätte ich Ihre Äußerung nicht gehört, Herr Slibow«, sagte Dr. Heimer.

»Wir haben alle seit einer Ewigkeit nicht mehr genug Schlaf bekommen«, versuchte Breitnach die Wogen zu glätten.

»Emotionale Ausnahmezustände können wir uns deshalb dennoch nicht leisten, wenn es um Menschenleben geht«, bemerkte Fernanda Gomez. »Was ist mit diesem Dr. Ettinger? Hat der Psychiater auch den Tod verdient? Bisher müssen wir davon ausgehen, dass er keine abnormen Neigungen hatte. Und was ist mit dem nächsten Opfer?«

»Ist ja schon gut«, lenkte Slibow ein. »Das ist mir nur im ersten Moment so rausgerutscht.«

»Das will ich auch hoffen.« Dr. Heimer sah von einem zum anderen. »Sonst noch was? Gibt es schon was Neues zu dem Fahrzeug, das in der Nähe des Tatorts gesehen worden ist?«

Jetzt meldete sich Tina Jeschke wieder zu Wort. Während sie redete, ließ sie den Kugelschreiber in ihrer Hand um ihre Finger kreisen. »Ich konnte insgesamt drei Männer mit Jagdscheinen ausfindig machen, die einen älteren Geländewagen fahren, der dem Modell entsprechen könnte, welches die Zeugin zur Tatzeit in der Nähe des Hauses unseres dritten Mordopfers gesehen haben will. Adressen und Telefonnummern habe ich auch.«

»Sehr gut. Dann sollten wir den dreien schleunigst einen Besuch abstatten«, sagte Gomez. »Übernehmen Sie das, Sanddorn und Breitnach?«

Die Tür des Besprechungsraumes wurde geöffnet, und zwei Beamte kamen mit Pappkartons auf den Armen herein. Es handelte sich um die Akten aus Wölflings Container. Durch die offene Tür waren die restlichen Kartons zu sehen. Breitnach seufzte.

»Von mir aus können Sanddorn und ich das gerne machen.«

»Verstehe«, sagte Bogner und lächelte dabei schelmisch. »Ist besser, als stundenlang verstaubte Akten durchzublättern.« Aber im Grunde genommen war es ihm nur recht, dass Breitnach das

Gebäude verlassen würde. So wäre es für Speer leichter, später unbemerkt bei der Durchsicht der Gerichtsakten dabei zu sein.

Noch auf dem Containerplatz hatten sie darüber nachgedacht, das Auffinden des Aktenlagers für sich zu behalten und die Akten im Alleingang durchzugehen. Doch aus ermittlungstechnischer Sicht wäre das unverantwortlich gewesen. Mögliche Spuren im Container, die vielleicht auf den Mörder schließen ließen, mussten schnellstmöglich gesichert werden, und mit Unterstützung der anderen Ermittler würden sie wesentlich schneller vorankommen. Dennoch hatten sie verabredet, dass Speer später wieder zu ihm stoßen sollte, um bei der Durchsicht der Akten zu helfen.

»Also gut«, sagte Fernanda Gomez und verteilte noch einmal klar die Aufgaben. »Jeschke und Bogner machen sich an die Durchsicht der Akten. Lose und Slibow führen die Befragung rund um Sven Baumanns Wohnung durch, ob dort jemandem ein Fremder aufgefallen ist. Danach kommen die beiden unverzüglich zurück ins Büro und helfen bei den Akten. Breitnach und Sanddorn überprüfen die drei Jäger, die Jeschke ausfindig gemacht hat, aber mit Vorsicht. Wenn einer von denen der Täter ist, kann es gefährlich werden.«

36

Er wartete in der Dunkelheit, bis ein Wagen aus der Tiefgarage kam und schlüpfte unbemerkt hinein, bevor das Kassettentor wieder nach unten gerollt war. Während er hinunter in die Tiefgarage lief, sah er sich suchend um, konnte aber keine

Überwachungskamera entdecken. In der Nähe ihres Wagens drückte er sich in eine Mauernische. Es war ein perfektes Versteck. Falls jemand die Garagenbeleuchtung anschalten würde, könnte ihn hier niemand sehen. Dennoch presste er sich mit dem Rücken an die Wand. Er war schwarz bekleidet, und in der Dunkelheit hatte er das Gefühl, mit dem kalten Mauerwerk zu verschmelzen. Sein Atem und sein Herzschlag gingen ruhig und gleichmäßig. Er spürte zwar tief in sich die Wut brodeln, hatte sie aber unter Kontrolle.

Die Frau, wegen der er hier war, bewohnte eine der beiden Penthouse-Wohnungen. Er hatte sie wochenlang beobachtet und ihre Routinen studiert. Wenn es sich wie gewöhnlich verhielt, würde sie wie an den vergangenen Sonntagen gegen achtzehn Uhr in ihren Wagen steigen. Bis dahin waren noch zehn Minuten Zeit. Bei der Vorstellung, was er mit ihr anstellen würde, breitete sich ein zufriedenes Gefühl in ihm aus.

Des Öfteren hatte er sich schon gefragt, ob er wahnsinnig war. Aber er war natürlich nicht verrückt. Er handelte rational, intelligent, jeder einzelne Schritt war wohlüberlegt. Und vor allem hatte er gute Gründe, das Recht selbst in die Hand zu nehmen. Die meisten würden verstehen, warum er diese Menschen töten musste.

Nach seiner Adoption hatte sich sein Leben grundlegend geändert. Damals war er sieben gewesen und hatte wohlhabende Eltern bekommen. Die Mutter war gütig und der Vater streng, aber gerecht. Seinen Onkel mochte er aus der Verwandtschaft am meisten. Er war passionierter Jäger und nahm ihn und seinen neuen Vater oft zur Jagd mit. Im Arbeitszimmer seines Onkels hingen ausgestopfte Waldtiere und Hirschgeweihe als Trophäen an den Wänden. Ihr Anblick machte ihm Angst, und wenn er zu Besuch war, mied er das Zimmer. Heute, nach so langer Zeit, begriff er, warum er sich so vor den ausgestopften

Tieren gefürchtet hatte. Sie entfachten seine altbekannte Wut. Der Teufel hatte ihn und seinen älteren Bruder damals in seinen Keller gelockt und sie dort gefangen gehalten. Eine komplette Wand war voll mit ausgestopften Tieren gewesen. Obwohl sie tot waren, hatten sie wie lebendige Wesen auf ihn und seinen Bruder herabgeblickt.

»Die hab ich alle selbst präpariert. Und wenn ihr beide nicht den Mund haltet, schlitze ich euch auf und mache mit euch das Gleiche.« Dann hatte der Teufel schallend gelacht.

Diejenigen, die schuld daran waren, dass sein Bruder in jener Nacht starb, waren keine Menschen. Sie waren seine Tiere, und wenn man ein Tier auf der Jagd tötete, durfte man sich etwas zur Erinnerung an den Triumph, es erlegt zu haben, mitnehmen.

Hätte er sich doch nur früher an alles erinnert. Sie hatten viel zu lange ungestraft weiterleben dürfen. Über diesen Gedanken kochte die Wut immer heißer in ihm und vernebelte sein Bewusstsein. Bald würde er sich nicht mehr im Zaum halten können. »Nein, noch nicht, noch nicht«, sagte er leise zu sich selbst. Er schloss die Augen und versuchte, den Zorn mit ein paar tiefen Atemzügen zu vertreiben.

Ein heller Ton kündigte an, dass der Aufzug in der Tiefgarage angekommen war, und die Türen schoben sich zur Seite. Noch bevor die Beleuchtung in der Garage aufflammte, spähte er hinter dem Mauervorsprung hervor. Es war zu früh, und tatsächlich sah er im Licht der offenen Fahrstuhlkabine jemand anderes in die Tiefgarage gehen.

Es war ein großer Mann von schwerem Körperbau mit einer schwarzen Lederjacke und einem Schlüsselbund in der Hand. Er drückte auf den Lichtschalter neben dem Aufzug.

Schnell zog er sich wieder in seine schützende Wandnische zurück. Dieser Kerl konnte ihm gefährlich werden. Er fluchte in sich hinein. Er konnte nur hoffen, dass der Mann schnell wieder verschwand, sonst würde er einen waghalsigeren Weg gehen müssen. Doch von seinem Plan würde er nicht abweichen, dafür kochte die Wut bereits zu sehr in ihm. Er konnte in dieser Nacht nicht unverrichteter Dinge nach Hause gehen. Er musste sich der Frau bemächtigen und sie töten, und er wusste, wenn er das getan hätte, würden sein flammender Zorn und die quälende Traurigkeit vorbei sein. Um sich davon zu befreien, war er sogar bereit, sein Leben aufs Spiel zu setzen. Ein Leben, das niemals ein echtes gewesen war.

Die Schritte des Mannes entfernten sich. Er hörte das Piepen einer Autozentralverriegelung und sah auf die Uhr. Kurz vor achtzehn Uhr. Wenn die Frau ihre übliche Routine einhielt, müsste sie jeden Moment in die Garage kommen. Er näherte sich vorsichtig dem Wandvorsprung. Als er dahinter hervorspähte, kramte der Mann in der Lederjacke im Kofferraum eines SUV. Schnell zog er den Kopf wieder zurück. In dem Augenblick erklang wieder das Geräusch des Aufzugs, der in der Tiefgarage ankam. Unruhe stieg in ihm auf, der Mann sollte verschwinden! Einen Moment später hörte er das Zufallen der Kofferraumklappe durch den Raum hallen, dann das Öffnen und Schließen einer Autotür. Gleichzeitig hörte er Schritte auf dem Betonboden. Jemand kam schnell in seine Richtung, während einige Meter entfernt der Mann den Motor seines Wagens startete. Reifen fuhren quietschend an, und das Rolltor setzte sich ratternd in Bewegung.

Im nächsten Augenblick hörte er die Zentralverriegelung eines Autos aufspringen. Er lugte hinter der Wand hervor. Sie war es. Mit ihren sechzig Jahren hatte sie sich gut gehalten. Sie war schlank. Er wusste, dass sie regelmäßig um den Schlachtensee joggte. Sein Blut geriet in Wallung. Da war es wieder, das kalte Monster in ihm, das nur seinen niedersten Instinkten folgte und kein Mitleid kannte. Dieser Jähzorn! Er wollte vorpreschen und sie auf der Stelle töten. Er hielt die Luft an, musste sich zurückhalten. Noch konnte er nicht aus seiner Deckung zu kommen. Der Wagen des Mannes stand noch immer vor dem erst halb geöffneten Rolltor. Sein Drang, die Frau zu schnappen, wurde übermächtig. Wenn sie erst einmal im Wagen saß, würde es schwerer werden. Sie konnte die Verriegelung zuschnappen lassen, bevor er an ihrer Tür war. Dann würde er das Seitenfenster einschlagen müssen, was unnötigen Lärm verursachen und Spuren hinterlassen würde. Nein, er musste sie einfach vorher zu fassen bekommen.

Endlich war das Tor oben und das Motorengeräusch entfernte sich. Es war so weit. Schnell kam er aus seinem Versteck hervorgesprungen. Sie hatte ihm den Rücken zugewandt und verstaute die Tasche mit ihren Saunautensilien im Kofferraum. Besser konnte es nicht sein. Er schlich leise wie eine Katze über den Asphalt. Doch gerade, als sie die Kofferraumklappe zuwerfen wollte, trat er gegen einen am Boden liegenden metallenen Flaschenverschluss, der über den Boden schepperte. Erschrocken fuhr sie herum. Ihr erster Gesichtsausdruck wirkte überrascht, der zweite ließ abgrundtiefe Panik erkennen. Doch da stand er schon vor ihr und presste ihr einen in Äther getränkten Lappen vor Mund und Nase. Zuerst sah sie ihn mit schreckgeweiteten Augen an, dann wurde ihr Blick leer und stumpf, bevor sie das Bewusstsein verlor. Er fing ihren Körper auf und wuchtete sie in den offen stehenden Kofferraum. In ihrer Jackentasche fand er den Autoschlüssel. Er schloss den Kofferraum, setzte sich hinters Lenkrad und fuhr los.

Aus den Augenwinkeln nahm er wahr, dass sich die Aufzugtüren erneut öffneten. Im Rückspiegel sah er eine Familie mit zwei kleinen Kindern herauskommen. Der Mann und die Frau sahen dem Wagen kurz hinterher. Als sie die Köpfe abwandten und in eine andere Richtung gingen, wusste er, dass sie nichts bemerkt hatten. Das Rolltor fuhr langsam hoch, und wenige Sekunden später fuhr er hinaus auf die Straße. Im Kofferraum blieb es wunderbar still. Doch schon bald würde die Frau vor Schmerzen schreien.

37

Schweren Herzens war Adrian Speer zu seiner Wohnung gefahren. Schlafen würde er nicht können, aber er aß etwas und nutzte die Zwangspause, um mit seiner Schwester zu telefonieren. Marlene trug es ihm nicht nach, dass er ihre Einladung zum Abendessen vergessen hatte. Auch, dass er von Sebastian nicht begeistert war, als er ihn heute Morgen bei ihr angetroffen hatte, war nicht mehr wichtig. Im Moment zählte für Marlene nur noch, dass es ein Lebenszeichen von Lucy gab. Anders als Franziska und er, hatte sie noch nie in die Abgründe der Menschen geblickt und gesehen, wozu sie in der Lage waren. Und so war sie voller Hoffnung, ihre Nichte bald wieder in die Arme schließen zu können, und ihre Euphorie wirkte fast ansteckend.

Nach dem Telefonat führte er sich wieder vor Augen, dass sie noch immer im Dunkeln tappten, was den Täter anging. Er hielt die beklemmende Enge in seiner Wohnung nicht mehr aus und fuhr zu einer Bar in der Nähe des Dienstgebäudes. Es war kurz vor neunzehn Uhr, als Bogner anrief und ihm mitteilte, dass Fernanda Gomez das Gebäude verlassen hatte. Die Wartezeit war ihm wie eine Ewigkeit vorgekommen. Doch wenn Gomez Wind davon bekäme, dass er weiterhin die Ermittlungen begleitete, würde sie ihn vermutlich umgehend suspendieren, und dann käme er nicht einmal mehr am Pförtner vorbei ins Dienstgebäude. Wie Bogner ihm berichtete, war Fernanda Gomez unter fadenscheinigen Gründen wiederholt in Bogners und Speers Dienstzimmer geschneit, vermutlich, um nachzuprüfen, ob Speer sich an ihre Entscheidung, ihn von dem Fall abzuziehen, hielt.

Zurück im Präsidium, informierte Bogner ihn, dass die Identität der beiden Mädchen neben Lucy wahrscheinlich geklärt sei. Die biometrische Datenbank bei Interpol habe zwei Treffer ergeben. Da die dort gespeicherten Fotos der Mädchen aber schon drei und vier Jahre alt waren, konnte man nicht vollkommen sicher sein. Jedenfalls hatte der Computer ausgespuckt, dass es sich um eine heute Siebzehnjährige aus Polen und eine Achtzehnjährige aus Tschechien handelte. Beide waren auf bisher ungeklärte Weise verschwunden, und es gab nicht den geringsten Anhaltspunkt, was mit ihnen geschehen war oder wer etwas mit ihrem Verschwinden zu tun hatte. Bei der Suche nach Lucy brachte sie das neue Wissen im Moment nicht weiter.

Speer begab sich an die Durchsicht der noch nicht überprüften Anwaltsakten aus dem Mietcontainer. Mit jedem weiteren Fall, den er vom Stapel nahm und erfolglos durcharbeitete, breitete sich mehr Enttäuschung in ihm aus. Um kurz nach zwanzig Uhr stand er auf, streckte sich, ging zur Kaffeemaschine und goss sich erneut eine Tasse ein.

Drei von vier der Kartons hatte er bereits durchgesehen. Leider, ohne einen Gerichtsfall entdeckt zu haben, der den Anwalt Dr. Achim Wölfling, den Psychiater Dr. Manfred Ettinger und den ehemaligen Unterweltboss Horst Rokov miteinander verband.

Wölfling war in erster Linie in Zivilsachen mit Schwerpunkt auf Familien- und Erbrecht sowie im Adoptionsrecht tätig gewesen. Gebiete, mit denen man bei betuchter Mandantschaft sehr viel Geld verdienen konnte. Nur hin und wieder hatte der Anwalt Mandate wegen Körperverletzung, Raub oder Drogenhandel übernommen. Laut einer der Akten war Dr. Wölfling Ende der achtziger Jahre einmal Horst Rokovs Anwalt in einer Strafsache gewesen. Rokov war wegen Drogenhandel, Hehlerei und Zuhälterei angeklagt gewesen, und das Gerichtsverfahren hatte in einem Freispruch geendet.

Der Psychiater Dr. Ettinger war über einen Zeitraum von vierunddreißig Jahren in mehr als zweihundert Strafsachen als gerichtlich bestellter Gutachter zum Einsatz gekommen. Meist ging es um die Feststellung der Schuldfähigkeit der Angeklagten, was oftmals entscheidend dafür war, ob es zu einer Gefängnisstrafe oder zu einer Unterbringung in der geschlossenen Psychiatrie kam.

Die Kollegen hatten in keinem Gerichtsgutachten des Psychiaters eine Beteiligung Rokovs und Wölflings feststellen können. Die Chance, nun noch eine Übereinstimmung in Dr. Wölflings Akten zu finden, war deshalb sehr gering.

Hinzu kam, dass alle anderen Verdächtigen mittlerweile als Täter ausgeschlossen werden konnten. Auch die neuen Fährten verliefen nach und nach im Sand. Vor einer Viertelstunde hatte Paul Breitnach angerufen. Er und Sanddorn hatten die drei Jäger überprüft, aber alle drei konnten wasserdichte Alibis präsentieren, die sie auch schon nachgeprüft hatten.

Bogner, der mit Tina Jeschke im Besprechungsraum die übrigen Kisten mit den alten Fallakten Wölflings durchsah, hatte Breitnach und Sanddorn nach Hause geschickt. Hier waren im Moment genug Leute. Außer den Akten, mit denen sie bald fertig waren, gab es erst mal nichts mehr zu tun. Zudem durfte

Breitnach nicht mitbekommen, dass Speer weiter an dem Fall arbeitete.

Auch Slibow und Lose hatten sich gemeldet. Bis jetzt war niemandem in der Umgebung von Sven Baumanns Wohnung jemand Fremdes aufgefallen. Auch die Besitzerin des Cafés konnte ihnen nicht weiterhelfen. Bogner hatte daraufhin auch den jungen Kollegen zumindest für ein paar Stunden Schlaf freigegeben.

Speer fuhr sich durch die Haare und rieb über die vor Müdigkeit brennenden Augen. Dann nahm er einen weiteren Stapel Akten aus dem letzten verbliebenen Karton und legte ihn auf den Schreibtisch. Auch wenn er wusste, dass er nicht nachlassen durfte, spürte er, dass die Angst, auch in diesen letzten Papieren nicht die erhoffte Spur zu finden, ihn zu lähmen begann. Vielleicht hatte Breitnach ja doch recht gehabt, und am Ende hatten sie mit der Durchsicht der Akten nur ihre Zeit vergeudet. Damit hätte er auch noch die Chance, seine Tochter wiederzubekommen, nicht richtig genutzt. Der Mörder hatte ihm unmissverständlich klargemacht, dass er ihm nur dann verraten würde, wo Lucy gefangen gehalten wurde, wenn es ihm gelänge, ihn vor der Begehung seines vierten Mordes ausfindig zu machen. Wenn der Täter seinen Rhythmus beibehielt, waren es bis dahin noch etwa zehn bis zwölf Stunden, und sie wussten nicht, wer das nächste Opfer sein würde. Bogner rief aus dem Besprechungsraum an. Sie hatten ihre Akten nun durchgesehen und nichts gefunden. Sie würden gleich zu ihm raufkommen.

Als er begann, die verbleibenden Fallakten zu überprüfen, machte sich schlagartig tiefe Resignation in ihm breit. Nach drei weiteren uninteressanten Fällen jedoch zog er eine Akte vom Stapel, die bereits nach den ersten Seiten seinen Herzschlag beschleunigte und dann alles veränderte.

38

In der Akte, über die er sich nun gebannt beugte, ging es um eine sechsundzwanzig Jahre alte Strafsache wegen Kindesmissbrauchs und Körperverletzung. Der damals Angeklagte hieß Harald Burghain. In den Akten, die Speer bisher durchgesehen hatte, gab es keinen vergleichbaren Fall, was diese Strafsache an sich schon interessant machte. Dr. Wölfling hatte damals keine Erfahrung auf diesem Gebiet des Strafrechts gehabt. Dieses Mandat dennoch zu übernehmen war im Hinblick auf die Härte der Strafe, die den Angeklagten bei einer Verurteilung erwartet hätte, unverantwortlich gewesen. Außerdem verteidigte Dr. Wölfling damals mit Harald Burghain einen Mann, der einer Straftat beschuldigt wurde, die Wölfling selbst wegen seiner eigenen pädophilen Neigung ebenso hätte begangen haben können. Der Schluss lag also nahe, dass Wölfling und Burghain sich aus der pädophilen Szene kannten und der Anwalt deshalb ausnahmsweise ein Mandat übernahm, das nicht zu seinem üblichen Betätigungsfeld gehörte.

Schnell blätterte Speer zum Urteilsprotokoll vor. Die Namen, die er so lange vergeblich in den anderen Akten gesucht hatte, sprangen ihn förmlich an. Auf der ersten Seite waren alle Personen aufgeführt, die vor über einem Vierteljahrhundert an der mündlichen Gerichtsverhandlung teilgenommen hatten. Dr. Manfred Ettinger war der in dem Strafverfahren vom Gericht bestellte und vereidigte psychiatrische Gutachter gewesen. Er hatte den angeklagten Harald Burghain auf seine geistige Gesundheit hin untersucht. Als Zeuge der Verteidigung war Horst Rokov geladen. Für einen Moment hielt Speer den Atem an und schloss die Augen. Als er sie wieder öffnete, stieß er die Luft geräuschvoll aus. Eine tonnenschwere Last fiel von ihm ab.

Rokov, Wölfling und Ettinger, die drei Mordopfer zusammen als Beteiligte in einem Gerichtsverfahren. Nach diesem einen Fall hatten sie so fieberhaft gesucht. Hier musste endlich die Spur zu finden sein, die sie zum Täter führen konnte. Aber warum hatten Slibow und Breitnach in den Unterlagen des Psychiaters die entsprechende Gutachterakte mit Burghains Fall übersehen? Das würde er später noch klären müssen.

Als Nächstes sah Speer sich jetzt das Urteil an und war verblüfft. Das Verfahren hatte mit einem Freispruch für den Angeklagten Harald Burghain geendet. Damit brach die Theorie in sich zusammen, dass der Mörder ein zu Unrecht Verurteilter war, der sich nach seiner Freilassung an Wölfling, Ettinger und Rokov rächte.

Speer spürte, wie seine Kräfte schwanden. Es war, als hätte ihm jemand den Boden unter den Füßen weggezogen. Nach dem Freispruch damals gab es für Harald Burghain keinen Grund, die Verfahrensbeteiligten umzubringen, und warum hätte Burghain überhaupt sechsundzwanzig Jahre warten sollen?

Speer widmete nun seine Aufmerksamkeit dem Sachverhalt, der zur Anklage geführt hatte. Demnach war der zweiunddreißigjährige Architekt Harald Burghain in seiner Freizeit ehrenamtlicher Helfer in einer Nachmittagsbetreuung für bedürftige Kinder gewesen. Neben Unternehmungen wie Wanderungen und Schwimmbadbesuchen war er auch in der Essensausgabe beschäftigt. An einem Samstagnachmittag, an dem keine Betreuung stattfand, habe er sich mit dem achtjährigen Benjamin Rose unter dem Vorwand, ihm ein Geschenk machen zu wollen, in den Räumen der Betreuungsstation verabredet. Als der Junge kam, habe er ihn in eine Abstellkammer gelockt und dort sexuell missbraucht. Der Junge hatte es erst nach über einer Woche seinen Eltern erzählt, die daraufhin sofort Anzeige gegen Burghain erstatteten. Der kleine Benjamin erzählte bei der polizeilichen Vernehmung, dass Burghain ihn bereits seit einigen Wochen immer wieder berührt habe. Aufgrund der verstrichenen Zeit waren bei der medizinischen Untersuchung Benjamins keine Spuren körperlicher Gewalt und Missbrauchs mehr feststellbar.

Speer wurde bei der Vorstellung, wie sich ein erwachsener Mann an einem unschuldigen Kind verging, wieder einmal speiübel. Ruckartig stand er auf, öffnete das Fenster und sog gierig die hereinströmende feuchtkalte Luft ein. Nach ein paar Atemzügen ging es ihm wieder etwas besser. Von draußen drang der Lärm des Berufsverkehrs ins Dienstzimmer. Die Geräusche taten gut, da sie etwas beruhigend Normales an sich hatten. Ganz im Gegenteil zum Inhalt dieser Gerichtsakte. Kurz ließ er den Blick über die umliegenden Gebäude schweifen und fragte sich, wie viele Verbrechen da draußen hinter den Fassaden Berlins gerade begangen wurden und von wie vielen sie nie erfahren würden. Er ging zurück an den Schreibtisch und las weiter.

Burghain hatte die Tat bestritten. Er hatte ausgesagt, Benjamin müsse sich das ausgedacht haben, denn an jenem Nachmittag sei er beim Tennisspielen mit seinem Vereinskollegen Horst Rokov gewesen. Rokov hatte dies als Zeuge vor Gericht unter Eid bestätigt. Das Match habe im Garten seines Hauses auf seinem privaten Tennisplatz stattgefunden. Weitere Zeugen des Spiels gebe es nicht.

Die Eltern des Jungen, Emilia und Burkhard Rose, hatten Nebenklage eingereicht. Doch am ersten Prozesstag zogen sie die Klage zurück und gaben bei der Vernehmung an, ihr Sohn habe eine blühende Phantasie. Sie seien sich nicht mehr sicher, ob das, was er ihnen erzählt habe, der Wahrheit entspreche. Außerdem sei seine Schilderung ihnen gegenüber nicht eindeutig gewesen. Sie räumten ein, die Darstellung ihres Kindes etwas übertrieben zu haben, als sie dessen Erzählung bei der Polizei zu Protokoll gaben.

Speer überflog nun das Gutachten des Psychiaters Dr. Ettinger, der feststellen sollte, ob Burghain einem krankhaften, nicht steuerbaren pädophilen Sexualtrieb unterlag, was bei einer Verurteilung eine Unterbringung in der geschlossenen Psychiatrie zur Folge gehabt hätte. Ettinger hatte Burghain mehrfach während der Haft untersucht und befragt. In seinem Gutachten war er zu dem Ergebnis gekommen, das Burghain bei vollkommener geistiger Gesundheit seine Handlungen frei bestimmen konnte. Dieses Gutachten wäre bei einer Verurteilung Burghains positiv zu werten gewesen, denn die Verwahrung in einer Anstalt bedeutete meist lebenslang. Eine Gefängnisstrafe hingegen konnte bei guter Führung nach einigen Jahren zu einer vorzeitigen Entlassung führen.

Es gab also für Burghain auch keinen Grund, wütend auf den Psychiater oder Horst Rokov zu sein.

Rokov und Wölfling kannten sich und waren vermutlich damals sogar befreundet gewesen. Wenn Burghain und Rokov sich so gut kannten, dass sie miteinander Tennis spielten, dann war davon auszugehen, dass auch Wölfling und Burghain miteinander befreundet waren. Wölfling wurde vor seiner Ermordung zuletzt auf einem Tennisplatz gesehen. Wahrscheinlich waren die drei sogar Mitglieder im selben Verein. Speer notierte sich diese Frage. Das würde auch noch erklären, warum Wölfling die Verteidigung übernommen hatte. Es war ein Freundschaftsdienst für Burghain gewesen. Und Rokov? War das Alibi, das er Burghain gegeben hatte, falsch gewesen und ebenfalls ein Freundschaftsdienst? Ein weiterer Gedanke drängte sich Speer nun auf. Vielleicht hatten sich Wölfling und Rokov gezwungen gesehen, Burghain vor einer Unterbringung in einer Psychiatrie zu bewahren, weil sie sonst damit rechnen mussten, dass er die pädophile Neigung seiner beiden Freunde verraten würde? Doch welche Rolle hatte dann der Gerichtsgutachter Dr. Manfred Ettinger gespielt? Kaum hatte Speer sich die Frage gestellt, da glaubte er auch schon, die Antwort zu kennen. Rokov war damals eine der mächtigsten Unterweltgrößen gewesen. Auf der Liste seiner Betätigungsfelder standen illegale Glücksspiele und die Vergabe von Geldkrediten zu Wucherzinsen. Ettinger musste zu dieser Zeit in einer Hochphase seiner Spielsucht gewesen sein. Es war durchaus denkbar, dass Rokov Ettinger im Gegenzug für ein falsches Gutachten seine Spielschulden erließ.

Das waren nur Vermutungen, aber wenn man von deren Richtigkeit ausging, passte alles zusammen. Doch dann hatte nicht Harald Burghain Grund, sich für den Ausgang des Prozesses zu rächen, sondern der missbrauchte Junge von damals oder dessen Eltern. Benjamin müsste heute vierunddreißig Jahre alt sein.

In seinem Schlussplädoyer hatte Dr. Wölfling ausgeführt, dass die Tat, derer der Angeklagte beschuldigt wurde, nicht bewiesen werden könne. Vielmehr werde durch die Zeugenaussage und das Gutachten klar, dass ein Verbrechen nicht stattgefunden habe. Es müsse davon ausgegangen werden, dass Benjamin eine Geschichte erfunden habe, um Aufmerksamkeit zu bekommen. Der Staatsanwalt versuchte, dagegen zu argumentieren, insbesondere das Alibi der Kiezgröße Horst Rokov sei unglaubwürdig. Doch die Richterin gab dem Antrag Dr. Wölflings auf Freispruch statt.

Waren die Morde also eine Racheaktion von Benjamin Rose, da die drei Männer damals verhindert hatten, dass ihm Gerechtigkeit widerfuhr? Doch dann stellte sich wieder die Frage, warum Rose erst sechsundzwanzig Jahre danach zum Mörder wurde. Benjamins Eltern waren damals beide erst Ende zwanzig gewesen und gingen damit heute auf die sechzig zu. Speer dachte an Klaus Acker, der sich erst Jahre nach dem Missbrauch dem Pfarrer anvertraut hatte. Vermutlich blieben seelische Narben oftmals für immer bestehen und bei einigen, die in der Kindheit ein schweres Trauma erlitten, rissen die alten Wunden im Erwachsenenalter unter der Last des Alltags noch einmal auf. Vielleicht war es bei Benjamin Rose ähnlich gewesen.

Speer spürte, wie sich in ihm Unruhe ausbreitete. Sie waren dem Mörder jetzt ein gutes Stück nähergekommen. Aber noch etwas anderes beschleunigte seinen Puls. Drei der damaligen Prozessbeteiligten waren bereits tot. Neben dem Staatsanwalt, der aber auf Benjamins Seite gewesen war, fehlten nur noch der Angeklagte Harald Burghain selbst und die Richterin, die ihn freigesprochen hatte. Auch wenn diese bei der Beweislage nicht anders gekonnt hatte, als Burghain auf freien Fuß zu lassen, würde ein irrationaler Rachefeldzug auch vor ihr nicht haltmachen. Die Tür ging auf, und Robert Bogner und Tina Jeschke kamen herein. Genau zum richtigen Zeitpunkt. Es war höchste Zeit, die beiden ins Bild zu setzen und dann schnellstmöglich zu handeln.

39

Die Richterin, die Harald Burghain vor sechsundzwanzig Jahren freigesprochen hatte, hieß Dr. Vera Brink. Es gab zwei Frauen mit diesem Namen in Berlin, aber nur eine davon war Doktorin der Rechtswissenschaften. Ihre Telefonnummer war geheim. Tina Jeschke kümmerte sich darum, diese in Erfahrung zu bringen. Speer beorderte umgehend zwei Streifenwagen zum Wohnhaus der Richterin. Die Kollegen sollten die Frau bis auf Weiteres unter Polizeischutz stellen. Bogner klingelte Emil Sanddorn und André Slibow aus dem Schlaf und bat sie, die Richterin in ihrer Wohnung in Friedrichshain abzuholen und zur Befragung ins Kommissariat zu bringen.

Harald Burghain ausfindig zu machen war Tina noch nicht gelungen. Sie konnten nur hoffen, dass der Mörder ähnliche Schwierigkeiten hatte. Burghains Adresse ergab sich zwar aus Wölflings Akte, doch er musste unmittelbar nach dem Prozess seine Wohnung in Charlottenburg gekündigt und sich danach nicht wieder woanders angemeldet haben. Anders war nicht zu erklären, dass unter der alten Adresse ein anderer Mieter eingetragen war und Burghain beim Einwohnermeldeamt als unbekannt verzogen geführt wurde. Zwar bestand die Verpflichtung, sich bei einem Umzug mit der neuen Adresse anzumelden, jedoch kam es bei Menschen, die nicht gefunden werden wollten, öfter vor, dass sie sich nicht ummeldeten. Als Beschuldigter in einem Prozess wegen Kindesmissbrauchs blieb immer etwas hängen. Insoweit war nachvollziehbar, dass Burghain nach dem Freispruch untergetaucht war.

Während Tina weiter daran arbeitete, Harald Burghains aktuellen Aufenthaltsort herauszufinden, eilten Bogner und Speer hinunter auf den Parkplatz des LKA-Gebäudes und machten sich mit Bogners Dienstwagen auf den Weg nach Neukölln, wo die Mutter von Benjamin Rose lebte. Der jedoch konnte nicht der gesuchte Mörder sein, wie Tina quasi im Handumdrehen herausgefunden hatte: Er war seit vierzehn Jahren tot. Und sein Vater Burkhard hatte vor vier Jahren das Zeitliche gesegnet.

Noch immer fragte sich Speer, wie das sein konnte. Benjamin Rose wäre der perfekte Täter gewesen mit Rache für den damaligen Missbrauch und das Versagen der Justiz als Motiv. Somit hatte sich seine kurze Hoffnung, den Killer der drei Männer noch in dieser Nacht festnehmen zu können, schon wieder in Nichts aufgelöst. Und noch viel schlimmer war, dass der Mörder bereits morgen früh sein nächstes Opfer töten würde, wenn sie ihn nicht vorher stoppten. Doch vorausgesetzt, es handelte sich bei den Morden tatsächlich um eine Rachemission gegen die damaligen Prozessbeteiligten, dann hatten sie nun zumindest die Chance, zu verhindern, dass der Killer sein Werk fortsetzte. Und dafür mussten sie den damaligen Angeklagten, Harald Burghain, und die Richterin Dr. Vera Brink in Sicherheit bringen, bevor der Mörder sie in seine Gewalt brachte.

Es war einundzwanzig Uhr dreizehn, als sie die Adresse in Neukölln erreichten. Sie parkten in einer Seitenstraße in der Nähe des Plattenbaus, in dem Emilia Rose lebte. Im Licht der Straßenlaternen wirkte der eintönige Gebäudequader schäbig und heruntergekommen. Sie stiegen aus, und stürmische, kalte Luft blies ihnen entgegen, während sie schnellen Schrittes in Richtung des Plattenbaus gingen.

Die Analyse des Videos, das die Ermordung des Anwalts zeigte, hatte ergeben, dass es sich mit sehr hoher Wahrscheinlichkeit um einen männlichen Täter handelte. Dafür sprach die Brutalität, mit der die Morde begangen worden waren. Emilia Rose war somit wohl nicht die Mörderin der drei Männer, abgesehen davon, dass sie körperlich zu den Taten kaum in der Lage gewesen wäre. Speer und Bogner hatten deshalb auf ein mobiles Einsatzkommando und Schutzpolizei als Verstärkung verzichtet.

Es war fraglich, ob sie überhaupt etwas von der Frau erfahren würden, das sie weiterbrachte, aber sie mussten es versuchen. Am meisten fürchtete sich Speer davor, wieder nur in einer

Sackgasse gelandet zu sein, und dass die Familie Rose in dem Fall gar keine Rolle spielte.

Eine Minute später standen sie vor dem Haupteingang des Plattenbaus. Hinter der breiten gläsernen Tür konnte man das Treppenhaus und den Aufzug sehen. Auf einem Tableau mit Klingelschildern waren viele der Namen verblichen, und Bogner brauchte kurz, um *Rose* darauf zu finden. Zu Speers Verwunderung meldete sich eine männliche Stimme.

»Ja?«

»Hier ist die Kriminalpolizei. Wir möchten zu Emilia Rose«, meldete sich Bogner und warf Speer einen ernsten Blick zu.

»Kriminalpolizei?«

»Ja, wir würden Frau Rose gern ein paar Fragen im Zusammenhang mit einer Ermittlung stellen. Ist sie da?«

»Können Sie sich ausweisen?«

»Wenn Sie uns hereinlassen, zeigen wir gern unseren Dienstausweis.« Bogner wurde langsam ungehalten.

Ein paar Sekunden vergingen, dann erklang der Summer, und Bogner drückte die Tür auf. Sie fuhren mit dem Fahrstuhl in die fünfte Etage. Emilia Roses Wohnungstür befand sich in der Mitte eines kahlen Ganges, der von mehreren Neonröhren beleuchtet wurde und an einen Krankenhausflur erinnerte.

Als sie vor die Tür traten, war diese bereits einen Spalt weit geöffnet. Hinter der vorgelegten Riegelkette stand ein Mann und musterte sie misstrauisch. Speer schätzte ihn auf Anfang dreißig.

»Waren Sie das eben an der Gegensprechanlage?«, fragte Speer.

Der Mann nickte. In seinen nervös flackernden Augen glaubte Speer, Angst zu erkennen.

Sie hielten ihm beide ihren Dienstausweis hin. Er ließ sich Zeit beim Betrachten.

»Wir sind davon ausgegangen, dass Frau Rose alleine hier lebt«, sagte Bogner. Speer bemerkte, dass sein Kollege unauffällig die rechte Hand unter sein Jackett und auf den Griff der Dienstwaffe in seiner Gürteltasche legte.

»Das tut sie ja auch.« Er schob die Riegelkette beiseite und öffnete die Tür.

»Mein Name ist Tobias Schwernitz. Ich bin der Krankenpfleger von Frau Rose.« Tatsächlich trug Schwernitz eine für Pflegepersonal typische weiße Arbeitskleidung. »Was wollen Sie denn von Frau Rose? Ich meine ja nur, weil sie krank ist.«

»Das würden wir ihr trotzdem lieber selbst sagen.«

Der Pfleger blickte unterwürfig nach unten und nickte. Dann führte er sie durch den Flur in das Wohnzimmer. Die Gardinen waren zugezogen, und der kleine Raum wirkte dadurch düster und bedrückend. Auf einem Sideboard sah Speer mehrere Fotos, die einen kleinen Jungen zeigten. Auch ein Hochzeitsfoto stand dort. An der Wand hing das Porträtfoto eines Mannes mit Vollbart, um das ein Rosenkranz gelegt war. In einem braunen Ohrensessel, der seine besten Tage schon lange hinter sich hatte, saß eine kleine Frau mit tiefen Falten im Gesicht. Sie war sehr zierlich und trug einen viel zu großen schwarzen Pullover. Über ihren Beinen war eine Wolldecke ausgebreitet. Sie hielt den Kopf etwas nach links gebeugt, und ihr graues Haar fiel ihr bis über die Schultern. Es war kaum zu glauben, dass sie noch nicht einmal sechzig Jahre alt sein sollte. Hätte er es nicht besser gewusst, hätte Speer sie ihrem Aussehen nach gut zehn Jahre älter geschätzt. Ihr Krankenpfleger trat nah an den Sessel heran und beugte sich zu ihr hinunter. Seine Stimme war leise und sanft, als er zu ihr sprach.

»Emilia, hier sind zwei Herren von der Polizei, die dir gern ein paar Fragen stellen wollen.«

Emilia Rose sah sie mit glasigem Blick an. In ihren Augen

lag Trauer und Leid, was den Eindruck unterstützte, dass vor ihnen eine Frau saß, die in ihrem Leben schon sehr viel hatte ertragen müssen.

»Die Polizei? Ist etwas passiert?« Sie sprach sehr langsam mit einem Zittern in der Stimme und bebenden Lippen.

»Emilia hat vor drei Jahren einen Schlaganfall erlitten. Seitdem hat sie große Fortschritte gemacht, aber ihr linker Arm und ihr linkes Bein sind noch teilweise gelähmt. Außerdem hat sie Probleme beim Sprechen. Alleine kann sie nicht mehr für sich sorgen«, erklärte Tobias Schwernitz.

Bogner nickte. »Wir würden uns dennoch gern alleine mit Frau Rose unterhalten.«

»Ja sicher, ich habe sowieso noch eine Verabredung und muss los, wenn ich nicht zu spät kommen will.« Der Pfleger lächelte. Er wirkte aufgedreht, und Speer wurde den Eindruck nicht los, dass etwas mit ihm nicht stimmte.

»Ich geh dann jetzt, Emilia. Bis morgen früh.«

Emilia Rose quittierte es mit einem Kopfnicken und lächelte ihm zu.

Als Schwernitz gegangen war, zog Bogner sich einen Stuhl vom Esstisch heran und setzte sich der Frau gegenüber. Sie inspizierte ihn mit großen furchtsamen Augen. Speer blieb ein paar Meter entfernt an der Wohnzimmertür stehen.

»Wir sind wegen dem hier, was vor sechsundzwanzig Jahren mit Ihrem Sohn geschah«, erklärte Bogner.

Emilia Rose schloss die Augen und neigte den Kopf nach vorn. Als sie wieder aufsah, standen Tränen in ihren Augen.

»Warum interessiert Sie das nach so langer Zeit?«

»Wir glauben, dass der Angeklagte Harald Burghain damals zu Unrecht freigesprochen wurde. Ist es nicht so?«

»Mein Mann und mein Sohn sind tot. Es spielt keine Rolle mehr, was damals passiert ist.«

»Für uns schon. Wir untersuchen mehrere Morde, die vermutlich mit dem Gerichtsprozess in Zusammenhang stehen.«

Emilia Rose legte ihre Hände im Schoß übereinander. Sie zitterten.

»Was denn für Morde? Die, von denen im Radio die Rede war? Was soll das mit meinem Benny zu tun haben?«

Bogner schaute mit fragendem Blick zu Speer. Der nickte ihm zu.

»Jemand bringt gezielt die damaligen Prozessbeteiligten um. Alle, die dafür gesorgt haben, dass Burghain freikommt.«

Emilia Rose kniff die schmalen Lippen fest zusammen. Jetzt liefen ihr die Tränen über die Wangen und sie schluchzte.

»Es sieht so aus, als wolle jemand späte Gerechtigkeit üben für das, was Burghain Ihrem Sohn angetan hat. Haben Sie eine Ahnung, wer dahinterstecken könnte?«

Emilia Rose schüttelte langsam den Kopf. »Mein Sohn ist tot. Ich weiß nicht, wer einen Grund haben sollte, diese Menschen nach so langer Zeit plötzlich umzubringen. Es hilft doch niemandem. Ich habe schon lange meinen Frieden gemacht mit dem, was damals geschehen ist.«

Bogner seufzte. »Dann stimmt es. Burghain hat Ihren Sohn damals doch missbraucht, der Prozess war manipuliert.«

Emilia Rose nickte. Sie zog ein Papiertaschentuch unter der Decke hervor und wischte sich die Tränen aus dem Gesicht.

»Wie ist Ihr Sohn ums Leben gekommen?«

»Er hat sich erhängt. Es war wegen dem, was dieses Schwein ihm als Kind angetan hat.«

Sie hatten gewusst, dass Benjamin Rose tot war, aber nicht, dass er Selbstmord begangen hatte.

»Unten im Haus, in unserem Kellerabteil, gab es einen Eisenhaken an der Decke. Benjamin hat sich sein altes Springseil um den Hals geschlungen und sich daran aufgehängt. Mein Mann hat ihn gefunden. Er hat das nie verkraftet. Vor vier Jahren starb er dann an einem Herzinfarkt. Wenn Tobias sich nicht so gut um mich kümmern würde, dann wäre ich auch schon lange nicht mehr da.« Sie schaute auf den neben ihrem Sessel stehenden Rollator. »Ich kann kaum noch gehen, geschweige denn einkaufen. Er macht mit mir Krankengymnastik und hilft mir auch beim Wäschewaschen und beim Kochen.«

»Es scheint, als ob Tobias mehr ist als nur jemand vom Pflegedienst«, hakte Speer nach.

Emilia Rose nickte und wischte sich die Tränen aus dem Gesicht.

»Er wohnt auch hier im Haus, in der Wohnung seiner früh verstorbenen Eltern. Er war der beste Freund meines Sohnes.« Emilia stockte kurz, als müsse sie das, was sie als Nächstes sagen wollte, wohl überlegen. »Ich glaube, ich bin für ihn so etwas wie eine Ersatzmutter, und er ist für mich mittlerweile fast wie ein eigenes Kind.«

Das ließ bei Speer alle Alarmglocken läuten. Konnte es sein, dass Tobias Schwernitz Rache für seinen toten Freund nahm, der vermutlich wie ein Bruder für ihn gewesen war? Speer entnahm Bogners Blick, dass der das Gleiche dachte.

»Um nochmals auf den Prozess zurückzukommen«, setzte Bogner erneut an. »Warum haben Sie damals von der Nebenklage Abstand genommen?«

Emilia Rose schnäuzte sich die Nase und steckte das Taschentuch wieder unter die Decke. Sie schluckte schwer, bevor sie antwortete.

»Vielleicht ist es ja ganz gut, dass es mal rauskommt. Jetzt ist ohnehin alles egal.«

Sie beugte sich zum Tisch hinüber und streckte ihre Hand nach dem Wasserglas aus. Speer reichte ihr das Glas. Sie bedankte sich und nahm einen winzigen Schluck.

»Ich habe mich oft gefragt, ob ich und mein Mann schuld daran sind, dass Benny sich umgebracht hat. Wenn wir mutiger gewesen wären und dieser Widerling verurteilt worden wäre, wenn wir Benny nicht dazu angehalten hätten, zu sagen, er habe sich das alles nur ausgedacht … Vielleicht würde er dann heute noch leben.«

Eine kurze Pause entstand. Speer überkam ein Anflug von Übelkeit. Emilia Rose hatte bestätigt, dass der damalige Prozess manipuliert war. Burghain hatte den kleinen Benjamin missbraucht, und das Alibi, das Rokov ihm gegeben hatte, musste falsch gewesen sein.

»Aber warum haben Sie sich damals so verhalten? Warum haben Sie die Nebenklage zurückgezogen?«, wollte Bogner noch einmal wissen.

»Wir haben es nicht freiwillig getan. Ein paar Tage vor dem ersten Prozesstag kamen Leute zu uns. Sie sagten, entweder sorgen wir dafür, dass Benny sagt, er habe alles nur erfunden, oder sie würden dafür sorgen, dass er eines Tages für immer verschwindet.«

»Wer waren diese Leute?«

»Sie haben sich nicht vorgestellt. Aber sie sahen aus, als ob sie das, was sie sagten, auch tun würden.«

Bogner nahm die Porträtfotos der drei Mordopfer hervor, und hielt sie Emilia Rose hin. »War einer von diesen Männern dabei?«

Die kranke Frau ging mit dem Gesicht nahe an die Fotos heran und betrachtete aufmerksam jedes einzelne.

»Von denen war keiner hier. Aber der da« – sie zeigte auf das mittlere Bild – »steckte mit denen unter einer Decke.«

Es war das Foto des Anwalts Dr. Achim Wölfling.

»Sind Sie sicher?«, fragte Bogner.

»Die beiden, die uns bedroht haben, waren ein Mann und

eine Frau, ein sehr ungleiches Paar. Der Mann war ein breit-
gebauter Asiate mit kantigem Kopf, dünnem Schnurrbart und
kalten Augen. Die Frau war hager, überdurchschnittlich groß
und hatte harte Gesichtszüge wie ein Mann. Solche Gestalten
vergisst man nicht wieder. Schon gar nicht, wenn sie einem in
der eigenen Wohnung drohen. Und am Tag des Prozesses standen sie mit dem da auf Ihrem Foto vor dem Gerichtsgebäude
und haben uns düster angesehen, als wir an ihnen vorbeigingen. So als wollten sie ihrer Drohung noch mal Nachdruck ver-
leihen. Der Mann, der bei ihnen stand, war der Anwalt dieses
Monsters, das unserem Benny das angetan hat. Der ist also umgebracht worden, das geschieht ihm recht.«

»Dann hätte ich noch eine letzte Frage an Sie«, sagte Bogner.
»Weiß Tobias Schwernitz, dass Sie damals gezwungen wurden,
Ihren Sohn dazu zu bewegen, von seiner Aussage abzurücken?«

Emilia Rose ließ sich Zeit mit ihrer Antwort. Sie sah zum
Fenster, hinter dem es nur Dunkelheit gab. Dann nickte sie.

»Außer Ihnen ist Tobias der Einzige, dem ich davon erzählt
habe. Und das ist erst ein paar Monate her.«

40

Sie verabschiedeten sich und eilten über das Treppenhaus zwei
Stockwerke nach unten zur Wohnung von Tobias Schwernitz.
Für ihn war Emilia Rose wie eine Mutter, und er war der beste Freund ihres Sohnes gewesen. Es musste für ihn zutiefst er-
schütternd gewesen sein, als er erfuhr, weshalb sich Benjamin
das Leben genommen hatte und dass der Prozess manipuliert

gewesen war. Der Krankenpfleger hatte ein klares Motiv, sich an denjenigen zu rächen, die die Familie Rose ins Unglück gestürzt hatten.

Als Tobias Schwernitz Emilia Roses Wohnung verlassen hatte, hatte er zwar von einer Verabredung gesprochen, aber seitdem war erst eine Viertelstunde vergangen, und es war gut möglich, dass er noch zu Hause war. Auf dem Treppenabsatz der vierten Etage klingelte Bogners Handy. Er holte es hervor und warf im Gehen einen Blick auf das Display.

»Es ist Sanddorn«, sagte er und nahm das Gespräch entgegen. »Was?« Bogners Stimme klang angespannt. Sie blieben stehen, und er hörte eine Weile zu. Dabei legte sich seine Stirn in Falten, und er streifte mit der freien Hand durch sein strohblondes Haar. Nachdem das Gespräch beendet war, gingen sie weiter die Treppen nach unten, und Bogner fasste kurz den Inhalt des Telefonats zusammen.

»Die Richterin war nicht in ihrer Wohnung. Eine Nachbarin wusste aber, dass sie sonntagabends gewöhnlich bei einer Freundin zu einer privaten Saunarunde eingeladen ist. Dort kam sie aber nie an, obwohl sie den Termin nicht abgesagt hatte. Andere Hausbewohner hatten ihren Wagen gegen achtzehn Uhr aus der Tiefgarage fahren sehen.«

»Dann hat er uns sein nächstes Opfer vermutlich vor der Nase weggeschnappt«, stöhnte Speer. Der Irre schien ihnen immer einen Schritt voraus zu sein.

»Falls Schwernitz etwas damit zu tun hat, dann kann er der Frau nicht mehr schaden, wenn wir ihn jetzt festnehmen«, entgegnete Bogner. Sie betraten den Flur zu den Wohnungen im dritten Stock. Speer blieb keine Zeit mehr, darauf zu antworten.

Schwernitz stand etwa dreißig Meter von ihnen entfernt und schloss seine Wohnungstür ab. Er wandte den Kopf in ihre Richtung und erstarrte.

»Herr Schwernitz, wir hätten da noch ein paar Fragen an Sie«, rief Bogner im Näherkommen.

Schwernitz blickte wieder auf das Türschloss, zog hektisch den Schlüssel ab und rannte in die entgegengesetzte Richtung davon.

»Verdammt!«, fluchte Bogner. Während sie hinter Schwernitz herrannten, zogen sie ihre Dienstwaffen. Alles ging rasend schnell.

Auf den ersten Blick war seine Flucht aussichtslos, denn der Korridor schien an einem Fenster an der Außenwand zu enden. Doch dann verschwand der Krankenpfleger, der trotz seines kleinen Rucksacks ein schneller Läufer war, kurz vor dem Fenster nach links aus ihrem Sichtfeld. Speer erkannte ein grünes Notausgangschild.

Als sie an der Ecke ankamen, hinter der Schwernitz verschwunden war, warf Bogner einen schnellen Blick in den Gang dahinter.

»Alles okay!« Er machte einen Schritt nach vorn, und Speer folgte ihm.

Der schmale Gang führte zu einer nur wenige Meter entfernten Stahltür. Bogner positionierte sich vor der Tür, Speer riss sie auf. Dahinter befand sich ein schmales Treppenhaus. Sie vernahmen das Geräusch schneller Schritte, die sich über die Treppe nach oben entfernten.

Zwei Stufen auf einmal nehmend, jagten sie hinterher. Kurz drauf hörten sie eine Tür ins Schloss fallen. Das Mietshaus hatte acht Stockwerke, und sie befanden sich jetzt zwischen der fünften und sechsten Etage. Es war schwer abzuschätzen, ob Schwernitz bis ganz nach oben gelaufen war, wo vermutlich eine Tür auf das Flachdach führte, oder ob er vorher in eins der über ihnen liegenden Stockwerke geflohen war. Einem Instinkt folgend, öffnete Speer in der sechsten Etage die Tür zum Flur und rannte dort zurück zum Haupttreppenhaus. Falls Schwernitz nicht aufs Dach gelaufen war, sondern in die siebte oder achte Etage, um von dort über das Haupttreppenhaus nach unten zu flüchten, würde er ihm vielleicht den Weg abschneiden können. Er glaubte nicht, dass Schwernitz die Nerven besaß, auf den Fahrstuhl zu warten und damit nach unten zu fahren. Wenn doch, dann konnte Schwernitz theoretisch schneller als er unten ankommen und verschwinden. Aber groß würde sein Vorsprung nicht sein.

Eine Minute später kam Speer im Erdgeschoss an, doch hier war niemand. Er hatte von hier aus sowohl das Treppenhaus als auch den Aufzug im Blick. Durch das Glas der Eingangstür sah Speer nach draußen, konnte aber auch dort niemanden entdecken. Sein Atem ging rasend schnell und er schwitzte. Plötzlich klingelte sein Handy. Mit der linken Hand zog er es aus seiner Tasche, mit der Rechten hielt er noch immer seine Pistole vor sich. Bogners keuchender Atem drang durch die Leitung.

»Die Tür aufs Dach ist abgesperrt«, schrie er durchs Telefon. »Ist eine massive Stahltür. Ohne Brecheisen ist da nichts zu machen. Entweder hatte der Kerl einen Schlüssel und ist aufs Dach, oder er ist noch im Gebäude.«

An der Anzeige sah Speer, dass der Fahrstuhl sich in der siebten Etage in Bewegung setzte. Ohne anzuhalten, fuhr er Etage um Etage nach unten.

»Ich bin jetzt im Erdgeschoss. Über das Treppenhaus tut sich noch nichts, aber der Aufzug kommt jetzt runter.« Dann fuhr der Lift auch an der zweiten Etage vorbei. Schnell drückte Speer das Gespräch weg und steckte das Telefon ein. Hinter sich hörte er, dass die Eingangstür zum Gebäude geöffnet wurde, und er drehte sich um. Eine Frau mit zwei Einkaufstüten blieb abrupt auf der Türschwelle stehen und starrte auf die Pistole in seiner Hand. Der Schreck stand ihr ins Gesicht geschrieben.

»Polizei!«, rief Speer ihr zu. »Verschwinden Sie!« Doch die Frau blieb wie angewurzelt stehen und sah ihn weiterhin aus großen Augen an. »Gehen Sie wieder nach draußen und weg von der Tür, sofort!«, schrie Speer. Sie löste sich aus ihrer Starre, machte auf dem Absatz kehrt und lief mit ihren Einkaufstaschen davon. Speer wandte sich wieder dem Lift zu, der in dem Moment im Erdgeschoss ankam. Ein sanfter Dreiklang ertönte, und die Türen schoben sich zur Seite.

Doch nicht Schwernitz war in der Kabine, sondern ein Paar mit einem Baby.

»Polizei«, sagte Speer und senkte die Waffe. Die Frau umklammerte ihr Baby fester und drehte sich unsicher zu ihrem Mann. Speer rannte aus dem Haus ins Freie.

Wenn Schwernitz der gesuchte Mörder war, dann hatte er womöglich einen Fluchtplan, für den Fall, dass man ihm auf die Schliche kam. Vielleicht hatte er sich einen Schlüssel für die Stahltür besorgt, war soeben aufs Dach getürmt und hatte die Tür hinter sich wieder abgeschlossen.

An das Mietshaus war ein weiterer, etwas niedrigerer Wohnkomplex mit Flachdach angebaut, dessen beleuchteter Eingangsbereich ungefähr achtzig Meter entfernt war. Vermutlich gab es eine Rettungsleiter, mit der man über das Dach von einem Gebäude zum anderen gelangen konnte.

Es war stockdunkel, das spärliche Licht der Straßenlaternen genügte jedoch, um ausschließen zu können, dass Schwernitz oder eine andere Person sich auf dem Bürgersteig befand. Wie es zwischen den parkenden Autos aussah, konnte er nicht überblicken. Er hatte beim Warten auf den Aufzug wertvolle Zeit verloren und musste sich jetzt beeilen. Falls Schwernitz den Weg über das andere Gebäude genommen hatte, war nicht auszuschließen, dass er es schon in eine der Häuserschluchten auf der anderen Straßenseite geschafft hatte.

Während Speer langsam auf den anderen Gebäudeeingang zulief, sah er sich aufmerksam nach allen Seiten um, konnte aber nichts Auffälliges feststellen. Bei dem nasskalten Herbstwetter blieben die meisten Menschen lieber drin.

Als er an dem Eingangsbereich ankam, ging er hinter der Hecke, die den schmalen Grünstreifen vor dem Mietshaus zum Bürgersteig abgrenzte, in Deckung, so dass Schwernitz ihn nicht sehen konnte, wenn er aus dem Gebäude kam. Es war so kalt, dass er seinen Atem als weiße Wolken vor sich sehen konnte. Sekunden später hörte er das Geräusch einer Gebäudetür, die sich öffnete. Mit einer schnellen Drehung sprang Speer auf und zielte mit der Waffe auf den Eingang. Wegen der hell leuchtenden Lampe konnte er die Person, die aus dem Gebäude gekommen war, sofort erkennen. Tobias Schwernitz war nur für einen Sekundenbruchteil überrascht, aber das reichte. Der Pfleger machte noch einen Schritt nach hinten, doch die Eingangstür war inzwischen wieder zugefallen, und er konnte nirgendwohin.

»Hände hoch und auf die Knie!«, befahl Speer.

Nach kurzem Zögern schien Schwernitz zu resignieren und folgte der Aufforderung.

»Jetzt legen Sie sich mit dem Bauch auf den Boden und strecken Arme und Beine aus!«

Bogner kam herbeigelaufen und keuchte.

»Gut gemacht!«, lobte er und hechelte nach Luft.

Er ging zu Schwernitz, legte ihm die Hände auf den Rücken und fesselte ihn mit Handschellen.

»Sie sind vorläufig festgenommen. Sie haben das Recht, zu schweigen und Ihren Anwalt anzurufen. Alles, was Sie sagen, kann gegen Sie verwendet werden«, klärte er ihn über seine Rechte auf, während er ihn durchsuchte.

»Na, sieh mal einer an«, sagte er und hielt ein Springmesser in die Höhe, das er in Schwernitz' Jackentasche gefunden hatte. »Da frage ich mich, warum ein Krankenpfleger so was mit sich rumschleppt.«

Er zerrte Schwernitz vom Boden hoch. Der Pfleger presste mit versteinerter Miene die Lippen zusammen. Als Bogner ihn in Richtung ihres Wagens schob, fiel Speer etwas auf, das sie beinahe übersehen hätten.

»Bevor wir fahren, müssen wir noch aufs Dach. Sein Rucksack ist weg. Er muss ihn irgendwo dort oben versteckt oder weggeworfen haben.«

41

Wo bin ich? Die Gedanken quälten sich mühsam in Vera Brinks Bewusstsein. Benommen wie nach einer Narkose gelang es ihr, die Augen kurz einen Spalt weit zu öffnen. Sie registrierte, dass es dunkel um sie herum war. Dann senkten sich ihre Lider wieder. Sie war so entsetzlich müde. Sie konnte sich nicht erinnern, was mit ihr geschehen war und wusste noch nicht einmal, welcher Tag heute war. Die dumpfen, schnell anwachsenden Kopfschmerzen und eine immer deutlicher spürbare Übelkeit ließen sie schnell wacher werden, bis ihr endlich auf einen Schlag klarwurde, dass etwas an ihrer Situation ganz und gar nicht stimmte. Sie riss die Augen auf. *Oh nein, bitte nicht!* Doch es war so. Sie war von Finsternis umgeben. Wo war sie?

Du musst hier weg! Schnell, lauf!, befahl sie sich selbst. Als sie aber versuchte, ihre Beine zu bewegen, durchfuhr sie Entsetzen. Sie hing! Kopfüber in einem dunklen Raum, ihre Beine waren an den Fußgelenken zusammengebunden und ihre Hände hinter dem Rücken gefesselt. Panik schoss in ihren Körper.

Sie zerrte an den Fesseln um ihre Handgelenke, die ihr dabei schmerzhaft ins Fleisch schnitten. Als sie resigniert feststellte, dass sie sich nicht befreien konnte, ergriff die Verzweiflung vollständig Besitz von ihr und löste in ihrem Inneren eine Angst aus, wie sie sie noch nie verspürt hatte. Sie keuchte, als die Panik sie überrollte, und Tränen liefen aus ihren Augen. Reflexartig setzte sie zu einem schrillen Schrei an, doch da war etwas in ihrem Mund, ihre Zunge stieß dagegen. Es fühlte sich wie ein Stoffballen an. Sie versuchte, das Teil auszuspucken, aber es ging nicht, denn eine Art Band war fest vor ihren Mund und über ihre Wangen geschlungen und hinter ihrem Kopf verknotet. Sie wimmerte. *Was ist hier nur los? Was geschieht hier mit mir?* Nach ihrem Erwachen hatte ihr benebelter Verstand eine Weile gebraucht, um ihre Situation richtig zu begreifen, und das Teil in ihrem Mund war erst jetzt in ihr Bewusstsein gerückt. Ihr Schädel kam ihr plötzlich so schwer vor, als hätte jemand Beton hineingegossen. Die Schmerzen waren so unerträglich, dass sie glaubte, ihr Kopf müsse zerbersten, und ein starker Brechreiz setzte ein. Wie lange sie wohl schon in dieser unnatürlichen Position hing?

Das Adrenalin durchflutete sie, sie setzte all ihre Kraft ein und schrie in den Stoffballen in ihrem Mund. Doch es nutzte nichts, nur ein gequältes Schluchzen drang hervor. Sie schaffte es nicht, sich zu befreien, und als sie innehielt und lauschte, konnte sie kein Geräusch vernehmen, das darauf hindeutete, dass jemand kam, um ihr zu helfen. Doch es musste andere Menschen in der Nähe geben, sonst hätte es keinen Sinn gemacht, sie zu knebeln. Oder der Irre, der für all das verantwortlich war, wollte sie einfach nur zusätzlich quälen. Dann fiel es ihr wieder ein. Sie hatte in der Zeitung von einer Mordserie gelesen. Der Mörder hatte ein Video ins Internet gestellt. Er hatte sein Opfer, einen Anwalt, an den Füßen aufgehängt. Sie sträubte sich gegen die Vorstellung, in die Fänge dieses Mörders geraten zu sein, und doch ergriff diese einzig plausible Erklärung mehr und mehr Besitz von ihr. Ein kalter Schauder überlief sie, und sie begann am ganzen Körper zu zittern. *Nur warum? Warum ich?* Sie dachte an die Verbrecher, die sie in ihrer Laufbahn hinter Gitter gebracht hatte. War er einer von ihnen? Dann wäre ihr Alptraum wahr geworden. Oft hatte sie daran gedacht, dass jemand, dem sie mit einem ihrer Urteile zehn oder fünfzehn Jahre seines Lebens genommen hatte, sich dafür würde rächen wollen.

Sie versuchte, sich zu konzentrieren. *Erinnere dich, was ist als Letztes geschehen, bevor du ohnmächtig geworden bist?* Es fiel ihr nicht ein. Ihr Körper pendelte hin und her, und ihr wurde immer übler. *Was, wenn ich mich jetzt übergeben muss? Dann wirst du elendig an deinem eigenen Erbrochenen ersticken*, brüllte sie sich innerlich selbst zu. *Nein, nein, das darf nicht sein, bleib ruhig, jemand wird kommen und dir helfen.* Sie versuchte, so gleichmäßig wie möglich und in langen Zügen durch die Nase zu atmen. Wenn sie nicht bald freikam, würde sie entweder verrückt werden oder sterben. Sie wusste, dass ein Mensch nicht beliebig lange mit dem Kopf nach unten hängen konnte. Das Blut staute sich im Kopf, und der Druck schwoll an. Daher kamen auch ihre Kopfschmerzen, die sich anfühlten, als ob ihr jemand den Schädel spalten wollte. Dennoch gelang es ihr, sich ein wenig zu beruhigen. Auch wenn sie kaum klar denken konnte, so roch sie nun die muffige und nach Schimmel riechende Luft in diesem Raum. Zudem fror sie am ganzen Körper. Tränen liefen über ihre Stirn in ihr Haar und tropften zu Boden. Sie wollte wieder nach Hause.

Langsam kam die Erinnerung zurück. Da war ein Mann in ihrer Tiefgarage gewesen, ganz in Schwarz gekleidet. Sie hatte nicht schnell genug reagiert, und wie in Zeitlupe erlebte sie vor ihrem geistigen Auge noch einmal, wie alles abgelaufen war. Sogar den Lappen, den er ihr auf den Mund gepresst hatte, sah sie wieder vor sich, und seine Augen, die sie anstarrten, während sie gegen die Bewusstlosigkeit ankämpfte.

42

»Sie verdächtigen meinen Mandanten, drei Menschen ermordet zu haben. Gibt es einen Beweis für diese schwerwiegende Anschuldigung?«, fragte Annabella Krombach.

Robert Bogner saß ihr und ihrem Mandaten Tobias Schwernitz im Verhörraum gegenüber. Die Anwältin fixierte ihn wie ein angriffslustiges Raubtier.

Vorhin auf dem Weg ins Landeskriminalamt hatte Tobias Schwernitz schweigend auf der Rückbank des Wagens gesessen und aus dem Fenster geschaut. Im Verhörraum war er nicht bereit gewesen, ohne seine Anwältin etwas zu sagen. Ihre Handynummer hatte er auswendig gewusst.

In der Zeit bis zu ihrem Eintreffen versuchten sie vergeblich, Schwernitz aus der Reserve zu locken. Sie konfrontierten ihn mit den Morden und fragten ihn, wo er zu den Tatzeiten war. Aber Schwernitz schwieg beharrlich und starrte nur mit ausdrucksloser Miene vor sich hin. Auf Speer machte der Mann einen allzu gelassenen Eindruck. So ein Verhalten lernte man im Knast oder in einer Straßengang, ein perfektes Pokerface, das keine Emotionen verriet, wenn es ernst wurde. Was Tina Jeschke im Computer über Schwernitz fand, bestätigte seine Annahme.

Als Annabella Krombach eine Stunde später eingetroffen war, hatte sie sich zunächst den Grund für die Festnahme erläutern lassen. Danach hatte sie sich mit ihrem Mandanten unterhalten, und im Anschluss hatte Bogner allein mit der Vernehmung begonnen.

Speer verfolgte zusammen mit Tina Jeschke das Geschehen vom Nebenraum aus durch den Beobachtungsspiegel. Wenn herauskam, dass er bei der Verhaftung Schwernitz' dabei gewesen war, obwohl Gomez ihn von den Ermittlungen abgezogen hatte, würde das nicht nur für ihn, sondern insbesondere für Robert Bogner mächtigen Ärger geben. Aber wenn Schwernitz der Mörder war, wäre das zweitrangig. Da das Verhör aufgezeichnet wurde, wollte er dort lieber nicht in Erscheinung treten, um nicht noch mehr Öl ins Feuer zu gießen. Bogner hatte Fernanda Gomez und Dr. Heimer telefonisch über den neuen Ermittlungsstand und die Festnahme Schwernitz' unterrichtet. Beide baten auf dem Laufenden gehalten zu werden, würden aber vorerst nicht zurück ins Kommissariat kommen.

»Wir haben eindeutige Indizien, die gegen Ihren Mandanten sprechen«, sagte Bogner.

»Indizien?«, hakte Annabella Krombach nach. Sie lächelte und lehnte sich entspannt in ihren Stuhl zurück, als ob sie den Fall schon gewonnen hätte.

»Tobias Schwernitz war der beste Freund von Benjamin Rose, der im Alter von zwanzig Jahren Selbstmord beging, vermutlich weil er als Kind missbraucht worden war. Alle unsere Mordopfer hatten dazu beigetragen, dass der damalige Prozess manipuliert und der Angeklagte freigesprochen wurde. Ihr

Mandant erfuhr davon erst vor Kurzem und ist geflüchtet, als wir ihn befragen wollten.«

»Dafür, dass er weggelaufen ist, können sie ihm die Morde nicht anhängen, und wenn diese nebulöse Theorie alles ist, was Sie haben, können Sie es vergessen. Wie mir Herr Schwernitz soeben sagte, hat er für die zweite Tat ein Alibi, und da es sich um einen Serienmord handelt, scheidet er für die übrigen Tötungen dann wohl aus«, erwiderte die Anwältin mit einem siegessicheren Lächeln auf ihren Lippen.

»Dann wäre jetzt der richtige Zeitpunkt, uns zu verraten, mit wem Ihr Mandant zusammen gewesen sein will, als Ihr Kollege Dr. Wölfling getötet wurde«, verlangte Bogner.

Annabella Krombach sah zu Schwernitz, der aber den Kopf schüttelte.

»Tut mir leid«, sagte sie, wieder zu Bogner gewandt, »mein Mandant sieht sich außerstande, diese Information preiszugeben. Und solange Sie wegen der Morde nichts weiter gegen ihn in der Hand haben, muss er das auch nicht.«

Bogner seufzte. »Ihr Mandant ist kein unbeschriebenes Blatt.« Er blätterte in den Unterlagen, die Tina Jeschke in der kurzen Zeit über Tobias Schwernitz zusammengestellt hatte. »Zwei Verurteilungen wegen schwerer Körperverletzung nach Jugendstrafrecht. Einmal mit achtzehn und dann wieder mit zwanzig. Nachdem er beim ersten Mal noch mit Bewährung davonkam, gab es beim zweiten Mal ein Jahr Haft. Dann vor sieben Jahren noch mal zwei Jahre Gefängnis wegen Drogenhandels.«

»Ja, und danach hat mein Mandant eine Lehre als Krankenpfleger erfolgreich abgeschlossen und ist seitdem nicht mehr strafrechtlich in Erscheinung getreten«, entgegnete Annabella Krombach. Speer ahnte, dass die Anwältin Bogner provozieren und ihn dazu bringen wollte, dass er die Beherrschung verlor.

Wenn sie so weitermachte, hatte sie gute Chancen, dass es ihr gelang.

»Ihr Mandant mag eine Zeitlang gesetzestreu gewesen sein, aber jetzt haben wir ihn wieder mit Drogen erwischt, und das wirft hinsichtlich der Morde kein gutes Licht auf ihn«, entgegnete Bogner. Im Rucksack, den Schwernitz bei seiner Flucht in einem Lüftungsschacht versteckt hatte, hatten sie ein Kilogramm der chemischen Droge Crystal Meth gefunden, ein wahres Teufelszeug, das schon nach der ersten Einnahme zur Abhängigkeit führen konnte.

Annabella Krombach rollte mit den Augen und lächelte. Blonde Haare, blaue Augen, eine sehr zarte Erscheinung. Wenn man sie nicht kannte und auf der Straße sah, wäre man nicht so schnell darauf gekommen, dass sie eine harte Strafverteidigerin war. »Das macht Herrn Schwernitz aber noch lange nicht zu einem Mörder.«

»Da haben Sie recht, aber im Moment ist er unser Hauptverdächtiger. Er hat ein Motiv und weder ein Alibi für die Morde noch für die Zeit, in der die Richterin entführt wurde.«

»Mein Mandant traf um neunzehn Uhr dreißig bei Emilia Rose ein.«

Bogner wandte sich direkt an Schwernitz. »Wo waren Sie heute zwischen sechzehn Uhr dreißig und achtzehn Uhr dreißig?«

»Zu Hause. Habe mich ein bisschen von der Arbeit ausgeruht. Zu Emilia bin ich nach Feierabend.«

»Vera Brink wurde gegen achtzehn Uhr entführt«, sagte Bogner zu Annabella Krombach.

»Beweise, Herr Kommissar, ich warte immer noch darauf, dass Sie mir Beweise präsentieren. Sie wissen genauso gut wie ich, dass Sie wegen der Morde nichts gegen meinen Mandanten in der Hand haben. Sie haben bisher nur eine aus der Luft gegriffene Theorie. Das reicht nicht, um jemanden lebenslang hinter Gitter zu bringen.«

»Das Messer, das er bei sich hatte, könnte die Tatwaffe sein. Die Techniker sind noch mit der Untersuchung beschäftigt.«

Das Messer war tatsächlich bis jetzt das Einzige, was Schwernitz belasten könnte. In seiner Wohnung, die sie wegen Gefahr in Verzug sofort nach Eintreffen des angeforderten Streifenwagens geöffnet und betreten hatten, hatte die Spurensicherung bisher nichts gefunden, was auf seine Täterschaft hinwies. Dabei hatten sie gehofft, die Richterin dort vorzufinden oder zumindest Hinweise, wo Schwernitz sie hingebracht haben könnte. Aber Fehlanzeige.

Der Blick der Anwältin wurde immer überheblicher. Bogner schnaubte verächtlich, und Speer spürte, dass seinem Partner langsam der Geduldsfaden riss.

»Unabhängig davon reicht die Menge der sichergestellten Drogen aus, um Ihren Mandanten hierzubehalten. Es ist eindeutig davon auszugehen, dass er damit handeln wollte, und da er einschlägig vorbestraft ist, geht er dafür mit Sicherheit wieder in den Bau.«

Tobias Schwernitz rieb sich mit den Händen übers Gesicht. Seine Abgebrühtheit schien zu bröckeln.

»Aber was wird dann aus Emilia? Sie hat doch sonst niemanden.«

»Das hätten Sie sich vorher überlegen sollen. Aber wenn Sie nichts mit den Morden zu tun haben und Sie tatsächlich ein Alibi haben, dann würden Sie gut daran tun, es uns zu verraten.«

Die Anwältin schien ausnahmsweise derselben Meinung zu sein und nickte Schwernitz zustimmend zu. Der jedoch sagte nichts, sondern blickte nur nach unten auf die Tischkante.

»Wenn Sie uns alle Fragen beantworten, dann setze ich mich

dafür ein, dass Ihre Kooperationsbereitschaft strafmildernd berücksichtigt wird.«

Schwernitz schüttelte resigniert den Kopf. »Ich war von Freitagabend bis Samstagmittag mit einer Frau zusammen. Aber ich kann Ihnen nicht verraten, wer bei mir war.«

»Wie Sie wollen. Dann geben wir Ihnen noch ein wenig Zeit, um darüber nachzudenken.«

»Wenn Sie an dem Messer meines Mandanten oder in seiner Wohnung nichts finden, das von den Opfern stammt, können Sie eine Anklage vergessen.« Annabella Krombach sah zum Beobachtungsspiegel und setzte ein unschuldiges Lächeln auf.

Bogner erhob sich von seinem Stuhl. »Wir werden sehen.«

»Ja, das werden wir, und wenn Sie zurückkommen, wäre ich dankbar, wenn Sie mir eine Frage beantworten könnten«, sagte die Anwältin und lächelte noch selbstbewusster.

»Und die wäre?«

»Warum jetzt? Auch wenn mein Mandant von dem manipulierten Prozess und dem Grund für den Freitod seines besten Freundes erst vor Kurzem erfuhr, Benjamin Rose ist seit vierzehn Jahren tot. Sein Vater seit vier, und die Mutter hatte auch nicht erst gestern einen Schlaganfall. Also warum sollte mein Mandant jetzt noch Amok laufen und Menschen für ein Fehlverhalten bestrafen, das sechsundzwanzig Jahre zurückliegt? Ich würde sagen, dass es sich hier um die Taten eines Geistesgestörten handelt, und mein Mandant macht doch einen ganz normalen Eindruck.«

Bogner lächelte. Es wirkte aufgesetzt, und Speer ahnte, dass sein Partner das Gleiche dachte wie er: Die Anwältin hatte recht, ohne weitere Beweise konnten sie Schwernitz nicht als Täter überführen.

Nachdem Bogner den Verhörraum verlassen hatte, rief er Dr. Heimer an und informierte ihn, dass er den Lautsprecher des Telefons eingeschaltet habe, damit Tina Jeschke mithören konnte. Adrian Speers Anwesenheit ließ er unerwähnt.

»Das können Sie vergessen«, begann Dr. Heimer sofort, nachdem Bogner ihn ins Bild gesetzt hatte. »Wir haben nichts gegen ihn in der Hand.«

»Schwernitz hat kein Alibi«, entgegnete Bogner.

»Aber die Frage, weshalb er nach all der Zeit die Morde begangen haben soll, können wir nicht beantworten.«

Robert Bogner sah müde und erschöpft aus, und er machte ein niedergeschlagenes Gesicht.

»Abwarten, vielleicht finden die Kriminaltechniker ja noch was, das Schwernitz mit den Morden in Verbindung bringt«, beharrte er, aber es klang nicht besonders zuversichtlich. »Und solange das nicht geklärt ist und er uns sein angebliches Alibi nicht verrät, ist er für mich unser Mann. Von daher sollten wir ihn auf jeden Fall noch hier behalten. Auch schon deshalb, weil er dann – sollte er wirklich der Mörder sein – zumindest morgen früh nicht den angekündigten Mord begehen kann.«

»Wenn Schwernitz die Richterin Brink gekidnappt hat, bevor wir ihn festgenommen haben, dann würden wir sie in Todesgefahr bringen, wenn wir ihn gehen ließen«, stimmte Heimer zu. »Der Mann bleibt daher selbstverständlich vorläufig festgenommen und über Nacht unser Gast. Und morgen wandert er dann in Untersuchungshaft. Die Indizien, die für Mordverdacht sprechen, dürften dem Haftrichter zwar zu dünn sein, aber dafür haben wir ihn im Besitz einer großen Menge Drogen erwischt, die nach Drogenhandel aussieht. Da Schwernitz einschlägig vorbestraft ist, muss er dafür mit einer mehrjährigen Haftstrafe rechnen. Der Haftrichter wird annehmen, dass Fluchtgefahr besteht und ihn noch vor dem Prozess hinter Schloss und Riegel bringen.«

43

Adrian Speer saß allein in dem zur Einsatzzentrale umfunktionierten Besprechungsraum. Um ihn herum standen die Ordner und Kisten mit Unterlagen aus den Wohnungen der drei Mordopfer und aus Wölflings Kanzlei. Bogner hatte sich für eine Stunde nach Hause verabschiedet, um zu duschen und seine Kleider zu wechseln. Speer vermutete aber, dass es um etwas anderes ging, denn kurz zuvor hatte Bogner einen Anruf von seiner Frau erhalten und danach völlig von der Rolle und Hals über Kopf das Büro verlassen.

Tina Jeschke saß noch in ihrem Zimmer und arbeitete unermüdlich an zusätzlichen Hintergrundinformationen über Tobias Schwernitz. Ihre Suche nach Harald Burghain, dem damaligen Angeklagten im Prozess, war bisher ergebnislos geblieben. Dabei stand Burghain mit Sicherheit als ein weiteres Opfer auf der Liste des Mörders.

Nachdem Tina Jeschke über das Einwohnermeldeamt nicht weitergekommen war, suchte sie im Internet nach ihm. Doch auch hier fand sie keine Informationen, was in der heutigen Zeit zumindest ungewöhnlich war. Allerdings waren etwas ältere Menschen seltener in den sozialen Netzwerken aktiv, und eigene Blogs führten sie auch nicht oft. Auch die Straftäterdatei ViCLAS führte nicht zu einem Treffer. Burghain war offenbar nach dem Prozess vor sechsundzwanzig Jahren untergetaucht und nie wieder in Erscheinung getreten. Das war wiederum ungewöhnlich, wenn er – und davon war auszugehen – damals tatsächlich den jungen Benjamin Rose missbraucht hatte. Wenn er ein Triebtäter war, dann war anzunehmen, dass er irgendwann wieder die Kontrolle über seine abartigen Neigungen verloren haben musste. Nach den Gesetzen der Wahrscheinlichkeit hätte Burghain also im Laufe der Jahre wieder mit dem Gesetz in Konflikt geraten müssen.

Eine weit hergeholte, aber denkbare Theorie formte sich in Speers Gedanken. Dr. Wölfling und Rokov hatten einige Mühen auf sich genommen, um Burghain vor dem Knast zu bewahren. Man könnte vermuten, dass sie Sorge hatten, Burghain könnte etwas ausplaudern, das sie selbst belasten würde. Rokov war damals in der Blütezeit seiner Gangsterkarriere gewesen. Es war also nicht auszuschließen, dass er und Wölfling paradoxerweise dafür gesorgt hatten, dass Burghain freikam, um ihn anschließend ein für alle Mal zum Schweigen zu bringen. Das wiederum würde auch erklären, warum Burghain nach dem Prozess von der Bildfläche verschwunden war und warum der Mörder wollte, dass Speer ihn vor seinem vierten Mord fasste. Ganz einfach deshalb, weil es keinen fünften Mord geben würde. Die Liste endete nicht mit Burghain, da der sowieso schon tot war, sondern mit der Richterin.

Sanddorn und Slibow waren noch immer in Vera Brinks Wohnung auf der Suche nach einem Hinweis, der sie zum Täter führte, den Bogner nach wie vor beharrlich in Tobias Schwernitz vermutete. Speer hingegen wurde das Gefühl nicht los, dass sie den Falschen unter Verdacht hatten.

Zum einen, weil es bisher keine plausible Erklärung gab, warum Schwernitz ausgerechnet jetzt, nach so vielen Jahren, Rache nahm. Zum anderen konnte er sich kaum vorstellen, dass Schwernitz derjenige gewesen war, der mit elektronisch verfremdeter Stimme telefonisch mit ihm in Kontakt getreten war, um ein Spiel mit ihm zu beginnen. Schwernitz' Wortwahl, sein Intellekt, die Art, wie er sich ausdrückte, waren anders als bei dem Anrufer. Schwernitz war nicht überheblich genug und auch nicht überzeugt, schlauer als die Polizei zu sein, so wie der Anrufer es gewesen war. Außerdem hatte Franziska zu Recht bei ihrer Profilerstellung angefügt, dass dem Täter persönlich etwas Schlimmes widerfahren war, was bei Schwernitz nicht der Fall war. Dem Anrufer ging es darum, Gerechtigkeit walten zu lassen, und Schwernitz handelte mit Drogen, das passte auch nicht.

Mit jeder weiteren Minute, in der er darüber nachdachte, verstärkte sich die Unruhe in Speer. Es war jetzt schon fast Mitternacht. In sieben bis neun Stunden würde ein weiterer Mensch, vermutlich die Richterin, tot sein, wenn sie den Falschen in Gewahrsam hatten. Aber was half diese Erkenntnis? Einen anderen Ansatz hatten sie nicht.

Speer rieb sich mit den Händen übers Gesicht, es fühlte sich aufgedunsen an. Er war müde und doch gleichzeitig innerlich so aufgewühlt, dass an Schlaf nicht zu denken war. Resigniert schloss er für einen Moment die Augen und massierte sich die Lider. Vermutlich würden sie in all den Unterlagen, die sie sichergestellt hatten, nichts finden, was sie auf die Spur des Täters führen würde. Ein neuer Gedanke drängte sich ihm auf. War es denkbar, dass Burghain hinter allem steckte, dass er sich aus irgendeinem Grund an den damaligen Prozessbeteiligten rächte?

Er merkte, wie sinnlos dieser Ansatz war. Er stocherte nur im Nebel. Neben den Ordnern aus dem Haus des Psychiaters Dr. Ettinger stand ein Pappkarton. Er stellte ihn auf den Tisch, öffnete den Deckel und entnahm zwei Ablagefächer, die auf Ettingers Schreibtisch gestanden hatten. Darin befanden sich noch zu begleichende Rechnungen, Werbeangebote und Kopien aus psychologischen Fachzeitschriften. Speer hatte sich die Unterlagen schon einmal angeschaut, und auch die handschriftlichen Notizen auf einigen losen Zetteln gaben nichts her. Darauf waren nur Erledigungen notiert, die Ettinger sich vorgenommen hatte. Ganz unten in dem Karton befanden sich vier in Leder gefasste Notizbücher. Es handelte sich um Tagebücher, die in Ettingers Schreibtischschublade gelegen hatten. Tina hatte davon berichtet. Sie hatte sämtliche Einträge durchgelesen, aber nichts gefunden, was darauf hindeutete, dass Dr. Ettinger sich bedroht fühlte.

Speer blätterte die Bücher oberflächlich durch. Die Tagebucheinträge waren sehr unregelmäßig, meist nur stichwortartig und in oft wochenlangen Abständen verfasst. Es sah ganz danach aus, als habe der Psychiater sein Tagebuch nicht aus Freude geführt, sondern es als eine lästige Verpflichtung empfunden. Speer packte die Sachen zurück in den Karton und stellte ihn wieder auf den Boden. Dabei kam ihm plötzlich eine Idee. Er ließ sich von Tina die Telefonnummer von Ettingers Sohn in München geben. Das anschließende kurze Telefonat bestätigte seine Vermutung. Fünf Minuten später saß er auf seinem Motorrad und machte sich auf den Weg zum Haus des Psychiaters.

44

Zögerlich betrat Robert Bogner das freistehende Einfamilienhaus, in dem er gemeinsam mit Laura und der fünfzehnjährigen Tochter Julia seit zehn Jahren lebte. Laura und er hatten sich ein Mädchen gewünscht, und der Wunsch war in Erfüllung gegangen. Ein Jahr nach der Hochzeit war Julia zur Welt gekommen. Er hatte sich darauf eingestellt, dass Laura ihn schon im Eingangsbereich wutentbrannt empfangen würde. Doch im Haus war es totenstill, und der Flur lag, bis auf das schwache Licht, das durch die offene Wohnzimmertür herein-fiel, im Dunkeln.

Eigentlich gab es an seinem Leben nichts auszusetzen. Dennoch hatte er irgendwann eine Grenze überschritten und begonnen, alles aufs Spiel zu setzen.

Sie hatten sich den Neubau in dieser teuren Lage in Charlottenburg nur dank Lauras Geldanlagen leisten können. Eigentlich war das moderne Haus nicht sein Stil, aber in dem Punkt hatte er sich Lauras Wünschen angepasst.

Im Gegensatz zu ihm, der aus einfachen Verhältnissen stammte, hatte Laura ein sehr reiches Elternhaus. Lauras Vater hatte von Anfang an unverhohlen zum Ausdruck gebracht, dass ihm die Beziehung seiner Tochter mit einem Polizisten missfiel. Auch nach der Heirat war er nicht müde geworden, Laura immer wieder vorzuhalten, dass dieser Kommissar nicht gut genug für sie sei.

Bogner dachte nicht zum ersten Mal, dass Lauras Vater recht gehabt hatte. Laura hätte jemand Besseres verdient, jemanden, der sie nicht mit einer jungen Studentin betrog. Natürlich liebte er seine Frau noch immer, und er wusste nicht, was ihn dazu gebracht hatte, seinen Verstand über Bord zu werfen, aber jetzt würde er Laura alles gestehen müssen. Er kam sich verlogen vor, als er seine Schuhe im Flur abstreifte und ins Wohnzimmer ging. In der Ecke neben dem Fenster brannte die Stehleuchte. Laura saß auf der Couch, eingewickelt in eine Wolldecke, und neben ihr häuften sich zusammengeknüllte Taschentücher. Sie zog die Nase hoch und starrte ihn an. Er trat nahe an sie heran und sah, dass ihre verweinten Augen rot unterlaufen waren. Mit zitternden Händen griff sie nach dem Weinglas vor sich auf dem Tisch. Die Rotweinflasche daneben war bereits halb leer.

»Schläft Julia?«, fragte er und setzte sich auf den Sessel seiner Frau gegenüber.

»Es ist nach zwölf. Natürlich liegt sie im Bett, und natürlich war ihr Vater wieder einmal nicht da, um ihr gute Nacht zu sagen.«

»Das ist bald vorbei, der Fall ist so gut wie gelöst. Nur noch ein paar Tage, dann nehme ich mir frei. Dann haben wir wieder mehr Zeit füreinander.«

»Wir? Ein Wir gibt es nach dem Anruf deiner kleinen Schlampe nicht mehr.« Lauras Stimme klang hart und traurig.

Laura hatte ihn im Präsidium angerufen, kurz nachdem sie das Verhör von Tobias Schwernitz abgebrochen hatten. Sie hatte geheult, und er hatte kaum etwas von dem verstanden, was sie durch den Hörer geschrien hatte. Nur so viel, dass eine betrunkene Frau sie angerufen und ihr erzählt habe, dass sie die Freundin ihres Mannes sei und er für sie seine Familie verlassen würde.

Er hatte im Auto darüber nachgedacht, einfach alles abzustreiten. Er hatte nie vorgehabt, Laura für Nadja zu verlassen. Nadja hatte ihn zu einer Entscheidung gedrängt, doch er hatte sich nicht mehr bei ihr gemeldet, was in erster Linie der rasanten Entwicklung in der Mordserie geschuldet war. Jetzt hatte Nadja die Sache selbst in die Hand genommen.

»Es tut mir leid«, sagte er. »Ich liebe dich und habe keine Ahnung, wie das passieren konnte.«

Laura schnaubte und kniff die Lippen zusammen. Er sah, wie ihre Halsadern vor Wut zu pulsieren begannen.

»Wie lange geht das schon?«

»Laura«, flüsterte er und sah beschämt zu Boden.

»Ich will es wissen!«

»Einen Monat.« Er wollte jetzt bei der Wahrheit bleiben. Er hatte schon genug Schaden angerichtet. »Ich weiß nicht, was in mich gefahren ist. Es gibt keinen Grund.«

»Kenne ich sie?«

Er schüttelte den Kopf. »Sie ist Studentin und arbeitet in *Henriettes Eck.*«

»Der Klassiker also, wie billig. Sind Julia und ich dir so wenig wert?«

»Nein, und das weißt du.«

»Ich weiß gar nichts mehr über dich. Du bist so gut wie nie da. Menschen verändern sich, und den Menschen, den ich geheiratet habe, erkenne ich in dir nicht wieder.« Die Verbitterung sprach aus jedem ihrer Worte.

»Ich beende das sofort, ich verspreche dir, es kommt nie wieder vor. Wir können das schaffen.«

Jetzt starrte sie ihm entschlossen in die Augen.

»Das will ich gar nicht mehr. Vertrauen kann man nicht so einfach wieder zurückholen.«

»Wir müssen auch an Julia denken.«

»Jetzt auf einmal! Und vorher, als du mit deiner Schlampe im Bett warst, hast du nicht an sie gedacht. Ich könnte kotzen, wenn ich dich sehe und an all die Jahre denke, die ich an dich verschwendet habe.« Sie machte eine kurze Pause. »Ich will, dass du ausziehst.«

Sein Herz krampfte sich zusammen. Er wollte sie beschwichtigen, ihr gut zureden. Dann zerschnitt das Klingeln seines Handys die Stille. Auf dem Display leuchtete die Nummer von Tina Jeschkes Diensttelefon auf. Verdammt, er hatte doch gesagt, dass er in einer Stunde wieder zurück wäre. In diesem Moment verfluchte er seinen Ehrgeiz, der ihm die Leitung der neuen Mordkommission eingebracht hatte. Er konnte es sich jetzt, in dieser Phase des Falles, am wenigsten von allen Kollegen leisten, nicht erreichbar zu sein, sonst wäre er den Job gleich wieder los.

»Ich muss rangehen«, murmelte er und stand auf.

»Ist schon klar«, sagte Laura. In ihrer Stimme lagen Resignation und Enttäuschung. Er legte seine Hand auf ihre Schulter, doch sie wischte sie mit einer schnellen Bewegung weg und rutschte zur Seite.

»Lass mich!«, fauchte sie ihn an. Es tat ihm in der Seele weh. Tina sparte sich jede Begrüßung und informierte ihn in knappen Worten.

»Lass Schwernitz aus der Zelle holen und in den Verhörraum bringen«, befahl er. »Ich fahre sofort los.«

»Du brauchst nichts mehr zu sagen«, kam Laura ihm zuvor, als er das Handy wegsteckte. »Geh einfach!«

»Wir kriegen das schon wieder hin«, flüsterte er. Laura kauerte wie ein Häufchen Elend auf der Couch. Das hatte er ihr angetan. Kurz mischte sich Wut auf Nadja seinem Bedauern bei, doch dann kämpften sich die Gedanken um den Fall wieder in den Vordergrund.

»Ich packe ein paar Sachen zusammen und stelle sie in den Flur. Damit kannst du dann woanders hinziehen. Vielleicht ist in der Wohnung deiner Freundin noch ein Platz für dich frei.«

Er wusste, dass er im Moment nicht an Laura herankam.

»Wie du meinst«, sagte er. »Aber für mich ist das nicht das Ende. Ich liebe dich.«

»Hau ab!«, fuhr sie ihn an und kämpfte wieder mit den Tränen.

Langsam ging er zur Tür und verließ dann das Haus.

Tina hatte etwas herausgefunden, das ihn hoffen ließ, innerhalb kürzester Zeit ein Geständnis von Schwernitz zu bekommen. Gleich danach würde er sich ganz der Rettung seiner Ehe widmen.

45

Der nasskalte Wind schlug Adrian Speer ins Gesicht, als er von seinem Motorrad stieg und den Helm abnahm. Er öffnete das morsche Holzgatter des Vorgartenzauns und ging den leicht ansteigenden Weg hinauf zum Haus des Psychiaters. Hohe Tannen verhinderten, dass das Licht der Straßenlaterne auf das Grundstück fiel, so dass es fast ganz im Dunkeln lag. Die Äste eines kahlen Trompetenbaumes ragten wie Knochen in den rabenschwarzen Himmel. Der Vorgarten sah verwildert aus, und das Haus mit dem spitzen Satteldach war von Efeu überwuchert. Die Holzrollladen an den Fenstern klapperten im Wind. Das Gebäude erinnerte Speer an das Monsterhaus in dem gleichnamigen Film, den er sich mal mit Lucy, Jona und Franziska angesehen hatte. Ein unwirtlicher Ort, der einem entgegenschrie, dass er nicht betreten werden wollte.

Nachdem das Einsatzkommando heute Morgen die Haustür aufgebrochen hatte, war diese notdürftig repariert und das Schloss ausgetauscht worden. Die Spurensicherung war noch nicht vollständig abgeschlossen, und die Haustür war mit einem breiten gelben Klebeband versiegelt. Speer durchschnitt es und sperrte die Haustür mit dem neuen Schlüssel, den der Schlosser der Polizei übergeben hatte, auf. Als er eintrat und das Licht einschaltete, lag noch immer der metallische Geruch von Blut in der Luft.

Die Tür zum Wohnzimmer stand weit offen. Unter der Stelle, wo der Leichnam des Psychiaters heute Morgen kopfüber am Seil herabgehangen hatte, war eine dunkle Fläche zu sehen. Sonst verriet nichts, dass es sich um einen Tatort handelte, an dem ein Mensch vor Kurzem unter unvorstellbaren Qualen grausam zu Tode gekommen war.

Beim Durchblättern der Tagebücher des Psychiaters war Speer der Gedanke gekommen, dass es möglicherweise noch mehr davon geben könnte. Als er den Sohn Ettingers am Telefon danach gefragt hatte, konnte dieser sich erinnern, dass sein Vater früher regelmäßig Tagebuch geführt habe. Oft sei sein Vater, zum Ärger seiner Frau, zu spät zum Abendessen erschienen, weil er in seinem Büro noch mit den Einträgen in sein Notizbuch beschäftigt gewesen war. In den letzten zehn Jahren, insbesondere seit seinem Ruhestand, habe er dieses Hobby nur noch sporadisch betrieben. Eher aus einer gefühlten Verpflichtung und nicht mehr, weil es ihm ein inneres Bedürfnis gewesen sei, das Erlebte niederzuschreiben. Möglicherweise befand sich in den alten Büchern ein Hinweis auf den Mörder. Wofür war schließlich ein Tagebuch da, wenn nicht, um ihm die schlimmen Dinge anzuvertrauen, auf die man nicht stolz war und die man niemandem erzählen konnte.

Den gesamten oberen und unteren Wohnbereich hatten sie und die Kollegen von der Spurensicherung am Vormittag bereits gründlich abgesucht. Eine Sammlung weiterer Tagebücher hätten sie dabei sicher entdeckt.

Als Erstes nahm sich Adrian Speer bei seiner Suche nun den Keller vor. Im Heizungsraum standen zwei alte Öltanks und der zugehörige Brenner. In dem Raum daneben waren Hanteln und eine Ruderbank untergebracht, die nicht so aussahen, als seien sie oft benutzt worden. Im Übrigen befanden sich im Keller noch ein Vorratsraum, ein Waschraum und ein Abstellraum. Nirgends fand Speer jedoch die gesuchten Tagebücher. Als er wieder nach oben gehen wollte, ließ ihn, noch bevor er einen Fuß auf die erste Treppenstufe setzen konnte, ein schepperndes Geräusch abrupt innehalten. Er zog seine Pistole und lauschte. Zehn, zwanzig Sekunden vergingen, in denen er seinen Atem anhielt und darauf wartete, dass er ein weiteres Geräusch oder Schritte von oben vernahm. Doch es blieb still. Mit vorgehaltener Waffe schlich er die Treppe hinauf und spähte vorsichtig durch die Holzstäbe des Treppengeländers in den Flur. Die Haustür war geschlossen, und es gab kein Anzeichen, dass jemand ins Haus gekommen war. Von seiner Position aus konnte er durch die offen stehenden Flügeltüren einen großen Teil des Wohnzimmers überblicken, doch auch dort war alles ruhig. Er tauchte aus seiner Deckung auf. Er glaubte, dass das Geräusch aus dem vorderen Teil des Hauses gekommen war. Lautlos schlich er deshalb durch den Flur in Richtung Haustür. Die Küchentür war nur angelehnt. Er gab ihr einen sanften Stoß mit dem Fuß und zielte mit der Pistole in den Raum. Dort war niemand, doch auf dem Boden vor der Spüle lag ein Topfdeckel aus Aluminium. Im nächsten Moment sah er, wer für das Geräusch verantwortlich gewesen war, und er entspannte sich. Eine Katze kam durch den offenen Rundbogen vom Esszimmer in die Küche und rieb sich an seinem Hosenbein. Adrian Speer steckte seine Pistole in seine Gürteltasche, beugte sich nach unten und streichelte den Vierbeiner, der zu schnurren begann.

Auch Lucy hatte Katzen von allen Haustieren am liebsten gemocht und immer wieder gefragt, ob sie eine haben könne. Doch er und Franziska hatten das abgelehnt, was er jetzt wie so vieles zutiefst bedauerte.

In einem der Hängeschränke fand er ein paar Dosen Futter. Nachdem er die Katze versorgt hatte, ging er hinauf in die obere Etage.

Den Stab zum Öffnen der Dachluke fand er im Kleiderschrank des Gästezimmers. Die Stufen der hölzernen Klappleiter knarrten und bogen sich gefährlich durch, als er nach oben kletterte. An einer Dachstrebe fand er einen Lichtschalter. Die am Gebälk in der Mitte des Dachbodens hängende Glühbirne leuchtete den Raum nur unzulänglich aus.

In seiner direkten Umgebung standen einige altertümliche Koffer und Kisten voller Kinderspielzeug. Unter anderem eine Rennautobahn und die Schienen einer Modelleisenbahn. In den Koffern befanden sich Kinderkleidung und alte Kinderbücher.

Mit seiner Stabtaschenlampe leuchtete Speer in den hinteren Teil. Dort standen drei verstaubte Pappkartons. Er zog einen davon hervor und öffnete ihn. Fachzeitschriften. Plötzlich klingelte sein Mobiltelefon, es war Bogner.

»Wo bist du? Ich dachte, du wolltest hier im Büro weiter an dem Fall arbeiten?«

»Ich bin im Haus des Psychiaters. Es muss noch mehr Tagebücher geben.«

»Das mag ja sein, spielt aber vermutlich keine Rolle mehr. Tina hat was gefunden, und du solltest am besten gleich herkommen, wenn du dabei sein willst, wenn Schwernitz gesteht.« Mit diesem Satz legte Bogner auf.

Er war kurz wie versteinert, schloss den Karton wieder und betrachtete unschlüssig die übrigen Schachteln. Auch wenn Bogner am Telefon überzeugt geklungen hatte, so wollte er noch immer nicht glauben, dass der Krankenpfleger die Morde begangen hatte, und es würde nicht lange dauern, das hier noch zu Ende zu bringen. Schnell riss er die nächste Kiste auf. Politische Wochenmagazine und auch der letzte Karton schien voll damit zu sein. Er nahm Stapel für Stapel heraus. Als er die Kiste bis zur Hälfte geleert hatte, stieß er auf etwas, das ihm kurz den Atem verschlug. Es waren die gleichen schwarzen Notizbücher wie die, die sie in der Schreibtischschublade gefunden hatten. Er nahm eines der oberen Bücher, blätterte es schnell durch und fand alte Tagebucheinträge. Als er die letzte Lage der Notizbücher herausholte, tauchte darunter auf dem Kistenboden etwas anderes auf, das sein Inneres noch mehr zum Rumoren brachte. Er nahm die Akte heraus und richtete den Strahl der Taschenlampe auf den Deckel. Als er die stark verblasste Beschriftung las, stockte ihm der Atem. Es war ein psychiatrisches Gerichtsgutachten zu Harald Burghain.

Sie hatten angenommen, der Psychiater habe diese Akte vernichtet, da sie sie nicht bei den anderen Gutachten gefunden hatten. Als Speer sie in die Hand nahm und durchblätterte, fiel ein einzelnes Blatt zu Boden. Es war ein alter, vergilbter Zeitungsausschnitt. Speer richtete sich auf und überflog den Artikel. Mit jedem weiteren Satz, den er las, schlug sein Herz schneller, und als er fertig war, glaubte er zu wissen, wer der Mörder war.

46

»Fünfzehntausend Euro«, sagte Bogner. »Das ist der Betrag, den Emilia Rose vor vier Wochen auf Ihr Bankkonto überwiesen hat.«

Tobias Schwernitz saß ihm mit eingesackten Schultern und in vorgebeugter Haltung am Verhörtisch gegenüber. Bei der Durchsuchung von Schwernitz' Wohnung waren auch Kontoauszüge sichergestellt worden. Auf einem davon hatte Tina Jeschke den Eintrag entdeckt.

Speer war offiziell aus dem Fall raus und durfte allenfalls, solange Gomez, Breitnach und Dr. Heimer nicht da waren, bei der Vernehmung zusehen. Je schneller sie zu Ergebnissen kamen, desto besser. Deshalb hatte er mit Tina das Verhör schon begonnen, ohne auf Speer zu warten.

»Als Gegenleistung für das Geld haben Sie diejenigen getötet, die dafür verantwortlich waren, dass Harald Burghain, obwohl er Emilia Roses Sohn missbrauchte, damals freigesprochen wurde.«

»Das ist doch Unsinn!«, rief Tobias Schwernitz und sah bestürzt seine Anwältin an.

Annabella Krombach war überraschend schnell ins Kommissariat gekommen. Obwohl es mittlerweile schon fast halb zwei Uhr nachts war, sah sie nicht sonderlich müde aus. Ihren Hosenanzug vom Abend hatte sie aber gegen Jeans und Pullover getauscht, und jetzt blickte sie zum ersten Mal skeptisch auf ihren Mandanten.

»Emilia hat mir das Geld aus freien Stücken gegeben. Sie hat nichts dafür verlangt.«

»Ach ja, und warum sollte die Frau das tun? Warum sollte sie Ihnen ihre Ersparnisse schenken? Und wie muss ich mir das vorstellen? Sind Sie mit der kranken Frau, die kaum noch laufen kann, zur Bank gefahren und haben ihr beim Unterzeichnen der Überweisung geholfen?«

»Ja, ich bin mit ihr zusammen zur Sparkasse gefahren. Sie wollte mir das Geld geben, weil ich wie ein eigener Sohn für sie bin und mich um sie kümmere. Sie wollte nicht, dass ihre Schwester, die seit dreißig Jahren keinen Kontakt mehr zu ihr hat, es mal erbt. Ich habe ihr dann gesagt, dass ich es gut gebrauchen kann, da ich mich selbständig machen will.«

»Und das haben Sie dann auch getan, indem sie sich über Ihre alten Kontakte Drogen besorgt haben, die Sie teurer weiterverkaufen wollten, stimmt's?«

Jetzt senkte Schwernitz den Blick wieder.

»Herr Schwernitz, das hört sich nicht besonders glaubwürdig an«, sagte Bogner. »Warum sollte die Frau Ihnen einfach eine solche Summe geben? Emilia Rose ist krank, und es ist abzusehen, dass sie das Geld künftig selbst noch brauchen wird.«

Schwernitz kniff die Lippen zusammen und schwieg beharrlich.

»Gut, wie Sie wollen, dann werden wir jetzt zu Emilia Rose fahren und sie herbringen. Erstens soll sie uns ihre Version der Geschichte erzählen und zweitens ist sie dringend der Anstiftung zum Mord verdächtig. Sie hat Sie bezahlt, damit Sie zum Mörder werden.«

Schwernitz schüttelte den Kopf. »Das stimmt nicht! Und das wissen Sie auch. Es ist jetzt nach Mitternacht. Das wird sie gesundheitlich doch viel zu sehr mitnehmen, wenn Sie sie jetzt aus dem Bett holen und polizeilich abführen lassen.«

»Das halte ich auch für reichlich übertrieben«, mischte sich Annabella Krombach nun ein.

»Diese Entscheidung liegt bei mir«, entgegnete Bogner. »Aber solange Sie nicht den Mund aufmachen und Ihr Alibi preisgeben, von dem ich ohnehin nicht glaube, dass es existiert, lassen Sie mir keine andere Wahl, Herr Schwernitz.«

Robert Bogner drehte sich zu Tina um, die neben der Tür stand. »Würdest du bitte veranlassen, dass Frau Rose vorläufig festgenommen wird?«

Tina nickte und wandte sich der Tür zu. Schwernitz atmete mehrere Male hintereinander schnell ein und aus.

»Warten Sie!«, rief er dann. Tina hielt inne. »Darf ich kurz allein mit meiner Anwältin sprechen?«

Bogner seufzte. Er war erleichtert, dass Schwernitz einzuknicken schien, aber seine Geduld neigte sich auch dem Ende zu. »Von mir aus. Fünf Minuten.« Er schaltete die Ton- und Videoaufnahme aus, und Krombach und ihr Mandant erhoben sich von ihren Stühlen. Bogner begleitete die beiden zu einem Raum, der eigens für das Gespräch von Anwälten mit ihrer

Klientel vorgesehen war. Bevor er die beiden allein ließ, nahm er die Anwältin beiseite.

»Ich hoffe, Sie können Ihrem Mandanten klarmachen, dass es jetzt an der Zeit ist, auszupacken.«

Annabella Krombach wirkte ernst, und das siegessichere Lächeln war verschwunden.

Gemeinsam mit Tina wartete er vor der Tür. Wenige Minuten später kamen Schwernitz und seine Anwältin heraus und gingen zurück in den Verhörraum. Bogner schaltete das Aufnahmegerät wieder ein und sah die Anwältin erwartungsvoll an. Ihr Gesicht blieb ausdruckslos. Tobias Schwernitz hatte hingegen Tränen in den Augen.

»Mein Mandant ist jetzt bereit, sein Alibi offenzulegen. Er will Sie auch darüber informieren, woher das Geld stammte, das Emilia Rose ihm schenkte.«

»Wir sind ganz Ohr«, sagte Bogner. Obwohl er versucht hatte, seine Emotionen so gut wie möglich zu verbergen, klang in seiner Stimme eine Mischung aus Wut und Verwunderung mit. Er war davon ausgegangen, dass Schwernitz ein Geständnis ablegen würde. Bogner spürte, wie es in ihm kochte. Er hatte keine Lust, sich noch länger von seinem Gegenüber an der Nase herumführen zu lassen, zumal das Gespräch mit Laura ihn noch immer belastete.

Schwernitz räusperte sich kurz.

»Die Leute, die Emilia Rose und ihren Mann damals gezwungen haben, die Nebenklage fallenzulassen und Benjamins Aussage vor Gericht in Zweifel zu ziehen, haben den Roses fünfundzwanzigtausend Mark gegeben, die sie als Entschädigung betrachten sollten. Die Roses haben das Geld angenommen, weil sie schon damals am Existenzminimum lebten und es für Benjamins Ausbildung verwenden wollten. Aber dann, als sie mit der Zeit feststellen mussten, dass Benjamin einen seelischen Schaden erlitten hatte, der nicht mehr gutzumachen war, wollten sie auch das schmutzige Geld nicht mehr. Sie haben es all die Jahre auf einem Sonderkonto stehen lassen. Trotz mickriger Zinsen ist der Betrag über die Jahre angewachsen. Emilia hat mir davon dann fünfzehntausend Euro gegeben. Sie hat es als eine Befreiung von einer Last empfunden, mir das Geld zu geben. Emilia hat nichts Unrechtes getan. Sie hat mich zu nichts beauftragt.«

Bogner lehnte sich in seinen Stuhl zurück und setzte einen skeptischen Blick auf. Tina Jeschke zuckte mit den Achseln.

»Wegen des zeitlichen Zusammenhangs mit den Morden sieht es aber so aus, als ob Sie sich dafür haben bezahlen lassen«, entgegnete Bogner und erhob sich von seinem Stuhl. »Der Richter wird Ihnen daher wohl kaum glauben.«

»Das ist meinem Mandanten jetzt klar«, sagte Krombach. »Er hat aber ein Alibi für eine der Tatzeiten.« Sie bedeutete Schwernitz, dass er fortfahren solle. Bogner verschränkte die Arme vor der Brust und fixierte ihn mit festem Blick.

»Ich hatte von Freitagabend bis Samstagmittag eine Frau zu Besuch in meiner Wohnung. Wir waren die ganze Zeit zusammen.«

»Sie müssen uns schon einen Namen nennen«, erwiderte Bogner.

»Sie heißt Tammy. Sie ist erst sechzehn und hat ihren Eltern erzählt, dass sie bei einer Freundin übernachtet. Ich wollte nicht, dass sie Ärger bekommt, weil sie die Nacht mit mir verbracht hat. Ich bin mehr als doppelt so alt wie sie, und ihre Eltern wissen nichts von mir. Wenn Tammy jetzt erfährt, dass ich mit Drogen gehandelt habe und deshalb sogar schon mal gesessen habe, dann macht sie hundertprozentig Schluss. Und dabei ist sie doch das Beste, was mir je passiert ist.«

Bogner lockerte den Krawattenknoten um seinen Hals. Auch

wenn er es nicht gerne zugeben wollte, Schwernitz' Darstellung hörte sich glaubhaft an.

»Na, dann werden wir das mal prüfen und hoffen für Sie, dass Tammy Ihre Aussage bestätigt. Na los, rufen Sie sie an!«

Tina trat neben ihn und hielt Schwernitz ihr Handy hin. »Ich habe auf Lautsprecher gestellt.«

Mit zitternden Händen nahm Schwernitz das Telefon und tippte eine Nummer. »Sie muss morgen früh zur Schule und schläft bestimmt schon.« Das Freizeichen ertönte.

Bogner spürte, wie sich seine Rückenmuskulatur verkrampfte. Als er mit dem Verhör begonnen hatte, war er überzeugt gewesen, dass der Fall gelöst war und Schwernitz ein Geständnis ablegen würde.

Nach dem fünften Klingeln meldete sich eine verschlafene Mädchenstimme. »Hallo?«

»Ich bin's«, sagte Schwernitz. Er erklärte ihr kurz, dass er bei der Polizei sei und man ihn eines Verbrechens verdächtigte, sagte aber nicht, dass es um Mord ging. Am Ende bat er sie, zu bestätigen, dass sie von Freitagabend bis Samstagmittag bei ihm gewesen sei. Ihre Antwort kam zögerlich.

»Aber da habe ich doch bei einer Freundin übernachtet.«

Es dauerte einen Moment, bis Schwernitz die Sprache wiederfand. Seine Miene war wie versteinert.

»Aber wir waren doch die ganze Zeit zusammen bei mir in der Wohnung!«, brach es aus ihm heraus.

»Nein, das stimmt nicht. Wie kommst du denn darauf?«

»Tammy, es ist wichtig, sag der Polizei jetzt die Wahrheit. Deine Eltern müssen davon nichts erfahren.«

Eine kurze Pause entstand, dann sprach das Mädchen mit ruhiger Stimme weiter.

»Ich weiß echt nicht, was das soll. So gut kennen wir uns jetzt auch wieder nicht, dass ich bei dir übernachten würde.«

47

»Tobias Schwernitz ist nicht der Mörder«, sagte Adrian Speer zu Bogner. Sie standen allein in dem Besprechungsraum, in dem alle Ergebnisse und Unterlagen zu dem Fall zusammengetragen wurden.

»Da bin ich anderer Meinung.«

Speer hielt ihm die Gutachtenakte hin, die er auf Ettingers Dachboden gefunden hatte. Der Zeitungsausschnitt lag obenauf.

»In dem Zeitungsartikel geht es um ein Verbrechen, das vor fünfundzwanzig Jahren eine Familie zerstörte. Ein Achtjähriger und sein Vater wurden ermordet, und der Täter kam dabei selbst ums Leben. Der Täter war Harald Burghain, und er beging die Tat ein Jahr nach seinem Freispruch im Fall Benjamin Rose. Die Morde an den damaligen Prozessbeteiligten stehen mit diesem Verbrechen von Burghain in Zusammenhang, und das hat nichts mit Schwernitz zu tun.«

Bogner nahm die Akte, warf einen Blick darauf und legte sie auf den Tisch.

»Das ist doch zu weit hergeholt. Du verrennst dich da in was. Tina ist ebenfalls meiner Meinung. Sie war beim Verhör eben dabei, und ich habe mit Gomez und dem Staatsanwalt telefoniert. Sie sind auch davon überzeugt, dass es Schwernitz war.«

»Warum sollte Schwernitz mich anrufen und mir in Aussicht stellen, zu verraten, wo Lucy ist, wenn es uns gelingt, ihn festzunehmen? So was tut niemand, der für Geld mordet. Dahinter steckt etwas sehr Persönliches, und das sehe ich bei Schwernitz nicht.«

Bogner zog die Augenbrauen hoch und seufzte.

»Warum sollte er die Opfer ausgerechnet kopfüber aufhängen, ihnen die Zungen herausschneiden und ihre Münder mit Stroh füllen?«

»Immerhin handelt Schwernitz mit Drogen. In der Szene geht es nicht gerade zimperlich zu.«

Bogner war ein sturer Kopf, doch wie Speer es auch drehte und wendete, die polizeiliche Handakte, die er vorhin aus dem Archiv bekommen und die er gerade gelesen hatte, deutete darauf hin, dass es außer Schwernitz noch jemanden gab, der ein Motiv hatte, Rokov, Wölfling und Ettinger zu töten. Auch die Entführung der Richterin Vera Brink passte ins Bild. Falls er richtiglag, dann war der Grund für die Morde gar nicht, dass der Missbrauch an Benjamin Rose ungesühnt blieb, sondern dass Harald Burghain durch ihre Mitwirkung auf freien Fuß kam und ein Jahr nach dem Prozess eine weitere Familie zerstören konnte. Von diesem Familiendrama, das sich vor fünfundzwanzig Jahren im Osten Berlins ereignet hatte, handelte der Zeitungsartikel, den Speer gefunden hatte. Dabei waren ein achtjähriger Junge, dessen Vater und Burghain selbst unter extremen Umständen zu Tode gekommen. Burghain hatte den Jungen über Stunden kopfüber im Keller seines Hauses aufgehängt. Als der Vater überraschend hinzukam, hatte es einen Kampf gegeben, bei dem die beiden Erwachsenen ums Leben gekommen waren. Der Junge hatte am Seil hängend das Bewusstsein verloren und war in den frühen Morgenstunden verstorben.

Dr. Ettinger, der ein falsches Gerichtsgutachten über Harald Burghain erstellt hatte, musste sich mitschuldig daran gefühlt haben. Deshalb hatte er die Unterlagen auf dem Dachboden bei seinen Tagebüchern versteckt.

Die Tagebücher selbst waren ausführlich. Oft handelten die Einträge von den psychologischen Selbstanalysen des Psychiaters oder beschrieben Familienereignisse. Speer hatte ganz gezielt nach Einträgen zur Zeit des Prozesses gegen Burghain gesucht und schließlich gefunden, wonach er gesucht hatte. Ettinger hatte damals tatsächlich ein falsches Gutachten abgegeben. Das hatte der von Schuldgefühlen geplagte Psychiater seinem Tagebuch anvertraut. Dabei war Harald Burghain schon als Jugendlicher auffällig geworden und hatte schon zuvor Monate in der Psychiatrie verbracht. Ettinger hatte ihn aber in seinem Gutachten nichtsdestotrotz und wider besseres Wissen als ungefährlich eingestuft. Im Gegenzug hatte damals Horst Rokov die horrenden Spielschulden des Psychiaters bezahlt. Aus den Tagebucheinträgen ergab sich auch, dass Ettinger vermutete, Burghain dürfe nicht ins Gefängnis oder in den Maßregelvollzug, da Rokov und Wölfling befürchten müssten, dass er sie früher oder später belasten und das Pädophilennetzwerk, das die beiden aufgebaut hatten, verraten würde.

All das hatte er Bogner schon im Groben erzählt, und dennoch wollte sein Partner nicht in Betracht ziehen, dass noch ein anderer als Schwernitz als Mörder in Frage kam.

»Die Indizien sind eindeutig, und er hat kein Alibi. Noch ein paar Stunden, dann legt er ein Geständnis ab und verrät uns, wohin er die Richterin gebracht hat.«

»Schwernitz passt aber nicht ins Profil, und wenn jemand anderes der Mörder ist, dann tötet er in ein paar Stunden die Richterin, und ich erfahre nie, wo Lucy ist!«

»Gomez hat die Anweisung gegeben, Schwernitz so lange zu verhören, bis er ein Geständnis ablegt und uns verrät, wo er die Richterin versteckt hält.«

»Die kriminaltechnische Untersuchung hat doch bisher nichts ergeben, was ihn mit den Morden in Verbindung bringt. Außerdem sind fünfzehntausend Euro ziemlich wenig für vier Morde.«

»Es gibt Menschen, die für bedeutend weniger Geld töten würden. Schwernitz steht in einer emotionalen Beziehung zu Emilia Rose, die Grund genug hatte, den damaligen Prozessbeteiligten den Tod zu wünschen.« Bogner legte die Stirn in Falten, ehe er weitersprach. »Vielleicht wollte Emilia Rose mit den Verantwortlichen noch abrechnen, bevor sie selbst das Zeitliche segnet. Was hat sie denn schon zu verlieren? Sie ist schwerkrank.«

»Aber warum sollte Schwernitz seine Opfer ausgerechnet kopfüber aufhängen?«, entgegnete Speer.

Bogner blies die Backen auf, hob die Hände und ließ die angehaltene Luft entweichen.

»Wahrscheinlich hat Emilia Rose damals in der Zeitung gelesen, was Burghain nach dem Freispruch einer anderen Familie angetan hatte. Sie könnte sich daran erinnert haben und Schwernitz angewiesen haben, die Opfer so sterben zu lassen, wie Burghain es damals mit dem kleinen Jungen gemacht hatte.« Es war möglich, dass Bogner recht hatte, aber sein Bauchgefühl sagte ihm, dass Schwernitz nicht der war, den sie suchten.

Bogner nahm jetzt die Polizeiakte von damals und blätterte sie durch.

»Also gut, was steht denn noch mal genau in der Akte? Und mach schnell, ich muss zurück zum Verhörraum. Es handelt sich ja wohl nicht um eine Strafermittlungsakte, sondern um eine reine Todesermittlungssache.«

»Ja, weil Burghain dabei selbst ums Leben kam. Der zog nach dem Prozess im Fall Benjamin Rose nach Köpenick, also in den Osten. Da ihn dort niemand kannte, wurde er von den Leuten herzlich aufgenommen. Er hat sich dann auch gleich im örtlichen Fußballverein als Jugendtrainer engagiert. An jenem Abend vor fünfundzwanzig Jahren war er bei seinen Nachbarn, der Familie Stegmann, zum Grillen und Fußballschauen eingeladen. Ilona Stegmann war Krankenschwester und verließ um Viertel nach neun am Abend das Haus, weil sie Nachtschicht hatte. Ihr Mann Bernd Stegmann war Unfallchirurg und wurde eine halbe Stunde später überraschend zu einem Notfall ins Krankenhaus gerufen. Burghain hat in den Stunden danach die beiden Kinder der Stegmanns, Sören und Torben, in seinen Keller gelockt. Als der Vater eineinhalb Stunden später wieder nach Hause kam, da das Unfallopfer bei der Not-OP verstorben war, fand er seine Kinder bei Burghain in dessen Keller im Nachbarhaus. Burghain hatte den achtjährigen Sören kopfüber nackt an einem Seil aufgehängt, das er durch einen Haken an der Decke gezogen hatte. Den sechsjährigen Torben hatte er auf einen Stuhl an Händen und Beinen gefesselt. Als der Vater hereinkam und die Situation sah, hat er sich auf Burghain gestürzt. Doch der hatte eine Pistole und erschoss Bernd Stegmann. Im Kampf konnte Stegmann Burghain allerdings noch zu Fall bringen, dabei stürzte der so unglücklich, dass er sich das Genick brach. Am nächsten Morgen kehrte Ilona Stegmann von der Arbeit zurück. Im Keller des Nachbarhauses fand sie schließlich ihren Ehemann und Burghain tot vor. Ihr Sohn Sören war im Laufe der Nacht aufgrund des Kopfüberhängens ebenfalls gestorben, und Torben, der jüngere Sohn, hatte an den Stuhl gefesselt die Ermordung des Vaters mit ansehen und den grausamen, langsamen Tod seines Bruders die ganze Nacht hindurch mitverfolgen müssen, ohne dass er etwas dagegen hätte tun können. Ilona Stegmann erlitt einen Nervenzusammenbruch und kam in psychiatrische Behandlung. Ihr Sohn Torben musste in eine psychiatrischen Kinderklinik gebracht werden.«

Bogner hatte aufmerksam zugehört und schwieg nun nachdenklich. »Und was schließt du jetzt daraus?«

»Tobias Schwernitz ist nicht zwingend unser Täter. Ebenso gut könnte es Torben Stegmann sein!«

Bogner schüttelte den Kopf und stemmte die Hände in die Hüften. »Aber Burghain, der für das alles verantwortlich war, ist doch an Ort und Stelle gestorben. Ich sehe da keinen direkten Zusammenhang zu den Mordopfern. Sie haben nichts mit dem Unglück der Stegmanns zu tun.«

»Das kann man auch ganz anders sehen«, entgegnete Speer. »Wenn Torben Stegmann herausgefunden hat, dass Rokov, Wölfling und Ettinger dafür verantwortlich waren, dass Burghain ein Jahr zuvor freigesprochen worden war, dann ist es möglich, dass er sie für genauso schuldig hält wie den Täter selbst. Mit anderen Worten, wäre Burghain ein Jahr zuvor in den Knast gewandert, dann hätte er den Stegmanns das niemals antun können.«

»Aber dafür hätte er doch wissen müssen, dass Burghains Prozess manipuliert war.«

»Kann doch sein, dass er es irgendwie in Erfahrung gebracht hat.«

»Irgendwie? Tut mir leid, Adrian. Aber das reicht nicht, das ist mir zu vage.«

»Oder es war ihm egal, ob der Prozess regulär gelaufen ist oder nicht. Fakt ist, Burghain war ein krankes Schwein, und das war er auch schon ein Jahr zuvor gewesen, als man die Chance, ihn wegzusperren, einfach nicht wahrgenommen hatte.«

»Angenommen, du hättest recht, und Torben Stegmann ist unser Mörder. Warum tötet er die Leute dann erst nach so vielen Jahren?«

Speer senkte den Kopf, schloss die Augen und rieb sich mit der Hand übers Gesicht. Dann sah er wieder zu seinem Partner auf und seufzte.

»Vielleicht hat er erst kürzlich von dem ersten Prozess gegen Burghain erfahren.«

Bogner senkte kurz den Blick und rieb sich das Kinn. Als er

wieder aufsah, huschte ein entschuldigendes Lächeln über seine Lippen, und er zog die Augenbrauen hoch.

»Das sind mir zu viele Vielleicht. Für mich ist Schwernitz unser Mann. Wir müssen uns auf ihn konzentrieren und schleunigst aus ihm herausholen, wo die Richterin ist und auch, wo sich deine Tochter befindet.«

»Aber wenn er es nicht ist, dann stirbt die Richterin, der wahre Mörder taucht ab, und ich erfahre nie, wo Lucy ist«, entgegnete Speer und spürte, wie ihm langsam die Kraft ausging.

Bogner machte ein genervtes Gesicht. »Ich hole Sanddorn zum Verhör dazu.« In seiner Stimme klang ein leichter Vorwurf mit. Dann ging er zur Tür, durch die im gleichen Moment Tina Jeschke hereinkam. Fast wären sie zusammengestoßen. Verlegen blickte sie nach unten.

»Darf ich dich fragen, was du noch hier machst? Wenn ich mich recht erinnere, habe ich dich vor einer halben Stunde nach Hause geschickt, weil du vor Müdigkeit fast im Stehen eingeschlafen bist, und Sanddorn angerufen, dass er kommen soll«, herrschte Bogner sie an. Speer eilte ihr mit einer Antwort zu Hilfe.

»Ich habe sie gebeten, Näheres über den Verbleib von Torben Stegmann und seiner Mutter herauszufinden.«

Bogner zog die Augenbrauen hoch und schüttelte ungläubig den Kopf. »Und, hast du was rausgefunden?« Als Tina nickte, stöhnte er: »Ich fass es nicht …«

Er holte seinen Wagenschlüssel aus der Hosentasche und schob ihn seinem Partner über den Tisch zu. »Also gut, wenn du schon mitten in der Nacht bei dem Sauwetter noch auf die Straße willst, dann nimm wenigstens ein Auto dafür. Und jetzt entschuldigt mich, ich muss einen Mordverdächtigen verhören.« Damit verließ er den Raum und warf die Tür hinter sich zu.

»Was ist denn mit dem los? Das gefällt ihm wohl gar nicht«, murmelte Tina. »Ich glaube, er hat gerade eingesehen, dass wir der Sache nachgehen müssen. Nur hat er aus irgendeinem Grund die Nase voll«, antwortete Speer. Er zog seine Jacke an und steckte den Autoschlüssel ein.

»Also Tina, was hast du für mich?« Tina, die noch in Gedanken bei Bogner zu sein schien, räusperte sich und begann dann in schnellen Worten zu erzählen.

»Das psychiatrische Krankenhaus, in dem Torben Stegmanns Mutter nach dem Familiendrama untergebracht war, ergab sich noch aus der Ermittlungsakte. Ich musste ein bisschen Druck machen, aber dann haben sie dort die alten Patientenunterlagen rausgesucht und mir zumindest verraten, dass die Frau insgesamt fünfzehn Jahre in der Geschlossenen war und wohin sie nach dem Klinikaufenthalt gezogen ist. Ich musste allerdings versprechen, dass ich ein staatsanwaltschaftliches Auskunftsersuchen nachliefere. Die Adresse scheint noch zu stimmen. Jedenfalls hat die Abfrage beim Einwohnermeldeamt ergeben, dass Ilona Stegmann seitdem nicht mehr umgezogen ist.«

Speer sah auf die Uhr. Es war jetzt kurz vor halb drei, und ihm lief allmählich die Zeit davon.

»Und was ist mit Torben Stegmann?«

»Da wird es schwieriger. Mit der psychiatrischen Kinderklinik, in die man ihn gebracht hatte, habe ich telefoniert. Die haben sich aber quergestellt. Ohne Auskunftsersuchen der Staatsanwaltschaft geben sie nichts raus.« Tina grinste. »Aber ausnahmsweise haben wir diese Woche mal einen unkomplizierten Bereitschaftsstaatsanwalt. Ich habe den Wisch vorbereitet, und er hat ihn mir sofort unterschrieben. Das Ganze ging per Fax hin und her.«

Speer atmete erleichtert auf. »Hört sich gut an, und weiter?«

»Die in der Kinderklinik haben Torben Stegmanns Akte in ihrem Archiv gefunden. Darin war festgehalten, dass er nach einem halben Jahr entlassen werden konnte. Da es keine Verwandten gab, zu denen er konnte, musste er in einem Waisenhaus untergebracht werden. Die Adresse habe ich zwar hier«, sie legte ihm ein weiteres Blatt mit einer Anschrift in Köpenick hin, »aber telefonisch habe ich dort um diese Zeit nur den Anrufbeantworter erreicht. Ich habe um dringenden Rückruf gebeten. Der ist aber bisher nicht erfolgt.«

Sie gab Speer ein Blatt Papier, auf dem Ilona Stegmanns Adresse und die des Waisenhauses standen, in das ihr Sohn Torben nach dem Aufenthalt in der psychiatrischen Kinderklinik gebracht worden war.

»Kannst du noch hierbleiben?«, bat Speer sie. »Kann sein, dass ich dich noch brauche.«

Sie lächelte müde. »Geht klar.«

»Danke.«

Als Erstes würde er der Mutter von Torben Stegmann einen Besuch abstatten.

48

Die Adresse, die Tina Jeschke ihm gegeben hatte, gehörte zu einem Haus in Friedrichshain. Es war drei Uhr nachts, als Speer den Wagen davor auf der Straße parkte. Links neben dem Haus führte ein gepflasterter Weg zum separaten Eingang der Einliegerwohnung. Auf dem schwach beleuchteten Klingelschild stand der Name Stegmann. Speer läutete, und als sich nichts tat, drückte er noch einmal auf den Klingelknopf. Kurz darauf ging im Inneren Licht an. Dann hörte er eine Frauenstimme über die Sprechanlage.

»Wer ist denn da?«

»Mein Name ist Speer. Ich bin von der Kriminalpolizei und möchte zu Ilona Stegmann, da ich ein paar sehr dringende Fragen an sie habe.«

»Ist etwas passiert?«

»Sind Sie Ilona Stegmann?«

»Ja, aber warum kommen Sie mitten in der Nacht?«

»Ich weiß, es ist eine unmögliche Zeit. Aber die Fragen, die ich Ihnen stellen muss, dulden leider keinen Aufschub. Ein Menschenleben ist in Gefahr, und es kann sein, dass Sie Informationen haben, die uns helfen können, es zu retten.«

»Das wird ja immer seltsamer, was Sie da sagen. Ich wüsste wirklich nicht, wie ich Ihnen helfen könnte.«

»Es ist … wegen dem, was Ihnen und Ihrer Familie vor fünfundzwanzig Jahren zugestoßen ist.«

Kurz trat Stille ein. »Können Sie sich ausweisen?«

»Ich schiebe Ihnen meinen Dienstausweis durch den Briefschlitz in der Tür.«

Eine halbe Minute, nachdem Speer das getan hatte, öffnete sich die Tür einen Spaltbreit. Eine Frau mit grauem Kurzhaarschnitt, unzähligen Falten und Tränensäcken unter den Augen spähte hinter der Riegelkette hervor und reichte ihm seinen Ausweis zurück. Speer wusste, dass Ilona Stegmann neunundfünfzig Jahre alt war. Vermutlich lag es am Kummer und den vielen Medikamenten, die sie in der Psychiatrie bekommen hatte, dass sie viel älter aussah.

»Was soll denn das? Nach so langer Zeit! Ich wüsste wirklich keinen Grund, warum Sie deshalb hier zu nachtschlafender Zeit auftauchen sollten.«

»Würden Sie mich bitte kurz reinlassen, dann erkläre ich es Ihnen. Ich verspreche auch, es dauert nicht lange.«

Ilona Stegmann seufzte. Dann löste sie die Kette und ließ ihn herein.

»Jetzt kann ich sowieso nicht mehr schlafen. Dann höre ich mir eben an, was Sie von mir wollen«, sagte sie, während sie ihn in das kleine Wohnzimmer führte und ihm einen Platz auf dem Sofa anbot. Ein rot-weiß getigertes Kätzchen rekelte sich und gähnte, als Speer sich neben es setzte und ihm kurz über den Kopf streichelte.

»Sie mögen Katzen?«, fragte Ilona Stegmann und setzte sich Speer gegenüber auf einen Sessel.

»Vielleicht hätte ich auch eine, wenn ich mehr Zeit zu Hause verbringen würde.«

»Das ist schon mal gut. Menschen, die Tiere lieben, können nicht schlecht sein.«

Speer bedankte sich und lächelte. »Entschuldigen Sie, dass ich gleich zur Sache kommen muss, aber wie gesagt, die Zeit drängt.«

Ilona Stegmann seufzte und setzte sich aufrecht hin.

»Also gut, was wollen Sie denn wissen?«

»Haben Sie Kontakt zu Ihrem Sohn Torben?«

Ilona Stegmanns Gesicht schien zu gefrieren. Nur um ihre Mundwinkel herum war ein leichtes Zittern zu erkennen. Aber ihre stahlblauen Augen, die sehr viel jünger wirkten als der Rest ihres Körpers, fixierten Speer wie jemanden, der sie gerade mit dem Tod bedrohte und vor dem es zu flüchten galt.

»Weshalb fragen Sie mich das? Wenn Sie von der Polizei sind, müssten Sie es doch wissen.« Sie klang verunsichert und sah ihn fragend an.

»Tut mir leid, aber das verstehe ich nicht. Was müsste ich wissen?«

Ilona Stegmanns Stirn legte sich in Falten. »Warum genau sind Sie hier?«, fragte sie dann.

»Ich möchte Sie vor den Details verschonen. Aber ich untersuche eine Mordserie, bei der sich der Täter vermutlich das, was Ihrem älteren Sohn damals zugestoßen ist, zum Vorbild nimmt, um Rache zu nehmen. Die Mordopfer waren damals verantwortlich dafür, dass der Mann, der Ihrer Familie dieses Leid zugefügt hat, ein Jahr zuvor in einem Prozess wegen Kindesmissbrauchs freigesprochen wurde.«

Ein trauriger Ausdruck legte sich auf Ilona Stegmanns Gesicht, und Tränen stiegen ihr in die Augen. Sie senkte den Blick.

»Ich habe keine Ahnung, von was Sie da reden. Aber Torben kann Ihnen da gewiss nicht weiterhelfen.«

»Sie wissen aber, wo er ist?«

Ilona Stegmann sah Speer jetzt fest in die Augen. Vereinzelte Tränen rannen ihre Wangen hinab. Dennoch hielt sie seinem Blick stand.

»Nein, das weiß ich nicht. Ich weiß nur, dass er tot ist.«

»Tot?«

»Ja, und das schon sehr, sehr lange. Er ist noch in dem Waisenhaus, in das sie ihn damals gebracht haben, gestorben. Sicher wissen Sie, dass ich viele Jahre in einem psychiatrischen Krankenhaus war.«

Speer nickte.

»Es hätte nicht so lange sein müssen. Aber Torbens Tod war noch ein zusätzlicher Grund, warum es mir so schlecht ging und warum ich mehr als einmal versucht habe, mir das Leben zu nehmen.«

Den Schmerz über den Verlust eines geliebten Menschen konnte Adrian Speer nachempfinden. Er konnte sich jedoch im Gegensatz zu Ilona Stegmann einreden, dass er sein Kind wieder zurückbekommen würde.

Er lehnte sich auf dem Sofa zurück. Seine Theorie, dass Torben Stegmann hinter den Morden stecken könnte, hatte sich somit als falsch erwiesen. Extreme Müdigkeit brach schlagartig über ihn herein, was sicher auch an der übertriebenen Wärme in der kleinen Wohnung lag.

»Ich bin allein, arbeite als Kassiererin im Supermarkt um die Ecke. Früher war ich Krankenschwester. So habe ich auch meinen Mann, der Arzt war, kennengelernt. Aber in einem Krankenhaus will und kann ich nicht mehr arbeiten. Das würde zu viele Erinnerungen wecken, an früher und an die Zeit in der Psychiatrie.«

Speer sah sich in der Wohnung um. Auf dem Beistelltisch neben der Couch stand ein Blumenstrauß.

»Woher haben Sie den?«

»Auch wenn es Sie nichts angeht, den hat mir ein heimlicher Verehrer geschenkt. Ich vermute, es ist ein bestimmter Kunde aus dem Supermarkt, der einen Narren an mir gefressen zu haben scheint«, erklärte Ilona Stegmann. Speer hatte ein untrügliches Gefühl dafür, wenn jemand nervös war und sie hatte einen Moment zu lange für die Antwort gebraucht. Konnte es sein, dass die Frau ihn belog und ihr Sohn doch noch lebte? Jede Mutter will ihr Kind schützen, dachte er. Aber genauso gut konnte es ihr einfach nur unangenehm sein, dass jemand, der vielleicht heimlich in sie verliebt war, ihr Blumen schenkte.

»Frau Stegmann, falls ich jetzt falschliege, haben Sie allen Grund, böse auf mich zu sein und mich als pietätlos zu betrachten. Aber dennoch muss ich Sie bitten, es mir zu sagen, falls Ihr Sohn doch am Leben ist und mit Ihnen Kontakt aufgenommen hat. Drei Menschen sind bereits auf grauenvolle Art und Weise gestorben, und eine Frau wurde entführt. Sie wird in wenigen Stunden ebenfalls sterben, wenn wir sie nicht vorher finden.«

Ilona Stegmann sah ihn kurz mit halboffenem Mund und Enttäuschung in den Augen an. Dann stand sie entrüstet auf.

»Wissen Sie, Sie sind wirklich unverschämt. Mein Sohn ist vor über zwanzig Jahren gestorben, und nun kommen Sie heute, mitten in der Nacht, zu mir und wühlen alles wieder auf.«

Speer erhob sich ebenfalls.

»Bitte gehen Sie jetzt«, sagte Ilona Stegmann und wirkte dabei völlig aufgelöst.

Er seufzte und deutete mit einem Nicken an, dass er den Wunsch respektierte. Er fühlte sich niedergeschlagener denn je. Als er die Wohnungstür öffnete, drehte er sich noch einmal zu Ilona Stegmann, die ihn durch den Flur begleitet hatte, um.

»Vielleicht können Sie mich besser verstehen, wenn ich Ihnen sage, dass es mir nicht nur um die Aufklärung der Morde geht. Mich betrifft der Fall auch persönlich. Meine Tochter wurde vor zwei Jahren entführt. Seitdem gibt es kein Lebenszeichen mehr von ihr. Der Mörder hat mit mir Kontakt aufgenommen und ließ mich wissen, dass sie lebt. Er gibt vor, zu wissen, wo sie ist. Sagen will er es mir erst, wenn es gelingt, ihn zu überführen, bevor er seinen vierten Mord begeht. Ich habe keine Ahnung, warum er diese Bedingung aufgestellt hat. Aber den Mörder zu finden ist derzeit die einzige Chance, meine Tochter wiederzubekommen.«

Ilona Stegmann zog die Augenbrauen zusammen und sah ihn ungläubig an.

»Ich weiß, es hört sich verrückt an«, fuhr er fort, »und ich habe keine Ahnung, warum der Mörder dieses Spiel mit mir spielt. Aber ich schwöre, es ist die Wahrheit.«

Ilona Stegmann zögerte, dann hoben sich ihre Mundwinkel zu einem mitfühlenden Lächeln.

»Das tut mir wirklich sehr leid für Sie. Aber ich kann Ihnen nicht helfen. Mein Sohn ist tot. Das ist alles, was ich weiß.«

49

Noch immer hing sie kopfüber an dem Seil. Tiefe Benommenheit verschleierte ihre Wahrnehmung und verlangsamte ihr Denken. Ihr nackter Körper zitterte vor Kälte und Angst in der Dunkelheit. Obwohl sie nichts sehen konnte, war es, als ob sich der Raum um sie herum drehen würde. Nach ihrem ersten Erwachen war sie noch mal ohnmächtig geworden und jetzt gerade erst wieder zu sich gekommen. Wie viel Zeit dazwischen vergangen war, konnte sie nicht einmal erahnen. Der Druck und die Schmerzen in ihrem Kopf waren nun noch unerträglicher und nahmen stetig zu, ebenso wie die Übelkeit. Nicht mehr lange, und sie würde sich übergeben müssen. Das durfte nicht passieren, denn dann würde sie unweigerlich ersticken.

Wer hatte sie in diese Lage gebracht? Nur ein Psychopath, der zu keinen menschlichen Regungen fähig war, konnte so grausam sein. Wen hatte sie mit einem ihrer Urteile so sehr getroffen, dass er sich nun so unerbittlich und brutal an ihr rächte? Es fiel ihr niemand ein, und das war jetzt auch nicht wichtig. Sie wollte einfach nur leben. Sie hatte sich doch noch so viel vorgenommen, wenn sie erst einmal im Ruhestand war. Vor allem reisen wollte sie. Sie wimmerte. *Hör auf mit dem Selbstmitleid!*, ermahnte sie sich in Gedanken. *Du wirst es schaffen. Du wirst freikommen.*

Vera Brink wusste nicht, wie lange sie schon kopfüber in der Dunkelheit hing. Das Zeitgefühl war ihr abhandengekommen. Es konnte Tag oder Nacht sein, sie hätte es nicht sagen können. Aber eines war gewiss: Lange würde sie es in dieser Position nicht mehr aushalten. Dann würde sie erneut das Bewusstsein verlieren und vielleicht nie wieder aufwachen. Es bestand aber auch die Möglichkeit – und die hielt sie sogar für wahrscheinlicher –, dass sie, bevor es so weit kam, den Verstand verlieren würde. Zum wiederholten Mal beugte sie den Rumpf und brachte ihren Kopf auf diese Weise zumindest kurz in eine angenehmere Position. Doch es half nicht viel gegen den Druck in ihrem Schädel. Sie hielt dem Brennen in ihrer Bauchmuskulatur so lange es ging stand. Dann musste sie ihren Oberkörper wieder nach unten senken.

Immer wieder sagte sie sich, dass sie Ruhe bewahren musste, doch ihr wild galoppierendes Herz ließ sich nicht mehr bezähmen. Außerdem war ihr Durst nun kaum mehr auszuhalten. Je intensiver sie an etwas zu trinken dachte, desto nachdrücklicher verlangte ihr Körper nach Flüssigkeit. Sie war kaum mehr in der Lage zu schlucken, so trocken und rau waren ihr Mund und ihre Kehle, was nicht zuletzt an dem Knebel in ihrem Mund lag und an ihren erfolglosen Versuchen, nach Hilfe zu schreien. Wenn nur der verdammte Stoffballen nicht wäre, der ihren Mund wie ein Weinkorken abdichtete. Ein neuer heftiger Panikschub durchfuhr sie, und sie begann hemmungslos zu weinen. Als sie ein Hustenanfall überkam, glaubte sie endgültig, sich übergeben zu müssen, konnte es aber gerade noch verhindern. Sie bäumte sich auf, krümmte sich, zerrte an ihren Fesseln. Doch es war ebenso vergeblich, wie die unzähligen Male zuvor. Als sie schließlich ihre letzte Kraft verbraucht hatte, ihr Widerstand gebrochen war und sie aufgab, schwang sie nur noch am Seil hin und her, allein mit ihrer Todesangst und der Stille.

Bis sie, zuerst weit entfernt, dann immer näher kommend, ein Geräusch vernahm. Angst und Hoffnung vermischten sich miteinander. Angestrengt lauschte sie. Als sie erkannte, was das Geräusch verursachte, riss sie vor Entsetzen die Augen auf und schrie panisch in ihren Knebel.

50

Das Waisenhaus, in das man Torben Stegmann vor fünfundzwanzig Jahren nach seinem Aufenthalt in der Psychiatrie gebracht hatte, lag in einem kleinen Wäldchen umgeben von uralten Eichen, Erlen, Buchen und Birken am Rande von Berlin Köpenick.

Das Gebäude war nicht schön. Es hatte ein Flachdach und unterschied sich äußerlich, abgesehen davon, dass es nur drei Etagen hoch war, nicht von den typischen Wohnplattenbauten der DDR.

Speer stellte den Wagen auf dem Parkplatz direkt vor dem Haupteingang ab. Es war kurz nach vier Uhr nachts und die zweiflügelige Glastür abgeschlossen. Nach dem zweiten Läuten meldete sich eine Frau über die Sprechanlage. Sie war über die nächtliche Störung verwundert, und Speer erklärte ihr, dass er von der Polizei sei und ein paar sehr dringende Fragen habe. Als sie ihm das nicht sofort abnahm, bat er sie, ihren Anrufbeantworter abzuhören, auf dem Tina Jeschke eine Nachricht hinterlassen hatte.

Danach dauerte es weitere fünf Minuten, bis das Licht im Erdgeschoss anging und ein Mann mit zerzausten grauen Haaren die Eingangstür öffnete. Er war Mitte fünfzig und musterte Speer mit misstrauischem Blick. Es war ihm anzusehen, dass er gerade aus dem Schlaf geholt worden war. Neben ihm stand eine junge Frau in Jeans und Shirt.

»Wir haben die Nachricht Ihrer Kollegin gehört, aber kann ich trotzdem noch Ihren Dienstausweis sehen?«

Nachdem der Mann Speers Ausweis genau betrachtet hatte, ließ er ihn herein.

»Man kann nie vorsichtig genug sein, und schließlich tragen wir hier die Verantwortung für fast hundert Kinder und Jugendliche. Mein Name ist Udo Remscheid, ich leite dieses Haus. Das ist Anna Nebel, sie hat die Nachtbereitschaft.« Er deutete auf die Frau neben sich. »Was gibt es denn so Wichtiges, dass Sie mitten in der Nacht zu uns kommen?«

»Haben Sie einen Raum, in dem wir uns in Ruhe unterhalten können?«, fragte Speer.

Der Mann nickte und führte ihn in ein Büro, in dem es neben einem Schreibtisch und Regalen mit Ordnern auch einen Besprechungstisch gab. Der Heimleiter versuchte vergeblich, mit der Hand seine Haare glattzustreichen.

»Also, was treibt die Kriminalpolizei um diese Zeit zu uns? Hat eines unserer Kinder etwas angestellt?«

»Ich ermittle in einer Mordserie«, begann Speer.

»Mord?«, unterbrach ihn Remscheid. Er zog die Augenbrauen zusammen und sah besorgt aus. »Doch nicht etwa die Sache mit dem Irren, der seine Opfer kopfüber aufhängt und ihnen die Zunge herausschneidet? Ich habe davon in der Zeitung gelesen.«

Speer seufzte. »Doch, um den Fall geht es.«

Remscheid schüttelte fassungslos den Kopf. In Anna Nebels Augen konnte Speer nun Angst erkennen, und auf ihr Gesicht hatte sich ein Ausdruck der Bestürzung gelegt.

»Aber was hat denn unser Haus damit zu tun?«

»Keine Sorge. Die Kinder und die Heimangestellten sind weder in Gefahr, noch haben sie etwas mit meinem Fall zu tun.«

Remscheid atmete sichtlich erleichtert aus. »Ich suche einen Jungen, der vor fünfundzwanzig Jahren hier war. Ursprünglich hatte ich die Hoffnung, dass Sie mir etwas über seinen heutigen Aufenthaltsort sagen können. Allerdings habe ich eben mit seiner Mutter gesprochen und von ihr erfahren, dass der Junge hier im Waisenhaus gestorben ist.«

»Dachten Sie, er könnte der Mörder sein, den Sie suchen?«, fragte Anna Nebel.

»Ich hatte ihn in Verdacht, ja«, gab Speer zu.

Remscheid seufzte. »Dann geht es jetzt nur noch darum, eine Bestätigung für die Aussage der Mutter zu finden.«

»Ja, ich muss sichergehen, dass stimmt, was sie sagt.«

Speer hatte überlegt, was er tun sollte, als er die Wohnung von Ilona Stegmann verlassen hatte. Alles sprach dafür, dass Bogner recht gehabt hatte und Tobias Schwernitz doch der Täter war. Aber es stand einfach zu viel auf dem Spiel, als dass er sich allein auf die Auskunft Ilona Stegmanns hätte verlassen können.

»Also gut, wenn Sie uns den Namen und die Zeit sagen, zu der der Junge hier gewesen sein soll, können wir in unserem Archiv nachsehen.«

»Sein Name ist Torben Stegmann. Er muss mit sechs oder sieben Jahren hier gewesen sein.«

Remscheid stand auf. »Die alten Akten sind alphabetisch sortiert. Das sollte also kein allzu großes Problem darstellen. Anna, würdest du dem Herrn von der Kripo einen Kaffee holen? Er sieht aus, als ob er einen gebrauchen kann.«

Speer erhob sich ebenfalls.

»Ein andermal gerne, aber es eilt. Ich komme mit Ihnen ins Archiv.«

Das Archiv des Waisenhauses war im Keller untergebracht. In der Mitte des Raumes stand ein alter Bürotisch aus dunklem Holz. Entlang der Wände reihten sich graulackierte abschließbare Metallschränke. Darin befanden sich die Akten der Kinder in Ordnern gesammelt. Eine Neonröhre verströmte kaltes Licht. Die Akte Torben Stegmanns fand der Heimleiter im letzten von drei Ordnern mit den Buchstaben S auf dem Rückenschild. Speer setzte sich an den Tisch und begann zu lesen. Remscheid nahm gegenüber Platz und gähnte.

Die Akte enthielt nur wenige Blätter. Die erste Seite bestand aus Angaben zur Person und dem familiären Hintergrund. Es folgte ein Bericht aus der psychiatrischen Kinderklinik, aus der Torben hierher überstellt worden war. Dem Bericht war zu entnehmen, dass bei dem Jungen eine retrograde Amnesie diagnostiziert wurde, ausgelöst durch die schrecklichen Stunden, in denen er, an einen Stuhl gefesselt, mit ansehen musste, wie Harald Burghain seinen Vater erschoss und sein Bruder qualvoll, kopfüber an einem Seil hängend, starb. Der Junge sei außerdem in Folge der Ereignisse verstummt. Der Bericht schloss mit der Feststellung, dass Torben Stegmanns Erinnerung eine Lücke vom Morgen vor dem traumatischen Ereignis bis zwei Tage danach aufwies. Nach mehrmonatigen Untersuchungen gingen die Psychologen davon aus, dass der Junge sich nie wieder an diese Nacht erinnern würde. Der psychische Zustand von Torbens Mutter wurde als nahezu unheilbar eingeschätzt. Eine jahrelange Unterbringung in der geschlossenen Psychiatrie war vorgesehen. Da Torben unentwegt nach seiner Familie verlangt habe, indem er Bilder von ihr malte und diese den Ärzten und dem Personal zeigte, hatten die Psychologen in der Kinderklinik ihm die Lüge unterbreitet, dass seine Eltern und sein älterer Bruder bei einem Autounfall gestorben seien, den er als Einziger überlebt habe. Erst später, wenn Torben älter sei, könne daran gedacht werden, ihm die Wahrheit zu sagen.

Auf der folgenden Seite in der Akte las Speer einen kurzen Bericht über die Eingewöhnung des Kindes nach vierwöchigem Heimaufenthalt mit einer persönlichen Einschätzung der damaligen Heimleiterin, Helena Behrens. Zusammenfassend wurde Torben Stegmann als ein extrem zurückhaltendes Kind beschrieben, das den Kontakt mit anderen Bewohnern am liebsten vermieden habe. Die Integration wurde auch aufgrund dessen, dass Torben nicht mehr reden konnte, als schwierig bewertet.

Im Anschluss überflog Speer einen zweiseitigen Bericht, der dem Datum nach drei Monate später geschrieben worden war. Darin wurde Torben von der Heimleiterin als verhaltensgestörtes Kind beurteilt, das zu unkontrollierten Wutausbrüchen und Gewalttätigkeit gegenüber seinen Heimkameraden neige. Bereits mehrfach habe man Isolierungen durchführen müssen.

Speer sah von der Akte auf und blickte Remscheid fragend an. »Hier steht etwas von Isolierungen. Was ist damit gemeint?«

Remscheid stieß einen tiefen Seufzer aus, wandte den Blick mit bedauerndem Gesichtsausdruck auf die abgewetzte Tischplatte und rutschte auf seinem Stuhl herum.

»Isolierungen sind ein dunkles Kapitel in der Geschichte unseres Hauses. Man war damals der Meinung, dass die sogenannten Querulanten nur durch äußerst strenge Erziehungsmaßnahmen einzugliedern seien.« Remscheid machte eine Pause, dann schaute er Speer wieder direkt an.

»Deshalb hat man die Kinder in ein enges, finsteres Kellerverlies gesperrt und ihnen nichts zu essen gegeben. Das konnte Stunden, aber auch Tage andauern, je nach Schwere und Ausmaß des Regelverstoßes, den das Kind begangen hatte.«

Missbilligend zog Speer die Augenbrauen zusammen. »Solche Isolierungen oder ähnlich schlimme Maßnahmen gibt es heute natürlich nicht mehr«, fügte der Heimleiter rasch hinzu.

Speer blätterte nun auf die letzte Seite der Akte. Ein Vermerk beschrieb die Ereignisse, die sich zwei Monate später in einem kleinen Ort in der Nähe von Kühlungsborn an der Ostsee zugetragen hatten. Mit mehreren Bussen waren die Kinder und Jugendlichen unter Begleitung des Heimpersonals zu einer viertägigen Ferienreise aufgebrochen. In der zweiten Nacht geschah etwas, was zum Abbruch der Reise führte. Die spätere Untersuchung des Vorfalls ergab, dass Torben Stegmann mitten in der Nacht die Jugendherberge verlassen haben musste, um im Meer zu baden. Am Strand wurde seine Kleidung gefunden. Von dem Jungen jedoch fehlte jede Spur. Da in dieser Nacht hoher Wellengang herrschte, nahm man an, dass der Junge, der als schlechter Schwimmer galt, in den Fluten ertrunken war. Trotz intensiver Suche konnte die Leiche des Kindes nicht geborgen werden. Man vermutete, dass die starke Strömung den Leichnam nach draußen aufs offene Meer getragen haben musste.

Als Speer das Gebäude verließ, fühlte er sich seiner letzten Kräfte beraubt. Inzwischen hatte es aufgehört zu regnen. Irgendwo in den nahen Bäumen schrie eine Eule. Er lehnte sich an den Wagen, schloss kurz die Augen und rief dann seine Kollegin Tina Jeschke an.

»Hat Schwernitz schon gestanden?«

»Nein, und es sieht auch nicht danach aus, dass er das in nächster Zeit tun wird«, sagte Tina. »Was ist mit Torben Stegmann?«

»Tot. Vor über zwanzig Jahren in der Ostsee ertrunken. Ich wusste es schon von Ilona Stegmann, wollte aber sichergehen und habe jetzt hier in den alten Unterlagen des Heims die Bestätigung dafür gefunden.«

»Scheiße …«

Speer rieb sich über das Gesicht und stieß einen tiefen Seufzer aus.

»Habt ihr Schwernitz gefragt, wo Lucy ist?«

»Was denkst du denn? Mehrfach! Aber er beharrt darauf,

nicht zu wissen, wovon die Rede ist und keine Lucy zu kennen. Außerdem streitet er ab, mit dir telefoniert zu haben. Bogner hat ihn mächtig unter Druck gesetzt, aber Schwernitz hat sich nicht aus der Fassung bringen lassen. Überhaupt macht er den Eindruck, als sei ihm alles egal.«

»Ich nehme mal an, den Namen der Richterin hat er auch noch nie gehört.«

»Richtig geraten, und seine Anwältin hat er vor einer Stunde nach Hause geschickt. Er meinte, er brauche sie nicht mehr.«

Als Speer das Gespräch beendet hatte und die Wagentür aufzog, hörte er Schritte hinter sich. Er drehte sich um, und zu seiner Überraschung kam Anna Nebel im schwachen Schein der Außenleuchte über dem Haupteingang auf ihn zugeeilt. »Warten Sie bitte noch«, flüsterte sie.

»Mein Chef hat mir erzählt, dass Sie ihn nach den Isolierungen gefragt haben. Das Loch, in das sie die Kinder damals gesteckt haben, gibt es noch heute, aber nur zu Anschauungszwecken. Man zeigt es den Regelbrechern. Hineingeworfen wird keiner mehr.«

»Sind Sie nur rausgekommen, um mir das zu sagen?«

Die junge Frau biss sich verlegen auf die Unterlippe und sah hinter sich zur Tür, als ob sie befürchtete, dass ihr Chef auftauchen könnte.

»Remscheid meinte auch, dass der Junge, nach dem sie suchen, ertrunken sein soll.«

Speer nickte. »Wissen Sie etwas darüber?«

Anna Nebel schüttelte den Kopf. Fröstelnd schlang sie die Arme um ihren Körper. »Nein, das nicht. Und ich weiß nicht, ob es wichtig für Sie ist. Wahrscheinlich ist es auch nur verrücktes Gerede, deshalb habe ich gewartet, bis mein Chef wieder ins Bett gegangen ist.«

Anna Nebel blickte unruhig auf die Umrisse der Bäume, die im Wind wogten. »Ich find's bei Nacht ziemlich gruselig hier draußen«, murmelte sie.

»Was ist das für ein Gerede?«, hakte Speer nach.

»Eine frühere Kollegin von mir, Gerda, hat des Öfteren erzählt, dass mit einigen Kindern nicht alles regulär gelaufen ist.«

»Wie meinen Sie das?«

»Angeblich wurden einige der Kinder zu DDR-Zeiten abgeholt, aber nicht, um sie zu neuen Eltern zu bringen, die sie adoptieren wollten, sondern damit sie an irgendeinem staatlichen Programm teilnehmen.«

»Mehr wissen Sie nicht?«

»Na ja, als Gerda bei einer Weihnachtsfeier ein bisschen zu tief ins Glas geschaut hat, hat sie auch mal behauptet, dass bei dem Ferienausflug an die Ostsee niemand ertrunken sei.«

»Wie heißt denn diese Gerda mit Nachnamen?«

»Mischo, Gerda Mischo.«

»Und wissen Sie auch, wo die Frau heute wohnt?«

Anna lächelte. »Ja, das weiß ich allerdings. Ich sehe Gerda fast täglich. Sie ist alleinstehend und damals kurz vor ihrer Rente in die leerstehende Hausmeisterwohnung hier bei uns im Gebäude gezogen.«

51

Anna Nebel begleitete Adrian Speer zu Gerda Mischos Wohnung. Diese befand sich im Erdgeschoss in der Nähe des Büros, in dem Speer mit dem Heimleiter gesprochen hatte. Obwohl es erst kurz vor fünf Uhr morgens war, konnten sie hinter dem Türblatt Geräusche eines Fernsehers vernehmen.

»Gerda steht immer noch sehr früh auf. Sie schläft nicht sonderlich gut. Hin und wieder taucht sie nachts bei mir auf, wenn ich Bereitschaft habe, und trinkt einen Tee mit mir.«

Da die Wohnung keine Klingel besaß, klopfte Anna Nebel an die Tür. Kurz darauf waren schwerfällige dumpfe Schritte von innen durch das dünne Türblatt zu hören.

»Wer is'n da?«

»Gerda, hier ist Anna, ich weiß, es ist früh, aber hier ist jemand von der Polizei, der ein paar Fragen an dich hat.«

»Von der Polizei? Fragen? An mich? Willst du mich …« Die Tür ging auf, und eine kleine rundliche Frau mit ergrauter Dauerwelle erschien. Sie spähte durch dicke, von einem beigefarbenen Gestell eingerahmte Brillengläser in Speers Gesicht und wirkte neugierig. Dann sah sie Anna an und zog dabei die Nase kraus. »Da ist ja wirklich einer. Ist der echt von der Polente?«

»Ja, Gerda. Er hat auch schon mit Udo und mir gesprochen.« Speer stellte sich vor und hielt ihr seinen Dienstausweis hin.

»Ich störe Sie nicht lange, aber vielleicht können Sie uns bei unseren Ermittlungen weiterhelfen.«

Anna wandte sich der Treppe zu.

»Ich muss jetzt zurück an meinen Platz. Wenn Udo herausfindet, dass ich so lange weg war, bekomme ich einen ordentlichen Rüffel von ihm.«

Gerda sah ihr noch kurz nach, wie sie die Treppe hinauflief, dann drehte sie den Kopf langsam wieder zu Speer. Jetzt hatte sie ein breites Grinsen im Gesicht. »Ich liebe Krimis. Schau ich mir immer im Fernsehen an und gelesen hab ich auch schon ganz viele von den Dingern. Kommen Sie rein!«

Gerda drehte sich um und ging voraus ins Wohnzimmer, wo

sie sich auf einem abgewetzten Sessel mit Blick auf den Fernseher niederließ, auf dem gerade eine Doku-Soap über Streifenpolizisten lief. Sie nahm die Fernbedienung vom Beistelltisch und stellte den Ton aus. Speer setzte sich an einen Tisch und drehte seinen Stuhl in Gerdas Richtung.

»Ist ja interessant«, sagte sie und lächelte. »Ich krieg ja nur ganz selten Besuch. Aber ich wüsste nicht, wie ich der Polizei bei was helfen könnte. Außer vielleicht mit meinem kriminalistischen Spürsinn.« Sie lachte gackernd auf.

»Ich bin auf der Suche nach einem Jungen, der vor fünfundzwanzig Jahren für kurze Zeit hier im Heim gelebt hat. Sein Name ist Torben Stegmann. In seiner Akte steht, dass er ertrunken ist, aber Frau Nebel meinte, Sie glauben, dass im Heim früher nicht immer alles mit rechten Dingen zuging.«

Gerda schaltete den Fernseher aus, und ihr Gesichtsausdruck verfinsterte sich.

»Wissen Sie, ich habe schon früher schlecht geschlafen, wachte zu leicht und viel zu früh auf. Da bekommt man so einiges mit.«

Speer fragte sich, ob die alte Frau möglicherweise zu viele Filme gesehen hatte und sich jetzt ihre eigenen Krimis zurechtschusterte.

»Was genau haben Sie denn mitbekommen?«

»Na, so ein- bis zweimal im Jahr tauchte jemand von der Behörde auf. Männer, die alle paar Jahre durch einen anderen ersetzt wurden. Immer wenn jemand von denen kam, hat er ein Kind, manchmal auch mehrere, mitgenommen. Seltsamerweise waren es immer diejenigen, die entweder in sportlicher oder intellektueller Weise besondere Leistungen gezeigt hatten.«

»Und Sie glauben nicht, dass diese Kinder an neue Eltern vermittelt wurden?«

Gerda Mischo schüttelte den Kopf. »Nein, die Kinder waren meistens schon etwas älter und schlechter vermittelbar, und normalerweise haben die neuen Pflege- oder Adoptiveltern die Kinder vorher besucht und begutachtet. Wir haben dann auch die offiziellen Pflegschafts- oder Adoptionspapiere erhalten. Das war hier alles anders. Es gab kein Papier. Das ging von jetzt auf gleich, rein ins Auto und weg.«

Speer hatte seine Zweifel, ob das, was Gerda Mischo ihm erzählte, so außergewöhnlich war. Und was das mit dem ertrunkenen Torben Stegmann zu tun hatte, erschloss sich ihm nicht.

»Vermutlich sind diese Kinder besonders gefördert worden«, überlegte er.

»Ja, das kann schon sein.«

»Was hat denn die Heimleitung dazu gesagt? Sie werden damals doch bestimmt nachgefragt haben, wohin die Kinder gebracht werden?«

Gerda machte große Augen und seufzte dann.

»Ja, natürlich. Ich habe unsere Heimleiterin darauf angesprochen. Die hat geheimnisvoll getan und hinter mir die Bürotür geschlossen. Dann hat sie gesagt, dass ich besser keine solchen Fragen mehr stellen soll, wenn ich nicht eines Nachts aus dem Bett geholt und in ein Stasi-Gefängnis verfrachtet werden will.«

Jetzt wurde es immer bunter, aber dennoch reizte es ihn, zu erfahren, was die alte Frau noch zu wissen glaubte.

»Das Ministerium für Staatssicherheit soll hinter dem Verschwinden der Kinder gesteckt haben?«

Gerda nickte. »Ich habe danach den Mund gehalten. Ich hatte schon mal miterlebt, was die mit einem machen können. Ein paar Männer haben eine junge Nachbarin, die drei kleine Kinder hatte, abgeholt. Die Frau ist nie wieder aufgetaucht. Es hieß, der Grund für ihre Festnahme war, dass sie bei einer Straßendemonstration mitgemacht hatte, die der Partei missfiel.

Das hat sie für die gleich zur Staatsfeindin gemacht. Ich hatte Angst, also hab ich fortan den Mund gehalten.«

»Aber Ihrer jungen Kollegin, Anna Nebel, haben Sie doch davon erzählt.«

»An dem Abend habe ich ein bisschen zu viel Wein getrunken. Aber davon abgesehen, gab es ja auch keinen Grund mehr, es zu verschweigen, da war die DDR doch schon weg. Nur wollte es da keiner mehr wissen, und die Vorfälle hier im Waisenhaus haben auch schlagartig aufgehört, nachdem die Mauer gefallen ist. Alte Kamellen, hieß es, wozu die noch aufwärmen.«

»Vielen Dank«, sagte Speer und stand auf. Es mochte etwas Wahres an dem sein, was Gerda Mischo ihm erzählt hatte. Aber das alles hatte nichts mit seinem Fall zu tun. Torben war nicht von Stasi-Leuten aus dem Heim fortgebracht worden. Er drehte sich um und ging in Richtung der Wohnungstür.

»Sie sind aber doch wegen Torben Stegmann hier«, hörte er Gerda hinter seinem Rücken. Er drehte sich wieder zu ihr um. Im Schein der Stehlampe konnte er auf ihrem Gesicht ein geheimnisvolles Lächeln erkennen. »Das war doch der Junge, der damals in der Ostsee ertrunken sein soll.«

Mit einem Kribbeln im Magen setzte Speer sich Gerda gegenüber auf einen Sessel. Sie lächelte jetzt noch breiter, und ihre Augen verzogen sich zu kleinen Schlitzen. Es bereitete ihr offenbar ein diebisches Vergnügen, dass das, was sie zu sagen hatte, jemanden so stark interessierte, dass er ihr deshalb seine ganze Aufmerksamkeit schenkte.

»Was wissen Sie darüber?«, fragte Speer.

»Nun, bei diesem Ausflug damals an die Ostsee war ich als Betreuerin auch dabei. Mein Zimmer lag neben dem von Torben und ein paar anderen Jungen.«

»Und weiter?« Speer spürte, wie sich die feinen Härchen auf seinen Unterarmen aufstellten.

»Abgesehen davon, dass es in jener Nacht überhaupt nicht stürmisch war, sondern das Meer ruhig dalag, stimmt auch der Rest der Geschichte nicht. Torben ist nicht ausgebüxt und zum Strand gelaufen, um verbotenerweise zu baden. Ich habe die Stimme der Heimleiterin in seinem Zimmer gehört, wie sie ihn aufweckte und ihm auftrug, sich schnell anzuziehen, da er woanders hingebracht würde. Torben wurde mitten in der Nacht aus dem Zimmer geholt. Durch mein Fenster habe ich beobachtet, wie zwei Männer das Kind zu einem Auto führten. Der eine stieg auf der Beifahrerseite ein, der andere wartete, bis Torben auf der Rückbank Platz genommen hatte, und setzte sich dann hinters Steuer. Der Mond schien hell in jener Nacht, und außerdem parkte der Wagen in der Nähe einer Laterne. Sie fuhren weg, und später hieß es, Torben sei ertrunken. Man habe seine Kleidung am Strand gefunden. Aber warum sollte der Junge erst abgeholt werden, um ihn dann an den Strand zum Baden zu fahren?«

»Haben Sie die Männer erkannt, die Torben abgeholt haben?«

»Ja, einen glaube ich wiedererkannt zu haben. Und genau das ist ja das Merkwürdige.«

Gerda machte eine Pause. Sie schien es auszukosten, dass ihr Gegenüber es vor Anspannung kaum noch auf seinem Platz hielt.

»Ich hatte den Mann damals schon seit gut fünfzehn Jahren nicht mehr gesehen, ihn aber sofort wiedererkannt. Er war einer jener Männer, die vor der Wende die begabten Kinder aus dem Heim weggebracht hatten. Er war Jahre vor der Wende durch einen anderen Mann ersetzt worden, und seitdem hatte ich ihn nie wiedergesehen. Aber in jener Nacht war er wieder da und hat Torben Stegmann in sein Auto verfrachtet und mitgenommen.«

52

Ängstlich lauschte Vera in die Dunkelheit und versuchte sich einzureden, dass sie falschlag und dass das Geräusch von etwas anderem verursacht wurde. Doch je näher die Laute kamen und je klarer sie sie vernahm, desto sicherer war sie, dass sie richtiglag, was ihre Panik noch um ein Vielfaches steigerte. Das Geräusch war fremdartig, und doch lag angesichts des Ortes, an dem sie sich zu befinden glaubte, auf der Hand, woher es rührte. Sie stellte sich einen maroden Keller, eine Art Verlies mit einem Mauerwerk aus großen kahlen Steinblöcken vor. Zumindest war es feucht und kalt, und es roch nach Moder und Schimmel. Das Geräusch wurde von ihrem Blut, das wie ein wilder Fluss in ihrem Kopf rauschte, überlagert. Aber sie wusste, es stammte weder von ihrem Entführer noch von jemandem, der ihr zu Hilfe kam. Es waren Tiere. Tiere, die auf dem Weg zu ihr waren. Kleine Bestien mit kurzen Beinen und Krallen, die über den Steinboden trippelten und so lange suchen würden, bis sie einen Zugang zu dem Raum fanden, in dem sie kopfüber hing. Es waren Ratten, viele Ratten. Ausgerechnet die Tiere, vor denen sie sich am meisten ekelte und vor Angst schüttelte, wenn sie nur an sie dachte. Sie wünschte sich, dass der Druck in ihrem Schädel schuld war und sie sich das Geräusch nur einbildete. Tränen rannen aus ihren Augen und über die Stirn in ihr Haar. Sie schluchzte hemmungslos in den Knebel in ihrem Mund.

Und dann vernahm sie ein Scharren, Schaben, Kratzen und Schnuppern ganz in ihrer Nähe. Zumindest eines von den Viechern musste irgendein Loch gefunden haben, durch das es in den Raum gekrochen war. Nein, das durfte nicht sein! Dann wurde es plötzlich still. Vera hielt inne und vermied jedes Geräusch, während sie angestrengt horchte. Im nächsten Moment zerfetzte das quietschende Kreischen einer Ratte die Stille und hallte von den Wänden wider. Vera zuckte erschrocken zusammen. Ihr Atmen ging in ein flaches, schnelles Keuchen über. Eines der Tiere musste, verborgen in der Dunkelheit, in ihrer unmittelbaren Nähe sein. Plötzlich hegte sie den irrationalen Wunsch, mit der Finsternis eins werden zu können und wie ein Kleinkind beim Versteckspiel daran zu glauben, dass sie, wenn sie selbst nichts sah, auch für andere nicht aufspürbar war.

Sie versuchte sich zu beruhigen. Aber dann dachte sie daran, dass Ratten höchstwahrscheinlich ihre Angst riechen konnten, die mit dem Schweiß aus jeder Pore ihrer Haut trat. Ein erneuter Adrenalinstoß durchfuhr sie, alles in ihr verkrampfte sich. Sie hatte zwar das Gefühl, dass es sich nur um ein einziges Tier handelte, aber wo eine Ratte war, da waren in der Regel noch mehr, und hatte sie nicht anfangs das Trippeln vieler Tiere gehört?

Ein eiskalter Schauder lief ihr über den Rücken. Das Geräusch, das der Nager beim Laufen verursachte, stoppte immer mal wieder. Sie stellte sich vor, wie die Ratte sich auf die Hinterläufe stellte und mit gebleckten scharfen kleinen Zähnen schnupperte. Mit Entsetzen hörte sie, dass das Tier sich jetzt zielsicher auf sie zubewegte. Sie erstarrte und hielt den Atem an. Wahrscheinlich war es ein Reflex oder ein uralter menschlicher Instinkt, der gebot, sich totzustellen.

Ein schlimmer Fehler, wie sie im nächsten Moment merkte. Ein schrilles Kreischen durchdrang erneut die Stille. Zeitgleich riss etwas an ihren Haaren. Sie bewegte ruckartig den Kopf hin und her und bemerkte dabei das Gewicht. Die Ratte hatte sich in ihren Haaren festgebissen. Entweder war der Nager zu ihr hochgesprungen, oder aber ihr Kopf hing einfach sehr nah über dem Boden. So nah, dass das Tier sich nur aufstellen und zubeißen musste.

So gut es ging, versuchte sie, Bewegung in ihren Körper zu bringen, strengte ihre Bauchmuskeln an, um ihren Oberkörper anzuheben, pendelte hin und her. Dann endlich gelang es ihr mit einer letzten kraftvollen Kopfbewegung, das Tier wegzuschleudern. Sie spürte, wie ihr dabei Haarbüschel ausgerissen wurden. Mit einem kurzen Quieken und dem dumpfen Aufprall des Körpers auf hartem Untergrund landete die Ratte irgendwo im Raum.

Vera wusste, dass die kurze Ruhe nicht lange anhalten würde. Sie wimmerte, und Tränen strömten ihr über die Stirn. Das Tier hatte etwas zu fressen gewittert, es würde sich nicht so schnell geschlagen geben. Als sie sich vorstellte, wie die Ratten sich in ihrem Fleisch verbeißen und Stücke aus ihr herausreißen würden, fühlte sie sich dem Wahnsinn so nah wie noch nie zuvor in ihrem Leben.

Dann wurde ihr schwindlig, in ihrem Kopf drehte sich alles. Ihre Kräfte waren aufgezehrt, ihre Hoffnung verloren. Sie wusste, dass es bald zu Ende gehen würde. Und seltsamerweise roch sie ausgerechnet jetzt etwas, das ihr zuvor gar nicht aufgefallen war. Es war der Geruch von Stroh.

53

Adrian Speer fuhr über die Autobahn weiter in Richtung Osten. Der Berufsverkehr kam allmählich in Gang, doch noch brauchte er das Blaulicht nicht auf dem Dach zu befestigen, da die Überholspur weitestgehend frei war. Es hatte wieder zu regnen begonnen, und jetzt war er froh, dass Bogner ihm den

Dienstwagen zur Verfügung gestellt hatte und er nicht mit dem Motorrad fahren musste. Während das Auto problemlos über die nasse Fahrbahn fegte und mit schnellen Scheibenwischerbewegungen für gute Sicht sorgte, wäre er mit seinem Motorrad wesentlich langsamer vorangekommen. Und Eile war jetzt in jedem Fall geboten.

Wenn es stimmte, was Gerda Mischo ihm erzählt hatte, war Torben Stegmann nicht als Kind ertrunken.

Er hatte Gerda die Fotos der drei Mordopfer gezeigt, und zu seiner weiteren Überraschung war sie sich sicher gewesen, einen der Männer vom Aussehen her zu kennen. Sie tippte mit dem Finger auf das Foto des Anwalts Dr. Achim Wölfling. Er sei einer der beiden Männer gewesen, die Torben damals im Auto fortbrachten. Nach dieser Nacht an der Ostsee hatte Gerda ihn zwar nie wieder gesehen, schloss einen Irrtum aber aus. Der Mann auf dem Foto sei derjenige gewesen, der über mehrere Jahre Kinder mit Sonderbegabung für ein staatliches Programm abgeholt habe und der dann fünfzehn Jahre später in Begleitung eines anderen Mannes wieder aufgetaucht sei, um Torben Stegmann wegzubringen. Wenn dem so war, dann stand zu vermuten, dass Wölfling und sein Partner auch den Tod des Kindes durch Ertrinken im Meer nur vorgetäuscht hatten. Nur warum sollte alle Welt glauben, Torben Stegmann sei tot?

Normalerweise hätte Speer die Aussage und das Erinnerungsvermögen der alten Frau kritisch betrachtet, doch sie hatte auf dem Foto ohne zu Zögern auf Wölfling gezeigt, den ermordeten Anwalt, der im Westteil Berlins auf Adoptionen spezialisiert war. Das konnte er nicht ignorieren. Aus der Akte wusste Speer, dass Wölfling mit Ende zwanzig wegen staatsfeindlicher Gesinnung aus der DDR abgeschoben worden war. Wenn er jedoch Gerda Mischos Worten Glauben schenkte, hatte Wölfling für das Ministerium für Staatssicherheit gearbeitet. Das passte nicht zusammen.

Verschiedene Männer, zu denen auch Wölfling gehörte, hatten über Jahre hinweg besonders begabte Kinder aus dem Waisenhaus fortgebracht. Möglicherweise hatten sie eine spezielle Förderung erhalten. Und dann war ausgerechnet Wölfling über ein Jahrzehnt später an der Ostsee aufgetaucht, um in einer Nacht- und Nebelaktion Torben Stegmann zu entführen und dessen Tod vorzutäuschen. Da diese Aktion nach der Wende geschah, ereilte Torben Stegmann wahrscheinlich ein anderes Schicksal als diejenigen, die zu DDR-Zeiten aus dem Waisenhaus geholt worden waren. Als Torben abgeholte wurde, war Dr. Wölfling schon auf Adoptionen spezialisiert. Wenn das Kind adoptiert worden war, dann vermutlich nicht in einem offiziellen Verfahren, sondern illegal. Nur, warum gerade Torben Stegmann, und warum der Aufwand, sein Ertrinken vorzutäuschen? Eine Antwort, die Speer nicht gefiel, drängte sich ihm auf. Es war nicht auszuschließen, dass das Kind für viel Geld an jemanden verkauft worden war, der seine pädophilen Phantasien an dem kleinen Jungen in die Tat umsetzte. Adrian Speer wurde übel. Dr. Achim Wölfling hatte auch Lucys Entführung organisiert, und vor über zwanzig Jahren war er für das Verschwinden eines Jungen verantwortlich gewesen. Das ließ den Schluss zu, dass er neben seinen rechtmäßigen Adoptionsverfahren auch illegalen Menschenhandel betrieben hatte. Hinzu kam, dass er ein Pädophiler war, und auf dem Handy dieses Mannes befand sich ein aktuelles Foto von Lucy. Die Vorstellung dessen, was mit Lucy in den letzten zwei Jahren geschehen sein könnte, schnürte Speer die Kehle zu.

Er brauchte frische Luft und ließ die Seitenscheibe ein wenig herunter. Er tastete in seiner Jacke nach Lucys Handy. Als er es fand, hielt er es kurz fest, wie einen Talisman, und atmete tief durch. Alles wird wieder gut, dachte er. Alles wird wieder gut. Dann versuchte er, sich wieder auf den Fall zu konzentrieren. Der schnellste Weg zu seiner Tochter führte über den Mörder der drei Männer, und wenn Torben Stegmann noch lebte, sprach einiges dafür, dass er der gesuchte Killer war.

Torben hatte mit ansehen müssen, wie sein älterer Bruder Sören kopfüber hängend starb. Wer, wenn nicht er, hätte ein Motiv, diejenigen, die für die Freilassung Harald Burghains verantwortlich gewesen waren, auf die gleiche Weise aufzuhängen und ihnen als Strafe für ihre Lügen die Zunge herauszuschneiden?

Er hatte sich gefragt, wer außer dem toten Anwalt noch wissen konnte, wohin Torben damals gebracht worden war. Dabei kam er auf zwei Personen: der unbekannte Mann, der Torben gemeinsam mit Wölfling abgeholt hatte, und die ehemalige Heimleiterin Helena Behrens, die Torben den Männern ausgehändigt hatte.

Laut Gerda Mischo lebte Helena Behrens in einem nur wenige Kilometer entfernten Altenheim.

Als Adrian Speer dort ankam, war es bereits Viertel vor sechs am Morgen. Wenn es bei dem bisherigen Rhythmus blieb, würde die Richterin spätestens in etwa zwei Stunden tot sein, und der Mörder hatte gefordert, dass er ihn vorher stellen musste, wenn er erfahren wollte, wo Lucy war.

Die automatisch öffnende Schiebetür blieb geschlossen, als er davor trat, so dass er die Nachtglocke betätigen musste. Wenige Minuten später ließ ihn eine genervt blickende Angestellte in weißer Arbeitskleidung herein. Speer wies sich als Hauptkommissar der Berliner Kripo aus und sagte, dass er dringend mit Helena Behrens sprechen müsse. Kurz überlegte die Frau, vermutlich, ob sie Einwände wegen der allzu frühen Störung erheben sollte, dann lächelte sie aber und bat ihn, ihr zu folgen.

»Frau Behrens schläft in der Regel etwas länger, aber wenn die Polizei ein Anliegen hat, muss sie eben früher aufstehen.«

Speer wurde den Eindruck nicht los, dass die Angestellte Vergnügen dabei empfand, dass er die alte Frau gleich aus dem Bett holen würde. Sie stiegen in einen Aufzug und fuhren in die dritte Etage.

»Wie ist sie denn so?«, fragte Speer.

»Die Behrens ist eigenbrötlerisch, kennt kein Danke, gibt keine Weihnachtsgeschenke ans Personal, dafür hat sie einen Befehlston und weiß alles besser. Das dürfte es in etwa zusammenfassen.«

»Scheint nicht sonderlich beliebt zu sein.«

»Sie haben es erfasst. Man sollte zwar meinen, dass man mit fast neunzig etwas zahmer wird, aber es gibt eben immer Ausnahmen von der Regel.«

In der Mitte eines langen mit karminrotem Teppichboden ausgelegten Korridors blieb die Angestellte vor einer Tür stehen und klopfte lautstark dagegen.

»Frau Behrens!« Dann ein zweites Mal. »Frau Behrens!«

»Ja, was gibt es denn?«, kam es mit müder Stimme von innen.

»Hier ist jemand von der Polizei, der Sie dringend sprechen möchte.«

Für eine Weile war nichts mehr zu hören.

»Ich bin unpässlich und muss mich erst anziehen.«

Speer nickte.

»Geht in Ordnung, der Herr wartet dann so lange vor der Tür, bis Sie ihn reinlassen.« Die Pflegerin blickte auf ihre Armbanduhr. »So, und ich habe jetzt Feierabend. Von innen öffnet sich die Eingangstür selbständig, wenn Sie gehen wollen. Ich sage meiner Kollegin von der Frühschicht aber Bescheid, dass Sie bei Frau Behrens sind.«

Speer bedankte sich. Vier Minuten später öffnete sich die Tür, und eine schlanke Frau mit grauem Kurzhaarschnitt sah ihn argwöhnisch an.

»Ich sage es gleich vorweg: Ich will Ihren Dienstausweis sehen. Ihren Namen, und Ihre Dienstnummer schreibe ich mir auf. Das ist doch reine Schikane, um diese Zeit hier aufzukreuzen.«

»Entschuldigen Sie die frühe Störung«, sagte Speer. »Aber die Fragen, die ich an Sie habe, dulden leider keinen Aufschub.«

»Papperlapapp. Was immer es ist, ich kann mir nicht vorstellen, dass Sie mich damit nicht auch noch ein paar Stunden später hätten behelligen können.«

Helena Behrens trug eine braune Stoffhose, eine beigefarbene Bluse mit Schal und eine Strickweste. Nachdem sie den Dienstausweis durch ihre Brillengläser betrachtet hatte, ließ sie ihn herein und bot ihm einen Platz auf einem von zwei Ohrensesseln an. Eine Seite des Raumes nahm ein deckenhohes, mit Büchern vollgestopftes Regal ein. Auf dem Tisch lagen ein Stapel mit Rätselheften, Stifte und mehrere Tageszeitungen.

Helena Behrens schaltete eine Stehlampe ein und setzte sich auf einen Sessel. Speer blieb stehen. Er hatte nicht vor, länger als nötig zu bleiben, und seine innere Unruhe ließ es nicht zu, dass er sich ebenfalls setzte. Als Erstes notierte Helena Behrens sich wie angekündigt seinen Namen und seine Dienstnummer.

»So, das hätten wir«, sagte sie, als sie fertig war. »Ich werde mich über Sie beschweren.«

»Ich komme gleich zur Sache.«

»Das ist mir nur recht. Ich gehöre nicht zu den alten Leuten, die gern ein ausgedehntes Schwätzchen halten.«

»Es geht um die Zeit, als Sie Leiterin des Waisenhauses in Köpenick waren. Vor etwa fünfundzwanzig Jahren soll bei Ferien an der Ostsee ein Junge namens Torben Stegmann ertrunken sein«, sagte Speer.

Helena Behrens sah ihn ausdruckslos an. »Das ist doch eine Ewigkeit her. Warum kommen Sie nach all den Jahren in aller Herrgottsfrühe zu mir, um mich nach diesem Vorfall zu fragen?«

»Gerda Mischo hat mir davon erzählt. Sie sagte, dass Torben damals nicht ertrunken sei, sondern abgeholt wurde.«

»So ein Unsinn. Gerda war schon immer ein bisschen verrückt.«

»Der Junge von damals könnte zum Mörder geworden sein, und in weniger als zwei Stunden wird er vermutlich erneut jemanden umbringen.«

Helena Behrens Blick schien Speer durchbohren zu wollen. Dann seufzte sie und ließ die Schultern sinken.

»Ich bin alt, und da ist ohnehin alles egal.«

»Stimmt es also doch, was Gerda Mischo sagte?«

Helena Behrens nickte. »Ja, so war das damals.«

»Wissen Sie, was mit ihm geschehen ist?«

Helena Behrens wandte den Kopf zur Seite und starrte die Wand an.

»Wohin hat man ihn gebracht?«

»Genaueres hat man mir nicht gesagt.«

»Warum haben Sie da mitgemacht? Die DDR gab es nicht mehr, als Torben abgeholt wurde.«

»Die alten Seilschaften bestanden aber weiterhin, Staat hin oder her. Und wenn ich nicht gespurt hätte, dann …«

Sie deutete mit dem Zeigefinger ein Messer an und fuhr sich längs an der Kehle entlang.

»Einer der Männer, der noch zu DDR-Zeiten im staatlichen Auftrag regelmäßig Kinder aus dem Waisenhaus mitnahm, derselbe, der Torben Stegmann Jahre später an der Ostsee entführte, ist vor zwei Tagen ermordet worden. Sein Name ist Dr. Achim Wölfling.«

Der Ausdruck auf Helena Behrens Gesicht war eine Mischung aus Überraschung und Schock, und ihre Mundwinkel neigten sich nach unten.

»Wölfling wurde ermordet?«

Speer nickte. »Falls Sie vor ihm Angst hatten, er kann Ihnen nichts mehr tun.«

»Ja, damals hatte ich tatsächlich Angst vor ihm und vor denjenigen, mit denen er unter einer Decke steckte. Das waren gefährliche Leute, und die gibt es auch heute noch. Mächtig und brutal. Ich bin erstaunt, dass jemand sich getraut hat, ihn umzubringen.«

»Wer sind die?«

»Das habe ich nie gewagt zu fragen, und ich habe nicht die geringste Ahnung. Ein paar Jahre nach der Wende rief Wölfling mich an. Er meinte, er sei jetzt Anwalt, spezialisiert auf Adoptionen. Er habe ein Elternpaar, das ohne die bürokratischen Hürden an der Adoption eines Jungen im Alter von höchstens sieben Jahren interessiert sei. Er schlug mir für die Übergabe diese geplanten Ferien an der Ostsee vor. Wenn ich nicht mitspielen würde, drohte er mir offen mit den alten Ostblock-Verbindungen, die hinter der Aktion stünden. Da Kinder in dem Alter so gut wie keine Adoptionschancen mehr haben, dachte ich mir, dass es gut wäre, wenn tatsächlich ein solcher Junge in eine neue Familie käme.«

»Und Sie haben wirklich geglaubt, dass dem Jungen damit geholfen wäre?«

Sie zuckte mit den Achseln. »Zumindest habe ich es mir eingeredet. Wölfling hat sich unsere Akten zu den in Frage kommenden Jungen angesehen und sich dann für Torben Stegmann entschieden.«

»Können Sie sich das erklären?«

»Stegmann war außergewöhnlich. Hochintelligent, aber auf der anderen Seite neigte er zu extremster Gewalttätigkeit. Der Junge war irgendwie gestört. Ich weiß nicht, warum Wölfling ausgerechnet ihn wollte.«

»Wölflings Mörder hat noch zwei weitere Männer getötet.«

Sie hob die Augenbrauen.

»Dann sind das also die Morde, von denen die Zeitungen im Moment voll sind. Solche Dinge passieren eben. Solange es nur Menschen trifft, die es auch verdient haben, tun sie mir nicht leid.«

»Als Nächstes wird er eine Frau töten, die sich nichts hat zuschulden kommen lassen.«

»Das ist schlimm. Ich wüsste aber nicht, wie ich Ihnen helfen könnte.«

»Indem Sie mir verraten, wo Torben Stegmann nach jener Nacht vor fünfundzwanzig Jahren an der Ostsee hingebracht wurde und welchen Namen er heute trägt.«

Helena Behrens zog die Stirn in Falten und sah Speer an, als ob sie gerade einen Geist vor sich gesehen hätte.

»Sie glauben tatsächlich, Torben Stegmann, der Junge von damals, ist der Mörder, den sie suchen?«

»Sonst wäre ich nicht hier. Ich muss wissen, was mit ihm passiert ist und wo er sich heute aufhält.«

Helena Behrens schüttelte den Kopf. »Wirklich, ich weiß es nicht.«

»Sagen Ihnen die Namen Horst Rokov und Dr. Manfred Ettinger etwas?«

Sie schüttelte den Kopf. »Vielleicht hat das ja etwas mit dem Programm zu tun.«

»Was war das für ein Programm?«

»So nannte es Wölfling. Die Kinder, die er regelmäßig aus

dem Heim abholte, waren für das Programm bestimmt. Sie hoben sich sowohl in intellektueller als auch in sportlicher Hinsicht von ihren Altersgenossen ab. Das waren wahrscheinlich die Auswahlparameter. Vielleicht hat Wölfling Torben für das Programm ausgewählt.«

»Aber zu dem Zeitpunkt war die DDR schon Vergangenheit, und das Programm konnte es nicht mehr geben.«

Sie zuckte die Achseln. »Damals liefen noch einige Dinge im Verborgenen weiter. Auch ohne den passenden Staat.«

»Was geschah mit den abgeholten Kindern?«

»Darüber weiß ich nichts Genaues. Wölfling sprach immer nur von dem Programm, und ich habe mich nicht getraut, zu fragen, was sich dahinter verbirgt.«

Sie machte eine Pause und fuhr dann fort.

»Ich hieß das nicht gut. Aber ich hatte Angst und musste tun, was die Partei verlangte, sonst wäre ich selbst unter die Räder gekommen und als Widerständlerin verurteilt worden. Das hat man mir eindeutig zu verstehen gegeben.«

Speer zog missmutig die Augenbrauen zusammen. Aber inzwischen hatte er ein klares Bild von Dr. Achim Wölfling. Torben Stegmann war nicht in einem Hochbegabtenprogramm gelandet. Eher war anzunehmen, dass das Kind an irgendwelche perversen Schweine verkauft worden war, die weiß Gott was mit ihm angestellt hatten. Vielleicht an den Mann, der Wölfling begleitete. Dass das Kind offiziell als ertrunken galt, verschaffte Wölfling und seinem Begleiter die Sicherheit, dass die Polizei nicht nach dem Jungen fahnden würde, und da er keine Angehörigen hatte, würde auch sonst niemand nach ihm suchen. Wölfling war ein Monster, und ein Foto mit Lucy war auf seinem Smartphone.

»Denken Sie bitte noch einmal nach. Torben Stegmann lebt, und er ist vermutlich ein Mörder. Wenn Sie etwas verschweigen, das uns helfen könnte, ihn zu finden, machen sie sich mitschuldig am Tod einer unschuldigen Frau. Wollen Sie sich das auf Ihr Gewissen laden?«

Helena Behrens sah kurz zu Boden, ehe sie sich mit einer für ihr Alter erstaunlichen Leichtigkeit aus ihrem Sessel erhob und zu der Kommode ging, auf der ein kleiner Flachbildfernseher stand. Aus einer Schublade nahm sie ein Fotoalbum und kehrte zu ihrem Platz zurück. Sie legte das Album in ihren Schoß und faltete die Hände darauf. Dann sah sie ihm fest in die Augen.

»Ich habe den Mann, der in jener Nacht mit Wölfling an der Ostsee gewesen war, damals nicht erkannt. Es war dunkel, und er hat sich mir nicht vorgestellt. Vor einigen Jahren stand dann aber ein kleiner Artikel mit Foto über ihn in der Zeitung. An den dort angegebenen Namen konnte ich mich, wie an die Namen der meisten Kinder, die bei uns im Waisenhaus gewesen waren, noch gut erinnern. Und zusammen mit dem abgebildeten Foto war ich mir sicher, dass es sich bei dem Mann um ein ehemaliges Heimkind handelte. Wölflings Begleiter hatte als Kind sehr gute Noten in der Schule und eine außergewöhnliche Auffassungsgabe. Deshalb konnte ich mich an seinen Namen besonders gut erinnern. Aber von ihm werden Sie auch nicht mehr erfahren, was mit Torben geschehen ist.«

»Und warum nicht?«

»Weil er vor etwa zwei Monaten gestorben ist. Ich habe die Todesanzeige in der Zeitung gesehen.« Speer konnte es nicht fassen. Über den Namen des Mannes würde Tina zwar schnell herausfinden, ob er einen Sohn hatte, doch es war eher unwahrscheinlich, dass Wölflings Begleiter von damals Torben Stegmann adoptiert hatte. Der Mörder war ihnen immer einen Schritt voraus gewesen, und auch jetzt sah es so aus, dass die wenige verbleibende Zeit nicht reichen würde, ihn zu finden. Stegmann würde die Richterin töten und dann untertauchen.

Seine Chance, Lucy zu finden, wäre damit vertan. Er ließ den Kopf sinken, vergrub das Gesicht in seinen Händen und spürte, dass sein Herz sich zusammenkrampfte und die Angst, versagt zu haben und in einer Sackgasse gelandet zu sein, schmerzhaft in ihm rumorte und seinen Puls beschleunigte. Dennoch durfte er nicht aufgeben. Er erhob sich schnell von seinem Platz und sah Helena Behrens entschlossen an.

»Wie heißt der Mann, der für Torben Stegmanns Entführung mitverantwortlich war?«

Helena Behrens ließ sich nicht aus der Ruhe bringen. Sie schlug das Fotoalbum auf ihren Knien auf und blätterte darin, bis sie bei einem Gruppenfoto mit allen Kindern und Erziehern des Waisenhauses angekommen war. Dann tippte sie mit dem Finger auf einen Jungen von neun oder zehn Jahren.

»Das Foto ist fast sechzig Jahre alt. Das hier ist der Mann, der in jener Nacht bei Wölfling war.« Und als Helena Behrens ihm den Namen nannte, geriet die Welt um ihn herum ins Wanken.

54

Nachdem es Vera gelungen war, die Ratte abzuschütteln, unternahm das Tier keine weiteren Anstalten, sie noch einmal anzugreifen, das Trippeln wurde sogar immer leiser. Doch die Erleichterung war nur von kurzer Dauer, denn wenige Minuten später hörte sie Geräusche, die nach einer Rattenhorde klangen. Wildes Gequietsche und gieriges Schnuppern drangen zu ihr herüber. Jetzt erst wurde ihr klar, was sie schon gleich hätte wissen müssen. Das Tier von eben war nur die

Vorhut gewesen und führte die anderen zu einer Nahrungs-
quelle. Vor Panik und Kälte zitterte sie am ganzen Körper.
Als der erste Nager auf ihren Hinterkopf sprang und versuchte, sich festzukrallen, verließ sie der letzte Funke Hoffnung,
doch noch gerettet zu werden. Die Gewissheit, dass sie sterben würde, füllte sie nun komplett aus. Die Ratten würden ihr
so lange zusetzen, bis sie tot war, und danach nicht mehr viel
von ihr übrig lassen. Jetzt verspürte sie einen ersten Biss in die
Schulter. Der Schmerz schoss ihr ins Gehirn und setzte neue
Kräfte frei. Wild schlug sie den Kopf hin und her und konnte das Tier abschütteln. Doch eine weitere Ratte sprang ihr
nun mitten ins Gesicht, krallte sich fest und krabbelte dann
schnell weiter nach oben, wo sie im nächsten Moment in ihren
Bauch biss. Veras Schmerzensschreie wurden vom Knebel erstickt. In schneller Folge glitten die Tiere nun über sie hinweg.
Überall spürte sie kleine Krallen, Fell strich über ihre Haut,
und die widerlichen langen Schwänze der Tiere legten sich
auf ihren Körper. Sie hatte die Augen längst geschlossen, als
sie ein Biss in ihre Wange sich ein letztes Mal aufbäumen ließ.
Doch es waren zu viele, sie schienen überall zu sein. Sie spürte eine warme Flüssigkeit an ihrem Körper herablaufen. Das
Blut machte die Ratten nur noch wilder. Als sie sich endgültig
ihrem Schicksal ergeben wollte, geschah etwas Seltsames. Die
Ratten sprangen plötzlich von ihr herunter, sie quiekten und
rannten weg.

Es war wieder still um sie herum. Sie musste sich geirrt haben, ihr Gehirn spielte ihr einen Streich. Doch dann glaubte
sie, ein anderes Geräusch zu hören. Gedämpft, als ob sie Watte
in den Ohren hätte. Es waren Schritte. Hier bei ihr im Raum.
Sie spürte, dass sie kurz davor war, das Bewusstsein zu verlieren. Ihre Augenlider fühlten sich bleiern an und wollten sich
nicht öffnen lassen. Nur mit Mühe gelang es ihr, sie doch einen

Spalt aufzumachen. Gleißendes Licht traf auf ihre Netzhaut, und ihr Gehirn durchfuhr schlagartig ein stechender Schmerz, dessen Intensität sogar kurz die wie Feuer brennenden Bisswunden an ihrem Körper übertraf. Schnell schloss sie die Augen wieder. Die Stimme eines Mannes drang an ihr Ohr.

»Ich hasse Ratten.«

Sie fühlte, sie stand zwischen Leben und Tod. Die Ratten hatten Fleisch aus ihr gerissen, und sie blutete stark. Dennoch schöpfte sie jetzt wieder Hoffnung und klammerte sich an den Gedanken, dass sie doch noch weiterleben durfte, dass sie in letzter Sekunde gefunden worden war und gerettet würde. Doch als der Mann weitersprach, wurde dieser Wunschtraum jäh zerstört.

»Sie müssen mir glauben, es war nicht meine Absicht, Sie diesen Viechern zum Fraß vorzuwerfen. Ich wusste nicht, dass hier unten Ratten sind.«

Vera öffnete die Augen, diesmal behutsamer als vorhin. Schemenhaft konnte sie nun erkennen, dass er unmittelbar vor ihr stand. Dann trat er hinter sie, löste das Knebelband, das an ihrem Hinterkopf zusammengebunden war und zog den Stoffballen aus ihrem Mund.

Sie stöhnte auf. Trotz ihrer Schmerzen spürte sie ein wenig Erleichterung, nun frei durch den Mund atmen zu können.

»Sie werden sich sicher unentwegt gefragt haben, warum Sie hier sind. Erinnern Sie sich noch an Harald Burghain?«

Natürlich tat sie das, auch wenn sie kaum noch in der Lage war, klar zu denken. Sie hatte Burghain freigesprochen. Dieser alte Fall hatte sich unauslöschlich in ihr Gedächtnis gebrannt. Damals war sie noch nicht lange Strafrichterin gewesen. Ein Jahr danach hatte Burghain einen kleinen Jungen und dessen Vater getötet. Die Mutter hatte die beiden und ihren zweiten Sohn gefunden, der gefesselt alles hatte mit ansehen müssen, und sie hatte deshalb einen schweren Nervenzusammenbruch erlitten. Die Zeitungen hatten damals darüber berichtet.

Sie versuchte, etwas zu sagen, doch sie brachte kein Wort hervor, zu trocken war ihre Kehle und zu angeschlagen war sie von den Schmerzen und dem Druck in ihrem Kopf.

»Ich weiß, was Sie sagen wollen«, sagte der Mann. »Sie *mussten* Burghain freisprechen. Nachdem Horst Rokov ihm für die Tatzeit ein Alibi gab, der Psychiater ihm geistige Gesundheit attestierte und der Anwalt dafür sorgte, dass die Eltern des kleinen Benjamin Rose die Nebenklage zurückzogen. Aber ein Jahr später zerstörte dieser Teufel meine Familie, und dass Sie ihm das durch ihr falsches Urteil ermöglichten, kann ich Ihnen nicht durchgehen lassen. Das verstehen Sie doch sicher auch.«

Vera wollte etwas entgegnen, aber sie spürte, dass ihre Lebenskräfte schwanden und sie einer Ohnmacht nahe war. Ihre Augen hatten sich nun aber an die Helligkeit gewöhnt. Sie hing kopfüber etwa vierzig Zentimeter über dem Boden in einem Raum, von dessen kahlem algengrünem Mauerwerk die Feuchtigkeit tropfte. Es gab kein Fenster. Die Tür war aus groben Brettern gezimmert. Alles in allem erinnerte die Umgebung sie an einen Kerker.

Plötzlich schien eine Welle über sie zu schwappen. Dann erst begriff sie, dass der Mann ihr einen Eimer Wasser über den Kopf geschüttet hatte. Wie in Zeitlupe und verschwommen nahm sie wahr, dass er vor ihr in die Hocke ging.

»Sie müssen nur noch ein wenig durchhalten«, flüsterte er. »Dann gestatte ich Ihnen, zu sterben.«

55

Der Junge auf dem sechzig Jahre alten Gruppenfoto war Oberstaatsanwalt Dr. Rudolf Heimer, der Vater von Staatsanwalt Maximilian Heimer. Wie Helena Behrens berichtete, war Rudolf Heimer mit drei Jahren ins Waisenhaus gekommen und als Jugendlicher von staatlicher Seite für das Programm abgeholt worden. Danach hatte sie ihn nur noch ein einziges Mal wiedergesehen. Das war, als er zusammen mit Wölfling den jungen Torben Stegmann mitgenommen hatte. Wölfling und Rudolf Heimer waren also beide aus der DDR, und wie Wölfling musste Rudolf Heimer noch zu Zeiten der Mauer in den Westen gelangt sein.

Bevor Speer sich auf den Weg zu der Villa machte, in der Maximilian Heimer nach dem Tod seines Vaters allein weiterlebte, rief er Tina Jeschke an, setzte sie kurz ins Bild und bat sie, herauszufinden, ob der ermittelnde Staatsanwalt Maximilian Heimer adoptiert war. Er wies sie an, Bogner, der nach wie vor davon ausging, mit Schwernitz den Täter gefunden zu haben, vorerst außen vor zu lassen. Er ging davon aus, dass es zu lange dauern würde, diesen davon zu überzeugen, dass ausgerechnet der leitende Staatsanwalt der gesuchte Mörder war. Und selbst wenn Bogner ihm glaubte, so kannte er seinen Partner mittlerweile gut genug, um zu wissen, dass dieser es nicht gutheißen würde, wenn er allein zu Heimers Villa fuhr. Bogner würde Verstärkung anfordern, doch dann bestünde die Gefahr, dass das zu Maximilian Heimer durchsickern und er begreifen würde, dass sie ihm auf den Fersen waren.

Kurz bevor er bei der Villa ankam, rief Tina zurück und bestätigte seine Vermutung. Rudolf und Hildegard Heimer hatten vor fünfundzwanzig Jahren einen Jungen namens Maximilian Kutscher adoptiert. Angeblich war der Junge in der Obhut eines Waisenhauses in der Nähe von Leipzig gewesen. Speer ging davon aus, dass es einen Jungen mit diesem Namen dort nie gegeben hatte. Vermutlich hatte Wölfling mit seiner Erfahrung, seinem Wissen und seinen Kontakten die notwendigen Adoptionsunterlagen gefälscht.

Staatsanwalt Maximilian Heimer war also in Wahrheit Torben Stegmann. Tina hatte außerdem herausgefunden, dass Torbens zweiter Vorname Maximilian war. Somit musste es für den kleinen Jungen nicht allzu verwunderlich gewesen sein, dass seine neuen Eltern fortan diesen Namen für ihn verwendeten.

Die Frage war nur, warum Rudolf Heimer ausgerechnet Torben adoptiert hatte. Wölfling hatte als Anwalt Druck auf die Eltern von Benjamin Rose ausgeübt und maßgeblichen Anteil an Burghains Freispruch vom Vorwurf des Kindesmissbrauchs gehabt. In Torben Stegmanns Augen trug Wölfling die Schuld am Tod seines Bruders und seines Vaters. Und mit diesem Mann hatte sein Adoptivvater in Verbindung gestanden und ihn vor fünfundzwanzig Jahren an der Ostsee entführt und seinen Tod vorgetäuscht. Warum hatte Rudolf Heimer das getan? Und aus irgendeinem Grund musste der Tod Rudolf Heimers die Initialzündung für Torben Stegmanns alias Maximilian Heimers Rachefeldzug gewesen sein.

Das Anwesen der Heimers lag abgeschieden, umgeben von hohen Nadelbäumen, in einer Allee im Grunewald. Speer stellte den Wagen an der schulterhohen Mauer, die das Grundstück zur Straße hin begrenzte, ab, steckte die Stabtaschenlampe aus dem Handschuhfach in seine Jackentasche und legte seine Gürteltasche mit der Pistole an. Dann kletterte er über die Mauer und lief parallel zur Einfahrt entlang einer Baumreihe auf die Villa zu. Zwei Rundtürme an den Seiten verliehen dem Gebäude einen schlossartigen Charakter. Am Rand des

Vorhofs blieb er im Schatten einer hohen Tanne stehen und sah sich das Gebäude genauer an. Die meisten der zahlreichen Fenster waren mit Klapprollläden verschlossen. Hinter den übrigen brannte kein Licht.

Speer holte sein Handy und Dr. Heimers Visitenkarte mit dessen privaten Telefonnummern hervor, die er ihnen für Notfälle gegeben hatte, und rief zuerst auf dem Handy des Staatsanwaltes an. Er ließ eine Minute lang läuten, ohne dass jemand abnahm oder sich der Anrufbeantworter einschaltete. Danach probierte er es auf Heimers Festnetzanschluss mit dem gleichen Ergebnis. Im Inneren des Hauses blieb es dunkel.

Er überlegte, wie er vorgehen sollte. Es war jetzt kurz vor sieben. Zu früh, um einfach an der Haustür zu läuten. Wenn Heimer zu Hause war und noch schlief, würde er ahnen, dass etwas nicht stimmte. Speer entschloss sich deshalb, zunächst die Villa von hinten in Augenschein zu nehmen und folgte dem gepflasterten Weg in den Garten.

Auch auf der Rückseite des Hauses war es hinter den Fensterscheiben dunkel. Noch einmal sah Speer auf die Uhr. Er musste sofort etwas unternehmen, wollte er noch eine Chance haben, das Leben der Richterin zu retten. Aus einem Sträucherbeet neben dem Terrassenaufgang nahm er einen schweren Zierstein und rannte damit eine breite Treppe zur Terrasse hinauf. Bereits nach den ersten Stufen flammten Halogenstrahler auf und tauchten die Terrasse und Teile des weitläufigen Gartens in ein helles Licht. Die Lampen waren knapp unter dem Dach an der Hauswand befestigt und mit Bewegungsmeldern ausgestattet. Zudem bemerkte er eine an der Hauswand angebrachte Videokamera. Sie hatte ihn im Visier. Falls Heimer zu Hause war, hatte er spätestens jetzt mitbekommen, dass ein ungebetener Gast auf dem Weg zu ihm war. Einen Augenblick zögerte Speer, rannte dann aber weiter nach oben.

Vier Flügeltüren führten von hinten ins Haus. Er trat nahe an die linke heran und sah hinein. Im Dunkeln dahinter lag eine geräumige Küche mit Kochinsel in der Mitte. Er holte aus, schleuderte den Zierstein neben dem Türgriff durch die Scheibe, langte hinein und öffnete die Tür von innen. Mit vorgehaltener Pistole und angeschalteter Stabtaschenlampe schlich er durch die Küche ins Wohnzimmer. Er lauschte kurz, konnte aber kein Geräusch ausmachen. Über dem Kaminsims hingen Familienfotos. Eine Wand war von einem bis unter die Decke reichenden Bücherregal bedeckt. Davor standen ein Chesterfield Ledersofa und zwei dazu passende Sessel. Auf dem Esszimmertisch traf der Strahl seiner Taschenlampe auf einen Aktenhefter. Überrascht trat er näher. Neben der Akte lag ein handgeschriebener Zettel. *Kommen Sie allein, wenn Sie wissen wollen, wo Ihre Tochter ist.*

Speer stockte kurz der Atem, und er biss die Zähne zusammen. Er schob den Zettel beiseite und sah sich den Hefter an. Es handelte sich um eine Kopie der staatsanwaltlichen Ermittlungsakte gegen Harald Burghain in dem Verfahren wegen Kindesmissbrauchs zum Nachteil von Benjamin Rose. Speer blätterte darin. Auf der letzten Seite befand sich ein Dokument, das in der Originalakte, die sie aus dem Archiv geholt hatten, fehlte. Es war eine handgeschriebene Notiz des damaligen Staatsanwaltes, in der er vermerkte, dass er gegen das Urteil nur deshalb keine Berufung einlege, da es dem Wunsch und der Anordnung des leitenden Oberstaatsanwaltes Dr. Rudolf Heimer entspräche.

In einem Berufungsverfahren wäre es vielleicht doch noch zu einer Verurteilung Burghains gekommen. Für Torben Stegmann musste das bedeuten, dass Oberstaatsanwalt Rudolf Heimer, der ihn adoptiert hatte, zu dem er aufgeschaut hatte, und dem er auch beruflich gefolgt war, unter Umständen mitverantwortlich dafür war, dass Harald Burghains Freispruch bestehen blieb. Rudolf Heimer war an einem Herzinfarkt gestorben, Fremdeinwirkung hatte man ausschließen können. Möglicherweise hatte Rudolf Heimer seinem Freund Wölfling, den er noch aus den gemeinsamen DDR-Zeiten kannte, bei dem Gerichtsprozess gegen Burghain einen Gefallen getan. Und vielleicht hatte Rudolf Heimer den Jungen adoptiert, weil er ein schlechtes Gewissen wegen dessen Schicksal hatte. Aber warum der Oberstaatsanwalt sich damals Wölfling gegenüber zu einer derartigen Hilfe verpflichtet gesehen hatte, das erschloss sich ihm noch nicht. Die Ärzte in der psychiatrischen Kinderklinik hatten bei Torben Stegmann eine retrograde Amnesie diagnostiziert, wodurch sich der Junge nicht mehr an die schreckliche Nacht in Burghains Keller erinnern konnte. Doch wie hatte er dann allein aufgrund der Gerichtsakte, die einen ganz anderen Fall, nämlich den von Benjamin Rose, behandelte, die Ereignisse in jener Nacht rekonstruieren können? Und das musste er. Wie sonst sollte er darauf gekommen sein, sich an denen zu rächen, die für Burghains Freilassung verantwortlich waren, wenn er gar nicht wusste, was Burghain Entsetzliches getan hatte? Wie hatte Stegmann davon erfahren? Hatte er sich nach fünfundzwanzig Jahren plötzlich wieder an alles erinnert? Irgendwie musste Torben Stegmann nach dem Tod Rudolf Heimers an die Informationen gelangt sein, die ihn das Puzzle um die Zerstörung seiner Familie zusammensetzen ließen.

Speer schüttelte die Gedanken ab und machte sich daran, im Haus nach einem Hinweis zu suchen, wo Heimer die Richterin gefangen halten könnte. Schnell durchkämmte er die Zimmer im Erdgeschoss und die obere Etage, ehe er in den Keller ging. Hier gab es eine Stahltür mit einem elektronischen Zahlenschloss, die aber offen stand. Der Raum, der sich dahinter auftat, hatte etwas Verstörendes.

An den schwarz gestrichenen Wänden hingen große, von Deckenstrahlern beschienene Leinwandgemälde, auf denen düstere, fremdartig skizzierte Gestalten abgebildet waren. Eine Staffelei mit einem angefangenen kleineren Bild stand in der Ecke. In der Mitte des Raumes hing ein schwerer Sandsack von der Decke. Daran schien Heimer also seine Wut abgearbeitet zu haben, und seine inneren Dämonen hatte er offenbar mit Pinsel und schwarzer Farbe auf Leinwände gebannt.

Speer ging wieder hinauf ins Erdgeschoss. Trotz seiner Eile hatte er sich gründlich umgesehen, und er glaubte nicht mehr, dass Heimer sich hier irgendwo in einem verborgenen Raum versteckt hielt. Die Akte und die Nachricht auf dem Esszimmertisch deuteten ebenso wie die offen gelassene Tür zu dem Kellerraum darauf hin, dass Heimer mit seinem Besuch gerechnet hatte. Die Frage war nur, welchen Ort er für seinen Mord an der Richterin ausgewählt hatte.

Speer fiel etwas ein, das er im Arbeitszimmer des verstorbenen Oberstaatsanwaltes nur beiläufig wahrgenommen, dem er eben keine besondere Bedeutung geschenkt hatte. An der holzvertäfelten Wand hatte ein großes gerahmtes Gemälde gehangen, das einen Jäger bei der Fuchsjagd zeigte. Schnell lief er wieder in den Raum und besah ihn sich jetzt genauer. Auf dem Kaminsims lag ein Jagdhorn, und an den Wänden hingen einige gerahmte Fotos, auf denen Rudolf Heimer entweder allein oder in Gesellschaft anderer Jäger mit Gewehr posierte. Irgendwo im Haus musste es einen Waffenschrank geben, dachte Speer. Er bemerkte, dass das große Gemälde nicht ganz mittig über dem darunter stehenden Sideboard hing. Als er näher herantrat, entdeckte er oben rechts neben dem Rahmen eine schmale, kaum auffallende, etwa drei Zentimeter herausragende Schienenführung. Er drückte seitlich gegen den Rahmen des Bildes. Mit Leichtigkeit glitt es zur Seite. Dahinter befand sich ein Einbauschrank, der zwar über ein Schloss verfügte, aber nicht abgeschlossen war. In dem Schrank standen zwei Jagdgewehre. Die Pistolenhalterung daneben war leer. Rudolf Heimer war Jäger gewesen und in der Nähe des Hauses, in dem der Psychiater Dr. Ettinger ermordet worden war, war ein Geländewagen gesehen worden, wie ihn Menschen, die oft im Wald unterwegs waren, häufig fuhren. Speer hatte eine Idee. Schnell holte er sein Handy heraus und rief Tina Jeschke an.

56

Im Aufenthaltsraum in der dritten Etage des LKA-Gebäudes gab es neben Stühlen und Tischen auch ein Sofa. Robert Bogner hatte es sich darauf bequem gemacht und starrte an die Decke, die Hände hinter dem Kopf verschränkt. Er kam einfach nicht zur Ruhe. Normalerweise hätte ihn das laute Ticken der Uhr an der Wand, die sieben Uhr anzeigte, wahnsinnig gemacht, aber jetzt war es ihm egal. Er konnte ohnehin nicht schlafen.

Bis vor einer Stunde hatte er Tobias Schwernitz gemeinsam mit Emil Sanddorn in die Mangel genommen. Doch Schwernitz hatte die meiste Zeit überhaupt nicht auf ihre Fragen reagiert und abwesend gewirkt, was keinesfalls normal war, wenn zwei Kripobeamte mit lebenslanger Haft drohten. Unzählige Male hatten sie erfolglos versucht, aus ihm herauszubekommen, wohin er die Richterin Vera Brink gebracht hatte, von wem Adrian Speers Tochter Lucy vor zwei Jahren entführt worden war und wo sie jetzt gefangen gehalten wurde. Aber es war, als würden ihre Worte an ihm abprallen. Weder leugnete er, noch gestand er. Zwischenzeitlich war auch die kriminaltechnische Untersuchung des Messers abgeschlossen, das Schwernitz bei seiner Festnahme bei sich trug. Es gab keine Spuren von den Opfern daran, und auch aufgrund der Beschaffenheit der Klinge konnte ausgeschlossen werden, dass damit den Opfern die Zunge abgetrennt worden war. Gegen halb sieben hatten sie beschlossen, eine Pause einzulegen. Bogner hatte Sanddorn zum Schlafen nach Hause geschickt, und er hätte selbst nichts lieber getan, als sich ebenfalls ins Bett zu legen. Aber auf ihn wartete nur ein Koffer, den Laura ihm gepackt und in den Flur gestellt hatte. Sicherlich hätte Nadja ihn mit offenen Armen empfangen, aber bei ihr würde er in dieser Situation nicht an die Tür klopfen. Genau das hatte sie doch damit bezweckt, als sie Laura von seiner Affäre mit ihr erzählt hatte. Er konnte nur hoffen, dass Laura ihm verzeihen würde.

Er spürte, dass seine Lider langsam schwer wurden, und er schloss die Augen. Eine tiefe Müdigkeit überkam ihn, und er stellte zufrieden fest, dass er doch ein wenig Schlaf finden würde. Da stürmte Tina Jeschke polternd in den Raum.

»Das Mädchen, das Schwernitz wegen seines Alibis angerufen hat, ist hier und will eine Aussage machen.«

Bogner setzte sich auf. »Diese Tammy?«

Tina zuckte mit den Schultern. »Sie sieht echt fertig aus. Du übrigens auch.«

»Danke für das Kompliment«, brummte Bogner und rang sich ein Lächeln ab. Gemeinsam gingen sie über das Treppenhaus in die oberste Etage.

»Sie hat sich erst telefonisch durchfragen müssen, wo Schwernitz festgehalten wird. Als sie erfahren hat, dass ihr Freund von Beamten der Mordkommission vernommen wird, ist sie wohl ziemlich erschrocken«, berichtete Tina, als sie die Tür zum Flur öffneten, an dessen Ende das Mädchen auf einem Stuhl vor Bogners und Speers Büro saß und wartete.

Tammy hatte braunes leicht gelocktes Haar, das ihr bis über die Schultern fiel und ihr hübsches Gesicht einrahmte. Obwohl sie erst sechzehn war, konnte man sie aufgrund ihres Äußeren leicht zwei bis drei Jahre älter schätzen. Man sah ihr an, dass sie geweint hatte. Ihre Augen waren rot unterlaufen. Bogner bat sie in sein Büro und deutete auf den vor seinem Schreibtisch stehenden Stuhl. Sie setzte sich, sah ihn ängstlich an und biss sich dabei unentwegt auf die Unterlippe.

»Also, warum bist du hier?«

»Ich habe die ganze Nacht hindurch überlegt, was ich machen soll. Meine Eltern sind der Horror. Wenn sie von mir und Tobias erfahren, darf ich so schnell auf keine Party mehr.«

»Du und Tobias Schwernitz seid also ein Paar«, sagte Bogner.

Sie nickte und rutschte auf dem Stuhl herum. Bogner überkam ein ungutes Gefühl.

»Dieser späte Anruf von ihm gestern, der hat mich total überfahren. Und dann habe ich mich nicht mehr getraut, es richtigzustellen, weil ich ja vorher was anderes gesagt habe.«

»Wir ermitteln hier wegen Mordes. Es ist wichtig, dass du uns die Wahrheit sagst. Wenn du lügst, um Tobias zu schützen, machst du dich strafbar.«

»Ich habe gestern Abend am Telefon gelogen. Ich hatte Angst, wie meine Eltern reagieren, wenn sie erfahren, dass ich mit einem viel älteren Mann in dessen Wohnung über Nacht zusammen war. Es war mir peinlich.«

»Und was heißt das jetzt?«

Tammy senkte den Blick zu Boden. »Es war so, wie Tobias gesagt hat. Wir waren von Freitagabend bis Samstagmittag zusammen in seiner Wohnung. Die ganze Zeit.«

Bogner schüttelte ungläubig den Kopf. Die Fassungslosigkeit über diese Aussage stand ihm ins Gesicht geschrieben.

»Und ihr seid ohne Unterbrechung zusammen gewesen?«, fragte Tina. »Er könnte doch die Wohnung verlassen haben, als du geschlafen hast.«

Tammy warf Tina Jeschke einen peinsamen Blick zu und verzog die Mundwinkel zu einem verlegenen Lächeln.

»Ich hab nicht viel geschlafen, wenn Sie verstehen, was ich meine«, sagte sie dann.

»Das sagst du doch jetzt nur, weil du deinen Freund schützen willst«, versuchte Bogner sie aus der Reserve zu locken und hatte dabei Mühe, seine Stimme im Zaum zu halten.

Den Mord an Dr. Wölfling hätte Tobias Schwernitz nicht einfach mal so nebenbei erledigen können, und es hätte zeitlich nicht ausgereicht, wenn Schwernitz die Wohnung zwischendurch kurz verlassen hätte. Hinzu kam, dass zwischen dem Tatort im Grunewald und der Wohnung von Tobias Schwernitz gute zwanzig Fahrminuten mit dem Auto lagen.

»Nein, es ist die Wahrheit!«, entgegnete Tammy.

»Verdammt noch mal!«, fauchte Bogner und erhob sich von seinem Stuhl. »Wenn du uns das gleich gesagt hättest, hätten wir uns das stundenlange Verhör deines Freundes sparen können.«

Tammy begann zu weinen. »Kann ich jetzt gehen?«, schluchzte sie.

Bogner nickte. »Ja.«

»Und Tobias?«

»Tut mir leid, dein Freund muss hierbleiben. Wir haben ihn bei seiner Festnahme mit Drogen erwischt, und er ist einschlägig vorbestraft.«

Tammy sah ihn erschrocken an. »Drogen?«

»Du weißt nichts darüber? Hat er dir nichts angeboten?«

»Nein.« Es klang ehrlich. Gut möglich, dass sie nichts von dem Crystal Meth wusste.

Es klopfte kurz. André Slibow und Paul Breitnach kamen herein. Für einen Moment sahen sie Tammy verdutzt an.

»Paul, würdest du Tammy nach unten begleiten?«, fragte Bogner.

Widerwillig stimmte Breitnach zu. Mit gesenktem Kopf verließ Tammy in seiner Begleitung das Zimmer. Bogner zählte die Sekunden, bis Breitnach endlich die Tür hinter sich geschlossen hatte.

»Was hat Adrian herausgefunden?«, fragte Bogner dann, an Tina gewandt.

Sie presste die Lippen zusammen und runzelte die Stirn.

»Adrian meinte, er muss das allein durchziehen, weil es um seine Tochter gehe«, sagte sie dann.

André Slibow warf Bogner einen fassungslosen Blick zu und setzte sich auf Speers Stuhl.

»Speer hat trotz Ausschluss von den Ermittlungen weiter an dem Fall gearbeitet?«

Bogner stieß einen tiefen Seufzer aus, strich sich mit der Hand durchs Haar und nickte. Dann wandte er sich Tina zu.

»Wo ist Adrian, und was macht er gerade?«

»Er hat einen neuen Hauptverdächtigen.« Tina zögerte. »Es ist Staatsanwalt Dr. Maximilian Heimer.«

»Was? Ist er denn jetzt völlig durchgeknallt!«, schrie Bogner.

»Das ist doch Unsinn!«, stimmte Slibow zu. Tina spitzte die Lippen, zog die Augenbrauen hoch und drehte den Kopf langsam hin und her.

»Der Verdacht ist nicht so leicht von der Hand zu weisen«, sagte sie dann. »Maximilian Heimers richtiger Name ist Torben Stegmann. Er wurde von Oberstaatsanwalt Dr. Rudolf Heimer als Kind adoptiert. Torben Stegmanns Tod wurde damals vorgetäuscht, und man hat seinen Namen geändert. Speer ist der Ansicht, Heimer ermordete Rokov, Wölfling und Ettinger, weil diese den Prozess gegen Harald Burghain manipulierten, so dass dieser freigesprochen wurde und ein Jahr später seinen Vater und Bruder töten konnte.«

Tina Jeschke fasste kurz zusammen, wie Speer auf Heimer gekommen war. Am Ende ihrer Ausführungen blickte sie in fassungslose Gesichter.

»Kurz bevor Tammy hier auftauchte, rief mich Speer an und wollte, dass ich für ihn herausfinde, ob der verstorbene Oberstaatsanwalt Rudolf Heimer eine Jagdhütte besaß.«

Bogner zog die Augenbrauen zusammen. »Und hat er?«

»Ja, sie steht im Grunewald.«

»Und du meinst, Speer will dahin.«

»Ja, vermutlich, sonst hätte er nicht danach gefragt.«

»Aber das ist doch verrückt!« Bogner stemmte die Hände in die Hüften und schüttelte den Kopf.

»Vermutlich hat Maximilian Heimer die Hütte geerbt, und jetzt ratet mal, was für einen Wagen unser Oberstaatsanwalt fuhr, bevor er starb.«

»Einen Jeep?«, vermutete André Slibow.

»Korrekt.« Tina grinste.

Dann klingelte das Telefon. Es war jemand vom Wachpersonal. Seine Stimme klang aufgeregt, und im Hintergrund gab jemand lautstarke Anweisungen.

»Ich rufe wegen Ihres Verdächtigen Schwernitz an«, sagte der Beamte, und seine Stimme überschlug sich dabei fast vor Aufregung. »Würden Sie bitte sofort zu den Zellen runterkommen?«

57

Als er vor wenigen Wochen die Wahrheit über den Tod seines Vaters und seines Bruders erfahren hatte, war sein Zorn zurückgekehrt und hatte sich nicht mehr vertreiben lassen. Sein altes Ich war seitdem wie weggewischt. Nach wie vor strebte er auch nach Gerechtigkeit, nur auf eine andere Weise als bisher.

Die Akte hatte in einem Schließfach gelegen. Zusammen mit einer Tonbandaufnahme und anderen Unterlagen, die unschöne Details über die Vergangenheit des Mannes verrieten, den er einmal gemocht hatte. Jetzt hasste er ihn. In der Akte befand sich ein loses, von Hand beschriebenes Blatt Papier, auf dem die Adresse seiner Mutter stand, und der Hinweis, dass sie ihm die Bedeutung der Akte erklären könne.

Anfangs wusste er weder mit der Nachricht noch mit dem Inhalt der Akte etwas anzufangen. Seine leibliche Mutter war doch tot. Dennoch fuhr er zu der angegebenen Adresse. Auf dem Namensschild neben der Tür der Anliegerwohnung stand ihr Name. Er klingelte, und eine Frau öffnete. Es war tatsächlich seine Mutter. Er sagte ihr, wer er war. Sie fielen sich unter Tränen in die Arme und weinten. Seine Mutter war am Leben, nach all den Jahren, wie konnte das sein?

Anschließend entpuppte sich sein bisheriges Leben als eine Lüge. Nachdem er mit seiner Mutter gesprochen hatte, ergab alles einen Sinn. Die Wut kehrte zurück, schlimmer als in jenen Tagen seiner Kindheit. Wie ein Orkan rumorte sie seitdem in ihm und forderte den Tod derjenigen, die für das Schicksal seiner Familie verantwortlich waren. Und als er in seinem Bett wach lag und sich wieder und wieder die Erzählung seiner Mutter zu dem vermutlichen Ablauf der tödlichen Nacht ins Gedächtnis rief, kamen seine verschollenen Erinnerungen an jene Nacht zurück. Seitdem geisterten die höllischen Worte, die der schreckliche Mann, der Teufel, zu ihm und seinem Bruder gesagt hatte, in seinem Kopf herum.

»Ihr haltet die Schnauze und tut, was ich sage, sonst schlitze ich euch auf und stopfe euch mit Stroh aus, so wie die Jagdtrophäen an meiner Kellerwand!«

Er hörte sich die Tonbandaufzeichnung an. Jemand gab darauf den Auftrag, ein Kind zu entführen, und eine der Stimmen kannte er.

58

Der Regen prasselte laut auf das Dach des Wagens. Die Scheibenwischer arbeiteten schnell, jedoch nicht schnell genug, um für eine gute Sicht zu sorgen. Teilweise verschwammen die Lichter der entgegenkommenden Autos durch die Wassermassen auf der Windschutzscheibe vor Speers Augen. Zu Beginn der Fahrt hatte ein Warnsignal darauf hingewiesen, dass die Außentemperatur unter vier Grad lag und somit zu allem Übel auch noch die Gefahr von Straßenglätte bestand. Der Wind fegte in Sturmböen über die Fahrbahn und hatte das Auto schon ein paarmal gefährlich nah an die Leitplanken gedrückt. Notgedrungen musste er die Geschwindigkeit drosseln. Als er die Autobahn verließ, wurde es nicht viel besser. Die Landstraße in Richtung Teufelsberg war so schmal, dass er bei jedem entgegenkommenden Fahrzeug bremsen und auf den unbefestigten Seitenstreifen ausweichen musste, und er konnte von

Glück reden, mit dem Wagen noch nicht in den Straßengraben gerutscht zu sein.

Tina Jeschke hatte ihm zwar erklärt, wo sich die Jagdhütte des verstorbenen Oberstaatsanwaltes Dr. Rudolf Heimer befand und wie er dorthin kam, dennoch war er sich nicht sicher, ob er das im Wald gelegene Grundstück auf Anhieb finden würde. Der Beschreibung nach musste er demnächst rechts abbiegen. Er verlangsamte seine Fahrt und hielt nach einem Weg oder einer Zubringerstraße auf der rechten Fahrbahnseite Ausschau. Je weiter er fuhr, desto mehr beschlich ihn das ungute Gefühl, an der entsprechenden Stelle, ohne sie bemerkt zu haben, schon vorbeigefahren zu sein. Bei dem Wetter und den schlechten Sichtbedingungen war das leicht möglich. Nach einem weiteren Kilometer beschloss er, kehrtzumachen und die Strecke noch einmal abzusuchen. Doch plötzlich entdeckte er zehn Meter vor sich im Scheinwerferlicht eine Schneise im Wald. Als er nahe an die Stelle heranfuhr, erkannte er einen Weg, der gerade breit genug für ein Auto war und über den seitlichen Straßengraben hinweg in den Wald führte. Speer bog darauf ein und fuhr weiter.

Tief herabhängende Zweige schlugen gegen die Windschutzscheibe und die Karosserie des Autos. Der Waldboden war durchnässt, und er musste aufpassen, dass die Reifen nicht zu tief in dem schlammigen Grund versanken und durchdrehten. Ein ums andere Mal geriet eines der Vorderräder in ein Schlagloch, und der Wagen setzte auf. Der Weg führte schnurgerade in den Wald hinein. Nach etwa zweihundert Metern beschrieb er eine Linkskurve. Speer hatte gerade erst wieder beschleunigt und nicht damit gerechnet. Als er das Lenkrad herumriss, geriet der Wagen ins Schlingern, prallte mit dem Heck gegen einen Baum und kam zum Stillstand. Er wurde durchgeschüttelt, blieb aber unverletzt. Als er wieder anfahren wollte, drehten jedoch die Hinterräder durch. Vorsichtig versuchte er es noch einmal, und dieses Mal funktionierte es. Der Wagen setzte sich wieder in Bewegung, begleitet von einem blechernen Dröhnen, das aus dem Bereich des rechten hinteren Reifens kam. Nach dreihundert Metern ging es rechts herum weiter. Speer schaltete die Scheinwerfer aus, als er in etwa hundert Metern Entfernung den Weg enden und in eine Freifläche übergehen sah. Wenn er Tinas Wegbeschreibung trauen durfte, dann musste es sich dabei um die Lichtung handeln, auf der sich die Jagdhütte befand. Falls Maximilian Heimer dort war, wollte er es vermeiden, sich durch das Scheinwerferlicht des Autos zu verraten. Wenige Meter, bevor die Bäume endeten, stoppte er deshalb den Wagen und stellte den Motor ab. Als er sein Handy nahm, um es lautlos zu stellen, ging gerade ein Anruf ein. Er kannte die Nummer auf dem Display nicht, zögerte kurz und nahm dann den Anruf entgegen.

»Hier ist Ilona Stegmann.« Er hatte der Mutter von Torben Stegmann seine Telefonnummer gegeben. Ihre Stimme klang nervös und zerbrechlich.

»Seit Sie gegangen sind, habe ich keine Ruhe mehr gefunden und nur noch darüber nachgedacht, ob ich Sie anrufen soll.« Eine Pause trat ein. Adrian Speer wusste, was Ilona Stegmann ihm sagen wollte und kam ihr zuvor.

»Ihr Sohn ist nicht als Kind in der Ostsee ertrunken.«

»Sie wissen es also schon. Es tut mir leid, dass ich erst jetzt anrufe.«

»Torben wurde damals von zwei Männern abgeholt. Einer davon war Oberstaatsanwalt Dr. Rudolf Heimer. Ich vermute, dass Torben von ihm wie sein eigener Sohn großgezogen wurde.«

Mehrere Schluchzer drangen durch die Leitung.

»Seit wann wissen Sie, dass Ihr Sohn noch am Leben ist? War er bei Ihnen?«

»Vor etwa zwei Monaten stand Torben vor meiner Tür. Können Sie sich vorstellen, wie das war? Ich dachte, er wäre seit fünfundzwanzig Jahren tot. Er erzählte mir, dass er adoptiert worden sei und nichts davon gewusst habe, dass Wölfling und Rudolf Heimer seinen Tod vorgetäuscht hatten.«

Speer sagte nichts. Ilona Stegmann kämpfte mit den Tränen, und er konnte mit ihr mitfühlen.

»Torben sagte, dass er die ganze Zeit über davon ausgegangen sei, dass seine richtigen Eltern und sein Bruder bei einem Autounfall ums Leben gekommen seien. Warum hätte er auch an dem zweifeln sollen, was die Ärzte ihm als Kind im Krankenhaus erzählten? An die Nacht, in der Burghain seinen Vater erschoss und sein Bruder, kopfüber am Seil hängend, ums Leben kam, konnte er sich all die Jahre nicht erinnern.«

»Und wie hat er erfahren, dass der Autounfall eine Lüge war? Dass Sie seine Mutter sind und noch leben?«

»Nach Rudolf Heimers Tod ist eine Akte über den Prozess gegen Harald Burghain aufgetaucht. Der Akte lag ein Brief bei. Wenn man so will ein Geständnis Rudolf Heimers nach seinem Tod. Darin erklärte Rudolf Heimer, dass der Prozess gegen Burghain manipuliert war und dass der Autounfall, bei dem Torbens Eltern und sein älterer Bruder ums Leben kamen, eine Lüge war. Meine Adresse war ebenfalls angegeben. Ich habe Torben dann erzählt, was Harald Burghain ein Jahr nach seinem Freispruch mit unserer Familie getan hat. Als Torben vor meiner Tür stand und sagte, wer er ist, wollte ich ihm natürlich zuerst nicht glauben. Man hatte mir doch damals in der Psychiatrie gesagt, dass er ertrunken sei und mir sogar die Sterbeurkunde gegeben. Seitdem verging kein Tag, an dem ich mir keine Vorwürfe wegen seines Todes gemacht habe. Schließlich musste Torben nur deshalb in dieses Heim, weil ich einen Nervenzusammenbruch erlitt, als ich meine Familie in Burghains Keller vorfand. Und dann stand mein totgeglaubter Sohn nach fünfundzwanzig Jahren wieder vor mir. Er forderte mich auf, ihm alles genau zu erzählen, was Burghain in jener Nacht ihm, seinem Bruder und seinem Vater angetan hatte. Er hat kein Wort dazu gesagt. Aber als er mich ein paar Tage später wieder besuchte, sagte er, dass seine Erinnerung an die Nacht im Keller zurückgekehrt sei. Er sagte, es sei für ihn, als ob das Verbrechen erst gestern geschehen wäre. Er wisse wieder jedes gesprochene Wort und spüre wieder, wie es war, als er, an den Stuhl gefesselt, zusehen musste, wie Burghain seinen Bruder Sören nackt und kopfüber an einem Seil aufhing, weil er sich gegen Burghains Missbrauch gewehrt hatte, und wie der tödliche Schuss auf seinen Vater fiel, der sich schwer getroffen noch auf Burghain stürzte und mit ihm kämpfte.«

Wieder klang ein Schluchzen durch die Leitung.

»Glauben Sie wirklich, dass Torben aus Rache drei Menschen so grausam ermordet hat?«, fragte Ilona Stegmann dann.

»Ja.«

»Oh Gott, oh Gott«, heulte sie auf.

Speer hatte bis jetzt nicht gewusst, warum Torben Stegmann erst nach so vielen Jahren tötete. Jetzt lag es auf der Hand. Erst durch den Brief – den Nachlass seines Adoptivvaters – erfuhr Torben nach fünfundzwanzig Jahren, dass seine Mutter doch noch lebte. Sie verhalf ihm dann aufgrund ihrer Erzählungen zur Rückkehr seiner Erinnerungen. Danach erst wurde ihm bewusst, dass die damaligen Prozessbeteiligten schuld daran waren, dass Burghain nicht, wie es richtig gewesen wäre, hinter Schloss und Riegel saß. Burghain war tot. Ihn konnte Maximilian Heimer, alias Torben Stegmann, nicht mehr zur Rechenschaft ziehen. Ebenso wenig wie seinen verstorbenen Adoptivvater, der verhinderte, dass der manipulierte Prozess gegen Burghain in die Berufung ging. Es blieben Rokov, Wölfling, Ettinger und die Richterin.

»Danke, dass Sie mich angerufen haben«, sagte Speer. Er meinte es ernst. Trotz des Vierteljahrhunderts, in dem sie sich nicht gesehen hatten und voneinander annahmen, dass der jeweils andere tot sei, blieb Ilona Stegmann Torbens Mutter. Als solche wäre ihr nicht vorzuwerfen gewesen, wenn sie für sich behalten hätte, was ihr Kind belastete. Zumal sie ihren Sohn gerade erst zurückgewonnen hatte und ihn nicht schon wieder verlieren wollte.

Das Schluchzen hörte abrupt auf. »Ich wusste, dass es schlecht für Torben ist, wenn ich zugebe, dass er bei mir war. Dabei kann ich sogar nachvollziehen, warum er es getan hat, warum er so wütend war, dass ihm sein jetziges Leben egal wurde und dass er ohne Rücksicht darauf gehandelt hat. Sein Leben basierte auf einer Lüge. Und das machte es irgendwie wertlos für ihn. Nicht nur, dass Burghain die Hälfte unserer Familie ausgelöscht hat, nein, man ließ Torben und mich auch noch fünfundzwanzig Jahre in dem Glauben, der jeweils andere sei gestorben.« Ilona Stegmanns Stimme war kaum mehr als ein Flüstern.

»Und was ist dann der Grund für Ihren Anruf?«, fragte Speer und musste dabei den Kloß in seinem Hals herunterschlucken. Er ahnte, was sie sagen würde, und eine bleierne Schwere legte sich auf seine Brust.

»Ich habe Sie angerufen, damit Sie Ihre Tochter zurückbekommen. Ich kann nachempfinden, wie es dem Kind und Ihnen gehen muss. Menschen, die einander lieben, sollten nicht gewaltsam voneinander getrennt sein.«

Nach dem Gespräch verharrte Speer noch einen Augenblick regungslos und gerührt hinter dem Steuer.

Dann stieg er aus und ging im Schatten der Bäume bis zum Rand der Lichtung. Die ebene Fläche lag wegen der dunklen Wolken, die den Himmel bedeckten, noch in der Dämmerung und war von Nebelschwaden überzogen. Vor den Baumriesen im Hintergrund zeichneten sich die Umrisse der Jagdhütte ab, und ihm fiel auf, dass sie viel größer war, als er angenommen hatte. Er sah kein Licht im Innern brennen. Auch sonst deutete nichts darauf hin, dass sich jemand in dem Gebäude befand.

Während er in geduckter Haltung und mit vorgehaltener Pistole über die durchweichte Wiese auf das Gebäude zurannte, schlug ihm der vom Wind aufgepeitschte Regen ins Gesicht. Er musste gut hundertfünfzig Meter zu Fuß überwinden und hatte ein ungutes Gefühl dabei, sich ungeschützt auf der freien Waldfläche zu bewegen. Er musste an die Jagdgewehre im Waffenschrank von Rudolf Heimers Büro denken. Für einen geübten Schützen gab er im Visier eines Präzisionsgewehres ein leichtes Ziel ab. Doch schließlich erreichte er unbeschadet das Gebäude. Gleichzeitig fragte er sich, ob er hier richtig war. Tina Jeschkes Lagebeschreibung passte zwar, aber anders als angenommen erhob sich vor ihm keine einfache, aus Holz gebaute Jagdhütte, sondern ein zweistöckiges unterkellertes Haus mit Satteldach und einer Fachwerkfassade. Die Rollläden vor den Fenstern waren heruntergelassen. Davor waren Eisengitter zum Schutz vor Einbrechern angebracht. Rechts neben dem Haus befand sich eine breite Garage, die groß genug für zwei Autos war. Aus der Ferne hatte er das Nebengebäude für eine Scheune gehalten. Falls Heimer hier war, dann hatte er den Jeep wahrscheinlich dort geparkt. Wegen der Dunkelheit und des Regens konnte Speer keine frischen Reifenspuren auf dem von grobem Schotter bedeckten Platz vor dem Haus erkennen. Er wollte nicht riskieren, durch das Einschalten seiner Taschenlampe auf sich aufmerksam zu machen. Die Zeit drängte. Nach kurzer Überlegung entschied er sich, die Garage vorerst außer Acht zu lassen und sofort zu versuchen, ins Innere des Hauses zu gelangen. Er lief über die Treppe hinauf auf die überdachte Veranda und wischte sich die Nässe aus dem Gesicht. Dann näherte er sich vorsichtig der Eingangstür. Sie bestand aus dunkelbraun lackiertem massivem Stahl. In Augenhöhe war eine vergitterte Klappluke in die Tür eingelassen. Sie war geschlossen und konnte nur von innen geöffnet werden. Für Einbrecher und Vandalen stellte das Haus in seiner abgeschiedenen Lage ein gefundenes Fressen dar, allein deshalb war eine Tür dieser Bauart schon eine gerechtfertigte Sicherheitsmaßnahme. Nur stellte sie nun auch für ihn eine unüberwindbare Hürde dar. Es gab keinen Türgriff, den man nach unten drücken konnte, nur einen Knauf zum Aufdrücken der Tür, nachdem man mit dem Schlüssel aufgeschlossen hatte. Zum Versuch drückte Speer gegen das Türblatt. Wider Erwarten löste es sich mit einem leisen Klicken aus dem Schloss und schwang langsam auf. Er machte einen schnellen Schritt zur Seite und drückte sich an die schützende Hauswand. Doch es passierte nichts. Drinnen blieb es dunkel, und kein Geräusch war zu hören. Womöglich war doch niemand in dem Haus, und Heimer hatte hier, wie in der Villa, die Tür zu seinem Kellerraum offen gelassen, um ihm etwas zu zeigen, das ihn tiefer in dessen Seelenleben hineinführte.

Neben ihm klaffte die Türöffnung so dunkel wie ein Höhleneingang, und es war ungewiss, was die dahinterliegende Finsternis barg. Er hielt den Atem an und lauschte, konnte aber noch immer kein verdächtiges Geräusch vernehmen. Dennoch warnte ihn sein Verstand eindringlich davor, allein in das Haus zu gehen. Die Alternative war, Bogner zu informieren und auf ihn und ein Einsatzkommando zu warten. Aber bis dahin wäre es für die Richterin wahrscheinlich zu spät. Außerdem war es Heimers Bedingung gewesen, dass er allein kam, wenn er wissen wollte, wo Lucy war. Das konnte er nicht riskieren. Insbesondere da er nicht vorhatte, sich bei der Befragung an die Dienstvorschriften zu halten.

Schnell bewegte er den Oberkörper in die Türöffnung und wieder zurück. Als darauf nichts geschah, schaltete er seine Taschenlampe ein und betrat das Haus. Schnell leuchtete er den Raum ab. Ein Sofa, ein Tisch mit Stühlen, ein Bauernschrank, weiter hinten eine offen stehende Tür, die in einen Flur führte. Er fand einen Wandschalter und drückte darauf. Augenblicklich wurde es hell im Inneren. Das Licht kam von einem Kronleuchter, der in der Mitte über dem Tisch von der holzvertäfelten Decke hing. An einer Garderobe hingen mehrere Mäntel und grüne Regenüberzüge. Davor standen wasserfeste Stiefel. In einem Holzschrank mit Glastüren, der daneben an der Wand hing, standen zwei Jagdgewehre. Das Parkett unter dem handgeknüpften Perserteppich knarrte, als Speer darauftrat. Die Türen zu den angrenzenden Räumen standen offen, dahinter brannte kein Licht. Wenn jemand von dort aus der Finsternis auf ihn zielte, könnte er das nicht sehen. Für den Schützen hingegen wäre er im Schein des Kronleuchters ein nicht zu verfehlendes Ziel. Spätestens jetzt hätte er verloren, wenn es jemand darauf abgesehen hatte, ihn zu töten. Aber es geschah nichts.

Als er das Zimmer durchquerte und auf den Flureingang zuging, hörte er ein Knistern hinter sich. Er fuhr zusammen und drehte sich abrupt um. Das Geräusch kam aus einem kleinen Lautsprecher, der an der Wand über der Haustür angebracht war, direkt neben einer kleinen Videokamera, die ihn genau im Visier hatte.

»Schön, dass Sie endlich da sind, Herr Speer. Und gut, dass

Sie meine Anweisung befolgt haben und allein gekommen sind.« Speers Herzschlag beschleunigte sich. In ihm rumorte eine Mischung aus Entschlossenheit und nervöser Anspannung. Die Stimme war von einem dauerhaften Knistern unterlegt, und sie klang elektronisch verfremdet, wie schon bei den Anrufen über das Telefon.

»Sie finden uns im Keller. Und keine Angst, ich habe nicht vor, Ihnen etwas anzutun.«

Vorsichtig bewegte sich Speer die Treppenstufen nach unten. Was hatte Heimer vor? Seiner Stimme war keinerlei Aufregung anzumerken gewesen, sie hatte eher so geklungen, als ob er einen guten alten Bekannten begrüßen würde. Heimer musste sich seiner Sache sehr sicher sein oder Nerven aus Stahl haben. Ganz offensichtlich hatte der Staatsanwalt sogar damit gerechnet, dass er ihn hier ausfindig machen würde. Jetzt war auch klar, warum die Haustür nicht verschlossen war. Heimer wollte, dass er zu ihm kam, hinunter in diesen Keller. Nur warum? Was hatte der Kerl vor? Speer konnte nur ansatzweise erahnen, was ihn dort unten erwarten würde. Er hoffte, dass Heimer sein Versprechen einlösen und ihm verraten würde, wohin die Entführer Lucy gebracht hatten. Außerdem würde er alles versuchen, die Richterin zu retten.

Unten im Keller fand Speer sich in einer Diele mit drei verschlossenen Türen und einem schmalen Flur, der auf die Rückseite des Hauses führte, wieder.

»Der Raum am Ende des Korridors, die Tür steht offen«, hallte es ihm entgegen.

Speer folgte dem etwa zehn Meter langen Gang. An dessen Ende fiel Licht durch die offen stehende Tür. Langsam und mit vorgehaltener Waffe bewegte Speer sich darauf zu. Seine ganze Konzentration galt dem Raum, in dem das Licht brannte. Ihm war, als habe er hinter der ersten verschlossenen Tür im Vorbeigehen ein dumpfes Geräusch gehört, aber er irrte sich wohl. Für den Moment blieb ihm nichts anderes übrig, als auf Heimers Spiel einzugehen und zu ihm zu gehen.

Als er dann in die Türöffnung trat, erwartete ihn das Grauen. Obwohl er damit gerechnet hatte, stockte ihm der Atem. Aber nicht nur der Anblick der blutüberströmten, reglos kopfüber hängenden Frau ließ ihn für einen Moment erstarren. Mehr noch war es die Erkenntnis, dass er sich in einem entscheidenden Punkt vollkommen geirrt hatte.

59

Robert Bogner und Tina Jeschke stürmten im Erdgeschoss des LKA-Gebäudes in den Trakt, in dem sich die Zellen für die vorläufig Festgenommenen befanden. Vor der Zelle von Tobias Schwernitz gab es einen Auflauf mehrerer uniformierter Polizeibeamter, die für die Bewachung der Gefangenen zuständig waren. Sie schoben sich an ihnen vorbei, bis sie schließlich vor der offen stehenden Gittertür standen. Für einen Moment starrte Bogner fassungslos in den engen Raum, wo zwei Rettungssanitäter dabei waren, die Unterarme von Schwernitz mit Verbänden zu versorgen. Der junge Mann lag ausgestreckt in einer Blutlache.

»Verdammte Scheiße«, sagte Bogner mehr zu sich selbst als zu den anderen um sich herum. Er wandte sich dem uniformierten Leiter des Wachpersonals zu, der sich inzwischen aus der Gruppe gelöst hatte und neben ihn getreten war. »Wie konnte das denn passieren?«

»Er hat eine Büroklammer benutzt. Keine Ahnung, woher er die hatte. Vielleicht hat er sie hier aus dem Gebäude, oder er hatte sie vorher schon dabei.«

Bogner sah wieder auf den regungslos am Boden liegenden Schwernitz und funkelte den Polizisten neben sich wütend an.

»Aber Sie müssen den Mann doch gründlich durchsucht haben, bevor Sie ihn in der Zelle allein gelassen haben!«

»Ja, klar haben wir das. Deswegen haben wir ihm auch seinen Gürtel abgenommen. Aber so ein kleines Teil wie eine Büroklammer ...« Der Mann hob theatralisch seine Hände. »Die Klammer kann er theoretisch zwischen seinen Pobacken versteckt haben. Da haben wir natürlich nicht nachgeschaut.«

Die Sanitäter legten Schwernitz auf eine Trage und brachten ihn aus der Zelle.

»Kommt er durch?«, fragte Bogner, als sie an ihm vorbeigingen. Sie hielten kurz inne.

»Schwer zu sagen«, antwortete der Mann vorn an der Trage. »Wir konnten ihn stabilisieren und bringen ihn gleich ins Krankenhaus. Aber er hat sehr viel Blut verloren, atmet schwach und ist ohne Bewusstsein. Es wird knapp.«

Bogner fühlte sich niedergeschlagen, als er den Sanitätern hinterhersah. Seine Frau hatte ihn vor die Tür gesetzt, weil er sie betrogen hatte, und nun hatte er auch noch einen fälschlicherweise des Mordes Verdächtigen in einen Selbstmordversuch getrieben.

»Schwernitz wusste, dass er wegen der Drogen, die wir bei ihm gefunden haben, so oder so wieder in den Knast wandern würde«, sagte Tina, während sie den Zellentrakt verließen. »Dass er versucht hat, sich umzubringen, hat also nichts damit zu tun, dass wir ihn wegen Mordverdachts verhört haben.«

Bogner nickte, doch Tinas gutgemeinte Worte konnten

nichts daran ändern, dass er sich mitschuldig fühlte an dem, was geschehen war.

Im Eingangsbereich des LKA-Gebäudes stießen André Slibow und Paul Breitnach zu ihnen.

Bogner überlegte kurz, aber es half nichts. Es war höchste Zeit, die Karten auch Breitnach gegenüber offen auf den Tisch zu legen, wenn sie Adrian helfen und noch eine Chance haben wollten, die Richterin zu retten.

»Speer will herausgefunden haben, dass Staatsanwalt Dr. Heimer eigentlich Torben Stegmann ist. Die Wahrscheinlichkeit, dass Speer recht hat, ist hoch.«

»Speer? Heimer? Stegmann? Kann mir mal einer sagen, was hier los ist?«, beschwerte sich Breitnach.

Bogner erklärte ihm in aller Kürze, was Speer herausgefunden hatte. Missmutig sah Breitnach ihn dabei an.

Am Ende hatte sich auf sein Gesicht ein fassungsloser Ausdruck gelegt, und er schüttelte mit zu Boden gesenktem Blick den Kopf.

»Aber das ist total verrückt! Heimer ist unser zuständiger Staatsanwalt«, wandte er ein.

Bogner zog sein Handy hervor und wählte Speers Nummer. Nach fünfmaligem Klingeln sprang die Mailbox an.

»Ruf zurück, wenn du das abhörst. Vor allem: Mach keinen Scheiß und keine Alleingänge«, ermahnte er seinen Partner. Er seufzte und blickte in die Runde. Emil Sanddorn kam ins Gebäude und stellte sich zu ihnen.

»Wow, danke für das Begrüßungskomitee«, sagte er und lachte laut auf. Keiner seiner Kollegen reagierte darauf.

»Schwernitz hat gerade versucht, sich umzubringen. Es steht noch nicht fest, ob er durchkommt«, erklärte Bogner die gedrückte Stimmung.

»Heilige Scheiße«, entfuhr es Sanddorn.

»Und er ist nicht unser Mörder. Seine Freundin hat jetzt sein Alibi für die Nacht, in der Wölfling starb, glaubhaft bestätigt«, fügte Tina Jeschke hinzu.

Jetzt stieß Sanddorn einen überraschten Pfiff aus, machte ein ernstes Gesicht und ersparte sich einen weiteren Kommentar.

»Wir müssen davon ausgehen, dass Speer zu der Jagdhütte der Heimers will, ansonsten hätte er Tina nicht nach der Lagebeschreibung gefragt«, sagte Bogner.

»Was? Moment! Heimer, hab ich das richtig gehört?«, fragte Sanddorn. Seine Stirn hatte sich in tiefe Falten gelegt.

»Im Moment ist keine Zeit mehr für weitere Erklärungen«, sagte Bogner.«

»Adrian konnte sich vermutlich denken, dass ihr nicht so schnell zu überzeugen wäret, wo ihr euch auf Schwernitz als Täter eingeschossen hattet«, sagte Tina Jeschke fast vorwurfsvoll und blickte dabei Bogner und Sanddorn an. Bogner wurde klar, dass sie recht hatte. Er biss die Zähne zusammen und seufzte.

»Ich erkläre euch die genauen Zusammenhänge unterwegs«, sagte er zu Slibow, Sanddorn und Breitnach. »Tina, du bleibst hier, falls Speer sich wieder meldet. Die anderen fahren mit zu dieser Hütte. Und wenn es am Ende nur darum geht, unseren Kollegen von irgendeinem Mist abzuhalten, den er vermutlich im Begriff ist zu begehen.«

»Es könnte noch einen Grund geben, warum er uns nicht darüber ins Bild setzt, was er vorhat«, sagte Slibow.

Tina zog fragend die Augenbrauen hoch. »Und der wäre?«

»Wenn meine Tochter entführt worden wäre und ein Verbrecher angeblich weiß, wo sie ist, würde ich mir den Kerl auch allein und ohne Zeugen vorknüpfen.«

Daran hatte Robert Bogner auch schon gedacht.

60

»Meine Anerkennung. Ich wusste, dass Sie mich nicht enttäuschen würden«, sagte der Mörder, als Adrian Speer in den Kellerraum des Jagdhauses trat.

Speer rang um Fassung. Er musste etwas Entscheidendes übersehen haben, und das hatte zu einem fatalen Irrtum geführt. Im Moment ergab nichts mehr einen Sinn. Er hatte angenommen, dass Dr. Maximilian Heimer in Wirklichkeit Torben Stegmann und damit der Mörder war. Davon war er ausgegangen. Aber dort vor ihm im Raum stand jemand anderes. Speer kannte den Mann, das machte die Situation noch bizarrer. Der Killer hatte sich hinter dem kopfüber herabhängenden Körper der Richterin postiert, um diese als Schutzschild zu benutzen, falls sein Gegenüber auf die Idee kommen sollte, auf ihn zu schießen.

Die entführte Frau bot einen schockierenden Anblick. Sie hing mit den Füßen an einem Seil, das an einem Deckenhaken befestigt war. Ihr nackter Körper war blutüberströmt, und sie rührte sich nicht mehr. In ihrem weit aufgerissenen Mund steckte die gleiche metallene Apparatur wie bei den anderen Opfern, doch die Frau blutete weder aus dem Mund, noch steckte Stroh darin. Der Mörder war also noch nicht fertig mit ihr. An dem Skalpell in seiner rechten Hand klebte kein Blut, und auch die Kleidung des Mörders war sauber.

»Ratten haben sie so zugerichtet. Ich hatte wirklich keine Ahnung, dass die Viecher hier sind«, sagte der Mörder und lächelte. Seine Augäpfel waren ständig in Bewegung, und Speer glaubte, einen Funken Wahnsinn darin zu erkennen. Die stoische Ruhe des Mannes bestätigte seinen Eindruck.

»Machen Sie sofort die Frau von dem Seil los!«, befahl Speer.

Seine Worte waren kaum mehr als ein Krächzen. Was zum Teufel wurde hier gespielt? Er war wie betäubt, versuchte sich aber nichts anmerken zu lassen und zielte mit seiner Waffe an der Frau vorbei auf den Mann. Der lächelte unablässig und blickte Speer weiterhin gelassen in die Augen. Wie Speer erwartet hatte, machte er keine Anstalten, seiner Aufforderung nachzukommen.

»Überrascht?«, sagte er stattdessen. Als Speer nichts sagte, sprach der Mörder weiter. »Vermutlich haben Sie Maximilian hier erwartet. Ich kann Sie beruhigen, er ist auch hier. Aber umgebracht hat er niemanden.«

Speer suchte fieberhaft nach einer Erklärung, fand aber keine. Nach einer kurzen Pause, in der der Mörder sichtlich Speers Verwirrung genoss, fuhr er fort.

»Maximilian liegt gefesselt in einem der vorderen Kellerräume. Bei Wölfling und Rokov hat er noch mitgespielt, bei Ettinger bekam er die ersten Zweifel, und bei der Richterin wollte er mich sogar davon abhalten, sie aufzuhängen. Er sagte, die Frau treffe doch keine Schuld an dem falschen Urteil. Aber ich frage Sie: Wer, wenn nicht ein Richter trägt die Verantwortung für sein eigenes Urteil? Die Frau hat doch studiert, ist intelligent. Sie hätte sich bei dem Prozess einfach nicht so leicht hinters Licht führen lassen dürfen. Aber die Dame hier war auf eine schnelle Karriere aus. Wer schnell viele Fälle bearbeitet, steigt schneller hoch hinaus.«

Er lächelte und hielt Speer das Display seines Smartphones hin, doch er stand zu weit weg. Speer konnte nicht genau erkennen, was darauf zu sehen war. Er glaubte, den Eingangsbereich des Jagdhauses darauf abgebildet zu sehen, und dachte an die kleine Videokamera über der Tür.

»Bei so einem einsam gelegenen Jagdhaus ist eine Videoüberwachung sehr hilfreich. Draußen vor dem Haus sind selbstverständlich auch ein paar Kameras installiert. Ich bekomme eine Warnmeldung aufs Handy, falls sich jemand nähert. Wenn Sie also jemanden im Schlepptau gehabt hätten, hätte ich es gesehen.«

»Warum bringen Sie diese Menschen um?«, fragte Speer.

»Warum? Aber das wissen Sie doch schon. Sie sind schuld am Tod meines Bruders und meines Vaters, und sie haben mein Leben und das meiner Mutter zerstört.«

»Dann sind Sie Torben Stegmann?«, brachte Speer hervor und versuchte dabei, so normal wie möglich zu klingen, was ihm aber angesichts der vielen offenen Fragen in seinem Kopf nicht gelingen wollte.

Der Mann nickte und hatte ein überhebliches Grinsen im Gesicht.

»Die Brötchen, die Sie zum Frühstück mitgebracht haben, waren übrigens vorzüglich.« Vor Speer stand der neue Freund seiner Schwester. Er konnte es nicht verstehen. Ihm fiel auf, dass er Sebastians Nachnamen nicht kannte, und der Raum schien sich um ihn herum zu drehen.

»Ich erinnere mich wieder genau daran, was der Teufel Burghain meiner Familie und mir angetan hat.«

Speer versuchte, alle Informationen zu sortieren und das Chaos in seinem Kopf zu beseitigen.

»Alles deutete darauf hin, dass Maximilian Heimer Torben Stegmann ist. Er wurde von Rudolf Heimer adoptiert. Die Ermittlungsakte im Fall Rose lag im Haus der Heimers. Außerdem gibt es dort diesen schwarz gestrichenen Kellerraum mit Boxsack und verstörenden Bildern.«

Sebastian setzte ein breites Grinsen auf.

»Maximilian ist mein Cousin. Sein Adoptivvater Rudolf Heimer war mein Onkel, der Bruder meiner Adoptivmutter. Ich bin bei den Heimers ein- und ausgegangen, und Rudolf hat mir den Raum im Keller für mein Hobby zur Verfügung gestellt. Mein neuer Vater hätte das niemals geduldet. Aber Rudolf kannte im Gegensatz zu ihm den Grund, warum ich so düstere Bilder malte. Warum er das wusste, hat er mir zu Lebzeiten nie verraten. Das ergab sich dann jedoch aus dem, was er Maximilian nach seinem Tod in einem Schließfach hinterließ. Rudolf hatte als Oberstaatsanwalt auch seinen Anteil daran, dass Burghain nicht ins Gefängnis musste und mich deshalb zu dem machen konnte, was ich jetzt bin.«

Speer machte sich bewusst, was die Worte bedeuteten. Er hatte weder gewusst, dass Rudolf Heimer eine Schwester hatte, noch, mit wem diese verheiratet war.

»Von wem wurden Sie adoptiert?«

»Von Hermine und Leonard Grabitz.«

Ein weiterer Treffer, der Speer unerwartet erwischte. Leonard Grabitz war der Polizeipräsident.

»Nur Rudolfs Schwester Hermine wusste, wer ich wirklich war«, erklärte Sebastian. »Wölfling und Rudolf haben mich damals an der Ostsee in einer Nacht- und Nebelaktion abgeholt und meinen Tod vorgetäuscht, wovon ich aber nichts mitbekam. Zu mir sagten sie nur, sie würden mich zu einer neuen Familie bringen, die mich adoptieren wolle. Rudolf hatte ein schlechtes Gewissen, weil er Wölfling nicht geholfen hätte, den Prozess gegen Burghain zu manipulieren, wenn er geahnt hätte, was Burghain meiner Familie ein Jahr später antun würde. Rudolf sah sich moralisch verpflichtet, dafür zu sorgen, dass ich in einer guten Familie aufwuchs. Es war seine Art der Wiedergutmachung. Er und seine Frau hatten bereits kurz zuvor ein Kind adoptiert, Maximilian. Aber Rudolf wollte nicht das Kind, das durch sein Mitverschulden seiner Familie beraubt worden war, in der eigenen Familie um sich haben. Also hat er seine Schwester Hermine ins Vertrauen gezogen und überredet, mich zu adoptieren. Sie war drei Jahre jünger als er und ist zusammen mit ihm in dem gleichen DDR-Waisenhaus aufgewachsen. Im Gegensatz zu ihrem Bruder wurde sie nicht Teil des Stasi-Spionage-Programms. Nach der Wende machte Rudolf sie mit seinem Freund, dem Polizeipräsidenten Leonard Grabitz bekannt. Der hatte gerade eine Scheidung hinter sich gebracht. Ein Jahr später heirateten Hermine und Leonard. Mit dem gemeinsamen Kinderwunsch funktionierte es nicht. Sie dachten schon über eine Adoption nach. Rudolf erzählte Hermine, warum es für ihn so wichtig war, dass ich in eine gute Familie kam. Ihrem Mann, dem Polizeipräsidenten, sagten sie nichts von den Hintergründen. Für die Adoptionspapiere musste mein Name geändert werden. Hier half Wölfling, der auf die Durchführung illegaler Adoptionen spezialisiert war. Torben Stegmann gab es danach nicht mehr. Er war ertrunken. Ich durfte den Namen nie wieder aussprechen, und mit der Zeit vergaß ich ihn sogar ganz. Von da an hieß ich Sebastian Grabitz.«

»Aber warum haben Wölfling und Rudolf Heimer damals Ihren Tod vorgetäuscht?«

»Meine Mutter war zwar in der Psychiatrie, aber sie lebte noch. Es war nicht ausgeschlossen, dass sie eines Tages gesund werden, entlassen und dann nach mir suchen würde, um mich der neuen Familie wieder wegzunehmen. Außerdem bestand die Gefahr, dass sie bei einer offiziellen Adoption Torben Stegmanns herausgefunden hätte, wer ihren Sohn adoptiert hat und vor allem, warum.«

Speer fühlte sich, als ob ihm der Boden unter den Füßen weggezogen wurde. Er wandte sich von Grabitz ab und sah auf die hilflos vor ihm hängende Frau. Sie musste angesichts ihrer Nacktheit und der Art, wie Grabitz sie zur Schau stellte, eine tiefe Demütigung empfinden, falls sie dazu überhaupt noch in der Lage war. Das Spreizwerkzeug in ihrem Mund hielt ihren

Unterkiefer nach unten gedrückt und der Körper war von blutenden Wunden übersät.

Vera Brink bewegte sich kein bisschen, und ob sie noch atmete, konnte Speer auch nicht erkennen. Aber dann drang ein schwaches Röcheln aus ihrer Kehle und bedeutete ihm, dass sie noch lebte, was angesichts ihrer Verletzungen und dem vermutlich stundenlangen Kopfüberhängen einem Wunder gleichkam.

»Ich dachte, mit Ihnen und Marlene könnte es was werden«, versuchte Speer, den Mann in ein Gespräch zu verwickeln. »Sie wird am Boden zerstört sein, wenn sie erfährt, dass ihr neuer Freund diese Morde begangen hat.«

Sebastian Grabitz senkte den Kopf und blickte zu Boden.

»Das tut mir leid. Aber sie wird darüber hinwegkommen.«

»Sie haben meine Schwester benutzt, um in meine Nähe zu kommen.«

Er schüttelte den Kopf. »Anfangs schon. Maximilian ist wie ein Bruder für mich. Er hat mir nicht nur die Gerichtsakte Rose gegeben, sondern auch eine Tonbandaufzeichnung. Eine Kopie davon haben Sie in Wölflings Haus gefunden. Rudolf war die zweite Person, die darauf zu hören ist, die neben Wölfling mit der Entführung eines Mädchens beauftragt wurde. Ich wollte wissen, wer ihr Vater war. Marlene hat mir, ohne meine Beweggründe zu kennen, viel über Sie erzählt. Vor allem, dass Sie noch immer auf der Suche nach Lucy sind. Ich hatte in Ihnen jemanden gefunden, dem etwas angetan wurde, das ebenfalls nach Rache schrie, und auch dafür war mein Onkel Rudolf verantwortlich. Deshalb habe ich Wölfling gefragt, wohin sie Lucy damals brachten. Erst nachdem er es mir gesagt hatte, schnitt ich ihm die Zunge heraus. Ich mag Ihre Schwester. Sie ist eine von den Guten, das merkt man sofort, und es hat sich gut angefühlt, bei ihr zu sein. Sagen Sie ihr das bitte.«

Wenn er sprach, lugte Sebastians Kopf ein wenig hinter dem Körper der Richterin hervor. Er konnte ihn aber unmöglich mit einer Kugel außer Gefecht setzen, ohne gleichzeitig die Frau zu treffen. Und wenn er einen günstigen Moment erwischte und schoss, die Kugel Grabitz aber womöglich tötete, dann würde er nie erfahren, wo Lucy war.

»Verschonen Sie die Frau und lassen Sie sie zu Boden!«, befahl Speer.

Ein dämonisches Grinsen blitzte in Grabitz' Gesicht auf.

»Sie wissen, dass die Frau sterben muss.«

Speer bewegte sich langsam auf die Richterin zu. Einen Versuch war es wert.

»Stehen bleiben!«, schrie Grabitz. Er beugte sich nach unten und legte das Skalpell an den Hals der Richterin.

Speer hielt inne. Er musste Grabitz alles zutrauen.

»Noch einen Schritt näher, und ich töte sie gleich jetzt. Dann werden Sie allerdings niemals erfahren, wo und von wem Lucy festgehalten wird.«

61

Speer machte einen Schritt zurück.

»Wissen Sie, was mein leiblicher Vater von Beruf war?«

»Sagen Sie mir jetzt endlich, wo Lucy ist!«, schrie Speer. Er merkte, wie er allmählich die Nerven verlor.

Grabitz legte den Kopf schief. »Es gibt noch einen Grund, warum ich es Ihnen bisher nicht sagen konnte.«

»Welchen?«

Sebastian machte mit dem Finger eine verneinende Bewegung, die klarstellte, dass er jetzt noch nicht darüber reden wollte.

»Ich habe Ihnen eine Frage gestellt«, beharrte er stattdessen. »Was war mein leiblicher Vater wohl von Beruf?«

Speer erkannte, dass er anders vorgehen musste, wenn er die Frau retten und gleichzeitig Lucys Aufenthaltsort erfahren wollte. Nur hatte er noch keine Ahnung, wie er das bewerkstelligen sollte.

»Torben Stegmanns Vater war Arzt«, sagte Speer und machte noch einen Schritt zurück.

Sebastian Grabitz lächelte, nickte wohlwollend über die Geste des Rückzugs und richtete sich wieder auf.

»Sehr gut, das ist richtig. Um genau zu sein, war mein Vater Chirurg. Ein Mann des Skalpells. Betrachten Sie es also als eine Reminiszenz an ihn, dass ich den Verbrechern mit dem Werkzeug meines alten Herrn die Zunge herausschneide.«

»Von dem manipulierten Prozess, der zu Burghains Freilassung führte, haben Sie durch die Prozessakte erfahren. Die bekamen Sie von Maximilian, richtig?«

»Rudolf hinterließ Maximilian die Akte und die Tonbandaufzeichnung in einem Bankschließfach. Zusammen mit der Adresse meiner Mutter und einem Brief, in dem er alles erklärte. Anscheinend wollte er sichergehen, dass zumindest nach seinem Tod die Wahrheit ans Licht kam. Maximilian ist mein Cousin, und wir waren beide in einem Waisenhaus. Das verbindet. Wir denken gleich. Er gab mir die Akte, den Brief und das Band und bot mir seine Hilfe an. Ein paar Tage später, nachdem ich bei meiner leiblichen Mutter gewesen war und meine Erinnerungen zurückkehrten, habe ich ihn in meinen Plan eingeweiht.«

Speer begriff, dass Sebastian Grabitz über den Staatsanwalt Dr. Maximilian Heimer einen wichtigen Verbündeten hatte, der ihn zum Beispiel darüber informiert haben musste, wann Bogner und er im Wald Wölflings Leiche begutachteten, um ihn genau in dem Moment anrufen zu können.

»Sie haben Ihre tot geglaubte Mutter besucht und von ihr erfahren, was Burghain ein Jahr nach seinem Freispruch im Fall Rose Ihrem Bruder und Ihrem Vater angetan hatte. Sie hat mich eben noch angerufen und zugegeben, dass ihr Sohn bei ihr war.«

Speer fiel erst jetzt auf, dass Ilona Stegmann mit keinem Wort erwähnt hatte, dass es sich bei ihrem Sohn um Maximilian Heimer handelte. Er hatte aufgrund der eindeutigen Hinweise keine andere Möglichkeit in Betracht gezogen und war davon ausgegangen, dass sie von Heimer redete.

»Maximilian wusste, dass ich leicht wütend werde. Aber selbst er war der Meinung, dass Wölfling und Rokov büßen mussten.«

»Es muss ein Schock für Sie gewesen sein, als Sie erfahren haben, dass Ihr Onkel Rudolf mitverantwortlich für Burghains Freilassung war. Wäre es zu einem Berufungsverfahren gekommen, wäre die Manipulation der Vorinstanz vielleicht herausgekommen.«

»Ja, das hat mich wütend gemacht. Ihn konnte ich nicht mehr zur Rechenschaft ziehen, genauso wenig wie den Teufel Burghain.«

»Aber die Wut war da und musste an den anderen Prozessbeteiligten ausgelassen werden.«

Ein zufriedener Ausdruck legte sich auf Sebastian Grabitz' Gesicht.

»Als ich Rokov die Zunge herausschnitt und ihn ausbluten sah, seinen verzweifelten Blick, darin das Wissen, gleich tot zu sein … Das war ein Hochgefühl, das mich von der drückenden Wut in mir befreite.«

Speer überkam Ekel. Er war sich sicher, dass Grabitz' Psyche so stark beschädigt war, dass es kaum möglich sein würde, ihn zur Vernunft zu bringen und von seinem letzten Mord abzuhalten.

»Ich verstehe, dass Sie wütend sind und Vergeltung wollen. Aber verschonen Sie jetzt diese Frau. Sie trifft keine Schuld an dem Schicksal Ihrer Familie. Sie musste Burghain damals freisprechen. Jeder andere Richter hätte genauso entschieden.«

Grabitz schwieg kurz und starrte ihn mit ausdrucksloser Miene an.

»Sie enttäuschen mich. Ich dachte, Sie würden mich wirklich verstehen«, sagte er dann.

»Ich kann mir nicht vorstellen, dass Ihr Cousin die Ermordung all dieser Menschen gutgeheißen hat.«

»Maximilian konnte es genauso wenig wie ich ertragen, dass Schuldige davonkommen. Gerichte fällen gelegentlich falsche Urteile, und für manche Taten ist die Bestrafung, die unsere Gesetze vorsehen, bei weitem nicht ausreichend, um Genugtuung zu erfahren. Das waren seine Worte. Man könnte auch sagen, wir haben das Alte Testament für uns entdeckt. Wie heißt es da, Auge um Auge und Zahn um Zahn, und im Mittelalter ist man mit dem Abschaum noch umgegangen, wie er es verdiente. Dieben wurden die Hände abgehakt und Lügnern die Zunge entfernt. Ich hielt das für passend. Was würden Sie mit denen machen, die Lucy entführt und ihr weiß Gott was angetan haben? Wie weit würden Sie gehen?«

Das war ein wunder Punkt. Unzählige Male hatte Speer sich ausgemalt, welche Qualen er denjenigen zufügen würde, die Lucy in ihrer Gewalt hatten. Durfte er Grabitz ins Gewissen reden, wenn er selbst für sich nicht die Hand ins Feuer legen konnte? Rache konnte tatsächlich tröstlich sein. Er musste das Thema wechseln. Grabitz versuchte offensichtlich, ihn auf seine Seite zu ziehen. Zumindest ersuchte er um Verständnis für seine Taten, und Speer spürte, dass er nicht weit davon entfernt war, die Morde in einem milderen Licht zu betrachten.

»Aber aus welchem Grund hat Rudolf Heimer damals sein Amt als Oberstaatsanwalt missbraucht, um an Burghains Freilassung mitzuwirken? In welcher Verbindung stand er zu dem Mann?«

»In gar keiner Beziehung«, sagte Grabitz. »Die Unterlagen, die Rudolf nach seinem Tod für Maximilian hinterließ, legten offen, dass Rudolf zur Zeit des Kalten Krieges ein Spion der Stasi gewesen war. Er war in einem Waisenhaus aufgewachsen. Von dort hat ihn die Stasi in ein Programm für Hochbegabte gesteckt, wo er auf eine Spionagetätigkeit für die DDR vorbereitet wurde und nach seiner Ausbildung zum Offizier nur zum Schein wegen Staatsfeindlichkeit ausgewiesen wurde. In Wirklichkeit war das Gegenteil der Fall. Er stieg zum Leiter der Auslandsspionage in Berlin auf. Wölfling war zwar nicht Teilnehmer des Programms gewesen, aber auch als Stasispion aus dem Osten nach Berlin geschleust worden. Er war Rudolf Heimer unterstellt, und auch Jahre nach dem Fall der Mauer konnte es sich Rudolf Heimer nicht leisten, dass einer der ehemaligen Spione, die er befehligt hatte, über das Netzwerk aussagte.«

»Und genau das musste er befürchten, falls Wölfling jemals im Gefängnis landen sollte, sei es auch aus ganz anderen Gründen.«

»Rudolf befürchtete, dass Wölfling, falls er je ins Visier der Staatsanwaltschaft kam, sich durch brisante Informationen einen Deal erkaufen würde, um sich vor einer Anklage und dem Knast zu bewahren.«

»Und dann bestand auf einmal die Gefahr, dass Burghain, falls er wegen des Missbrauchs an Benjamin Rose einwanderte, das Pädophilennetzwerk, zu dem auch Wölfling und Rokov gehörten, ans Messer liefern würde.«

»Rokov und Wölfling haben Burghain zum Eigenschutz rausgehauen. Rudolf hat wiederum Wölfling geholfen, weil er befürchten musste, dass Burghain im Knast Wölfling verpfeifen würde, und falls der wegen seiner pädophilen Neigungen auch ins Gefängnis musste, wiederum das Spionagenetzwerk und ihn enttarnen würde.«

Speer seufzte. Was für ein Irrsinn!

Grabitz hatte es darauf angelegt, dass er gefunden wurde, indem er das Jagdhaus seines Onkels als letzten Tatort auswählte. Außerdem trug er, anders als er es bei seinen ersten Morden getan haben musste, keinen Schutzanzug über seiner Kleidung. Das konnte nur bedeuten, dass es ihm nicht mehr darum ging, davonzukommen. Speer ließ seine Pistole sinken. Sebastian Grabitz' Verhalten bedeutete, dass es ihm egal war, was mit ihm geschah. Normale Verhandlungen würde er mit ihm nicht führen können. Dennoch war das Einzige, was er im Moment tun konnte, Grabitz am Reden zu halten und zu hoffen, dass sich irgendwann eine Gelegenheit bot, ihn zu überwältigen.

»Diejenigen, die Sie dafür verantwortlich machen, dass Burghain freikam, mussten so sterben wie Ihr Bruder. Kopfüber hängend am Seil. Aber damit machen Sie seinen Tod nicht ungeschehen«, sagte Speer und hoffte damit zu Grabitz durchzudringen und ihn aus dem Konzept zu bringen.

»Niemand außer mir hat in die verzweifelten Augen meines sterbenden Bruders geblickt und seine durch den Knebel unterdrückten Hilferufe gehört. Niemand hat miterlebt, wie mein Vater mit diesem Teufel kämpfte und starb. Das alles war fünfundzwanzig Jahre lang in mir vergraben, bis meine Mutter mir erzählte, was sich zugetragen haben musste, mir beschrieb, wie sie die Situation am nächsten Morgen vorfand.«

Grabitz' Stimme war zum ersten Mal brüchig, als versuche er, Tränen zu unterdrücken. Dann starrte er Speer mit zornig funkelnden Augen an.

»Burghain sollte damals auf uns aufpassen, als mein Vater zu einer Notoperation ins Krankenhaus musste. Aber Burghain hat ausgenutzt, dass wir allein waren und uns in seinen Keller gelockt, um uns dort seine beiden Kaninchen zu zeigen. Natürlich gab es keine süßen Häschen, die sich gern streicheln ließen. Aber dafür jede Menge ausgestopfte tote Tiere. Burghain fing an, meinen Bruder anzufassen. Mein Bruder wehrte sich. Plötzlich hatte Burghain ein Messer. Er fesselte mich an einen Stuhl. Meinen Bruder hängte er kopfüber an einem Seil auf. Er sagte, wenn mein Bruder nicht tue, was er von ihm verlange, werde er ihn aufschneiden, ausweiden und mit Stroh ausstopfen wie eines der Tiere an der Wand. Wir weinten. Er knebelte uns und begann, meinem Bruder die Kleider vom Leib zu schneiden.« Sebastians Blick war abwesend geworden, er wirkte in sich gekehrt, als würde er noch einmal die grausame Szene vor sich sehen. »Dann kam mein Vater unerwartet früh zurück und fand uns in Burghains Keller. Die Situation eskalierte. Ich habe auf dem Stuhl gesessen, war gefesselt und konnte nur zusehen. Aber jetzt endlich kann ich etwas tun.« Grabitz wies auf die Richterin. »Sie ist die Letzte auf meiner Liste.«

»Sie ist noch am Leben, und ich bin hier, um Sie festzunehmen. Das war die Bedingung dafür, dass Sie mir verraten, wo ich Lucy finde.« Speer bemühte sich, so ruhig wie möglich zu sprechen, was ihm angesichts des lebensbedrohlichen Zustands der Richterin schwerfiel.

»Wer gab den Auftrag, meine Tochter entführen zu lassen? Wer war der Mann auf der Tonbandaufzeichnung?«

Grabitz legte den Kopf schief und schwieg. Speer versuchte weiter, ihn aus der Reserve zu locken.

»Es war kein Zufall, dass ausgerechnet ich in einem Mordfall ermittle, bei dem das Foto meiner Tochter auf dem Handy des Mordopfers ist, richtig?«

Grabitz nickte anerkennend und deutete eine Verneigung an.

»Maximilian hat seinen Onkel, meinen Adoptivvater, den Polizeipräsidenten, darum gebeten, Sie stillschweigend in die neue Mordkommission zu holen, um Ihnen eine neue Chance zu geben. Ich wusste von Marlene, was für ein Mensch Sie sind und war mir sicher, Sie würden Verständnis aufbringen für das, was ich tun musste. Rachedurst und Wut herrschten in mir. Ich glaube noch immer, Sie kennen diese Gefühle seit Lucys Entführung nur zu gut.«

»Und dank des Tonbands, das Rudolf Heimer hinterließ, wussten Sie ja bereits, bevor Sie den ersten Mord begingen, dass Wölfling meine Tochter entführen ließ.«

Grabitz griff in die Seitentasche seiner Jacke und zog eine kleine Kassette hervor.

»Wölfling und Rudolf haben die Unterhaltung aufgezeichnet. Beide behielten eine Aufnahme in sicherer Verwahrung. Sie ließen den Auftraggeber wissen, dass Lucys Entführung das Letzte wäre, was sie für die Organisation tun würden. Falls die Oberhäupter der Organisation nochmals einen Treuebeweis von ihnen einfordern würden oder ihnen oder ihren Familien etwas antun würden, drohten Rudolf und Wölfling, das Band öffentlich zu machen. Es war Horst Rokov, der Wölfling und meinen Onkel Rudolf beauftragte, Lucy entführen zu lassen.«

»Rokov? Das würde bedeuten …«

»Dass er nicht vor Jahren ausgestiegen ist und noch immer im Drogengeschäft mitgemischt hat«, vervollständigte Sebastian seine Gedanken.

Erst jetzt wurde Speer einiges klarer. Anders, als die Polizei angenommen hatte, war Horst Rokov nicht auf seine alten

Tage sauber geworden und in Rente gegangen. Er hatte weiterhin in einer Organisation mitgemischt, die in Drogenhandel verwickelt war und die vermutlich irgendetwas mit der Stasi zu tun hatte. Anders war nicht zu erklären, dass sie Lucy entführten, um ihn davon abzuhalten, wegen des Drogenhandels und der Luftbrücke nach Afghanistan zu ermitteln. Er musste dieser Organisation sehr nahe gekommen sein.

Immer mehr Puzzleteile fügten sich in seinem Kopf zusammen. Rokov war der Auftraggeber zu Lucys Entführung und Wölfling einer der Männer, die den Auftrag ausführten. Grabitz hatte also mit Wölfling und Rokov nicht nur zwei Menschen getötet, die er für sein eigenes grausames Schicksal verantwortlich machte, sondern gleichzeitig auch diejenigen, die schuld an Lucys Entführung waren. Sie hatten beide einen Grund, Wölfling und Rokov zu hassen. Darum hatte Grabitz Wert darauf gelegt, dass er mit den Ermittlungen betraut wurde. Sebastian Grabitz wusste von Marlene, wie sehr Franziska und er unter der Entführung ihrer kleinen Tochter litten. Jetzt wollte Grabitz, dass der Vaters des entführten Kindes sein eigenes Vorgehen unterstützte und dass er Verständnis für die Ermordung der Männer aufbrachte. Wahrscheinlich erwartete Grabitz sogar Dankbarkeit dafür, dass er Wölfling über Lucys Entführung ausquetschte, als dieser wehrlos im Wald am Seil hing.

»Wohin wurde Lucy gebracht?«

»Das werde ich gern sagen. Aber vorher müssen Sie noch etwas für mich tun.«

»Was wollen Sie von mir?«

»Sie sollen mein Werk vollenden.«

62

Grabitz ging in die Hocke, legte das Skalpell auf den Betonboden und ließ es zu Speer hinübergleiten, wo es vor dessen Füßen liegen blieb. Dann stand er wieder auf, entfernte sich rückwärtsgehend von der leblos wirkenden Richterin und blieb dicht vor der Kellerwand stehen.

Speer wusste, worauf es hinauslief. Der Kerl war vollkommen verrückt.

»Bitte nehmen Sie jetzt das Skalpell, und dann schneiden Sie der falschen Schlange die Zunge heraus«, sagte Grabitz und grinste diabolisch.

»Das werde ich nicht tun«, entgegnete Speer. Er richtete seine Waffe auf Grabitz. Dieser zog daraufhin die Augenbrauen zusammen, bis sich eine Zornesfalte auf seiner Stirn zeigte, und sah Speer enttäuscht an.

»Ich habe Wölfling und Rokov auch für Sie umgebracht, und ich habe aus Wölfling herausbekommen, wo Ihre Tochter ist. Jetzt verlange ich zum Beweis Ihrer Dankbarkeit und als Zeichen, dass Sie auf meiner Seite sind, eine kleine Gegenleistung.«

Speer machte einen Schritt auf ihn zu. »Ich werde die Frau jetzt befreien, und dann werde ich Sie auf meine Art zum Reden bringen.«

Grabitz' Hand ging in einer schnellen Bewegung zum Hosenbund hinter seinem Rücken und kam mit einer Pistole darin wieder zum Vorschein, deren Lauf er auf seinen eigenen Kopf richtete.

»Wenn Sie mir zu nahe kommen und nicht tun, was ich von Ihnen verlange, drücke ich ab. Dann erfahren Sie nie, wo Lucy ist.«

Speer hielt inne. Schweiß tropfte ihm von der Stirn in die Augen, so dass er blinzeln musste. Er ging zurück zu dem am Boden liegenden Skalpell.

»Legen Sie Ihre Waffe auf den Boden und schieben Sie sie zu mir rüber.«

Speer tat, was Grabitz wollte. Es blieb ihm nichts anderes übrig, als so zu tun, als würde er auf dessen Forderung eingehen.

»Schneiden Sie ihr jetzt die Zunge heraus. Dann sehen wir uns gemeinsam an, wie sie stirbt.«

Speer bückte sich und hob das Skalpell auf.

Da erklang ein Signalton. Grabitz holte sein Handy hervor und sah auf das Display.

»Schneller bitte«, befahl er dann. »Ihr Partner und drei weitere Ihrer Kollegen laufen gerade über die Lichtung auf das Haus zu.«

Grabitz' Miene hatte sich verfinstert. Seine Kiefer mahlten, und seine Augäpfel bewegten sich noch schneller hin und her.

»Es ist vorbei! Geben Sie auf!«, erwiderte Speer.

Sebastian Grabitz lächelte verächtlich und richtete seine Pistole auf die Richterin. »War das Ihr Plan? Sie gehen vor, und Ihre Kollegen folgen in zeitlichem Abstand nach? Ich habe Ihnen doch gesagt, Sie sollen allein kommen.«

»Ich weiß nicht, wie sie darauf gekommen sind. Von mir wissen sie es jedenfalls nicht.«

Grabitz schnaubte missbilligend.

»Sie haben jetzt nur noch eine Chance. Sie schneiden der Richterin die Zunge heraus, bevor Ihre Kollegen hier sind, andernfalls erschieße ich die Frau, und Sie erfahren von mir niemals, wo Lucy ist.«

Speer lief ein Schauder über den Rücken. Wie lange hatte er noch, bis Bogner hier unten aufkreuzte? Vermutlich weniger als drei Minuten, und er hatte keine Ahnung, wie er es schaffen sollte, aus Grabitz herauszubekommen, wo Lucy war, ohne zu tun, was dieser von ihm verlangte. Er musste schnell eine Entscheidung treffen.

»Jetzt tun Sie es endlich!«, schrie Grabitz. Seine Finger umklammerten den Schaft der Pistole so fest, dass sich die Haut über den Knöcheln weiß verfärbte.

Speer näherte sich der Richterin, ging vor ihr in die Hocke und führte das Skalpell an den Mund der Frau. Ihre Atmung war noch flacher geworden.

»Warum verlangen Sie das von mir?«

»Ich will, dass Sie mich verstehen und einen Beweis, dass Sie auf meiner Seite sind. Es geht nur um Gerechtigkeit. Ich bin kein schlechter Mensch. Wenn Sie diesen Schritt getan haben, sind Sie so weit, zu erfahren, wo Lucy ist. Dann sind Sie dazu bereit, die zu richten, die sie Ihnen weggenommen haben.«

Speer atmete flach und schnell. Er war sich jetzt sicher, dass Grabitz den Verstand verloren hatte. Er konnte mit ihm nicht mehr verhandeln. Entweder schnitt er der Frau die Zunge ab, oder der Irre behielt sein Wissen für immer für sich.

Versprich mir, dass du sie zurückbringst, hatte Franziska von ihm verlangt, und er hatte es ihr versprochen. Panik überkam ihn. Wenn er seine Tochter wiederhaben wollte, würde er mitspielen müssen. Doch war er bereit, einer unschuldigen Frau die Zunge herauszuschneiden?

»Sobald Sie es getan haben, erfahren Sie von mir, wo Ihre Tochter ist. Ich habe die genaue Adresse.«

Er durfte sich diese Gelegenheit nicht entgehen lassen. Er führte das Messer dicht vor den offen stehenden Mund der Frau.

»Sie müssen die Zunge mit den Fingern vorziehen. Leider habe ich diesmal dafür keine Zange dabei«, sagte Grabitz. »Aber keine Angst, sie wird nicht zubeißen können. Der Mundspreizer hat sich schon dreimal als zuverlässig erwiesen.« Er lachte. Bogner und die anderen mussten jeden Moment hier unten auftauchen.

Mittlerweile glaubte Speer selbst, dass er diesen letzten Schritt tun musste. Er musste der Aufforderung Folge leisten. Einen anderen Weg gab es nicht. Er durfte jetzt, so kurz vor der Erfüllung seines größten Wunsches, nicht einbrechen.

Er griff in die Mundhöhle der Richterin, nahm ihre Zunge zwischen Daumen und Zeigefinger und zog sie ein Stück hervor. Er hatte bei der Frau keine äußerlich wahrnehmbare Atmung mehr feststellen können, und es wäre ihm nicht so schwergefallen, wenn er hätte glauben können, dass sie schon tot war. Aber das Blut pulsierte noch schwach aus ihren Wunden, und jetzt öffnete sich auch noch ihr linkes blutverkrustetes Auge. Ein Flehen lag darin. Es zerriss ihn innerlich. Aber wenn er diese Chance vergab, Lucy zurückzuholen, würde er sich das niemals verzeihen können. Er sagte sich, dass Grabitz die Frau ohnehin töten würde, wenn er es nicht tat. Doch dadurch fühlte er sich kein Stück besser. Er umklammerte den Griff des Skalpells so fest, dass seine Handknöchel sich weiß verfärbten, und führte es zur Zunge der Frau, um sie zu abzutrennen. Doch dann sah er plötzlich Lucy vor seinem geistigen Auge. *Nein, Papa*, sagte sie. *Das darfst du nicht tun! Du bist kein Monster.* Seine Augen füllten sich mit Tränen. Er nahm die Klinge aus dem Mund der Frau. In dem Moment hörte er eine bekannte Stimme.

»Waffe weg! Es ist aus, Sie kommen hier nicht mehr raus!«

Speer blickte sich zur Tür um. Robert Bogner stand dort und zielte mit der Pistole auf Grabitz.

»Legen Sie die Pistole auf den Boden, langsam und ganz vorsichtig! Zwingen Sie mich nicht, auf Sie zu schießen!« Bogner schrie, und doch hatte Speer Mühe, ihn durch das laute Tosen in seinem Kopf zu verstehen. Es war, als würde sich in dem Moment alles in Zeitlupe abspielen.

Er sah hinüber zu Grabitz. Der hatte den Kopf leicht schief gelegt, drückte den Lauf seiner Pistole unter sein Kinn und starrte ihn mit einem Ausdruck tiefen Bedauerns an. Am schlimmsten war, dass er jetzt wieder ganz ruhig wirkte. Seine Augen flackerten nicht mehr.

»Schade, dass Sie es nicht fertiggebracht haben«, sagte er.

»Waffe runter, auf den Boden damit, sofort!«, schrie Emil Sanddorn, der nun neben Bogner stand und ebenfalls seine Waffe auf Grabitz richtete.

Grabitz lächelte. Kurz drehte Speer sich um. Breitnach und Slibow kamen ebenfalls in den Kellerraum. Alle vier Beamten zielten auf den Mörder. Er beachtete sie nicht, sondern redete leise weiter mit Speer. Es war, als würden nur sie beide in dem Kellerraum existieren.

»Dennoch sage ich Ihnen jetzt, wo Lucy ist. Das hatte ich immer vor. Ich bin ein guter Mensch.«

»Waffe weg!«, schrie Bogner.

»Lucy ist bei – «, setzte Grabitz an und ließ dabei seine Pistole sinken, eine schnelle, unerwartete Bewegung.

63

Drei Schüsse hallten an den Wänden wider. Zwei Kugeln trafen Grabitz in die Brust. Sein Körper zuckte unter dem Aufprall. Ein unkontrollierter Schuss löste sich aus Grabitz' Waffe. Speer wurde von einer Kugel an der rechten Schulter getroffen und zur Seite gerissen. Ein heiß brennender Schmerz explodierte in ihm. Er hörte einen lauten hellen Pfeifton in seinen Ohren.

Grabitz sank auf die Knie. Auf dem Stoff seiner Jacke zeichneten sich zwei schnell größer werdende dunkle Flecke ab. Blut lief aus seinem Mund, und seine Muskeln erschlafften. Die Pistole fiel aus seiner Hand und mit einem lauten Scheppern auf den Boden. Dann kippte er zur Seite und schlug mit dem Kopf auf den Steinboden. Seine offenen, leblosen Augen schienen auf Speer zu starren.

»Nein!«, schrie Speer und robbte zu ihm.

Bogner trat neben Grabitz. Er zielte weiterhin auf den reglos daliegenden Mörder und schob mit dem Fuß die neben ihm liegende Pistole zur Seite. Dann beugte er sich hinunter und fühlte an der Halsschlagader den Puls. Er erhob sich wieder, wandte sich zu den anderen und schüttelte langsam den Kopf.

Speer verweilte einen Moment bei Grabitz und sah ihn ungläubig an. Er lehnte sich neben den Toten mit dem Rücken an die Wand und spürte kaum einen Schmerz. Er hatte so sehr gehofft, Lucy zu finden, und nun war der einzige Mensch, der ihm hätte helfen können, tot. Fast wünschte er sich, die Kugel hätte ihn nicht an der Schulter, sondern mitten ins Herz getroffen.

»Tut mir leid«, sagte Bogner leise zu ihm und steckte seine Pistole zurück in sein Schulterholster. Dann ging er vor Speer in die Hocke und betrachte die Schusswunde.

»Scheint nur ein Streifschuss zu sein«, stellte er fest und erhob sich wieder. »Ein Arzt wird gleich hier sein.«

Slibow und Breitnach kümmerten sich um die Richterin und machten sie von dem Seil los. Behutsam legten sie die Frau auf den Boden. Ihre Augen waren geschlossen, aber Vera Brink war noch am Leben.

»Wer hat ihn erschossen?«, schrie Speer.

»Was hätte ich denn tun sollen?«, entrüstete sich Sanddorn und schaute auf sein Handy. Dann ging er in Richtung der Tür. »Hier unten ist kein Empfang. Ich geh hoch und rufe den Rettungswagen und die Kollegen«, rief er und verließ den Raum.

Speer stand auf und eilte, so schnell es ihm mit der Schusswunde möglich war, in den Flur. Die Tür zu dem Raum, in dem Grabitz seinen Cousin Maximilian Heimer auf ein Feldbett gefesselt hatte, war nicht abgeschlossen. Speer nahm ihm den Knebel aus dem Mund und richtete mit der zitternden linken Hand seine Pistole auf dessen Stirn.

»Wo ist Lucy?«

Heimer starrte ihn mit vor Angst weit aufgerissenen Augen an.

»Ich weiß es nicht«, stammelte er.

»Sebastian Grabitz ist tot. Es macht keinen Sinn mehr, es zu verheimlichen«, schrie Speer.

»Wenn ich es wüsste, würde ich es sagen. Welchen Grund hätte ich, es für mich zu behalten? Aber Sebastian hat es mir nicht gesagt.«

Speer krümmte den Finger um den Abzug. Einige Sekunden verharrte er so. Dann ließ er die Waffe sinken. Robert Bogner stürmte herein, packte ihn an der gesunden Schulter und zog ihn zu sich herum. Sein Partner sah ihn mit zusammengepressten Lippen an, der Gesichtsausdruck sprach Bände. Tiefe Bestürzung lag darin. Speer senkte den Kopf und verließ den Raum. Er fühlte sich benommen, als ob jemand eine Glocke über ihn gestülpt hätte, durch die er von der Außenwelt nur noch stark gedämpft etwas hören konnte. Das Pfeifen in seinen Ohren war nicht mehr so laut wie zu Beginn. Mühsam schleppte er sich die Kellertreppe hinauf und trat auf die Veranda vor dem Haus. Draußen war es jetzt hell. Er fühlte sich unendlich schwach, setzte sich auf die Holzbank, atmete die kalte

Luft ein und schloss die Augen. Als er sie wieder öffnete, sah er den Rettungswagen aus dem Dunkel des Waldwegs auftauchen und sich einen Weg über die Lichtung bahnen. Dahinter folgten zwei Streifenwagen.

Grabitz war nicht mehr dazu gekommen, ihm zu sagen, wo er Lucy finden konnte. Er war dem Ziel so nahe gewesen und verfluchte Sanddorn, dass der die Nerven verloren und geschossen hatte. Es war schwer zu sagen, ob Grabitz wirklich aufgeben wollte, als er seine Hand mit der Waffe nach unten bewegte, oder ob er ihm in Wahrheit nie hatte sagen wollen, wo Lucy gefangen gehalten wurde und er in Wirklichkeit die Richterin in einem letzten Akt erschießen wollte.

Der Rettungswagen stoppte unmittelbar vor dem Haus, daneben die Streifenwagen. Zwei Sanitäter und ein Notarzt sprangen aus dem Wagen, und die Sanitäter rannten mit einer Trage an ihm vorbei ins Haus. Der Arzt blieb kurz bei Speer stehen und wollte sich seine Wunde ansehen, doch Speer schickte ihn nach unten zu der Richterin. Sie brauchte ärztliche Hilfe mehr als er. Die uniformierten Polizisten stiegen behäbig aus den Streifenwagen. Einer von ihnen zog sich die Hose hoch und grüßte Speer im Vorbeigehen mit einem Kopfnicken. Weitere Scheinwerferlichter tauchten auf dem Waldweg auf, dann erschienen der Van der Spurensicherung und der Wagen von Kriminalrätin Fernanda Gomez auf der Lichtung.

Speer überkam eine tiefe Trauer. Seine Gedanken rasten. Das niederschmetternde Gefühl, versagt zu haben, ergriff Besitz von ihm. Er hatte Lucy heute ein weiteres Mal verloren, und wieder musste er sich die Schuld dafür geben. Er zitterte am ganzen Leib. Tränen lösten sich aus seinen Augenwinkeln. So lange hatte er seine Emotionen beherrscht, doch jetzt ging es nicht mehr. Er beugte sich nach vorn und vergrub sein Gesicht in den Händen. Einen kurzen Augenblick blieb er so sitzen.

Dann explodierte seine Welt, als er eine leise Melodie vernahm, ein unverkennbarer Klingelton, den er unzählige Male gehört hatte, wenn er selbst das Handy seiner Tochter angerufen hatte, um Lucys Stimme auf der Mailboxansage zu hören. Schnell griff er in die Seitentasche seiner Lederjacke, in der sich Lucys Handy befand. Das Display leuchtete blau auf und meldete einen unbekannten Anrufer. Er nahm das Gespräch an und presste sich den Hörer ans Ohr.

»Lucy?«, flüsterte er. »Lucy, bist du das?«

Schluchzer drangen durch die Leitung.

»Papa, es geht mir gut.« Sie sprach mit einem Wimmern, als ob sie ihre Tränen mühsam zurückkämpfen musste.

»Mein Gott, Lucy, wo bist du?«

»Das kann ich dir nicht sagen, Papa. Aber ich hab euch lieb, und ich vermisse euch, sag das Mama und Jona.«

»Wir vermissen dich auch, Kleines. Wir vermissen und lieben dich so sehr.« Seine Stimme zitterte vor Rührung.

»Ich weiß, dass ihr immer an mich denkt, aber bitte macht euch wegen mir jetzt nicht mehr so viele Sorgen. Es fehlt mir hier an nichts und irgendwann werden wir wieder zusammen sein.«

»Lucy, bitte, wo bist du?«

Es kam keine Antwort mehr, und die Verbindung brach ab.

»Lucy!« Alles in ihm verkrampfte sich, und ein Schauder überlief seinen Körper. Ungläubig starrte er auf das Display. Seine Gesichtszüge entglitten ihm, und abgrundtiefe Verzweiflung vermischte sich mit der Freude, zum ersten Mal seit zwei Jahren wieder mit seiner Tochter gesprochen zu haben. Einzelne Tränen rannen über seine Wangen. Ihre Worte waren ein Trost und zerrissen ihm gleichermaßen das Herz. Starke Sehnsucht machte sich in ihm breit. *Aber wo bist du, Lucy?* Er wollte sie einfach nur wieder in die Arme schließen.

Er hob den Blick in den aufgeklarten Himmel, schloss die Augen, biss die Zähne zusammen und kämpfte dagegen an, einen lauten Schrei auszustoßen. Er würde niemals aufhören können, nach seiner Tochter zu suchen. Er ließ seinen Tränen jetzt freien Lauf und spürte, wie sich seine Anspannung in Entschlossenheit verwandelte. Er wusste noch nicht, wohin es ihn führen würde. Aber er hatte neue Anhaltspunkte und einen Plan, wo er ansetzen konnte. Er würde Lucy finden. Er würde sie zurückbringen, und er würde nicht zögern, jeden aus dem Weg zu räumen, der ihn daran hindern wollte.

ENDE

Danksagung

Wie immer danke ich als Erstes Ihnen, liebe Leserinnen und Leser, für Ihr Interesse, Ihr Vertrauen und Ihre Zeit, die Sie mir und meinem Buch geschenkt haben. Ich hoffe, Sie hatten ein paar spannende Stunden.

Vom ersten Satz bis zum Erscheinen des fertigen Buches ist es ein langer Weg. Manchmal geht es mühelos voran, manchmal ist es beschwerlich. Mit anderen Worten: Wenn man beschließt, ein Buch zu schreiben, ist es gut, Menschen um sich zu haben, die einen unterstützen, damit man unterwegs nicht schlappmacht. Viele dieser Wegbegleiter kenne ich gar nicht persönlich, wie beispielsweise diejenigen, die für das Cover, das Korrektorat, das Drucken und den Vertrieb verantwortlich sind. Daher danke ich an dieser Stelle allen, die in irgendeiner Form zur Entstehung und Verbreitung dieses Buches beigetragen haben.

Mein besonderer Dank gilt

meiner Frau, die mir den Rücken zum Schreiben freihält und alle damit einhergehenden Hochs und Tiefs mit mir teilt, sowie unserer Tochter, die leider nur allzu oft auf ihren Papa verzichten muss, wenn er wieder einmal am Schreibtisch mit den Worten kämpft;

meinem Literaturagenten Markus Michalek und dem gesamten Team der AVA international, der besten Literaturagentur, die ich mir vorstellen kann;

meinem Verleger Reinhard Rohn und meiner Lektorin Constanze Bichlmaier, die für den textlichen Feinschliff des Manuskripts sorgte, sowie Oliver Pux und Christine Seiler vom Digitalteam des Aufbau Verlags;

den Verlagsvertretern, die den Buchhändlern meinen Thriller vorstellten und so maßgeblich dazu beitrugen, dass Sie, liebe Leserinnen und Leser, »Der Totensucher« in der Buchhandlung Ihres Vertrauens entdecken und erwerben konnten;

den Buchhändlern, die meinen Roman in eins ihrer Regale stellten oder gar auf einem Büchertisch zur Auslage brachten;

den Buchbloggern und Rezensenten, die Interesse an meinem Buch bekundet und es weiterempfohlen haben;

und schließlich meinen Eltern und allen Freunden, insbesondere meinen beiden Testlesern der ersten Stunde, Brigitte und Jürgen, die zudem nicht müde werden, die Werbetrommel für mich zu rühren.

Chris Karlden
Der Todesprophet
Thriller
382 Seiten
ISBN 978-3-7466-3232-2
Auch als E-Book erhältlich

Ein Mörder mit einer grausamen Botschaft

Ein Jahr ist es her, dass der Journalist Ben Weidner in Äthiopien Grausames erlebte. Seitdem leidet er unter Panikattacken und Erinnerungslücken. Auch seine Beziehung zu Nicole, der Mutter der gemeinsamen Tochter Lisa, ist am Ende. Als Ben die Leiche einer Frau findet, deuten erste Hinweise auf ihn als Mörder. Bei dem Versuch, seine Unschuld zu beweisen, gerät Ben mehr und mehr in ein Netz aus unglücklichen Verstrickungen. Schon bald beginnt ein gnadenloser Wettlauf gegen die Zeit, bei dem ihn seine Vergangenheit einholt und weit mehr auf dem Spiel steht als nur der Verlust seiner Freiheit.

Chris Karlden – ein neuer Star unter den deutschen Thrillerautoren.

Regelmäßige Informationen erhalten Sie über unseren Newsletter. Jetzt anmelden unter: www.aufbau-verlag.de/newsletter

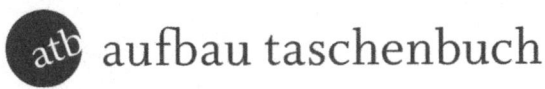

aufbau taschenbuch